부활 2

Воскресение

세계문학전집 90

부활 2

Воскресение

레프 톨스토이

연진희 옮김

민음사

차례

1권 차례

등장인물 [1)]

카체리나 미하일로바 마슬로바　애칭은 카츄샤, 카챠. 유곽에서는 류
보피라는 가명을 사용함. 류보피의 애칭은 륩카, 류바샤.

드미트리 이바노비치(혹은 이바니치) 네흘류도프 공작　근위대 중위.
애칭은 미챠, 미치카, 미첸카 등.

옐레나 이바노브나 네흘류도바 공작 부인　드미트리의 어머니. 애칭은
엘렌.

나탈리야 이바노브나 라고진스카야　드미트리의 누나. 애칭은 나타샤.

이그나치 니키포로비치(혹은 니키포리치) 라고진스키　드미트리의 매형.

마리야 이바노브나 네흘류도바 공작 영애(작품에는 성이 나오지 않지만
드미트리의 고모이며 미혼 여성이기 때문에 네흘류도바임이 분명함.)
네흘류도프의 큰고모. 애칭은 마샤, 마셴카 등.

---

1) 러시아 인명은 '이름, 부칭(아버지 이름+-예비치/-오비치),
성'으로 표기하는데 여성의 경우 부칭에 '-예브나/-오브나'를,
성에 '-아/-아야'를 붙인다. 여성이 결혼하면 부칭은 그대로 두
되 아버지의 성 대신 남편의 성에 '-아/-아야'를 붙인다. 단, 아
버지나 남편의 성이 자음으로 끝나면 '-아'를, 모음으로 끝나면
'-아야'를 붙인다. 부칭의 접미사를 결정하는 것은 아버지 이
름의 마지막 음가다. '-이'로 끝나는 이름에는 '-예비치/-예브
나'를, 자음으로 끝나는 이름에는 '-오비치/-오브나'를 붙인다.
단, '-야'로 끝나는 이름에는 '-치/-니치나'를 붙인다. 가까운
사이에는 '-예비치/-오비치' 대신 '-이치'를 붙이기도 한다. 가
령 드미트리 이바노비치(혹은 이바니치) 네흘류도프와 나탈리
야 이바노브나 라고진스카야는 남매다. 이반의 자식이기에 부
칭이 각각 이바노비치와 이바노브나가 된다. 나탈리야의 성은
결혼 전에 네흘류도바였지만 라고진스키와 결혼한 후 라고진
스카야로 바뀌었다. 친한 사이에서는 대개 이름이나 애칭으로
부르고, 다소 격식을 갖추어야 하는 사이에서는 주로 이름+부
칭으로 부른다. 평민 여성의 부칭은 '-예브나/-오브나' 대신 '-
예바/-오바'로 축약된다. 카츄샤의 부칭이 미하일로브나가 아
니라 미하일로바인 것은 평민이기 때문이다.

소피야 이바노브나 네흘류도바 공작 영애　네흘류도프의 작은고모. 애칭은 소냐, 소네치카 등.

카체리나 이바노브나 차르스카야 백작 부인　네흘류도프의 이모. 전직 대신의 아내로서 페테르부르크 귀족 사회에 넓은 인맥을 지닌 귀부인.

이반 미하일로비치(혹은 미하일리치) 차르스키 백작　드미트리의 이모부. 넓은 인맥을 지닌 전직 고위 관료.

마리야 페트로브나(작품에 성이 나오지 않음.)　마리야 이바노브나와 소피야 이바노브나의 늙은 하녀.

아그라페나 페트로브나(작품에 성이 나오지 않음.)　네흘류도프가의 가정부.

마리야 코르차기나 공작 영애(작품에 부칭이 나오지 않음.)　네흘류도프가 청혼하려고 하는 귀족 가문의 여성. 영어식 애칭은 미시.

소피야 바실리예브나 코르차기나 공작 부인　마리야 코르차기나의 어머니.

마리야 바실리예브나(작품에 성이 나오지 않음.)　귀족 회장의 아내. 네흘류도프의 내연녀.

페라폰트 예멜리야노비치 스멜코프　2길드 상인. 마브리타니야 호텔에서 시신으로 발견됨.

시몬 페트로프 카르친킨　마브리타니야 호텔의 복도 담당 하인.

옙피미야 이바노바 보츠코바　마브리타니야 호텔의 복도 담당 하인.

아나톨 페트로비치(혹은 페트리치) 파나린　카튜샤의 상고심 변호사.

마슬렌니코프(작품에 이름과 부칭이 나오지 않음.)　현 부지사이자 드미트리의 친구.

셀레닌(작품에 이름과 부칭이 나오지 않음.)　원로원의 검사 차장이자 드미트리의 친구.

베라 예프레모브나 보고두홉스카야　평민 교사 출신의 정치범.

블라지미르 이바노비치(혹은 이바니치) 시몬손　귀족 출신의 정치범.

아나톨리 크릴초프(작품에 부칭이 나오지 않음.)　부유한 지주 출신으로 인민의지당의 수장이었던 테러리스트 정치범.

마리야 파블로브나 셰치니나　장군의 딸인 정치범. 카츄샤로부터 존경과 사랑을 받은 벗.

에멜리야 키릴로브나 란체바　혁명가 남편을 따라 혁명 활동에 뛰어든 정치범.

류보피 그라베츠(작품에 부칭이 나오지 않음.)　여자 전문학교 출신의 정치범.

노보드보로프(작품에 이름과 부칭이 나오지 않음.)　인민의지당의 당원이었던 학자 출신의 정치범.

마르켈 콘드라치예프(작품에 부칭이 나오지 않음.)　공장 노동자 출신의 정치범. 노보드보로프를 추종함.

나바토프(작품에 이름과 부칭이 나오지 않음.)　농민 출신의 정치범.

일러두기

1. 『L. N. 톨스토이 선집』(전 12권, 프라브다 출판사, 1984년) 중 제10권을 번역 대본으로 사용했다. 『부활(Воскресение)』(아즈부카 출판사, 2013년)도 함께 사용했다. 또한 소련의 국영 출판사가 자국 문학을 외국에 알리기 위해 기획하고 출간한 영역본 『Re-surrection』(라두가 출판사, 모스크바, 1990년판. 초판은 1972년에 출간.)을 참조했다.

2. 러시아어 원문에서 프랑스어 부분은 굵은 글씨로 표기했으며, 그 밖의 외국어는 굵은 글씨로 쓰되 문장 끝에 외국어의 출처를 표기했다(예: 독일어, 라틴어, 영어 등). 외국어 표현에 대한 번역은 톨스토이가 각주를 단 러시아어 번역문을 토대로 했다.

3. 러시아어 고유 명사와 도량형 표기는 국립국어원의 외래어 표기법을 따르는 것을 원칙으로 하되 구개음화([d]와 [t] 뒤에 [ya], [yo], [yu], [i], [i′] 모음이 따를 경우 각각 [z]와 [ts]로 자음의 음가가 변경되는 현상)가 일어나는 경우는 발음상 편의를 위하여 예외로 했다(예: 뎨댜→제쟈, 미탸→미챠). 단, 영어를 비롯한 외국어에서 차용된 러시아어에는 구개음화를 적용하지 않았다(예: 파르티잔 등). 또한 쟈, 져, 죠, 쥬, 챠, 쳐, 쵸, 츄의 음가를 자, 저, 조, 주, 차, 처, 초, 추로 표기하도록 한 조항도 예외로 했다.

4. 원문에서 강조를 위해 이탤릭체로 표시한 부분은 고딕체로 표시했다. 원문에서 부연 설명을 위해 괄호 표시를 사용한 것은 그대로 따랐다.

5. 작품에 인용된 성경 텍스트는 대한성서공회가 간행한 『성경전서』(표준새번역 개정판, 2001)에서 인용했다.

6. 러시아의 인명, 지명, 어휘, 문구 등을 병기할 경우 독자의 이해를 돕기 위해 러시아어 키릴 문자 대신 로마자로 변환하여 표기했다. 단, 책 제목은 러시아어로 표기했다.

7. 톨스토이가 작품에 직접 주석을 단 경우에는 '톨스토이 주'라고 별도로 표시했다. 그 외 모든 주석은 옮긴이의 주다.

8. 톨스토이는 이 작품에서 제정 러시아의 역법인 율리우스력에 따라 사건을 서술했다. 19세기 역법에 따르면 율리우스력은 오늘날 세계적으로 통용되는 그레고리력보다 십이 일 늦다. 따라서 톨스토이가 기술한 날짜를 그레고리력으로 전환할 때는 십이 일을 더하면 된다. 다만 20세기 이후에는 율리우스력의 날짜를 그레고리력보다 십삼 일 늦게 산정한다.

9. 본문에 실린 삽화는 톨스토이의 요청으로 레오니드 오시포비치 파스테르나크가 잡지 《니바》에 연재되는 『부활』을 위해 그린 그림이다.

2부
(하)

9

동이 틀 무렵에야 겨우 잠든 탓에 네흘류도프는 다음 날 늦게 눈을 떴다.

정오에 관리인에게 뽑혀 불려온 농부 일곱 명이 사과나무 과수원으로 왔다. 사과나무 아래에 관리인이 땅에다 말뚝을 여러 개 박고 그 위에 판자를 얹어 만든 탁자와 의자들이 있었다. 모자를 쓰고 의자에 앉도록 농민들을 설득하는 데 꽤 오랜 시간이 걸렸다. 오늘 깨끗한 각반을 차고 나무껍질 신발을 신은 전직 병사는 군대의 '장례식'에서 하듯 너덜너덜한 모자를 가슴 앞에 꽉 쥐고 유난히 완강하게 서 있었다. 그들 중 미켈란젤로의 모세처럼 반백의 곱슬곱슬한 턱수염에 존경할 만한 풍모와 떡 벌어진 어깨를 하고 햇볕에 그을린 벗어진 갈색 이마 주위로 하얗게 센 풍성한 곱슬머리를 늘어뜨린 노인이 커다란 모자를 쓰고 집에서 만든 새 카프탄의 앞섶을 여미면서 비집고 들어와 의자에 앉으니 나머지 사람들도 그대로 따라 했다.

다들 자리를 잡고 앉자 네흘류도프가 맞은편에 앉아서 탁자에 팔꿈치를 괸 채 서류에 적힌 그의 계획안을 설명하기 시작했다.

농민들의 수가 적어서인지 혹은 자신이 아닌 일에 몰두해서인지 이번에 그는 전혀 당혹감을 느끼지 않았다. 무심결에 네흘류도프는 어깨가 벌어지고 하얗게 센 곱슬곱슬한 턱수염을 늘어뜨린 노인이 찬성이나 반박을 해 주길 기대하며 주로 그를 향해 이야기했다. 그러나 네흘류도프의 짐작은 어긋났다. 다른 농민들이 반박할 때면 점잖은 노인은 족장 같은 분위기를 풍기는 잘생긴 머리를 찬성하듯 끄덕이거나 인상을 쓰며 절레절레 흔들었다. 그렇지만 네흘류도프가 하는 말을 아주 힘겹게, 그것도 다른 농민들이 그의 말을 자기들 언어로 바꿔 말할 때에야 겨우 이해하는 것처럼 보였다. 네흘류도프의 말을 훨씬 잘 이해한 사람은 족장처럼 보이는 노인과 나란히 앉은 애꾸눈 노인이었다. 체구가 작고 수염이 거의 없는 노인은 헝겊을 덧댄 난징 무명 코트를 입고 굽 가장자리가 닳은 낡은 부츠를 신었다. 네흘류도프가 나중에 알게 된 바로는 페치카를 만드는 기술공이었다. 그 사람은 눈썹을 씰룩이며 네흘류도프가 하는 말에 주의를 쏟다가 그 말을 즉각 자기 식으로 바꾸어 말했다. 턱수염이 하얗고 눈이 지혜롭게 반짝이는 작고 다부진 노인도 이해가 빨랐다. 그는 모든 기회를 살려 네흘류도프의 말에 익살맞고 냉소적인 의견을 덧붙였다. 그런 말로 자신을 과시하고 싶은 눈치였다. 머저리같이 군인 시늉을 내고 무의미한 군대식 말투를 쓰는 습관 때문에 당황하지만 않았다면 전직 병사 역시 문제를 이해할 수 있었을지 모른다. 이 문제에 가장 진지한 태도를 보인 사람은 낮고 굵은 목소리로 말하는 남자였다. 코가 길고 턱수염이 적고 키가 큰 남자는 집에서 지은 깨끗한 옷을 입고 새 나무껍질 신발을 신었다. 그 남자는 모든 것을 이해했고, 필요한 경우에만 말했다. 나머지 두 노인은 주의 깊게 듣고는 있었지만 줄곧 침묵하다시피 했다. 한 명은 바로 전날 모임에서 네흘류도프의 모든 제안에 소리 높여 단호히 거부하던 이가 없는 노인이었고, 또 다른 한 명은 키가 크고 머리카락이 하얗고 얼굴이 선량해 보이는 절름발이 노인으로 야윈 다리에 하얀 각반을 단단히 감싸고 밭일할 때 신는 단화를 신고 있었다.

네흘류도프는 가장 먼저 토지 소유에 대한 견해를 밝혔다.

"내가 생각하기에⋯⋯." 그가 말했다. "땅은 팔아서도 안 되고 사서도 안 됩니다. 땅을 파는 게 허용되면 돈을 가진 사람들이 전부 사들여 땅이 없는 사람들로부터 땅을 사용할 권리에 대한 대가로 자신들이 원하는 것들을 취할 테니 말입니다. 땅 위에 서 있는 것에 대해서도 돈을 받아 낼 겁니다." 그는 스펜서의 논거를 들며 이렇게 덧붙였다.

"날개를 달고 날아다니는 게 유일한 방법이로군." 웃는 듯한 눈매와 하얀 턱수염을 지닌 노인이 말했다.

"옳은 말씀." 코가 긴 농부가 낮고 굵은 목소리로 말했다.

"그러게 말입니다." 전직 병사가 말했다.

"젊은 아낙이 암소에게 먹일 풀을 뜯었다가 그만 붙잡혀서 감옥에 들어갔잖아." 다리를 저는 선량한 노인이 말했다.

"우리 땅은 5베르스타 떨어진 곳에 있습니다. 하지만 방법이 없어요. 지대가 너무 올라서 도저히 지불할 수가 없습니다." 이가 없는 성마른 노인이 말했다. "우리 목에 줄을 걸고 원하는 대로 하지요. 농노 시대의 부역보다 훨씬 못하다니까요."

"나도 여러분과 똑같이 생각합니다." 네흘류도프가 말했다. "그리고 땅을 소유하는 것은 죄라고 생각합니다. 그래서 이렇게 땅을 넘기려는 겁니다."

"뭐, 좋은 일이지요." 모세 같은 곱슬머리 노인이 말했다. 네흘류도프가 땅을 임대하려는 거라고 생각하는 게 분명했다.

"내가 온 것도 그 때문입니다. 난 더 이상 땅을 소유하고 싶지 않습니다. 그러니 이제 땅을 어떻게 처리할지 곰곰이 생각해야 합니다."

"농부들에게 넘기면 그만이지." 이가 없는 성마른 노인이 말했다.

네흘류도프는 그 말에서 자기 의도의 진실성에 대한 의심을 느껴 처음에는 잠시 혼란스러웠다. 하지만 곧 정신을 가다듬고 마음에 담아 둔 것을 표현하기 위해 그 말을 이용했다.

"넘기게 된다면 기쁠 겁니다." 그가 말했다. "하지만 누구에게 어떤 방법으로요? 어떤 농부들에게요? 왜 죠민스코예 마을이 아니라 여러분 공동체에 넘겨야 한다는 겁니까?"(죠민스코예는 토지가 아주 적은 옆 마을이었다.)

다들 침묵했다. 전직 병사만이 입을 열었다.

"그렇지요."

"자, 그렇다면⋯⋯." 네흘류도프가 말했다. "여러분의 의견을 말해 보십시오. 만약 차르가 지주들로부터 토지를 몰수해 농민들에게 분배하겠다고 말씀하신다면⋯⋯."

"정말 그런 소문이 있답니까?" 조금 전의 노인이 물었다.

"아뇨, 차르께서는 어떤 분부도 내리지 않았습니다. 내가 그냥 머리에 떠오른 것을 말했을 뿐입니다. 만약 차르가 지주들로부터 토지를 몰수해서 농민들에게 분배하겠다고 말씀하신다면 당신들은 어떻게 할 겁니까?"

"어떻게 하냐고요? 농부에게든 지주 나리에게든 똑같이 모든 토지를 머릿수대로 공평하게 나눌 겁니다." 페치카 기술공이 눈썹을 빠르게 들썩이며 말했다.

"달리 어쩌겠습니까? 머릿수대로 나눠야죠." 하얀 각반을 찬 선량한 인상의 절름발이 노인이 맞장구를 쳤다.

다들 그 해결책을 만족스럽게 여기며 찬성했다.

"머릿수대로라니 도대체 어떻게 한다는 겁니까?" 네흘류도프가 물었다. "하인에게도 나누어 줍니까?"

"절대 안 되지요." 전직 병사가 쾌활하고 활기차게 보이려고 애쓰며 말했다.

하지만 분별력을 갖춘 키 큰 농민은 그의 의견에 찬성하지 않았다.

"나누겠다면 모두에게 똑같이 주어야지요." 잠시 생각해 본 후 그는 특유의 낮고 굵은 목소리로 대답했다.

"안 됩니다." 미리 반박을 준비해 둔 네흘류도프가 말했다.

"누구에게나 똑같이 나눈다면 노동하지 않고 경작하지 않는 모든 이들, 그러니까 지주, 하인, 요리사, 관리, 서기, 도시의 모든 사람들이 자기 몫을 부자에게 팔 겁니다. 그러면 땅은 다시 부자에게 모입니다. 자기 몫의 땅을 일구며 살던 사람들은 식구가 늘 텐데 땅은 이미 분배가 끝난 상태죠. 부자들은 토지가 필요한 사람들을 다시 수중에 넣게 됩니다."

"맞습니다." 병사가 황급히 맞장구를 쳤다.

"땅을 팔지 못하게 금지해야 합니다. 직접 경작하는 사람만 땅을 갖게 해야 해요." 페치카 기술공이 매섭게 병사의 말을 가로막았다.

이에 대해 네흘류도프는 누가 스스로를 위해 경작하고 누가 남을 위해 경작할지 분간하기는 불가능하다고 반박했다.

그때 분별 있는 키 큰 농부가 모든 사람이 조합을 결성해 다 함께 경작하도록 하자고 제안했다.

"그리고 경작하는 사람에게 농산물을 나눠 주면 되지요. 경작하지 않는 사람에게는 아무것도 주지 말고요." 그가 특유의 단호하고 굵은 목소리로 말했다.

이런 코뮤니즘적인 계획에 대해서도 네흘류도프는 역시 논거를 갖고 있었다. 그는 이렇게 반박했다. 그러려면 모든 사람에게 쟁기가 있어야 하고, 말들이 똑같아야 하고, 아무도 뒤처지지 않아야 하고, 말이며 쟁기며 도리깨며 다른 모든 도구들이 공용이어야 한다. 그리고 이런 제도를 실시하기 위해서는 모든 사람들의 동의가 필요하다.

"우리 농민들이 평생 의견이 맞을 리가 있나." 성마른 노인이 말했다.

"주먹다짐이 그칠 새 없지." 하얀 턱수염과 웃는 눈을 지닌 노인이 말했다. "여편네들이 서로 눈깔을 뽑으려 들걸."

"그럼 토질을 고려할 경우에는 어떻게 땅을 분배해야 할까요?" 네흘류도프가 말했다. "무슨 기준으로 어떤 사람에게는 흑토를 주고, 또 어떤 사람에게는 점토나 모래를 줍니까?"

"모든 사람에게 똑같이 나누어 주려면 몫이 작아지겠죠." 페치카 기술공이 말했다.

이에 대해 네흘류도프는 지금 논의의 핵심은 공동체 안에서만 땅을 분배하는 게 아니라 여러 현에 걸쳐 전체적으로 분배하는 것이라고 반박했다. 땅을 농민들에게 무상으로 분배할 경우 도대체 무슨 근거로 어떤 이들은 좋은 땅을, 또 어떤 이들은 나쁜 땅을 소유한단 말인가? 모두 비옥한 땅을 원한다.

"그렇지요." 병사가 말했다.

나머지 사람들은 침묵했다.

"이 문제는 생각처럼 그렇게 단순하지 않습니다." 네흘류도프가 말했다. "그래서 이 문제에 대해서는 우리만이 아니라 다른 많은 사람들도 생각하고 있지요. 조지라는 미국인이 있는데 그 사람이 이런 것을 생각해 냈답니다. 나도 그 사람의 의견에 동의하고요."

"나리가 주인이니 나리가 주면 되지. 누가 말리나? 나리 맘대로 하쇼." 성마른 노인이 말했다.

네흘류도프는 이처럼 말허리가 잘린 데 당황했다. 하지만 그런 식의 방해에 불만스러워하는 사람이 자기 혼자만이 아니라는 것을 눈치채고 기뻐했다.

"기다려 봐요, 세묜 아저씨, 나리의 말씀을 좀 들어 봅시다."
사려 깊은 농부가 특유의 인상적인 저음으로 말했다.

그 말이 네흘류도프에게 기운을 북돋아 주었다. 그는 헨리
조지의 단일세 안에 대해 설명하기 시작했다.

"땅은 누구의 것도 아니고 하느님의 것입니다." 그가 말문
을 열었다.

"그렇지요, 옳은 말씀입니다." 몇몇 목소리들이 대답했다.

"토지는 공동의 것입니다. 모든 사람이 토지에 대해 동등한
권리를 갖습니다. 그런데 더 비옥한 땅도 있고 더 척박한 땅
도 있습니다. 그리고 모든 사람이 좋은 땅을 갖고 싶어 합니
다. 평등하게 나누려면 어떻게 해야 할까요? 좋은 땅을 갖게
될 사람이 그 땅의 가치에 해당하는 값을 땅을 갖지 않은 사람
에게 지불하도록 하면 됩니다." 네흘류도프는 자신의 질문에
스스로 답했다. "하지만 누가 누구에게 지불해야 할지 배정하
기는 어렵습니다. 공동의 필요를 위해 돈을 모아 둘 필요도 있
습니다. 그렇기 때문에 땅을 소유한 사람이 그 땅의 가치에 해
당하는 값을 공동체에 지불해서 이런저런 비용을 충당하게
해야 합니다. 그러면 모두가 공평해지겠지요. 땅을 갖고 싶으
면 좋은 땅에 대해서는 더 많이 지불하고 나쁜 땅에 대해서는
덜 지불하면 됩니다. 땅을 갖고 싶지 않으면 돈을 지불하지 않
아도 됩니다. 그 사람이 공동체 경비를 위해 내야 할 할당금은
땅을 소유하는 사람이 대신 지불할 겁니다."

"옳습니다." 페치카 기술공이 눈썹을 꿈틀거리며 말했다.

"더 좋은 땅을 가진 사람이 돈도 더 많이 내야죠."

"그 조지라는 사람, 머리가 있는 사람일세." 곱슬거리는 턱수염을 지닌 위풍당당한 노인이 말했다.

"다만 지불할 금액이 우리 능력을 넘지 않아야 할 텐데." 키큰 남자가 낮고 굵은 목소리로 말했다. 사안이 어디로 흘러갈지 이미 내다본 듯했다.

"지불액은 너무 비싸지도 너무 싸지도 않아야 합니다……. 너무 비싸면 사람들이 지불을 못 해서 손실이 발생할 테고, 또 너무 싸면 다들 서로의 땅을 사들이려 해서 토지 매매가 시작될 겁니다. 자, 지금까지 말한 것이 바로 내가 여러분의 마을에서 하고자 하는 겁니다."

"옳습니다. 그 말이 맞아요. 뭐, 나쁘지 않군요." 농부들이 말했다.

"음, 머리가 있어." 구불거리는 턱수염이 나고 어깨가 떡 벌어진 노인이 같은 말을 되풀이했다. "그 조지라는 사람 말이야! 그런 생각을 해내다니."

"그럼 제가 토지를 받기를 바란다면 어떻게 해야 합니까?" 관리인이 미소를 지으면서 말했다.

"혹시 빈자리가 있으면 그걸 받아서 일을 해요." 네흘류도프가 말했다.

"자네가 왜? 자네는 이대로도 배가 부르잖아." 웃는 듯한 눈매의 노인이 말했다.

이것으로 협의는 끝났다.

네흘류도프는 다시 한번 자신의 제안을 말했다. 하지만 당장 대답을 요구하지 않고 공동체와 상의한 다음에 와서 답변해 주길 바란다고 조언했다.

농부들은 공동체와 의견을 나누어 보고 나서 답변을 주겠다고 말한 후 작별 인사를 하고 흥분한 상태로 떠났다. 길을 따라 멀어져 가는 농부들의 커다란 말소리가 오랫동안 들려왔다. 그리고 늦은 밤까지 웅성거리는 그들의 목소리가 강을 따라 마을 쪽에서 실려 왔다.

다음 날 농부들은 일을 하지 않고 주인의 제안에 대해 상의했다. 공동체는 두 편으로 갈렸다. 한편은 주인의 제안이 유익하고 안전하다 인정했으며, 다른 편은 그 제안에 모략이 숨어 있다 생각했고 그 실상을 알 수 없다는 점 때문에 특히 두려워했다. 하지만 셋째 날 다들 주인이 제시한 조건을 받아들이는 데 동의했고, 공동체 전체의 결정을 알리기 위해 네흘류도프를 찾았다. 그들이 이렇듯 다 함께 찬성한 데는 주인의 행동에 대한 노파의 해석이 영향을 미쳤다. 그 해석은 노인들의 찬성을 이끌어 냈고, 기만에 대한 온갖 우려를 말끔히 없애 주었다. 노파는 주인이 영혼에 대해 생각하기 시작했으며 영혼의 구원을 위해 이렇게 행동하는 것이라고 설명했다. 네흘류도프가 파노보 마을에 머물 때 거지들에게 준 큰 금액이 이러한 설명을 뒷받침했다. 네흘류도프는 이곳에서 처음으로 농민들이 처한 빈곤과 혹독한 생활을 알게 됐고, 그 빈곤에 충격을 받은 나머지 현명한 행동이 아닌 줄 알면서도 돈을 주지 않을 수 없었다. 네흘류도프가 적선을 베푼 것은 그런 이유 때문이었다. 지난해 쿠즈민스코예의 숲을 매각한 데다 농기구를 판매한 선금이 들어와 지금은 특히 그의 수중에 돈이 많은 상태였다.

지주가 애원하는 사람들에게 돈을 준 사실이 알려지자 사람들, 주로 부녀자들이 무리를 지어 인근 곳곳에서 도움을 청하러 그를 찾아오기 시작했다. 그는 이들을 어떻게 대하고 누구에게 얼마를 줄 것인가를 결정할 때 무엇을 기준으로 삼아야 할지 전혀 몰랐다. 자기한테 많은 돈이 있는데 도움을 청하는 사람들, 그것도 가난한 게 분명한 사람들에게 돈을 주지 않는 것은 도저히 있을 수 없는 일처럼 느껴졌다. 하지만 간청하는 사람들에게 무작정 돈을 주는 것은 별 의미가 없었다.

이런 처지에서 벗어날 유일한 방법은 떠나는 것이었다. 그는 서둘러 이를 실행에 옮겼다.

파노보에서 보낸 마지막 날 그는 본채에 들어가 남은 물건들을 정리하는 데 몰두했다. 물건들을 정리하다가 고모들이 쓰던, 사자 머리에 청동 고리가 달리고 가운데가 볼록한 낡은 마호가니 속옷장의 아래칸 서랍에서 많은 편지와 그 사이에 낀 사진 한 장을 발견했다. 소피야 이바노브나, 마리야 이바노브나, 대학생 시절의 그, 순수하고 싱그럽고 아름답고 생명의 기쁨에 넘치는 카츄샤가 함께 찍은 사진이었다. 집 안에 있던 모든 물건들 가운데 네흘류도프는 편지들과 이 사진만 챙겼다. 나머지는 전부 방앗간 주인에게 남겼다. 늘 빙글거리는 관리인의 추천으로 그가 파노보의 저택 — 해체해서 운반해 가기로 했다 — 과 가구 일체를 10분의 1 가격에 사들였다.

쿠즈민스코예 마을에서 재산을 잃는 것에 대해 아쉬워하던 감정을 새삼 떠올리면서 네흘류도프는 자신이 어떻게 그런 감정을 느꼈을까 놀라워했다. 지금 그는 여행자가 새로운 땅을 발견했을 때 느낄 법한 어떤 새로움의 감각과 그칠 새 없이 샘솟는 해방의 기쁨을 느꼈다.

10

이번에 돌아왔을 때 도시는 네흘류도프에게 유난히 기묘하고 새로운 충격으로 다가왔다. 그는 저녁에 가로등 불빛을 받으며 역에서 집으로 돌아왔다. 방마다 아직 나프탈렌 냄새가 풍겼다. 아그라페나 페트로브나와 코르네이 둘 다 기진맥진하고 불만에 차 있었으며, 오로지 널고 말리고 보관할 때 외에는 아무 쓰임새가 없는 세간을 정리하는 문제로 이미 다투기까지 했다. 네흘류도프의 방은 비어 있었지만 아직 정리가 되지 않은 데다 여행 가방들에 막혀 들어가기도 힘들었다. 그래서 네흘류도프의 도착은 어떤 기이한 타성에 의해 이 집에서 벌어지고 있는 일에 확실히 해가 되었다. 농촌의 궁핍을 본 후 이 모든 일의 명백한 어리석음 — 한때 그도 관여한 — 이 너무도 불쾌하게 느껴진 나머지 그는 누이가 와서 집 안에 있는 모든 세간을 최종적으로 처리할 때까지 아그라페나 페트로브나가 그녀의 생각대로 세간을 정리하도록 내버려 두고 자신은 다음 날 호텔로 거처를 옮겨야겠다고 결심했다.

네흘류도프는 아침에 집을 나와 감옥 근처에서 가장 먼저 눈에 띈, 매우 수수하고 지저분한 가구 딸린 방 두 개짜리 셋집을 구한 후 집에서 자신이 골라 놓은 물건들을 그곳으로 옮기도록 지시하고 변호사를 만나러 갔다.

밖은 추웠다. 폭풍우가 지나가고 나자 봄이면 대개 그렇듯 추위가 닥쳤다. 공기가 어찌나 차고 바람이 어찌나 매서운지 여름 외투를 입은 네흘류도프는 몸이 얼어붙는 것 같아 몸을 덥히기 위해 걸음을 빨리했다.

그의 기억 속에는 농촌 사람들의 모습이 있었다. 여자들, 아이들, 노인들, 그리고 이제야 처음으로 본 듯 느껴지는 빈곤과 피로, 특히 방글방글 웃으며 살이 없는 작은 다리를 배배 꼬던 늙은이 같은 얼굴의 젖먹이⋯⋯. 그는 무심결에 그 사람들을 도시의 정경과 비교했다. 정육점, 생선 가게, 기성복 상점 옆을 지나치며 시골에서는 단 한 명도 찾아볼 수 없었던 깨끗하고 뚱뚱한 아주 많은 상점 주인들의 만족해하는 모습에 마치 그런 모습을 처음 본 양 충격을 받았다. 이 사람들은 분명 자신들의 상품에 대해 잘 모르는 사람들을 속이려는 노력이 쓸모 없는 짓이 아니라 매우 유익한 일이라고 굳게 확신하는 듯했다. 엉덩이가 커다랗고 등 부분에 단추들을 채운 마부들도, 금몰이 달린 챙 모자를 쓴 수위들도, 앞치마를 매고 머리카락을 곱슬곱슬하게 만든 하녀들도, 특히 뒷덜미를 깔끔하게 민 채 2인승 사륜마차에 늘어지게 앉아 경멸에 찬 방탕한 눈길로 통행인들을 구경하는 고급 삯마차 마부들도 똑같이 만족스러워 보였다. 이 모든 사람들 속에서 이제 그는 땅을 빼앗겨 도시로 내몰린 농촌 사람들을 보지 않을 수 없었다. 이 사람들 중 어떤 이들은 도시의 환경을 잘 이용하고 신사들처럼 되어 자기 형편에 기뻐했으며, 또 어떤 이들은 농촌에서 살 때보다 더욱 열악한 조건에 처해 훨씬 더 가련해졌다. 네흘류도프에게는 어느 지하실 창문을 통해 본 제화공들도 그처럼 가련해 보였다. 비눗물의 증기가 쏟아져 나오는 열린 창문 앞에서 훤히 드러난 야윈 두 손으로 다림질을 하는 마르고 창백하고 머리가 산발인 세탁부들도 그랬다. 앞치마를 걸치고 맨발에 헌 신을 신고서 네흘류도프를 스쳐 지나간 두 명의 페인트공 — 머리부터 발끝까지 온통 페인트가 묻은 — 도 그랬다. 그들은 팔꿈치 위쪽까지 소매를 걷어붙인 채 햇볕에 그을고 힘줄이 불거진 허약한 두 팔로 페인트 통을 나르면서 서로에게 쉴 새 없이 욕설을 퍼부었다. 얼굴이 피로해 보이고 분노에 차 있었다. 짐마차 위에서 흔들리고 있는 삯마차 마부의 검은 먼지투성이 얼굴도 그랬다. 아이들과 함께 길모퉁이에 서서 구걸을 하는 누더기 차림의 퉁퉁 부은 남자와 여자들의 얼굴도 그랬다. 네흘류도프가 지나쳐야 했던 선술집의 열린 창문으로 똑같은 얼굴들이 보였다. 유리병과 찻잔이 놓인 작고 더러운 탁자들 앞에 벌겋게 달아오르고 땀에 젖은 아둔한 얼굴의 사람들이 소리를 지르고 노래를 부르며 앉아 있었다. 한 사람은 창가에 앉아 눈썹을 치켜올리고 입술을 쑥 내민 채 눈앞을 쳐다보고 있었다. 마치 무언가를 떠올리려고 애쓰는 것 같왔다. 하얀 옷을 입은 급사들이 비틀거리며 탁자들 사이를 빠르게 돌아다녔다.

'그런데 왜 다들 저곳에 모여 있는 걸까?' 네흘류도프는 차가운 바람에 실려 온 먼지와 함께 사방에 퍼진 갓 칠한 페인트의 산패한 기름 냄새를 무심결에 들이마시면서 생각했다.

어느 거리에서 무슨 쇠붙이를 운반하는 짐마차 행렬이 그의 옆으로 가까이 다가왔다. 마차들이 울퉁불퉁한 다리를 건너면서 내는 쇠붙이 소리가 어찌나 요란한지 귀가 아프고 머리가 지끈거릴 정도였다. 그는 짐마차 행렬을 앞지르기 위해 걸음을 재촉했다. 그때 시끄러운 쇠붙이 소리 틈에서 그의 이름을 부르는 소리가 들렸다. 그는 걸음을 멈췄다. 조금 앞쪽에 왁스로 콧수염을 꼿꼿하고 뾰족하게 만든 환한 얼굴의 군인이 보였다. 고급 삯마차에 탄 그가 유난히 하얀 이를 드러낸 채 싱글싱글 웃으면서 네흘류도프를 향해 반갑게 손을 흔들고 있었다.

"네흘류도프! 자네 맞지?"

네흘류도프가 처음에 느낀 감정은 기쁨이었다.

"아, 셴보크!" 그는 반갑게 말했지만 곧 조금도 기뻐할 게 없다는 사실을 깨달았다.

그때 고모들 댁에 들렀던 그 셴보크였다. 네흘류도프는 오랫동안 그를 보지 못했다. 하지만 그가 빚을 지고도 연대에서 나온 이후 여전히 기병대에 남아 있으며, 또 무슨 수를 썼는지 계속 부유한 사람들의 세계에 머물러 있다는 소문을 들었다. 만족스러워 보이는 즐거운 표정이 그 사실을 뒷받침했다.

"이렇게 자네를 딱 맞닥뜨리다니 정말 좋군! 자네마저 없었으면 이 도시에 아무도 아는 사람이 없을 뻔했어. 어이, 친구, 자네도 꽤 늙었어." 그가 삯마차에서 내리며 어깨를 쭉 펴고 말했다. "걸음걸이만 보고 바로 자네를 알아봤지. 어때, 같이 식사하지 않겠어? 여기 이 도시에 괜찮게 식사를 할 만한 곳이 있을까?"

"짬이 날지 모르겠군." 네흘류도프가 대답했다. 어떻게 해야 동료의 기분을 상하게 하지 않고 벗어날 수 있을지만 생각했다. "그런데 이곳에는 무슨 일로 왔어?" 그가 물었다.

"그야 용무 때문이지, 친구. 후견에 관한 문제야. 내가 후견인이거든. 사마노프의 일을 돌봐 주고 있어. 자네도 알지, 그 부자 말이야. 뇌경색을 일으켰어. 땅이 5만 4000제샤치나 정도 돼." 그는 마치 자신이 그 땅을 전부 마련하기라도 한 듯 유난스레 거드름을 피우며 말했다. "영지에 관한 업무가 끔찍할 정도로 방치되어 있어. 토지는 전부 농민들에게 세를 주었지. 그런데 그자들이 한 푼도 내지 않아서 체납금이 8만 루블을 넘었어. 난 일 년 동안 모든 걸 싹 바꿔서 70퍼센트 이상 받아내 주었지. 어때?" 그가 우쭐거리며 말했다.

네흘류도프는 이 셴보크가 재산을 전부 써 버리고 도저히 갚을 길 없는 빚까지 진 바람에 어떤 특별한 연줄을 통해서 재산을 탕진하고 있는 어느 늙은 부자의 재산을 관리하는 후견인으로 지정됐으며 지금은 그 후견 업무로 생계를 유지하는 모양이라고 들은 것을 기억해 냈다.

'어떻게 이 인간에게 모욕감을 안기지 않고 벗어나지?' 네홀류도프는 그 환하게 빛나는 탱탱한 얼굴과 왁스를 바른 콧수염을 쳐다보면서, 그리고 괜찮은 식사를 할 만한 곳에 대해 묻는 친근하고 허물없는 잡담과 후견 업무를 수행하는 자신의 방식에 대해 잘난 척하는 소리를 들으며 생각에 잠겼다.

"음, 그런데 어디에서 식사를 할까?"

"정말 시간이 없어." 네흘류도프가 시계를 보며 말했다.

"그럼 이렇게 해. 오늘 저녁에 경마가 있어. 자네도 올 거지?"

"아니, 안 가."

"와. 내 말은 없어. 하지만 그리신의 말들에 걸었지. 기억나? 그 사람에게 훌륭한 말 사육장이 있잖아. 와서 함께 저녁을 먹는 게 어때?"

"저녁을 먹기도 힘들겠어." 네흘류도프가 미소를 지으며 말했다.

"이게 뭐야? 지금 어디 가는데? 자네만 괜찮다면 마차로 데려다줄게."

"변호사에게 가는 중이야. 바로 저기 모퉁이만 돌면 돼." 네흘류도프가 말했다.

"아, 자네가 감옥에서 무언가를 하고 있다지? 죄수들의 대리인이라도 된 거야? 코르차긴가 사람들에게 들었어." 셴보크가 껄껄거리면서 말했다. "그 사람들은 벌써 떠났어. 무슨 일이야? 이야기 좀 해 봐!"

"그래, 그래, 전부 사실이야." 네흘류도프가 대답했다. "하지만 길에서 무슨 이야기를 할 수 있겠어!"

"참, 그렇지, 자네는 정말이지 언제나 괴짜였어. 그럼 경마에 올 거야?"

"아니, 갈 수도 없고 가고 싶지도 않아. 제발 화내지 마."

"화를 내다니! 자넨 어디에서 지내?" 그가 물었다. 갑자기 그의 얼굴이 진지해지고, 시선이 멈추고, 눈썹이 치켜 올라갔다. 기억을 떠올리려는 듯했다. 그 모습에서 네흘류도프는 선술집 창문 안쪽에서 그에게 충격을 준, 눈썹을 치켜올리고 입술을 뾰족하게 내민 남자와 똑같은 아둔한 표정을 보았다.

"정말 춥군! 그렇지 않아?"

"응, 그렇군."

"구매한 물건은 자네가 잘 갖고 있겠지?" 그가 삯마차 마부를 돌아보았다. "자, 그럼 잘 가. 자네를 만나서 정말, 정말 반가웠어." 셴보크가 말했다. 그러고는 네흘류도프의 손을 꽉 쥔 후 새로 장만한 하얀 영양 가죽 장갑을 낀 큼직한 손을 윤기 있는 얼굴 앞에서 흔들고 유난히 하얀 이가 드러나도록 습관적인 미소를 지으며 마차에 올라탔다.

'나도 정말 저랬나?' 네흘류도프는 변호사의 집 쪽으로 계속 걸어가며 생각했다. '그래, 완전히 저렇지는 않았다 해도 저렇게 되고 싶었고, 저렇게 인생을 살겠다고 생각했었지.'

11

변호사는 순번을 무시하고 네흘류도프를 맞아들이더니 곧
바로 멘쇼프 모자의 사건에 대해 이야기를 꺼냈다. 그는 그 사
건 기록을 읽은 후 근거가 불충분한 기소에 분개한 상태였다.

"불쾌하기 짝이 없는 사건입니다." 그가 말했다. "집주인이
보험금을 받으려고 방화를 저질렀을 확률이 아주 높습니다.
하지만 문제는 멘쇼프 모자의 유죄가 전혀 입증되지 않았다
는 점입니다. 어떤 물증도 없어요. 그렇게 된 건 예심 판사의
유난스러운 열성과 검사보의 무관심 때문입니다. 지방이 아
니라 여기에서 사건을 심리하기만 해도 승소를 보장할 수 있
는데요. 수임료도 받지 않을 거고요. 자, 다른 건입니다만, 페
도시야 비류코바 말입니다, 폐하께 올리는 탄원서는 작성해
두었습니다. 페테르부르크로 갈 때 가져가십시오. 직접 제출
하면서 청원하는 편이 좋습니다. 그러지 않으면 그쪽에서 법

무부에 조회를 할 테고, 법무부는 한시바삐 어깨의 짐을 내려 놓는 방향으로 답변할 겁니다. 즉 기각하는 거죠. 그럼 전부 허사가 됩니다. 그러니 고위직 인사들을 면담할 수 있도록 하셔야 합니다."

"폐하를요?" 네흘류도프가 물었다.

변호사가 소리 내어 웃었다.

"그건 그야말로 최고위직이고요. 그러면 최종심이 될 겁니다. 고위직이란 청원 위원회의 비서나 주임 정도를 뜻합니다. 자, 이제 다 끝난 건가요?"

"아뇨, 여기 분리파 교도들이 나에게 쓴 편지가 있습니다." 네흘류도프가 호주머니에서 분리파 교도들의 편지를 꺼내며 말했다. "그 사람들이 쓴 내용이 사실이라면 정말 놀라운 사건입니다. 오늘 그 사람들을 만나 어떻게 된 일인지 알아볼까 합니다."

"보아하니 당신은 감옥의 모든 불평을 빨아들이는 깔때기나 병목이 된 것 같습니다." 변호사가 빙그레 웃으며 말했다. "너무 많아요. 만만하게 보지 마십시오."

"아뇨, 정말 충격적인 사건입니다." 네흘류도프는 이렇게 말하고 사건의 개요를 간략하게 들려주었다. 한 마을에서 사람들이 복음서를 읽기 위해 모였다. 그러자 당국의 관리들이 와서 그들을 해산했다. 다음 일요일에 사람들이 다시 모이자 이번에는 당국에서 순경들을 부르고 조서를 작성해 마을 사람들을 재판에 넘겨 버렸다. 예심 판사가 심문을 하고, 검사보가 기소장을 작성하고, 재판부가 기소를 심리했다. 그렇게 해서 그들은 재판에 넘겨졌다. 검사보는 논고를 했고, 탁자 위에는 복음서가 물증으로 놓여 있었으며, 그들은 유형을 선고받았다. "어쩐지 끔찍합니다." 네흘류도프가 말했다. "과연 사실일까요?"

"도대체 이 사건의 어디가 놀랍다는 겁니까?"

"전부요. 명령을 받은 순경에 대해서는 이해가 갑니다. 하지만 조서를 작성한 검사보는 교육을 받은 사람이잖아요."

"그런 점이 착오인 겁니다. 우리는 전반적으로 검사나 판사들을 어떤 새로운 자유주의자들로 생각하는 데 익숙합니다. 그 사람들도 한때는 그랬지만 지금은 완전히 딴판이 되었지요. 그저 봉급 날짜인 20일에만 신경 쓰는 공무원들입니다. 그들은 봉급을 받습니다. 더 많은 돈을 원하죠. 그들의 모든 원칙은 여기에 한정되어 있습니다. 자신들이 원하면 누구든 기소하고 재판하고 선고합니다."

"네, 하지만 다른 사람들과 함께 복음서를 읽는다는 이유로 한 인간에게 유형을 선고하는 것을 허용하는 법이 과연 존재할까요?"

"복음서를 읽을 때 다른 사람들에게 교회의 가르침과 다르게 설명함으로써 교회의 해석을 비판했다는 사실이 입증되기만 하면 유형지로 추방하는 것뿐 아니라 징역에도 처할 수 있습니다. 사람들 앞에서 정교를 비방하면 196조에 따라 시베리아 유형에 처해집니다."

"말도 안 됩니다."

"정말 그렇다니까요. 전 늘 존경하는 판사님들에게 말한답니다." 변호사가 말했다. "그분들을 볼 때마다 고마운 마음을 금할 수 없다고 말이죠. 제가 감옥에 있지 않은 것은, 또한 당신과 우리 모두가 감옥에 있지 않은 것은 오로지 그분들의 친절 덕분이니까요. 우리 한 사람 한 사람으로부터 특권을 박탈하고 유형지로 보내는 것은 대단히 쉬운 일이거든요."

"하지만 그처럼 모든 것이 검사들, 그리고 법을 적용하거나 적용하지 않을 수 있는 인물들의 전횡에 좌우된다면 도대체 뭣 때문에 재판을 한단 말입니까?"

변호사가 재미있다는 듯이 웃음을 터뜨렸다.

"대단한 질문을 하시는군요! 참나, 이보세요, 그런 건 철학의 영역입니다. 뭐, 이 문제를 논해 보는 것도 괜찮겠죠. 토요일에 오십시오. 우리 집에서 학자와 문인과 예술가를 만나 보시죠. 그때 일반 문제들에 대해 함께 이야기해 보지요." 변호사가 '일반 문제들'이란 단어에 냉소적인 어감을 담아 말했다. "제 아내를 만나신 적이 있지요? 오십시오."

"네, 노력해 보겠습니다." 네흘류도프는 자신이 거짓말을 한다고 느끼며 대답했다. 무언가를 위해 노력한다면 그것은 오로지 변호사의 야회에 모여들 학자와 문인과 예술가 틈에 끼지 않기 위해서일 것이다.

판사들이 자기 마음대로 법을 적용하거나 적용하지 않을 수 있다면 재판에 무슨 의미가 있느냐는 네흘류도프의 말에 변호사가 보인 웃음, 변호사가 '철학'이니 '일반 문제들'이니 하는 말을 언급할 때의 어조는 네흘류도프와 변호사가, 아마도 변호사의 친구들까지 완전히 다른 식으로 사물을 본다는 점, 셴보크 같은 옛 친구들과 지금의 자신 사이에 놓인 간극이 아무리 크다 한들 네흘류도프가 변호사와 그의 서클 사람들한테 느끼는 거리감이 그보다 훨씬 크다는 점을 네흘류도프에게 보여 주었다.

12

감옥까지는 멀고 이미 시간도 늦어서 네흘류도프는 삯마차를 잡아타고 감옥으로 향했다. 어느 거리에서 똑똑하고 선량해 보이는 중년의 삯마차 마부가 네흘류도프를 돌아보며 건축 중인 거대한 저택을 가리켰다.

"얼마나 대단한 저택을 짓는지 보십시오." 그는 자기가 이 건축에 어느 정도 책임이 있으며 그 사실에 자랑스러움을 느낀다는 듯 말했다.

실제로 복잡하고 독특한 양식의 거대한 저택을 짓는 중이었다. 커다란 소나무 통목들을 꺾쇠로 고정해서 만든 튼튼한 발판이 시공 중인 건물을 둘러쌌고, 판자 울타리가 건물과 거리 사이를 가로막고 있었다. 온몸에 석회가 튄 노동자들이 개미처럼 발판을 따라 분주하게 움직였다. 어떤 이들은 돌을 쌓았고, 어떤 이들은 돌을 잘랐으며, 또 어떤 이들은 묵직하게 채운 들것과 작은 통을 들고 위쪽으로 올라갔다가 비우고 내려왔다.

건축가인 듯한 뚱뚱하고 잘 차려입은 신사가 발판 옆에 서서 공손히 귀를 기울이는 블라지미르현 출신의 고용자에게 위쪽의 무언가를 가리켜 보이며 말을 하고 있었다.

빈 짐마차들이 건축가와 고용자 옆을 지나 대문 밖으로 나가고 화물을 실은 짐마차들이 안으로 들어갔다.

'그런데 일을 시키는 사람들뿐 아니라 일하는 사람들까지 어떻게 모두가 당연히 이런 식으로 되어야 한다고 확신하는 걸까? 집에서는 임신한 아내들이 힘겨운 노동을 하고, 조각천을 기운 모자를 쓴 채 작은 발을 버둥거리며 늙은이 같은 얼굴로 방글거리는 자식들이 머잖아 굶어 죽을 형편인데, 어떻게 저들은 자기들을 파괴하고 강탈한 사람들 중 한 명인 어느 무의미하고 불필요한 인간을 위해 이처럼 무의미하고 불필요한 궁전을 지어야 한다고 확신하는 걸까?' 네흘류도프는 그 집을 보면서 생각에 잠겼다.

"그래, 무의미한 건물이야." 그가 생각을 소리 내어 말했다.

"어째서 무의미하다는 겁니까?" 삯마차 마부가 화를 내며 반박했다. "덕분에 사람들이 일거리를 얻는데요. 무의미하지 않습니다."

"하지만 불필요한 일이지 않습니까!"

"짓고 있다는 건 결국 필요하다는 뜻이겠죠." 삯마차 마부가 반박했다. "사람들이 그걸로 밥벌이를 하잖아요."

네흘류도프는 입을 다물었다. 더욱이 요란한 바퀴 소리 때문에 말을 하기도 힘들었다. 감옥이 가까워지자 마부는 포석이 깔린 도로에서 흙이 덮인 가도로 방향을 틀었다. 말하기가 수월해지니 그가 다시 네흘류도프를 돌아보았다.

"그리고 요즘 얼마나 많은 사람들이 도시로 몰려드는지 끔찍할 정도랍니다." 그가 마부석에서 돌아앉더니 어깨에 톱이며 도끼며 반코트며 자루를 지고 맞은편에서 걸어오는 농촌 노동자 무리를 가리켜 보이며 말했다.

"예전보다 많은 편인가요?" 네흘류도프가 물었다.

"물론이죠! 올해는 어느 일자리든 사람들이 너무 몰려들어서 끔찍할 정도예요. 고용주들은 사람들을 대팻밥처럼 아무렇게나 취급하지요. 어디를 가나 사람들로 넘쳐난답니다."

"그건 왜 그렇습니까?"

"사람이 너무 많아져서 그렇죠. 갈 데가 없어요."

"그렇게 많은 사람들이 몰려든 이유가 뭐죠? 왜 농촌에 남아 있지 않고요?"

"농촌에는 할 일이 없어요. 땅이 없는걸요."

네흘류도프는 아픈 곳을 부딪칠 때 같은 느낌을 경험했다. 뜻하지 않게 늘 아픈 곳만 부딪치는 것 같겠지만 그것은 단지 아픈 자리를 부딪칠 때만 뚜렷이 감지하기 때문일 것이다.

'정말 어디에서나 똑같은 일이 벌어지나?' 그는 잠시 생각하다가 삯마차 마부에게 그의 마을에는 토지가 얼마나 있는지, 마부가 소유한 토지는 얼마나 되는지, 왜 그는 도시에서 지내는지 이것저것 묻기 시작했다.

"우리 마을에서는요, 나리, 1인당 1제샤치나의 땅을 가진답니다. 우리 집은 세 명분의 땅을 갖고 있지요." 삯마차 마부는 기꺼이 이야기를 들려주었다. "우리 집에는 아버지와 형이 한 명 있어요. 형이 하나 더 있는데 군대에서 복무 중이지요. 농사는 아버지와 형 둘이서 해 나가고 있고요. 하지만 농사라고 해 봤자 할 일도 없는걸요. 그래서 형도 모스크바로 오고 싶어 하죠."

"토지를 빌릴 수는 없나요?"

"요즘 같은 때 어디에서 빌립니까? 예전 지주들은 땅을 전부 말아먹었어요. 상인들이 토지를 전부 수중에 넣었지요. 그들의 땅은 빌릴 수 없어요. 직접 경작하거든요. 우리 마을의 토지를 소유한 이는 프랑스인이랍니다. 우리의 옛 지주에게서 사들였죠. 그자는 땅을 빌려주지 않아요. 그냥 그걸로 끝이에요."

"그 프랑스인은 누굽니까?"

"듀파르라는 프랑스인인데 아마 나리도 들어 보셨을 겁니다. 큰 극장에서 배우들을 위한 가발을 만드는 사람이에요. 사업이 잘돼서 돈을 꽤 벌었지요. 우리 마님의 영지를 전부 사들였어요. 이제 그가 우리의 주인입니다. 자기 마음대로 우리를 부리지요. 다행히 그자는 좋은 사람입니다. 하지만 그 여편네가 러시아 여자인데 완전히 개 같은 년이랍니다. 사람들을 갈취해요. 끔찍합니다. 자, 감옥에 다 왔습니다. 어디로 모실까요, 마차 승강장으로 갈까요? 제 생각에는 아마 들여보내 주지 않을 것 같습니다만."

13

오늘은 어떤 상태의 마슬로바를 보게 될까 하는 생각 앞에서, 그리고 그녀와 감옥에 모인 사람들 안에 있을 비밀 앞에서 심장이 멎는 듯한 두려움을 느끼며 네흘류도프는 정문의 벨을 눌렀다. 그는 문을 열어 준 간수에게 마슬로바에 대해 물었다. 간수는 조회를 해 보더니 그녀가 병원에 있다고 말했다. 네흘류도프는 병원으로 갔다. 병원 수위인 선량한 노인이 즉시 그를 안에 들이고는 누구를 면회하고 싶은지 확인한 후 소아과로 향했다.

온몸에 석탄산 냄새가 밴 젊은 의사가 복도에서 기다리는 네흘류도프에게 와서 무슨 일로 왔느냐고 엄하게 물었다. 그 의사는 언제나 죄수들을 관대히 봐주었기 때문에 걸핏하면 감옥 책임자들과, 심지어 주임 의사와 불쾌한 충돌을 빚었다. 네흘류도프가 무언가 불법적인 것을 요구하지 않을까 두렵기

도 한 데다 자신이 어느 누구에게도 예외를 두지 않는다는 점을 보여 주고 싶어 그는 짐짓 화가 난 척했다.

"이곳에 여자는 없습니다. 여긴 소아과 병실이에요." 그가 말했다.

"압니다. 하지만 감옥에서 간호조무사로 온 죄수가 여기에 있을 텐데요."

"네, 여기 두 명이 있습니다. 누구를 찾습니까?"

"그들 중 마슬로바라는 여자와 가까운 사이입니다." 네흘류도프가 말했다. "그래서 그녀를 만나고 싶습니다. 난 그녀의 사건 때문에 상고장을 제출하러 페테르부르크로 갑니다. 그래서 이것을 전하고 싶은데요. 그냥 사진입니다." 네흘류도프가 호주머니에서 봉투를 꺼내며 말했다.

"뭐, 그건 괜찮습니다." 의사는 표정을 누그러뜨리고는 하얀 앞치마를 걸친 노파를 돌아보며 간호조무사로 온 마슬로바라는 죄수를 불러 달라고 말했다. "여기에 앉아 계시겠습니까, 아니면 대기실로 가시겠습니까?"

"감사합니다." 네흘류도프가 말했다. 그는 자신에 대한 의사의 태도가 호의적으로 변한 점을 이용해 병원 사람들이 마슬로바에게 만족하는지 물었다.

"괜찮습니다. 그녀의 예전 환경을 감안하면 일을 꽤 잘하는 편입니다." 의사가 말했다. "그런데 저기 오는군요."

문들 중 하나에서 간호조무사로 일하는 노파가 들어왔고, 마슬로바가 그녀를 뒤따랐다. 그녀는 줄무늬 옷에 하얀 앞치마를 걸치고 머리에는 머릿수건을 써서 머리칼을 가렸다. 네흘류도프를 보자 그녀의 얼굴이 확 붉어졌다. 그녀는 주저하듯 멈춰 서며 얼굴을 찡그리고는 눈을 내리고 복도에 깔린 줄무늬 깔개를 따라 빠른 걸음으로 다가왔다. 그의 곁에 가까이 와서도 손을 내밀려 하지 않더니 마침내 손을 내밀고는 한층 더 얼굴을 붉혔다. 그녀가 자신이 화낸 것에 대해 용서를 구하던 날 이후 네흘류도프는 그녀를 본 적이 없었고, 지금도 그때와 똑같은 모습일 거라고 예상했다. 하지만 오늘은 완전히 다른 사람 같았고, 그 표정에 새로운 무언가가 어려 있었다. 조심스러워하고 수줍어하면서도 그에게 악의를 품은 듯한 — 네흘류도프에게는 그렇게 여겨졌다 — 표정이었다. 그는 의사에게 한 말, 즉 곧 페테르부르크로 떠난다는 말을 그녀에게도 똑같이 하고는 파노보에서 가져온 사진을 봉투째 건넸다.

"내가 파노보에서 발견한 겁니다. 옛날 사진이에요. 아마 당신이 좋아할 것 같아서요. 받아요."

그녀는 검은 눈썹을 살짝 치켜올리며 마치 왜 이런 걸 주는지 묻는 양 사시인 눈으로 놀란 듯이 그를 쳐다보고는 말없이 봉투를 받아 앞치마 안쪽에 찔러 넣었다.

"그곳에서 당신의 친척 아주머니를 만났습니다." 네흘류도프가 말했다.

"만나셨어요?" 그녀가 무심하게 말했다.

"이곳은 괜찮은가요?" 네흘류도프가 물었다.

"괜찮아요, 좋아요." 그녀가 말했다.

"너무 힘들지는 않습니까?"

"아뇨, 괜찮아요. 아직 익숙하지는 않지만요."

"당신을 위해서 아주 다행입니다. 그곳보다는 훨씬 낫죠."

"그곳이라뇨? 어디를 말씀하시는 건가요?" 그녀가 말했다. 그녀의 얼굴이 붉게 물들었다.

"거기, 감옥 말입니다." 네흘류도프가 황급히 말했다.

"어째서 더 낫다는 거죠?" 그녀가 물었다.

"이곳 사람들이 더 나을 것 같아서요. 그곳 사람들 같은 이들은 없잖아요."

"그곳에도 좋은 사람이 많아요." 그녀가 말했다.

"멘쇼프 모자에 대한 일로 바빴습니다. 그들이 풀려날 거라고 기대합니다." 네흘류도프가 말했다.

"하느님께서 그렇게 해 주시길. 정말 놀라운 할머니예요." 그녀는 노파에 대한 자기 생각을 거듭 말하고는 살짝 미소를 지었다.

"난 오늘 페테르부르크로 떠납니다. 당신의 사건이 곧 심리될 거예요. 난 판결이 파기될 거라고 기대합니다."

"파기되거나 말거나 지금은 아무래도 상관없어요." 그녀가 말했다.

"지금이라니, 왜요?"

"그냥이요." 그녀는 잠시 뭔가 묻고 싶은 눈길로 그의 얼굴을 쳐다보고는 말했다.

네흘류도프는 그 말과 그 시선을 그가 결심을 지킬지 그녀의 거절을 받아들여 결심을 바꿀지 알고 싶다는 뜻으로 이해했다.

"당신이 어째서 아무래도 상관없다고 하는지 모르겠군요." 그가 말했다. "하지만 나로서는 정말 당신이 무죄를 인정받든 그렇지 않든 상관없습니다. 난 무슨 일이 있어도 내가 한 말을 실행할 각오가 되어 있거든요." 그가 단호하게 말했다.

그녀가 고개를 들었다. 사시인 검은 눈이 그의 얼굴과 그 너머를 가만히 응시했다. 그녀의 얼굴 전체가 기쁨으로 환히 빛났다. 하지만 입 밖에 낸 말은 그 눈이 하는 말과 전혀 달랐다.

"공연한 말씀을 하시네요." 그녀가 말했다.

"당신이 알아주었으면 해서 말하는 겁니다."

"그것에 대해서는 이야기가 끝났잖아요. 더 이상 할 말이 없어요." 그녀가 간신히 미소를 억누르며 말했다.

무슨 일인지 병실이 시끄러워졌다. 어린아이의 울음소리가 들려왔다.

"절 부르는 것 같아요." 그녀가 불안하게 주위를 둘러보며 말했다.

"그래요, 그럼 잘 가요." 그가 말했다.

그녀는 그가 내민 손을 알아차리지 못한 척 손을 잡아 주지 않고 등을 돌리고는 기쁨을 감추기 위해 애쓰면서 줄무늬 깔개가 깔린 복도를 지나 종종걸음으로 사라졌다.

'그녀의 마음속에서 무슨 일이 벌어지고 있을까? 무슨 생각을 할까? 어떤 감정을 느낄까? 나를 시험해 보려는 걸까? 아니면 정말로 도저히 날 용서할 수 없는 걸까? 자신이 생각하고 느끼는 것을 말하지 못하는 걸까, 아니면 그러고 싶지 않을 걸까? 마음이 누그러졌을까, 아니면 앙금이 가시지 않았나?'

네흘류도프는 스스로에게 물었지만 도저히 답을 찾을 수 없었다. 한 가지만은 알았다. 그녀가 변했다는 것, 그녀 안에서 그 영혼에 중대한 변화가 일어나고 있다는 것, 그 변화가 그를 그녀만이 아니라 그 변화의 지향점인 하느님과도 결합하고 있다는 것이었다. 그리고 그런 결합이 그의 안에 즐거운 흥분과 감동을 불러일으켰다.

어린이용 침대가 여덟 개 놓인 병실에 돌아온 마슬로바는 간호사의 지시대로 한 침대의 잠자리를 다시 손보다가 시트를 쥔 채 너무 몸을 젖힌 나머지 발이 미끄러져 하마터면 넘어질 뻔했다. 그녀를 보고 있던 사내아이가 웃음을 터뜨렸다. 건강을 회복 중이던 아이의 목에 붕대가 감겨 있었다. 마슬로바도 더 이상 참지 못하고 침대에 걸터앉아 큰 소리로 웃기 시작했다. 그 웃음은 몇몇 다른 아이들도 함께 깔깔거릴 만큼 전염성이 강했다. 간호사가 화를 내며 그녀에게 소리쳤다.

"뭣 때문에 꺅꺅거리며 웃어? 이곳이 네가 예전에 있던 곳 같은 줄 알아! 가서 음식을 가져와."

마슬로바는 입을 다물고는 식기를 들고서 지시받은 곳으로 걸음을 옮겼다. 하지만 웃지 말라고 주의를 받은 붕대 감은 사내아이와 서로 눈짓을 주고받더니 다시 깔깔거렸다. 그날 내내 몇 번이고 혼자 남기만 하면 봉투에서 사진을 슬쩍 꺼내 넋을 잃고 바라보았다. 그러나 겨우 저녁이 되어 당직 근무가 끝나고 다른 조무사와 함께 지내는 방에 혼자 남게 되자 봉투에서 사진을 완전히 꺼내 놓고 얼굴이며 옷이며 발코니의 계단이며 그와 그녀와 아주머니들 얼굴의 배경이 된 딸기나무를 구석구석 눈으로 어루만지듯 훑으면서 빛바랜 누르스름한 사진을 오래도록 꼼짝 않고 쳐다보았다. 특히 자신의 앳되고 아름다운 얼굴과 이마 주위에 곱슬거리는 머리카락은 아무리 봐도 싫증이 나지 않았다. 어찌나 넋을 잃고 있었던지 동료 조무사가 방에 들어오는 것도 알아차리지 못했다.

"그게 뭐니? 그분이 준 거야?" 착하게 생긴 뚱뚱한 조무사가 사진 위로 몸을 숙이며 말했다. "얘가 정말 너야?"

"그럼 누구겠어?" 마슬로바가 웃음을 머금고서 동료의 얼굴을 쳐다보며 말했다.

"그럼 이 사람은 누구니? 그분? 그럼 이 사람은 그분의 어머니야?"

"고모. 그런데 정말 날 못 알아보겠어?" 마슬로바가 물었다.

"어떻게 알아보니? 전혀 못 알아보겠는걸. 완전히 다른 사람 같아. 이때 이후로 십 년쯤 흘렀나 보네!"

"몇 년이 아니라 한평생이 지났지." 마슬로바가 말했다. 갑자기 그녀에게서 생기가 사라졌다. 얼굴이 침울해지고 미간에 주름이 깊게 파였다.

"그곳 생활은 분명 편하겠지."

"맞아, 편해." 마슬로바가 눈을 감고 고개를 저으며 말을 되받았다. "하지만 징역보다 못해."

"아니, 왜?"

"저녁 8시부터 새벽 4시까지야. 매일 밤 그랬어."

"그런데 왜 사람들은 그만두지 않아?"

"그야 그만두고 싶어 하지만 그럴 수가 없는걸. 말해 봤자 무슨 소용이야!"마슬로바는 이렇게 말하고는 벌떡 일어나 작은 탁자의 서랍 안에 사진을 던져 넣고서 분한 눈물을 간신히 참으며 등 뒤로 문을 쾅 닫고 복도로 달려 나갔다. 사진을 보면서 그녀는 그것을 찍을 때로 돌아간 기분을 느꼈다. 자신이 그 시절에 얼마나 행복했는지 생각했고, 지금 그와 함께하면 또 얼마나 행복할지 공상에 잠겼다. 동료의 말은 그녀의 지금 모습, 그녀가 그곳에 있을 때의 모습을 떠올리게 했다. 그리고 그녀가 그 시절 어렴풋이 느끼면서도 뚜렷이 자각하지 못했던 그 생활의 모든 공포를 떠올리게 했다. 이제야 비로소 그 모든 끔찍한 밤들, 특히 자기를 돈으로 빼내 주겠다고 약속한 대학생을 기다리던 사순절의 어느 밤을 생생히 기억해 냈다. 그녀는 떠올렸다. 가슴이 깊게 파인 술에 얼룩진 붉은 실크 드레스를 입고 헝클어진 머리카락에 붉은 리본을 단 그녀는 새벽 2시 무렵 손님들을 배웅한 후 술에 취한 채 힘없이 녹초가 되어 있었다. 춤이 잠시 멈춘 막간에 그녀는 바이올린 연주에 맞춰 피아노 반주를 하는, 야위고 뼈가 앙상히 불거지고 여드름이 조금 난 여자 옆에 나란히 앉아 자신의 고단한 생활에 대해 한탄했다. 그 피아노 반주자도 자신의 괴로운 처지를 바꾸고 싶다고 말했다. 클라라가 두 사람 쪽으로 다가왔다. 그들은 문득 셋이서 다 함께 이런 생활을 그만두자고 다짐했다. 이제 그날 밤 일도 다 끝났다고 생각해 제각기 흩어지려는데 갑자기 대기실에서 취객들이 수선을 피우는 소리가 들렸다. 바이올린 연주자가 전주를 연주했고, 피아노 반주자가 카드리유의 첫 번째 피겨를 위해 매우 경쾌한 러시아 노래를 쾅쾅 치기 시작했다. 연미복(남자는 두 번째 피겨 때 그 옷을 벗어 던졌다.)에 하얀 넥타이를 맨 자그마한 남자가 땀에 젖은 채 술 냄새를 풍기고 딸꾹질을 하면서 마슬로바를 움켜잡았고, 역시 연미복 차림(그들은 어느 무도회에서 오는 길이었다.)에 턱수염을 기른 또 다른 뚱뚱한 남자가 클라라를 붙잡았다. 오랫동안 그들은 빙글빙글 돌고 춤을 추고 소리를 지르고 술을 마셨다······. 그렇게 한 해, 두 해, 세 해가 흘러갔다. 어떻게 변하지 않겠는가! 그리고 그 모든 것의 원인은 그 남자다. 문득 그녀의 마음속에서 예전에 그에게 품었던 분노가 다시 솟구쳤다. 그에게 욕을 퍼붓고 비난하고 싶었다. 그녀는 오늘 그에게 한 번 더 말해 줄 기회를 놓친 것이 아쉬웠다. 당신이라는 인간을 잘 안다고, 당신에게 굴복하지 않을 거라고, 예전에 날 육체적으로 이용했듯이 이제는 영적으로 이용하려는 당신을 가만히 두고 보지 않겠다고, 당신이 날 자신의 관대함을 과시하기 위한 대상으로 삼도록 내버려 두지 않겠다고 말했어야 했다. 그녀는 그 고통스러운 자기 연민과 그를 향한 무익한 질책을 어떻게든 억누르기 위해 술을 마시고 싶었다. 만약 감옥에 있었다면 약속을 깨고 술을 마셨을 것이다. 하지만 이곳에서는 의사의 조수에게 부탁하지 않으면 달리 술을 구할 방법이 없었다. 그런데 그녀를 귀찮게 따라다녔기 때문에 그녀는 조수가 두려웠다. 남자들과 관계를 갖는 것에 넌더리가 났다. 복도의 긴 의자에 잠시 앉아 있던 그녀는 방으로 돌아가 동료에게 아무런 대꾸도 하지 않고 자신의 망가진 인생을 생각하며 오래도록 흐느꼈다.

14

네흘류도프는 페테르부르크에 세 가지 용건이 있었다. 원로원에 마슬로바의 상고장을 접수하고, 청원 위원회에 페도시야 비류코바의 탄원서를 제출하고, 베라 보고두홉스카야가 부탁한 대로 헌병대나 3과를 찾아가서 슈스토바의 석방이며 요새에 구금된 아들과 어머니의 면회 ── 베라 보고두홉스카야가 그에게 쪽지로 알린 ── 를 위해 알아보아야 했다. 그는 이 두 가지를 세 번째 용건으로 묶어서 생각했다. 그리고 네 번째는 복음서를 읽고 논했다는 이유로 가족과 떨어져 캅카스로 유형을 떠나게 된 분리파 신자들의 사건이었다. 그는 이 문제의 해명을 위해 할 수 있는 모든 일을 하겠다고 그들보다는 오히려 스스로에게 약속했다.

마슬렌니코프를 최근에 방문한 이후, 특히 시골에 다녀온 이후 네흘류도프는 딱히 결심을 하지는 않았지만 자신이 이 때까지 살아온 환경에 온 존재로 혐오감을 느꼈다. 이 환경 안에서는 소수의 편의와 만족을 보장하기 위해 수백만 사람들이 견디는 고통이 너무도 공들여 은폐되어 여기에 속한 인간들은 이 고통에 눈을 돌리지 않을뿐더러 그것을 보지도 못하고, 따라서 자기 삶의 잔인함과 범죄성을 깨닫지 못한다. 네흘류도프는 이제 거북함과 자책감 없이는 이 환경의 사람들과 교제할 수 없었다. 하지만 과거 생활의 습관이, 친척과 친구들이 그를 이 환경으로 끌어당겼다. 무엇보다 현재 그의 마음을 차지한 단 한 가지를 위해서는, 즉 마슬로바와 자신이 돕고자 하는 그 모든 고통받는 사람들을 돕기 위해서는 그 환경의 사람들, 존경은커녕 종종 마음속에 분노와 경멸을 불러일으키는 사람들에게 도움과 호의를 구해야 했다.

페테르부르크에 도착해 이모이자 전직 대신의 아내인 차르스카야 백작 부인의 집에 머물면서 네흘류도프는 곧 자신과 너무도 인연이 먼 귀족 사회의 한가운데로 떨어지게 됐다. 그는 불쾌했지만 달리 어쩔 수 없었다. 이모의 집이 아니라 호텔에 묵는다는 것은 곧 그녀를 모욕하는 것이었다. 한편 이모는 인맥이 넓어서 그가 처리해야 하는 모든 문제에 가장 도움이 될 만한 사람이었다.

"얘, 너에 대한 소문을 들었는데 다 무슨 소리니? 얼마나 놀랍던지!" 네흘류도프가 도착하자마자 카체리나 이바노브나가 커피를 권하며 말했다. "하워드[1] 흉내를 낸다면서! 죄인들을 돕고 있다지. 여기저기 감옥들을 방문하고. 개선 활동도 하고 말이야."

"아뇨, 그런 것은 생각도 하지 않아요."

"어째서, 그건 좋은 일이야. 하지만 거기엔 뭔가 낭만적인 사연이 있는 것 같더구나. 자, 말해 보렴."

네흘류도프는 자신과 마슬로바 사이에 있었던 일을 전부 이야기했다.

"기억난다, 기억나. 네가 그 늙은 여자들 집에서 지낼 때 가없은 엘렌이 내게 무언가 이야기를 했어. 그 노친네들(카체리나 이바노브나 백작 부인은 언제나 네흘류도프의 고모들을 경멸했다.)이 널 자기들이 돌보는 처녀와 결혼시키고 싶어 했다는 것 같은데……. 그럼 그 처녀니? 아직 예뻐?"

카체리나 이바노브나 이모는 예순 살의 건강하고 명랑하고 활기차고 수다스러운 여자였다. 키가 크고 아주 뚱뚱했으며, 입술 위의 거뭇한 콧수염이 두드러져 보였다. 네흘류도프는 이모를 사랑했고, 어린 시절부터 그녀의 활력과 쾌활함에 쉽사리 전염되곤 했다.

"아뇨, 이모, 다 지나간 얘기예요. 전 그저 돕고 싶을 뿐이에요. 우선 그녀가 아무 죄도 없이 유죄를 선고받았어요. 저는 그렇게 된 데 책임이 있어요. 그리고 그녀의 운명 전체에도 책임이 있고요. 전 그녀를 위해 제가 할 수 있는 것을 해야 할 의무가 있다고 느껴요."

"하지만 어떻게 해서 네가 그 여자와 결혼하려 한다는 말이

---

1) 존 하워드(John Howard, 1726~1790). 교도소 환경을 개혁하기 위해 애쓴 영국의 자선가. 1790년에 러시아를 여행하던 중 병으로 죽었다.

내 귀에까지 들리는 거니?"

"네, 그러려고 했어요. 하지만 그녀가 원하지 않아요."

카체리나 이바노브나는 이마를 내밀고 눈동자를 내리깐 채 놀란 표정으로 말없이 조카를 쳐다보았다. 갑자기 그녀의 얼굴이 변하더니 만족하는 빛이 떠올랐다.

"그래, 그 여자가 너보다 똑똑하네. 아, 넌 정말 바보구나! 그래서 넌 그 여자와 결혼할 거니?"

"반드시요."

"그 여자에게 그런 과거가 있는데도?"

"그러니까 더욱 그렇게 해야죠. 제가 모든 것의 원인이잖아요."

"아니, 넌 그냥 멍청이야." 이모가 웃음을 참으며 말했다. "끔찍한 멍청이. 하지만 그런 끔찍한 멍청이라서 내가 널 좋아하지." 그녀는 똑같은 말을 되풀이했다. 조카의 지적 상태와 정신적 상태를 정확히 표현한 것처럼 보이는 그 단어가 특히 마음에 든 모양이었다. "얘, 마침 잘됐다." 그녀가 계속해서 말했다. "알린이 막달레나²)들을 위한 훌륭한 갱생 시설을 운영한단다. 나도 가 본 적이 있어. 그 여자들은 정말 역겹더구나. 그곳에 다녀온 후 난 몸을 씻고 또 씻었단다. 하지만 알린은

---

2) 막달라 마리아라고 통칭되는 『신약 성경』 속의 인물이다. 일곱 마귀한테 시달리다가 예수에게 고침을 받고 예수의 죽음과 부활을 목격하기까지 예수를 충실히 따른 여성으로 그려진다. 예수의 발에 향유를 붓고 자신의 머리카락으로 닦은 창녀로도 그려진다. 서구 문학에서 막달레나는 흔히 회개한 창녀를 일컫는 상징으로 사용됐다.

몸과 마음을 다해 그 일에 전념하고 있지. 그럼 우리가 그 여자를, 너의 그 여자 말이다, 알린에게 맡기자꾸나. 그 여자를 바로잡기에는 알린이 딱 적임자야."

"하지만 그녀는 징역을 선고받았어요. 제가 이곳에 온 것도 그 판결의 파기를 위해 애써 보기 위해서예요. 그게 제가 이모를 찾아온 첫 번째 용건이고요."

"그렇구나! 그 여자에 관한 사건은 도대체 어디에 신청해야 하니?"

"원로원에요."

"원로원? 그래, 사랑하는 사촌 레부시카가 원로원에 있지. 그래, 하지만 그는 바보들 부서에 있어. 귀족 작위국에 말이야. 음, 쓸 만한 인물들 중에는 아는 사람이 아무도 없네. 누군지 모를 사람들이나 독일인들뿐이란 말이야. '게', '페', '데' 뭐시기라는 사람들, 알파벳이 다 나오겠어, 아니면 온갖 이바노프, 세묘노프, 니키친이라든지, 아니면 그런 이름을 조금 바꾼 이바넨코, 시모넨코, 니키텐코 같은 사람들. 다른 사회에서 온 사람들이지. 음, 어쨌든 남편에게 말해 보마. 그이가 그 사람들을 알아. 온갖 사람을 다 알거든. 그이에게 말해 볼게. 하지만 너도 그이에게 설명해. 그러지 않으면 그이는 절대 내 말을 이해하려 들지 않아. 내가 무슨 말을 하든 아무것도 모르겠다고 하지. 그이는 처음부터 그렇게 정해 둬. 다들 이해하는데 그이만 몰라."

그때 긴 양말을 신은 하인이 편지가 놓인 은쟁반을 가져왔다.

"마침 알린에게서 편지가 왔네. 너도 키제베터의 말을 들어

보겠구나."

"키제베터라니, 그 사람이 누군가요?"

"키제베터? 오늘 올 거야. 너도 그가 어떤 사람인지 알게 될 거다. 그 사람이 어찌나 말을 잘하는지 뼛속까지 악한 범죄자들도 털썩 무릎을 꿇고 울면서 참회를 한다니까."

정말 이상하고 또 그녀의 성격에도 별로 어울리지 않는 것처럼 보이지만 카체리나 이바노브나 백작 부인은 그리스도교의 본질이 속죄에 대한 신앙이라고 간주하는 교의를 열렬히 신봉했다. 그녀는 당시 유행하던 이 교의를 설교하는 모임에 다녔고, 집에 신자들을 모으기도 했다. 이 교의는 모든 의식과 이콘뿐 아니라 세례와 성찬식 같은 성례까지 부정했지만 카체리나 이바노브나 백작 부인의 집에는 방마다, 심지어 그녀의 침대 위쪽에까지 이콘이 걸려 있었다. 그녀는 교회가 요구하는 모든 것을 행했고, 그것에서 어떤 모순도 느끼지 않았다.

"너의 막달레나도 그의 말을 들을 수 있으면 좋을 텐데. 그럼 그녀도 개심할 테니까." 백작 부인이 말했다. "넌 꼭 저녁에 집에 있어야 한다. 너도 그 사람의 말을 듣게 될 거야. 놀라운 사람이야."

"전 그런 것에 흥미 없어요, 이모."

"재미있을 거라고 장담하마. 그러니 꼭 와야 한다. 자, 말해봐, 내가 뭘 더 도와줄까? 솔직히 다 털어놓으렴."

"요새에도 용무가 있어요."

"요새에? 음, 그곳이라면 크릭스무트 남작 앞으로 편지를 한 통 써 줄 수 있어. 아주 훌륭한 사람이야. 너도 그를 알 거야. 네 아버지의 동료였어. 지금은 강신술에 몰두하고 있지. 하지만 그건 중요하지 않아. 그는 선량한 사람이야. 그런데 그곳에는 무슨 일로 가니?"

"그곳에 투옥된 청년을 그 어머니가 면회할 수 있게 허가해 달라고 청원해야 해요. 그런데 그 문제는 크릭스무트가 아니라 체르반스키에게 달렸다고 들었어요."

"난 체르반스키를 좋아하지 않아. 하지만 그는 **마리에트**의 남편이지. 그녀에게 부탁하면 돼. 날 위해 해 줄 거야. 그녀는 아주 좋은 사람이란다."

"또 한 여자에 대해 청원할 게 있어요. 몇 달째 투옥되어 있는데 아무도 그 이유를 몰라요."

"아니, 본인은 분명히 이유를 알걸. 그들은 아주 잘 알고 있지. 그리고 그들, 그 단발머리 여자들이 그렇게 되는 것도 당연해."

"그런 게 당연한지 아닌지 우리는 모르죠. 하지만 그들은 고통을 겪고 있어요. 이모는 그리스도교 신자고 복음서를 믿잖아요. 그런데 그처럼 무정하게……."

"상관없어. 복음서는 복음서고, 싫은 건 싫은 거야. 니힐리스트[3]들이, 특히 단발머리 니힐리스트 여자들이 못 견디게 싫

---

3) 니힐리즘(nihilism)은 '무(無)'를 뜻하는 라틴어 'Nihil'에서 유래한 용어로 절대 진리의 존재 가능성을 부정하는 사상을 가리킨다. 러시아에서는 1860년대 사회주의자들이 자신들의 이념을 설명하기 위해 이 용어를 사용하기 시작했다. 스스로 니힐리스트라 칭하던 이들은 유물론을 신봉하고 피지배 계급과 소외 계층을 옹호하며 반정부적 입장을 취했는데, 대체로 남자

은데 내가 그들을 좋아하는 척한다면 그게 더 나쁠걸."

"왜 그렇게 그들을 싫어하세요?"

"3월 1일의 사건[4]이 있었는데도 왜냐고 묻는 거니?"

"그들 모두가 3월 1일 사건에 관여한 것은 아니잖아요."

"아무래도 상관없어. 뭣 때문에 그들은 자기 일도 아닌 일에 끼어드느냔 말이야. 그건 여자의 일이 아니야."

"글쎄요, 그 마리에트라는 분 말이에요, 이모는 그분이 이런저런 일에 관심을 가져도 된다고 생각하는 것 같은데요." 네흘류도프가 말했다.

"마리에트? 마리에트는 마리에트지. 하지만 그 여자들은 정체를 알 수 없는 인간들이잖니. 할츕키나인가 뭔가 하는 여자는 모든 사람을 가르치려 들더라."

"가르치려는 게 아니라 그저 민중을 도우려는 거예요."

"누구를 돕고 누구를 돕지 말아야 할지는 그 사람들이 말해 주지 않아도 다들 알아."

"하지만 농민들은 정말 궁핍한 생활을 하고 있어요. 전 이제 막 영지에서 돌아왔어요. 농민들은 마지막 남은 힘까지 쥐어짜며 일해도 배불리 먹지 못하는데 우리는 엄청나게 호화로운 생활을 하잖아요. 과연 이게 당연한 일인가요?" 네흘류도프가 말했다. 자기도 모르게 이모의 선량함에 끌려 자신의

들은 머리를 길렀고 여자들은 짧게 잘랐다. 1881년 무렵 니힐리즘은 인민의지당의 테러리즘으로 변화했다.

4) 1881년 3월 1일 알렉산드르 2세가 인민의지당 당원들의 폭탄 테러로 암살당했다.

생각을 전부 털어놓지 않을 수 없었다.

"그럼 네가 원하는 게 뭐니? 나도 일을 해야 하고 아무것도 먹지 말아야 한다는 거니?"

"아뇨, 이모가 먹지 않기를 바라는 게 아니에요." 네흘류도프는 무심결에 미소를 지으며 대답했다. "전 단지 우리 모두가 일을 하고 모두가 먹기를 바랄 뿐이에요."

이모는 다시 고개를 숙이고 눈동자를 내리뜨더니 호기심에 찬 눈길로 그를 응시했다.

"얘야, 넌 끝이 좋지 않겠구나." 그녀가 말했다.

"왜요?"

그때 키가 크고 어깨가 떡 벌어진 장군이 방으로 들어왔다. 차르스카야 백작 부인의 남편인 전직 대신이었다.

"아, 드미트리, 반갑구나." 그가 방금 면도를 끝낸 한쪽 뺨을 네흘류도프에게 내밀며 말했다. "언제 왔냐?"

그는 말없이 아내의 이마에 입을 맞췄다.

"아뇨, 대단한 애예요." 카체리나 이바노브나 백작 부인이 남편을 돌아보았다. "얘가 나한테 냇가로 가서 속옷을 빨고 감자만 먹으라고 하네요. 끔찍한 멍청이예요. 하지만 어쨌든 얘가 하는 부탁을 들어줘요." 그녀가 말을 바꾸었다. "그런데 당신도 들었죠. 카멘스카야가 생명이 염려스러울 정도로 큰 절망에 빠져 있대요." 그녀가 남편에게 말했다. "당신이 그녀를 방문해 주면 좋겠어요."

"응, 정말 끔찍하군." 남편이 말했다.

"그럼 애하고 같이 가서 이야기해요. 난 편지를 써야 해요."

네흘류도프가 옆방으로 가자마자 그녀가 응접실에서 소리
쳤다.

"그럼 마리에트에게 편지를 쓸까?"

"그렇게 해 주세요, 이모."

"네가 단발머리 여자에 대해 말하고 싶은 것을 쓸 수 있도
록 여백을 남겨 두마. 그녀가 남편에게 시킬 거야. 그러면 남
편이 실행에 옮길 테고. 날 못된 인간이라고 생각하지 마라.
그 사람들 전부 너무 싫어, 너의 피보호자들 말이야, 하지만
그 사람들의 불행을 바라진 않아. 그 사람들 멋대로 하게 내버
려 둬! 자, 가 보렴. 저녁에는 꼭 집에 있어야 한다. 키제베터
의 이야기를 듣게 될 테니. 그리고 나서 우리 함께 기도하자꾸
나. 그리고 네가 반대하지만 않으면 그건 너에게 큰 도움이 될
거야. 난 알아. 엘렌도, 너희도 모두 이런 일에는 굉장히 뒤처
졌잖아. 그럼 나중에 보자."

15

전직 대신인 이반 미하일로비치 백작은 신념이 매우 확고한 사람이었다.

젊은 시절부터 이반 미하일로비치 백작은 새가 벌레를 먹고 깃털과 솜털을 입고 공중을 날도록 타고났듯이 자신도 많은 봉급을 받는 요리사가 준비한 비싼 음식을 먹고 더없이 편안한 비싼 옷을 입고 쏜살같이 빠른 말이 끄는 가장 쾌적한 마차를 타도록 타고났다는, 따라서 그 자신을 위해 이 모든 것이 마련되어야 한다는 신념을 품었다. 게다가 국고의 돈을 온갖 명목으로 많이 받아 낼수록, 다이아몬드가 박힌 것을 비롯해 훈장들을 많이 받아 낼수록, 남성이든 여성이든 황족들과 자주 만나서 이야기를 나눌수록 자신에게 더 유리하다고 생각했다. 이반 미하일로비치 백작은 이 근본적인 도그마들에 비하면 다른 모든 것은 하찮고 따분하다고 생각했다. 다른 모든 것은 이렇든 저렇든 상관없었다. 이 믿음에 따라 이반 미하일로비치 백작은 페테르부르크에서 사십 년 동안 살면서 활동했고, 사십 년이 다 되었을 무렵 대신의 직위를 손에 넣었다.

이반 미하일로비치 백작이 그 직위를 얻는 데 도움이 된 그의 중요한 장점은 우선 작성된 문서와 법률의 의미를 이해하고, 서투르지만 이해하기 쉽게 문서를 작성하고, 표준 철자법에 어긋나지 않게 글을 쓸 수 있다는 점이었다. 두 번째, 풍채가 매우 좋은 데다 필요하다면 당당할 뿐 아니라 접근하기 힘든 위엄 있는 태도를 보일 수 있고, 또 필요하다면 열렬하다 못해 저속하게 느껴질 만큼 비굴해질 수도 있다는 점이었다. 세 번째, 개인의 도덕적 측면에서나 국가적 측면에서나 어떠한 보편적인 주의도 원칙도 없는 사람이라는 점, 따라서 필요하다면 누구에게든 동의하고, 또 필요하다면 누구에게도 동의하지 않을 수 있다는 점이었다. 그렇게 행동하면서 그는 오로지 품격을 유지하고 명백한 자기모순을 보이지 않는 데만 힘썼다. 자신의 행동이 윤리적인지 비윤리적인지, 자신의 행동이 러시아 제국이나 전 세계에 더할 나위 없는 행복을 가져올지 아주 참담한 해악을 가져올지에 대해서는 철저히 무관심했다.

그가 대신이 되었을 때 그를 의지하던 사람들 — 측근들뿐 아니라 아주 많은 사람이 그를 의지했다 — 뿐 아니라 그와 전혀 관계없는 사람들과 심지어 그 자신까지 전부 그를 행정 수완이 뛰어난 매우 똑똑한 사람으로 확신했다. 하지만 어느 정도 시간이 흘러서 그가 어떤 성과도 내지 못하고 아무것도 보여주지 않자, 또 생존 경쟁의 법칙에 따라 그와 똑같이 문서를 작성하고 이해하는 법을 익힌 풍채 좋고 원칙 없는 관료들에게 밀려나 퇴직할 수밖에 없게 되자, 그가 특별히 똑똑하지도 생각이 깊지도 않은 인간일 뿐 아니라 비록 아주 자신만만해하지만 매우 안목이 낮고 교양이 부족한 인간이며 식견이라고 해 봐야 저속하기 이를 데 없는 보수 신문의 사설 수준밖에 안 된다는 점이 모든 사람들의 눈에 분명히 보이기 시작했다. 그에게는 그를 밀어낸 교양 없고 자신만만한 다른 관료들에 비해 별다른 점이 없었으며, 그 스스로도 이것을 알았다. 하지만 그렇다고 해도 해마다 국고에서 많은 돈을 수령하고 자신의 예복을 위한 새로운 장식물을 받아야 한다는 신념은 전혀 흔들리지 않았다. 그 신념이 어찌나 강했던지 아무도 거부하지 못했고, 그는 매년 일부는 연금의 형태로, 일부는 국가 최고 기관의 위원직이며 온갖 다양한 위원회들의 의장직을 수행하는 데 대한 보수의 형태로 수만 루블을 받았다. 게다가 해마다 어깨나 바지에 새로운 금몰을 붙이고 연미복 속에 새로운 리본 훈장과 에나멜 별 훈장을 달 권리 — 그는 이 권리를 매우 가치 있게 여겼다 — 를 얻어 냈다. 그 결과 이반 미하일로비치 백작은 넓은 인맥을 갖게 됐다.

이반 미하일로비치 백작은 평소 업무 책임자의 보고를 듣듯이 네홀류도프의 말을 끝까지 경청하고는 편지를 두 통 주겠다고 말했다. 그중 한 통은 원로원의 상고부에 있는 볼프에게 보내는 것이었다.

"그에 대해 온갖 소문이 돌긴 하지만 어쨌든 아주 품위 있는 사람이다." 그가 말했다. "게다가 나에게 신세를 진 게 있으니 힘닿는 대로 애써 줄 거다."

이반 미하일로비치 백작은 청원 위원회의 유력 인사에게 보내는 또 다른 편지를 건넸다. 네흘류도프가 들려준 페도시야 비류코바의 사건은 그에게 큰 흥미를 불러일으켰다. 네흘류도프가 황후에게 서한을 올리고 싶다고 하자 그는 실제로 그 사건에는 마음을 강하게 움직이는 면이 있으니 기회가 닿으면 궁전에서 직접 이야기해 보는 것도 좋지 않겠느냐고 말했다. 하지만 그는 약속을 할 수 없었다. 청원을 절차대로 하게 내버려 두자. 기회가 생기면, 혹시 목요일의 내밀한 모임에 부름을 받게 되면 그때 이야기를 해 볼 수 있을지도 모른다. 그는 잠시 그런 생각을 했다.

백작이 써 준 두 통의 편지와 이모가 마리에트 앞으로 써 준 편지를 받자마자 네흘류도프는 곧 그곳들을 향해 출발했다.

가장 먼저 그는 마리에트의 집으로 향했다. 그는 그다지 부유하지 않은 귀족 가문의 딸인 그녀를 십 대 소녀일 때부터 알았고, 그녀가 출세 가도를 달리던 남자와 결혼한 사실도 알았다. 그 남자에 대해 좋지 않은 소문들, 특히 그가 무수한 정치범들에게 저지른 잔혹한 처사에 대해 들었다. 그들을 괴롭히는 게 그가 맡은 특수 임무라고 했다. 언제나처럼 네흘류도프는 억압받는 사람들을 돕기 위해 억압하는 사람들 편에 서야 하는 것에서 견딜 수 없는 괴로움을 느꼈다. 아마도 스스로는 깨닫지 못할 그들의 일상적인 잔혹 행위를 어떤 사람들에 대해 조금 자제해 달라고 부탁함으로써 그들의 활동을 적법한 행위로 인정하는 것 같았다. 이런 경우 그는 늘 내적 갈등과 자신에 대한 불만을 경험하고 부탁할까 말까 망설였지만 언제나 결국에는 부탁해야 한다는 판단을 내렸다. 그 마리에트라는 여자와 남편에게 부탁을 하는 것이 자기로서는 거북하고 수치스럽고 불쾌한 일이 되겠지만 그 대신 독방에서 피로움을 겪는 불행한 여성이 석방되어 그녀와 그 가족들이 더 이상 고통을 겪지 않을지도 모른다는 점이 중요했다. 자신은 더이상 유대감을 느끼지 않는데 그를 같은 부류로 여기는 사람들 틈에서 이처럼 청원하는 입장이 된 것에 그는 위화감을 느꼈다. 그뿐 아니라 그 무리 안에 있다 보면 예전의 익숙한 궤도로 발을 들이게 되고 자기도 모르게 그 부류를 지배하는 경박하고 비도덕적인 분위기에 굴복하고 마는 것을 느꼈다. 그는 벌써 카체리나 이바노브나 이모 집에서 그것을 경험했다. 오늘 아침 진지하기 이를 데 없는 문제들에 대해 그녀와 이야기를 나누면서 농담조의 말투에 빠져 버린 것이다.

그가 오랫동안 찾지 않은 페테르부르크는 대체로 늘 그랬듯이 육체에 기운을 북돋고 정신을 무디게 하는 듯한 인상을 풍겼다. 모든 것이 아주 청결하고 쾌적하고 잘 정돈된 데다 무엇보다 사람들이 도덕적으로 그렇게 까다롭지 않아서인지 그들의 삶은 대단히 편해 보였다.

멋지고 말쑥하고 정중한 삯마차 마부가 멋지고 말쑥하고 정중한 순경들 옆을 지나쳐 깨끗하게 물이 뿌려진 멋진 포장도로를 따라 멋지고 깨끗한 저택들 사이를 통과해 운하 옆에 있는 마리에트의 집으로 그를 데려갔다.

마차 승강장에 눈가리개를 한 영국산 말 한 쌍이 서 있었고, 볼수염이 뺨을 절반 가까이 덮은 영국인처럼 생긴 제복 차림의 마부가 채찍을 들고서 거만한 표정으로 마부석에 앉아 있었다.

유난히 깨끗한 제복을 입은 수위가 현관문을 열었다. 거기에는 금몰이 달린 훨씬 더 깨끗한 제복을 입고 볼수염을 멋지게 빗은 수행 하인과 깨끗한 새 군복에 장검을 찬 당직 전령병이 서 있었다.

"장군님께서는 접견을 하지 않으십니다. 부인께서도 마찬가지입니다. 두 분은 곧 외출하십니다."

네흘류도프는 카체리나 이바노브나 백작 부인의 편지를 건네고는 명함을 꺼내 들고 방명록이 놓인 작은 탁자로 다가가 만나지 못해 무척 아쉽다고 쓰기 시작했다. 그때 하인이 계단 쪽으로 움직였고, 수위가 마차 승강장으로 나가 "대기!" 하고 외쳤다. 바지 솔기에 두 손을 붙인 채 몸을 쭉 편 전령은 얼어붙은 듯이 꼼짝 않고 서서 위엄에 어울리지 않게 빠른 걸음으로 계단을 내려오는 아담하고 날씬한 귀부인을 눈으로 맞이하고 배웅했다.

마리에트는 깃털 달린 커다란 모자를 쓰고, 검은 드레스에 검은 케이프를 걸치고, 새 검은 장갑을 낀 차림이었다. 얼굴은 베일에 가려져 있었다.

네흘류도프를 본 그녀는 베일을 걷어 매우 사랑스러운 얼굴과 반짝이는 눈동자를 드러내고는 뭔가 묻고 싶은 눈초리로 쳐다보았다.

"아, 드미트리 이바노비치 공작!" 그녀가 듣기 좋은 명랑한 목소리로 말했다. "진작 알았더라면……."

"아니, 내 이름을 기억하고 있었군요."

"물론이죠. 심지어 나와 여동생은 당신에게 푹 빠져 있었는 걸요." 그녀가 프랑스어로 말했다. "그런데 많이 변했군요. 아, 외출을 하게 돼서 정말 유감이에요. 어쨌든 올라가죠." 그녀가 그 자리에 서서 망설이며 말했다.

그녀는 벽시계를 흘깃 쳐다보았다.

"아니, 안 되겠어요. 추도식에 참석하기 위해 카멘스카야 부인 댁으로 가는 길이에요. 부인이 끔찍할 정도로 비탄에 빠져 있어서요."

"카멘스카야 부인이 누굽니까?"

"못 들었어요? 그분의 아들이 결투를 하다 죽었어요. 포젠과 싸웠죠. 외아들이에요. 끔찍하죠. 부인이 크게 상심했어요."

"네, 들었습니다."

"아뇨, 역시 가는 편이 낫겠어요. 당신은 내일이나 오늘 저녁에 와요." 그녀는 이렇게 말하고는 빠르고 경쾌한 걸음으로 출구를 향했다.

"오늘 저녁에는 못 옵니다." 그가 함께 현관 계단으로 나서며 대답했다. "사실 당신에게 용건이 있습니다." 그는 현관 계단을 향해 달려오는 적황색 말 한 쌍을 쳐다보며 말했다.

"무슨 일인데요?"

"여기 이모님이 그 문제에 대해 쓰신 편지가 있습니다." 네흘류도프는 커다란 머리글자가 찍힌 좁다란 봉투를 건네며 말했다. "그걸 보면 다 알 겁니다."

"알아요. 카체리나 이바노브나 백작 부인은 내가 남편의 업무에 영향력을 미친다고 생각하시죠. 백작 부인은 오해하고 계세요. 난 일절 간섭할 수 없고, 또 간섭하고 싶지도 않아요. 하지만 물론 백작 부인과 당신을 위해서라면 내 원칙 정도는 기꺼이 양보할 수 있어요. 무슨 일인가요?" 그녀는 검은 장갑을 낀 자그마한 손으로 공연히 호주머니를 더듬으며 말했다.

"요새에 한 여성이 갇혀 있습니다. 병을 앓고 있어요. 사건과도 무관하고요."

"성이 뭐죠?"

"슈스토바입니다. 리지야 슈스토바요. 편지에 적었습니다."

"네, 알았어요, 애써 볼게요." 그녀는 이렇게 말하고는 부드러운 천을 댄 콜랴스카에 사뿐 올라 양산을 폈다. 에나멜을 칠한 흙받기가 햇빛을 받아 반짝였다. 하인이 마부석에 앉아 마부에게 출발하라고 신호했다. 콜랴스카가 움직이며 막 출발하려는 순간 그녀가 양산으로 마부의 등을 건드렸다. 그러자 살갗이 얇은 아름다운 영국산 암말들이 고삐를 팽팽히 조인 아름다운 머리통을 활처럼 구부린 채 제자리에 멈춰 서서 가느다란 두 다리로 땅을 굴렀다.

"다음에 꼭 와요. 단, 사심 없이요." 그녀는 미소 ─ 스스로도 그 힘을 잘 알았다 ─ 를 지으면서 말하고는 마치 공연을 끝내고 막을 내리듯 베일을 내렸다. "자, 가요." 그녀가 다시 양산으로 마부를 건드렸다.

네흘류도프는 모자를 들었다. 적황색 순종 암말들이 콧김

을 내뿜으며 포장도로를 따라 말발굽 소리를 울렸고, 새 고무
바퀴를 단 마차는 울퉁불퉁한 곳에서 이따금 부드럽게 덜컹
거릴 뿐 빠르게 달리기 시작했다.

16

마리에트와 주고받은 미소를 떠올리면서 네흘류도프는 자신을 나무라듯 고개를 저었다.

'미처 깨달을 새도 없이 다시 이런 생활에 빠져들 뻔했군.' 그는 자신이 존중하지 않는 사람들의 환심을 사야 할 때 겪게 되는 갈등과 의심을 의식하며 생각에 잠겼다. 왔던 길로 되돌아가지 않기 위해 어디를 먼저 가고 어디를 나중에 갈지 고민해 본 후 네흘류도프는 먼저 원로원으로 향했다. 그는 사무국으로 안내됐다. 호화롭기 이를 데 없는 방에서 어마어마하게 많은 대단히 정중하고 말쑥한 관리들을 보았다.

네흘류도프는 마슬로바의 상고가 수리되어 심리와 보고를 위해서 이모부가 편지를 써 준 원로원 의원인 볼프에게로 넘겨졌다는 말을 들었다.

"원로원 회의는 이번 주에 열릴 예정입니다만 마슬로바 사건은 아마 이번 회의에 상정되지 않을 겁니다. 혹시 청원을 한다면 이번 주 수요일에라도 상정되리라 기대해 볼 수 있겠죠." 한 관리가 말했다.

원로원 사무국에서 조회가 끝나기를 기다리는 동안 네흘류도프는 다시 결투에 대한 소문이며 카멘스키라는 청년이 결투 끝에 죽은 과정을 세세히 들었다. 페테르부르크 전체의 관심을 모은 그 이야기를 이곳에서 처음으로 상세히 알게 된 것이다. 사건의 전말은 다음과 같다. 장교들 몇 명이 주점에서 굴을 먹고 있었으며, 언제나 그랬듯 술을 많이 마셨다. 카멘스키의 소속 연대에 대해 한 장교가 못마땅하다는 듯 무언가 말했다. 카멘스키가 그에게 거짓말쟁이라고 했다. 그 장교가 카멘스키에게 주먹질을 했다. 다음 날 결투가 벌어졌고, 카멘스키는 복부에 총알을 맞아 두 시간 후 죽고 말았다. 살인자와 입회인은 체포됐다. 하지만 당장은 영창에 구금되어 있어도 두 주 후면 풀려날 것이라고들 했다.

네흘류도프는 청원 위원회의 영향력 있는 관리이자 호화로운 관사에 사는 보로비요프 남작[5]을 만나기 위해 원로원 사무국을 나와 청원 위원회로 향했다. 접견일이 아니면 남작을 만날 수 없다고, 남작은 오늘 황제 폐하를 알현하러 갔으며 내일도 다시 보고하러 갈 거라고 수위와 하인이 엄중히 말했다. 네흘류도프는 편지를 건네고 원로원 의원인 볼프에게로 갔다.

---

5) 러시아 귀족 계급에 남작은 없었다. 남작의 작위를 지닌 사람들은 주로 발트해 지방의 독일계 후손이었다.

볼프는 막 아침 식사를 끝낸 참이라 평소대로 소화를 촉진하기 위해 시가를 물고 방 안을 이리저리 거닐다가 네흘류도프를 맞이했다. 블라지미르 바실리예비치 볼프는 정말로 아주 품위 있는 사람이었고, 자신의 이런 자질을 무엇보다 높이 평가했으며, 그 높은 곳에서 다른 모든 사람들을 내려다보았다. 그가 이 자질을 높이 평가할 수밖에 없었던 것은 오로지 그 덕분에 자신이 갈망해 마지않던 출세, 즉 결혼을 통해 연간 1만 8000루블의 소득을 올리는 재산을 손에 넣고 자신의 노력으로 원로원 의원 자리를 거머쥐는 눈부신 출세를 이루어 냈기 때문이다. 그는 스스로를 매우 품위 있는 인물일 뿐 아니라 기사처럼 진실한 인간이라고 생각했다. 그는 진실이라는 개념을 개인들에게서 몰래 뇌물을 받지 않는 것으로 이해했다. 정부가 요구하는 것이면 무엇이든 노예처럼 수행하면서 국고로부터 온갖 명목의 역마차 여비, 부임 수당, 임대료 등을 집요하게 받아 내는 것에 대해 수치스럽게 생각하지 않았다. 자기 민족과 선조들의 종교를 사랑한다는 이유로 무고한 사람들 수백 명을 죽이고 파멸시키고 유형지와 감옥으로 몰아넣는 것 — 폴란드 왕국의 어느 현에서 지사로 재임하는 동안 그가 행한 것처럼 — 을 수치스럽게 생각하기는커녕 고결한 마음과 용기와 애국심이 이룬 위업으로 여겼다. 또한 그를 사랑하는 아내와 처제의 재산을 가로챈 데 대해서도 수치스럽게 생각하지 않았다. 오히려 그것을 현명하게 가정을 꾸려 나가는 방식으로 여겼다.

블라지미르 바실리예비치의 가족으로는 개성 없는 아내와

처제 — 그는 처제의 영지를 매각해 그 돈을 자기 명의의 계좌에 넣는 방법으로 그 재산까지 착복했다 — 와 온순하고 겁 많고 못생긴 딸이 있었다. 고독하고 고단한 생활을 하는 딸은 최근에 알린이나 카체리나 이바노브나 백작 부인의 집에서 열리는 집회에 다니며 복음주의 안에서 그 시름을 달랬다.

블라지미르 바실리예비치의 선량한 아들은 열다섯 살에 턱수염이 덥수룩하게 난 이후로 술과 방탕한 생활에 빠져 스무 살까지 계속 그렇게 살았다. 그는 어디에서도 학업을 마치지 못한 채 질 나쁜 사람들과 어울리고 빚을 지며 아버지의 명예를 더럽혔다는 이유로 집에서 쫓겨났다. 한번은 아버지가 아들을 위해 230루블의 빚을 갚았고, 그 후에도 다시 600루블의 빚을 갚아 주었다. 다만 아들에게 이번이 마지막이라고, 만약 정신을 차리지 않으면 집에서 쫓아내 연을 끊겠다고 선언했다. 아들은 정신을 차리기는커녕 또 1000루블을 빚졌으며, 이렇게 집에서 사는 것은 자기도 고통이라고 아버지에게 경솔히 지껄였다. 그러자 블라지미르 바실리예비치는 아들에게 어디든 원하는 곳으로 떠나도 좋다고, 이제 그를 아들로 생각하지 않는다고 선언했다. 그 후 블라지미르 바실리예비치는 아들이 없는 척했고, 집 안의 어느 누구도 감히 그 앞에서 아들에 대해 말하지 않았다. 블라지미르 바실리예비치는 자신이 가장 좋은 방식으로 자기 가정을 정리했다고 굳게 믿었다.

서재를 거닐던 볼프는 걸음을 멈추고 다정하고도 다소 조롱기 섞인 미소를 지으며 네흘류도프와 인사를 나누고는 편지를 읽었다. 그 미소는 그의 버릇으로 자신이 대다수 사람들보다 고상하고 우월하다는 것을 자각할 때 무의식적으로 짓는 표정이었다.

"앉아 주시길 정중히 부탁드립니다. 실례합니다. 당신만 괜찮다면 나는 좀 걷겠습니다." 그는 재킷 주머니에 두 손을 찔러 넣은 채 근엄한 양식으로 꾸민 큰 서재를 대각선으로 가볍고 부드럽게 걸으며 말했다. "당신을 알게 되어 무척 기쁩니다. 물론 이반 미하일로비치 백작께 도움을 드리게 된 것도 무척 기쁘고요." 그는 푸르스름한 향기로운 연기를 뱉으면서 재를 떨어뜨리지 않기 위해 입에서 조심스럽게 시가를 떼며 말했다.

"다만 사건이 조속히 심리될 수 있게 해 주시길 부탁드릴 뿐입니다. 피고가 시베리아로 떠나야 한다면 한시바삐 떠나는 편이 낫기 때문입니다." 네흘류도프가 말했다.

"네, 네, 니즈니 노브고로드에서 처음에 출발하는 증기선들 중 하나를 타게 해 달라는 말씀이죠." 볼프는 특유의 관대한 미소를 지으며 말했다. 그는 상대방이 무슨 말을 하려는지 언제나 앞서 알았다. "피고의 성이 뭔가요?"

"마슬로바입니다……."

볼프는 탁자로 다가가 파일에 든 다른 문건들과 함께 놓인 문서를 흘깃 쳐다보았다.

"네, 네, 마슬로바란 말이죠. 좋습니다, 동료들에게 부탁해 보겠습니다. 우리는 수요일에 사건을 심리할 겁니다."

"그럼 변호사에게 그렇게 전보를 보내도 될까요?"

"변호사를 고용했습니까? 무엇 때문에요? 뭐, 당신이 원한다면 상관없습니다."

"상고의 이유가 불충분할지 몰라서요." 네흘류도프가 말했다. "그렇지만 정황상 유죄 판결은 오해에서 비롯된 게 분명해 보입니다."

"네, 네, 그럴 수도 있지요. 그런데 원로원은 사건 내용에 대해 심사할 수 없습니다." 블라지미르 바실리예비치가 재를 바라보며 근엄하게 말했다. "원로원은 단지 법의 적용과 해석이 타당하게 이루어졌는지에 대해서만 살필 뿐입니다."

"이 사건은 예외적인 사례인 것 같습니다."

"알아요, 압니다. 어느 사례든 다 예외적이죠. 우리는 마땅히 해야 할 바를 합니다. 그것으로 끝이고요." 재는 여전히 시가 끝에 매달려 있었지만 이미 금이 가서 아슬아슬했다. "그나저나 페테르부르크에는 이따금 옵니까?" 재가 떨어지지 않도록 시가를 잡으면서 볼프가 말했다. 그래도 재가 흔들리자 시가를 조심스럽게 재떨이 쪽으로 가져갔고, 재가 그 안으로 부서져 떨어졌다. "카멘스키 사건은 정말 끔찍합니다." 그가 말했다. "훌륭한 젊은이예요. 외아들이지요. 특히 어머니의 처지가……." 그는 페테르부르크의 모든 사람들이 이 무렵 카멘스키에 대해 하던 말들을 한 마디 한 마디 거의 그대로 되풀이하다시피 하며 지껄였다.

카체리나 이바노브나 백작 부인에 대해, 그리고 그녀가 새로운 교파에 몰두하는 것 ─ 블라지미르 바실리예비치는 그것에 대해 비판도 옹호도 하지 않았지만 그 고상한 품격으로 미루어 볼 때 쓸데없는 것으로 여기는 듯했다 ─ 에 대해 좀 더 이야기를 한 후 그는 벨을 울렸다.

네흘류도프는 작별 인사를 했다.

"괜찮다면 우리 집 만찬에 한번 오십시오." 볼프가 손을 내밀며 말했다. "수요일에라도 오세요. 그럼 확실한 답변을 드리겠습니다."

이미 늦은 시간이어서 네흘류도프는 집으로, 즉 이모의 집으로 향했다.

17

카체리나 이바노브나 백작 부인의 집에서는 7시 30분에 만찬을 열었다. 만찬은 네흘류도프가 처음 보는 새로운 방식으로 진행됐다. 음식을 탁자에 차린 후 하인들은 즉시 자리를 떠났고, 만찬에 온 사람들이 직접 음식을 자기 그릇에 덜었다. 남자들은 귀부인들이 불필요한 동작으로 번거로움을 느끼지 않도록 더 강한 성에 걸맞게 귀부인들과 자신을 위해서 음식을 그릇에 덜고 음료를 따르는 모든 수고를 늠름히 떠맡았다. 한 코스가 끝났을 때 백작 부인이 탁자에 붙은 전기 벨의 단추를 눌렀다. 그러자 하인들이 소리 없이 들어와 재빨리 치우고, 식기를 교체하고, 다음 코스를 날라 왔다. 만찬은 고급스러웠고, 술도 마찬가지였다. 크고 환한 주방에서는 프랑스인 주방장 한 명과 하얀 옷을 입은 보조 두 명이 일하고 있었다. 만찬에 참석한 사람은 여섯 명이었다. 백작과 백작 부인, 그들의 아들 — 식탁에 팔꿈치를 괸 침울한 근위대 장교 — 네흘류도프, 낭독 담당인 프랑스 여자, 시골에서 온 백작의 수석 관리인이었다.

여기에서도 대화는 결투에 관한 것이었다. 사람들은 황제가 사건에 대해 취한 태도를 논했다. 황제가 그 어머니를 매우 애처롭게 여겼다는 것은 이미 알려진 사실이었고, 그들도 다들 어머니를 애처롭게 여겼다. 하지만 황제가 비록 동정을 표하고는 있어도 군복의 명예를 지킨 살인자를 엄중히 다루고 싶어 하지 않는다는 사실이 잘 알려져 있었기에 그들 역시 군복의 명예를 지킨 살인자에게 관대했다. 카체리나 이바노브나 백작 부인만이 본래 성품대로 자유분방하고 경솔하게 살인자를 비난했다.

"그들은 술을 진탕 마시고 훌륭한 젊은이들을 죽일 거예요. 절대 용서할 수 없어요." 그녀가 말했다.

"그 점에 대해서는 이해가 안 되는군." 백작이 말했다.

"내가 하는 말을 당신은 절대 이해하지 못한다는 걸 알아요." 백작 부인이 네흘류도프를 돌아보며 말했다. "다들 이해하는데 내 남편만 이해를 못 하지. 난 그 어머니가 불쌍하다고, 그자가 사람을 죽이고도 흡족해하는 꼴을 보고 싶지 않다고 말하는 거야."

그때 이제껏 침묵을 지키던 아들이 살인자를 옹호하며 어머니를 공격했다. 장교는 달리 어쩔 도리가 없었을 거라고, 그렇게 하지 않았다면 동료 장교들의 비난을 받아 연대에서 쫓겨났을 거라고 매우 거칠게 주장했다. 네흘류도프는 대화에 끼지 않고 듣기만 했다. 비록 젊은 차르스키의 논거를 인정하지 않는다 해도 전직 장교로서 이해할 수는 있었다. 하지만 그와 동시에 타인을 죽인 장교와 역시 싸움 끝에 살인을 저질러 징역을 선고받은, 자신이 감옥에서 본 잘생긴 젊은 죄수를 무의식적으로 비교하고 있었다. 두 사람 다 술 때문에 살인자가 됐다. 격분한 순간에 사람을 죽인 그 농부는 아내와 가족과 친척들과 헤어져 두 발에 족쇄를 차고 머리카락을 깎인 채 유형을 떠난다. 한편 이 장교는 영창의 좋은 방에 구금되어 좋은 식사를 하고 좋은 술을 마시고 책을 읽다가 오늘내일 석방되어 그저 특별한 관심의 대상이 될 뿐 예전처럼 살아갈 것이다.

네흘류도프는 자신이 생각한 것을 말했다. 처음에는 카체리나 이바노브나 백작 부인도 조카에게 동의하는 듯 보였지만 그 뒤로는 침묵을 지켰다. 다른 모든 이들과 마찬가지로 네흘류도프 역시 이 이야기로 자신이 무언가 무례한 짓을 저지른 것 같다고 느꼈다.

저녁에 만찬이 끝난 직후 사람들이 집회를 위해 큰 홀로 모여들기 시작했다. 강연을 위해서인 듯 홀에는 특별히 높다란 등받이에 조각이 아로새겨진 의자들이 몇 줄 놓였고, 탁자 뒤에 안락의자와 작은 탁자가 있었다. 작은 탁자 위에는 설교자를 위한 물이 담긴 길쭉한 유리병이 놓여 있었다. 외국에서 온 키제베터가 집회에서 설교를 할 예정이었다.

마차 승강장에 고가의 승용 마차들이 서 있었다. 값비싼 실내 장식을 한 홀에는 실크와 벨벳과 레이스로 몸을 휘감고 가발을 쓰고 허리를 잘록하게 졸라매거나 패드를 덧댄 귀부인들이 앉아 있었다. 귀부인들 사이에는 군인들과 문관들이 자리했다. 그리고 다섯 명의 소시민 남자들이 앉아 있었다. 두명의 문지기와 상점 주인, 하인, 마부였다.

체격이 탄탄하고 머리가 희끗희끗한 키제베터는 영어로 말했다. 그리고 **코안경**을 쓴 야윈 젊은 여자가 능숙하고 빠르게 그 말을 통역했다.

우리 죄가 너무 크기에, 또 그에 대한 벌이 너무 크고 피할 길도 없기에 그 벌을 예감하며 사는 것은 불가능하다고 그가 말했다.

"사랑하는 형제자매들이여, 그저 자신에 대해, 자기 인생에 대해, 우리가 무엇을 하고 있는지에 대해 잠시 생각해 봅시다. 우리가 어떻게 사는지, 사랑이 충만한 하느님을 어떻게 분노하게 만드는지, 어떻게 그리스도를 고통받게 만들었는지 말입니다. 그러면 우리에게는 용서도, 출구도, 구원도 없다는 것, 우리 모두 파멸을 면치 못한다는 것을 깨닫게 될 겁니다. 무시무시한 파멸, 즉 영원한 고통이 우리를 기다리고 있습니다." 그가 울음 섞인 떨리는 목소리로 말했다. "어떻게 해야 구원받을 수 있을까요? 형제들이여, 어떻게 해야 이 무시무시한 화염으로부터 구원받을 수 있을까요? 집은 이미 화염에 휩싸였는데 출구가 없습니다."

그는 잠시 침묵했다. 진짜 눈물이 뺨을 타고 흘러내렸다. 이미 팔 년 동안 설교 — 그는 자신의 설교를 무척 마음에 들어했다 — 의 이 부분에 이르기만 하면 매번 어김없이 그는 목구멍이 떨리고 콧속이 아리고 눈에서 눈물이 흐르는 것을 느

껐다. 그리고 이 눈물이 한층 더 그의 마음을 감동시켰다. 홀에서 흐느끼는 소리가 들렸다. 카체리나 이바노브나 백작 부인이 상감 세공을 한 작은 탁자 앞에 두 손으로 고개를 받치고 앉아 살진 어깨를 바르르 떨었다. 마치 독일인이 달리는 마차의 채에 치일 것 같은데도 피하지 않기라도 한 양 마부는 놀라움과 두려움이 뒤섞인 눈으로 그를 쳐다보았다. 대부분은 카체리나 이바노브나 백작 부인과 똑같은 자세로 앉아 있었다. 유행하는 드레스를 입은 볼프의 딸 — 아버지를 닮았다 — 은 두 손으로 얼굴을 가린 채 무릎을 꿇었다.

갑자기 연설가가 얼굴을 드러내더니 배우들이 기쁨을 표현할 때 짓는 진짜 같은 미소를 띠고는 달콤하고 부드러운 목소리로 말하기 시작했다.

"하지만 구원의 길은 있습니다. 바로 여기에 기쁨이 넘치는 쉬운 방법이 있습니다. 그 구원의 길이란 우리를 위해 자신을 고통에 내맡기신 하느님의 독생자께서 우리를 위해 흘리신 피입니다. 그분의 고통, 그분의 피가 우리를 구원합니다. 형제자매들이여." 그가 다시 눈물 어린 목소리로 말했다. "인류의 속죄를 위해 독생자를 내어 주신 하느님께 감사를 드립시다. 그의 거룩한 피가……."

네흘류도프는 참을 수 없을 만큼 심한 혐오감을 느낀 나머지 조용히 일어나 얼굴을 찌푸린 채 수치심으로 인한 신음 소리를 억누르며 발뒤꿈치를 들고 조용히 빠져나와 자기 방으로 향했다.

18

다음 날 네흘류도프가 옷을 갈아입고 막 아래층으로 내려 가려는데 하인이 모스크바 변호사의 명함을 들고 왔다. 변호 사가 페테르부르크에 온 것은 자기 업무를 처리할 겸 마슬로 바 사건이 곧 심리될 경우 원로원에서 있을 그 심사에 참석하 기 위해서였다. 네흘류도프가 보낸 전보는 그와 엇갈렸다. 네 흘류도프로부터 언제 마슬로바의 사건이 심리되는지, 누가 원로원의 의원들인지 확인한 후 그는 빙그레 웃었다.

"마침 세 유형의 원로원 의원들이 전부 모였군요." 그가 말 했다. "볼프, 이 사람은 페테르부르크식 관료입니다. 스코보로 드니코프, 이 사람은 학자풍의 법률가죠. 베, 이 사람은 실무 적인 법률가고요. 따라서 셋 중에 가장 현실적입니다." 변호사 가 말했다. "가장 기대를 걸 만한 사람이죠. 그런데 청원 위원 회에서는 어땠습니까?"

"그렇지 않아도 오늘 보로비요프 남작에게 가 보려고 합니다. 어제는 접견을 할 수 없었습니다."

"어째서 보로비요프가 남작인지 아십니까?" 변호사는 네흘류도프가 그 러시아적인 성에 외국 작위를 붙여서 말할 때의 다소 희극적인 어조에 반응하면서 말했다. "파벨 황제가 그의 할아버지에게, 아마 궁정의 시종이었을걸요, 아무튼 무언가에 대한 포상으로 그 작위를 내렸기 때문입니다. 어떤 일로 폐하의 마음을 무척 흡족하게 했나 봅니다. 이 사람을 남작으로 삼겠다. 내 심기를 건드리지 마라. 그렇게 해서 보로비요프 남작이 있게 된 거죠. 그리고 그는 이것을 무척 자랑스럽게 생각합니다. 하지만 아주 교활한 작자예요."

"그 사람에게 가려는 참입니다." 네흘류도프가 말했다.

"뭐, 좋습니다, 함께 가시죠. 당신을 그곳까지 바래다 드리겠습니다."

그들이 막 출발하려는데 **마리에트**가 보낸 편지를 들고 이미 대기실에 있던 하인이 네흘류도프를 맞았다.

당신에게 기쁨을 주기 위해서 난 내 원칙에 완전히 어긋나는 행동을 하며 당신의 피호보자를 위해 남편에게 간청했어요. 그 사람은 빠른 시일 내에 석방될 것 같아요. 남편이 소장에게 편지를 썼답니다. 그럼 사심 없이 찾아와 줘요. 당신을 기다릴게요. M.

"어떻습니까?" 네흘류도프가 변호사에게 말했다. "정말 너무하지 않습니까! 그들이 일곱 달 동안 독방에 감금했던 여자가 이제 와서 보니 무죄라는군요. 게다가 그녀를 석방하기 위해 단지 말 한마디만 하면 됐다니요."

"늘 그렇죠. 뭐, 어쨌든 적어도 바라던 것을 얻었네요."

"네, 하지만 나로서는 이 성공이 씁쓸하군요. 그렇다면 도대체 그곳에서 무슨 일이 일어나고 있는 걸까요? 왜 그들은 그녀를 가둬 두었을까요?"

"글쎄요, 뭐, 너무 깊이 들여다보지 않는 편이 가장 좋습니다. 그럼 당신을 그곳까지 바래다 드리죠." 변호사가 말했다. 두 사람이 현관 계단에 나가자 변호사가 세낸 멋진 카레타가 마차 승강장 쪽으로 다가왔다. "보로비요프 남작에게 가시는 거죠?"

변호사가 마부에게 행선지를 말했고, 좋은 말들이 네흘류도프를 남작이 사는 집으로 빠르게 데려다주었다. 남작은 집에 있었다. 첫 번째 방에는 문관 약복을 입은 젊은 관리 한 명과 귀부인 두 명이 있었다. 관리는 목이 대단히 길고 울대가 튀어나오고 걸음걸이가 매우 경쾌한 사람이었다.

"성을 말씀해 주시겠습니까?" 귀부인들 옆에 있던 울대가 튀어나온 젊은 관리가 매우 경쾌한 걸음으로 네흘류도프에게 다가왔다.

네흘류도프가 이름을 밝혔다.

"남작님께서 당신에 대해 말씀하셨습니다. 곧 모셔다 드리겠습니다!"

젊은 관리는 문을 열고 들어갔다가 흐느껴 우는 상복 차림의 귀부인을 데리고 나왔다. 귀부인은 눈물을 감추기 위해 뼈가 앙상하게 드러난 손가락으로 뒤엉킨 베일을 내렸다.

"자, 들어가시죠." 젊은 관리는 네흘류도프를 돌아보며 말하고는 경쾌한 걸음으로 서재에 다가가 문을 열고 멈춰 섰다.

서재로 들어가던 네흘류도프는 눈앞에서 중간 키에 몸집이 다부진 남자를 발견했다. 짧은 머리에 프록코트 차림을 하고 커다란 책상 뒤쪽 안락의자에 앉아 쾌활한 표정으로 정면을 응시하고 있었다. 하얀 콧수염과 턱수염 사이의 불그레한 뺨 때문에 유난히 눈에 띄는 선량해 보이는 얼굴이 네흘류도프를 보자 다정한 미소를 지었다.

"만나게 되어 무척 반갑습니다. 당신 어머니와는 오랫동안 알고 지낸 친구입니다. 당신이 꼬마였을 때 본 적이 있어요. 나중에 장교가 된 후에도 한 번 보았고요. 자, 앉아요. 내가 뭘 도와주면 되는지 말해 보십시오……. 그래요, 그렇군요." 네흘류도프가 페도시야의 사연을 이야기하자 그가 짧게 깎은 희끗한 머리를 가볍게 저으며 말했다. "말해 봐요, 말해 봐. 전부이해했습니다. 네, 그렇군요, 정말이지 마음을 흔드는 이야기군요. 그럼 청원서는 제출했습니까?"

"청원서를 준비해 두었습니다." 네흘류도프가 호주머니에서 청원서를 꺼내며 말했다. "하지만 당신에게 부탁을 드리고 싶었습니다. 이 사건이 특별한 관심을 받기를 바라는 마음에서요."

"잘했습니다. 반드시 내가 직접 보고를 올리겠습니다." 남작이 말했다. 쾌활한 얼굴에 연민의 표정을 지어 보려고 애썼지만 전혀 그럴듯해 보이지 않았다. "매우 감동적이군요. 여자는 아직 어린데 남편이 거칠게 대했군요. 그런 태도가 그녀를 밀쳐 냈고요. 그 후 시간이 흘러 두 사람이 서로 사랑하게 되고……. 네, 내가 보고하겠습니다."

"이반 미하일로비치 백작은 황후 폐하께 직접 청원하고 싶다고 하셨습니다."

네흘류도프가 미처 이 말을 끝내기도 전에 남작의 표정이 변했다.

"어쨌든 청원서를 사무국에 제출하십시오. 그럼 내가 힘닿는 대로 애써 보겠습니다." 그가 네흘류도프에게 말했다.

그때 젊은 관리가 들어왔다. 분명 자신의 걸음걸이를 과시하고 싶은 듯 보였다.

"그 부인께서 몇 마디만 더 하게 해 달라고 청하십니다."

"음, 부인을 불러 줘요. 아, **친구**, 이곳에 있다 보면 얼마나 많은 눈물을 보아야 하는지 모릅니다. 그 눈물을 전부 닦아 줄 수만 있다면! 할 수 있다면 무슨 일이든 해야죠."

귀부인이 들어왔다.

"그 남자가 딸을 넘기지 못하게 해 달라고 청하는 것을 잊었어요. 그렇게 하지 않으면 그자는……."

"네, 힘닿는 한 애써 보겠다고 이미 말씀드렸습니다만."

"남작, 부탁이에요, 당신은 한 어머니를 구하게 될 거예요."

그녀는 그의 손을 잡고 입을 맞추었다.

"전부 차질 없이 행해질 겁니다."

귀부인이 나가자 네흘류도프도 작별 인사를 했다.

"우리가 힘닿는 한 애써 보겠습니다. 법무부와도 교섭해 보고요. 그쪽에서 우리에게 답변을 줄 겁니다. 그럼 우리도 힘닿는 한 애써 보지요."

네흘류도프는 서재를 나와 사무국으로 향했다. 원로원에서처럼 이번에도 멋진 방에서 멋진 관리들을 보았다. 의복부터 말투에 이르기까지 절도가 있는 말쑥하고 정중하고 명석하고 엄숙한 관리들이었다.

'참 많기도 하지. 끔찍할 정도로 많아. 잘 먹어서 살이 뒤룩뒤룩 쪘어. 루바시카며 손은 청결하고. 다들 반질반질하게 잘 닦은 부츠를 신었군. 누가 이 모든 걸 하는 걸까? 죄수들뿐 아니라 시골 사람들과 비교해도 저들은 다들 참 안락하게 사는구나.' 이런 생각들이 다시 무의식중에 네흘류도프의 뇌리를 스쳤다.

19

페테르부르크에 수감된 사람들의 운명을 다소라도 편하게
해 줄 권한을 지닌 사람은 가슴을 뒤덮을 만큼 많은 훈장을 받
고도 단춧구멍에 꽂은 백십자 훈장 외에 아무것도 달지 않는,
공적은 많지만 소문에 따르면 나이가 들어 분별력을 잃은 독
일 남작 가문 출신의 노장군이었다. 그는 캅카스에서 복무한
적이 있고, 그곳에서 자신이 특히 자랑스럽게 여기는 이 훈장
을 받았다. 머리를 짧게 깎고 군복을 입고 라이플총과 총검으
로 무장한 러시아 농민들을 통솔하여 자신들의 자유를 지키
고 집과 가족을 보호하려 한 사람들을 1000명 넘게 죽인 공로
를 인정받은 것이다. 그 후에는 폴란드에서 복무했다. 그곳에
서도 러시아 농민들을 시켜 온갖 많은 범죄를 저지르게 했고,
그에 대해 훈장이며 군복에 달 새로운 장식을 받았다. 그다음
에 또 어딘가에 있었고, 쇠약한 노인이 된 지금은 훌륭한 저택

과 봉급과 명예를 안겨 준 이 직위를 받아 여전히 그 자리를 지키고 있었다. 그는 위에서 내려오는 명령을 엄격히 수행했고, 그런 실행을 매우 중요하게 생각했다. 위에서 내려오는 명령에 특별한 의미를 부여하면서 그는 세상의 모든 것이 변해도 위로부터의 이 명령만은 변하지 않는다고 생각했다. 그의 의무는 정치범들을 독방에 넣고 십 년 동안 그 가운데 절반이 죽도록 구금해 두는 것이었다. 어떤 이들은 미쳐서, 어떤 이들은 폐결핵에 걸려서 죽었고, 어떤 이들은 곡기를 끊거나 유리 조각으로 동맥을 끊거나 목을 매달거나 자기 몸에 불을 질러 스스로 목숨을 끊었다.

노장군은 그 모든 것을 알았고, 그 모든 것은 그의 눈앞에서 벌어졌다. 하지만 뇌우나 홍수 등으로 일어난 재난이 양심에 영향을 미치지 않은 것과 마찬가지로 그 모든 사건은 그의 양심을 흔들지 않았다. 그 사건들은 황제 폐하의 이름으로 위에서 내려오는 명령을 수행한 결과였다. 그 명령들은 반드시 수행되어야 했다. 따라서 그 명령들의 결과에 대해 생각하는 것은 전혀 도움이 되지 않는다. 노장군은 그런 문제들에 대해 생각조차 하지 않았다. 자신이 매우 중요하다고 여기는 그 의무들을 수행할 때 마음이 약해지지 않도록 아예 생각을 하지 않는 것이 군인으로서 자신의 애국적 의무라고 보았다.

일주일에 한 번 노장군은 직무상 의무에 따라 독방을 모두 돌면서 죄수들에게 뭔가 청원할 것이 없는지 물었다. 죄수들은 다양한 청원을 했다. 그는 속을 헤아릴 수 없는 침묵 속에서 조용히 끝까지 들었지만 어떤 것도 이루어 준 적이 없었다.

모든 청원이 법규에 어긋났기 때문이다.

　네흘류도프가 탄 마차가 노장군의 집에 가까워질 무렵 시계탑의 얇고 작은 종들이 「하느님은 영화롭도다」를 울리더니 2시를 쳤다. 그 소리를 들으면서 네흘류도프는 자기도 모르게 제카브리스트[6]의 수기에서 읽은 것을 떠올렸다. 매시간 반복되는 그 달콤한 음악 소리가 종신형 죄수들의 마음속에서 어떤 반향을 불러일으키는가에 대한 이야기였다. 네흘류도프가 노장군이 사는 아파트의 마차 승강장에 다다를 즈음 노장군은 어둑한 응접실에서 상감 세공을 한 작은 탁자 앞에 앉아 젊은이와 함께 종이 위에 놓인 찻잔 받침을 돌리고 있었다. 젊은이는 화가로 그의 부하 중 한 명의 형제였다. 화가의 가늘고 축축하고 연약한 손가락이 노장군의 관절이 굳은 뻣뻣하고 주름진 손가락 사이에 끼워져 있었다. 하나로 결합된 이 두 손은 알파벳 철자가 전부 적힌 종이 위에서 뒤집힌 받침 접시와 함께 움직이고 있었다. 받침 접시는 장군이 던진 질문, 즉 사후에 영혼들은 어떻게 서로를 알아보는가 하는 질문에 답하고 있었다.

─────────────

6) 1825년 12월 14일 니콜라이 1세의 즉위식에서 입헌주의와 농노 해방을 위해 의거를 일으켰다가 무자비하게 진압된 장교와 귀족 무리를 일컫는다. 가담한 이들 중 5명은 교수형을 당했고, 121명이 징역형이나 유형을 선고받아 시베리아로 유배를 떠났다. 조사를 받는 동안에는 페테르부르크의 페트로파블롭스크 요새에 감금됐다. '제카브리스트'라는 명칭은 '12월'을 뜻하는 러시아어 '제카브리(Dekabri´)'에서 비롯됐다. 이 의거에 가담한 이들은 주로 나폴레옹을 추격하여 유럽 원정을 떠났다가 자유주의 사상을 접한 진보적 성향의 청년 장교들이며 대부분 프리메이슨이었다.

시종의 직무를 수행하는 한 졸병이 네흘류도프의 명함을 들고 들어왔을 때 마침 잔 다르크의 영혼이 받침 접시를 통해 응답하고 있었다. 잔 다르크의 영혼은 이미 철자로 "서로를 알아볼 것이다."라고 말했으며, 그 말은 기록됐다. 졸병이 들어왔을 때는 처음에 P에서, 그다음에 O에서 멈췄던 받침 접시가 그 후 S에 이르러 꼼짝 않다가 이리저리 경련하듯 떨리기 시작한 참이었다. 장군이 생각하기에 다음 철자는 L이라야 했다. 즉 그의 생각에 따르면 잔 다르크가 영혼들은 모든 세속적인 것, 혹은 그 비슷한 어떤 것으로부터 정결해진 다음에야 비로소 서로를 알아본다고 말해야 했고, 따라서 다음 철자는 L이 되어야 했다. 하지만 화가는 다음 철자가 V일 것이라고 생각했다. 또한 잔다르크의 영혼이 사후에 영혼들은 영체에서 나올 빛을 통해 서로를 알아본다고 말해 주리라 생각했다. 그래서 받침 접시가 그렇게 떨렸던 것이다. 희끗한 짙은 눈썹을 침울하게 찌푸리고 있던 장군은 손들을 뚫어지게 쳐다보더니 받침 접시가 스스로 움직인다고 상상하면서 그것을 L로 끌어당겼다. 핏기 없이 해쓱한 젊은 화가는 성긴 머리칼을 귀 뒤로 넘긴 채 생기 없는 하늘색 눈동자로 응접실의 어둑한 구석을 응시하면서 입술을 초조하게 달싹이며 V로 끌어당겼다.[7] 장군은 자기 일이 중단된 데 대해 얼굴을 찌푸리더니 잠시 침묵하다가 명함을 집어 들고 **코안경**을 썼다. 그리고 넓적한 허

---

7) 노장군은 '다음에'라는 뜻의 러시아어 posle를 염두에 두었고, 화가는 '빛을 통해서'라는 뜻의 po svetu를 생각하고 있다.

리에서 느껴지는 통증에 끙 하고 신음 소리를 내고는 감각이 없어진 손가락들을 비비며 몸을 꼿꼿이 펴고 일어섰다.

"손님을 서재로 안내해."

"각하, 허락해 주신다면 저 혼자 끝내 보겠습니다." 화가가 일어나며 말했다. "영의 존재가 느껴집니다."

"좋습니다, 완성해 보십시오." 노장군은 단호하고 엄하게 말하고는 쪽 곧은 두 다리로 결연하고 침착하게 성큼성큼 서재를 향했다. "만나서 반갑습니다." 장군이 네흘류도프에게 책상 앞의 안락의자를 가리켜 보이며 거친 목소리로 다정한 말을 건넸다. "페테르부르크에 온 지는 오래됐습니까?"

네흘류도프는 얼마 전에 왔다고 말했다.

"공작 부인은, 당신 모친 말입니다, 건강하신가요?"

"어머니는 돌아가셨습니다."

"미안합니다, 정말 유감이군요. 아들이 당신을 만난 적이 있다고 하더군요."

장군의 아들은 아버지와 똑같은 출세 가도를 달리고 있었다. 군사 아카데미를 졸업한 후에는 정보 보안국에서 근무했고, 그곳에서 위임받은 업무를 매우 자랑스러워했다. 밀정들을 관리하는 일이었다.

"난 당신 부친과 함께 복무했습니다. 친구이자 동료였지요. 어때요, 당신도 공직에서 종사합니까?"

"아니요, 공직에 있지 않습니다."

장군은 못마땅하다는 듯 고개를 숙였다.

"장군께 청이 있습니다." 네흘류도프가 말했다.

"아아아주 기쁘군요. 뭘 도와 드릴까요?"

"제 청이 부적절하다면 부디 용서하십시오. 하지만 저로서는 청을 전하지 않을 수 없습니다."

"무슨 청인데요?"

"장군께서 감독하시는 감옥에 구르케비치라는 사람이 구금되어 있습니다. 그래서 그 어머니가 아들과 면회를 하게 해 달라고, 아니면 적어도 아들에게 책을 전할 수 있게 해 달라고 청합니다."

장군은 네흘류도프의 질문에 만족도 불만도 표현하지 않고 고개를 옆으로 기울인 채 깊은 생각에 잠기기라도 한 듯 눈을 감았다. 사실 그는 아무 생각도 하지 않았고, 자신이 규칙에 따라 답하리라는 것을 아주 잘 알아서 그 질문에 관심조차 없었다. 그저 아무 생각 없이 정신적인 휴식을 취하고 있을 뿐이었다.

"아시겠습니까, 그것은 내 권한 밖의 일입니다." 그가 잠시 쉬었다가 말했다. "면회에 대해서는 황제의 칙령에 따른 규정이 있고, 규정이 인정하는 것은 승인됩니다. 책에 대해 말하자면 우리 감옥에는 도서관이 있어요. 허가된 책이라면 죄수들에게도 제공합니다."

"네, 하지만 그 사람에게는 학술서가 필요합니다. 그 사람은 공부를 하고 싶어 해요."

"그런 것 믿지 말아요." 장군은 잠시 입을 다물었다. "공부를 위해서가 아닙니다. 그저 불안 때문이지요."

"하지만 힘든 상황에서 그들도 어떻게든 시간을 보내야 하지 않겠습니까?" 네흘류도프가 말했다.

"그들은 늘 불평합니다." 장군이 말했다. "우리는 그들을 잘 알아요." 그는 정치범들 전체에 대해서 어떤 나쁜 인종이나 되는 양 말했다. "이곳은 감옥에서 좀처럼 찾아보기 힘든 편의를 그자들에게 제공합니다." 장군이 계속해서 말했다.

그러더니 마치 스스로를 변호라도 하듯 죄수들에게 제공되는 모든 편의에 대해 세세히 늘어놓기 시작했다. 그 시설의 주요 목적이 죄수들을 위해 쾌적한 체류지를 마련하는 것인 양.

"예전에는 사실 꽤 가혹했지요. 하지만 현재 이곳 죄수들은 아주 좋은 환경에 구금되어 있습니다. 그들은 세 코스의 식사를 하고, 그중 한 코스는 늘 육류입니다. 크로켓이나 커틀릿 같은 것들이죠. 일요일에는 코스가 하나 더 늘어나는데, 네 번째 코스로 디저트가 나옵니다. 하느님, 모든 러시아인이 그렇게 먹을 수 있도록 해 주소서."

노인이 다들 그러듯 장군도 일단 익숙한 화제를 덥석 물자 정치범들의 까다로움과 배은망덕에 대한 증거로 그동안 수없이 되풀이해 온 말을 전부 늘어놓았다.

"그들은 종교적인 내용의 책도 받고 오래된 잡지도 받습니다. 우리 감옥에는 적당한 책들이 구비된 도서관이 있어요. 하지만 그들은 좀처럼 읽지 않습니다. 처음에는 흥미를 갖는 것처럼 보이지만 나중에 보면 새 책들은 책장이 절반 정도는 잘리지도 않은 채 그대로이고,[8] 헌책들은 책장을 뒤적여 보지

---

8) 당시의 책은 낱장이 잘리지 않고 접힌 채 출간됐다. 그래서 첫 독자는 책의 접힌 부분에 종이칼을 밀어 넣어 낱장을 자르면서 책을 읽어야 했다.

도 않은 채예요. 우리는 심지어 실험도 해 보았답니다." 장군은 미소라고 보기 어려운 이상한 표정을 짓고서 말했다. "일부러 종잇조각을 끼워 두는 겁니다. 종잇조각은 빠지지 않고 그대로 남아 있지요. 우리는 그들이 글을 쓰는 것도 금지하지 않습니다." 장군이 계속 말했다. "석판도 주고 석필도 줘요. 그래서 기분 전환을 위해 글을 쓸 수 있습니다. 지우고 다시 쓸 수도 있습니다. 그래도 역시 글을 쓰지 않습니다. 아뇨, 그들은 금방 아주 평온해집니다. 그저 처음에만 불안을 느끼다가 나중에는 심지어 살도 찌고 아주 잠잠해지지요." 장군은 자기 말에 내포된 끔찍한 의미에 대해서는 생각하지 않고 말했다.

네흘류도프는 그의 노쇠한 쉰 목소리를 듣고, 그 뻣뻣하게 굳은 팔다리며 희끗한 눈썹 아래의 생기 없는 눈동자며 군복 옷깃이 떠받친 늙은이의 축 늘어진 깨끗이 면도된 턱살이며 이 남자가 특히 잔혹한 대량 학살의 공로로 받아 자랑스러워하는 그 백십자 훈장을 보고는 그에게 반박하거나 그 말의 의미를 설명해 주는 게 무익하다는 사실을 깨달았다. 하지만 자신을 억누르고 다른 사안, 즉 죄수 슈스토바에 대해 더 질문을 던졌다. 오늘 그는 그녀를 석방하도록 지시가 떨어졌다는 소식을 받았다.

"슈스토바요? 슈스토바라…… 죄수들의 이름을 모두 기억하지는 않습니다. 너무 많아서 말이죠." 그는 정치범들의 수가 그처럼 많은 것에 대해 그들을 비난하듯 말했다. 그는 벨을 울려 서기를 부르라고 지시했다.

하인이 서기를 부르러 간 사이 그는 정직하고 고결한 인간들 — 자신도 그런 부류의 사람이라고 암시하면서 — 이 차르에게 특히 필요하다고 말하면서 네흘류도프에게 공직에 종사하라고 훈계했다. '그리고 조국에'라는 말을 덧붙였는데 그저 문체의 아름다움을 위해서인 듯했다.

"난 이렇게 늙었어도 힘이 허락하는 한 공직에 종사할 겁니다."

불안하면서도 영리해 보이는 눈을 지닌 초췌하고 여윈 서기가 와서 슈스토바는 어딘가 이상한 요새에 갇혀 있으며 그녀에 대한 서류는 아직 도착하지 않았다고 보고했다.

"서류를 받으면 그날로 죄수를 석방합니다. 우리는 그들을 붙잡아 두지 않습니다. 그들이 오는 것도 딱히 달갑지 않습니다." 장군은 다시 늙은 얼굴을 찌푸린 것에 지나지 않는 장난스러운 미소를 지으려 하며 말했다.

네흘류도프는 이 끔찍한 노인에게 느낀 혐오와 연민이 뒤섞인 감정을 드러내지 않기 위해 애쓰며 일어섰다. 노인은 동료의 아들이자 착각에 빠진 게 분명한 이 경솔한 사내를 지나치게 엄히 대할 필요는 없지만 훈계 없이 방치해서도 안 된다고 생각했다.

"작별 인사를 해야겠군요, 친구, 날 나쁘게 생각하지 말아요. 다만 당신을 좋아하기 때문에 하는 말입니다. 우리 감옥에 구금된 사람들과 관계를 맺지 마십시오. 무고한 사람들은 없어요. 그자들은 다들 지극히 비도덕적입니다. 우리는 그자들을 잘 알아요." 그는 의심의 여지를 허용하지 않는 어조로 말했다. 그도 그 점에 대해 전혀 의심하지 않았다. 실제로 그래서가 아니라 만약 그렇지 않다면 자신이 훌륭한 인생의 마지막 나날을 보내는 존경할 만한 영웅이 아니라 노년에도 계속 양심을 파는 악인이라는 점을 인정해야 했기 때문이다. "무엇보다 공직에 종사하십시오." 그가 계속해서 말했다. "차르에게는 정직한 사람들이 필요합니다…… 조국에도요." 그가 덧붙여 말했다. "음, 나나 다른 모든 사람들이 당신처럼 공직을 맡지 않는다면요? 도대체 누가 남겠습니까? 우리는 이렇게 체제를 비판할 뿐 정작 정부에 힘을 보태려고 하지는 않죠."

네흘류도프는 깊은 한숨을 내쉬고는 고개를 꾸벅 숙이고 그가 관대하게 내민 앙상하고 커다란 손을 꽉 잡은 뒤 서재를 나섰다.

장군은 못마땅하다는 듯 고개를 젓고는 허리를 문지르며 다시 화가가 기다리고 있는 응접실로 갔다. 화가는 이미 잔 다르크의 영혼에게서 받은 답변을 적어 놓았다. 장군은 **코안경**을 쓰고 읽었다. "영체에서 나오는 빛을 통해 서로를 알아볼 것이다."

"아!" 장군은 눈을 감고 동감한다는 듯 말했다. "하지만 모든 영체가 똑같은 빛을 발하면 어떻게 알아보지?" 그는 이렇게 묻고는 다시 화가와 손가락을 걸고 작은 탁자 앞에 앉았다.

삯마차 마부가 네흘류도프를 태우고 대문을 나섰다.

"저기는 따분한 곳이더군요, 나리." 그가 네흘류도프를 돌아보며 말했다. "기다리지 말고 그냥 가 버리자는 생각도 했습니다."

"네, 따분한 곳이에요." 네흘류도프는 그 말에 맞장구를 치고 가슴 가득 숨을 들이마시면서 하늘을 떠다니는 회색빛 구름이며 보트와 증기선이 네바강에 일으키는 반짝이는 잔물결을 평온한 마음으로 응시했다.

20

다음 날 마슬로바 사건에 대한 심리가 예정되어 있어 네흘
류도프는 원로원으로 갔다. 변호사와 그는 원로원 건물의 장
엄한 마차 승강장에서 만났다. 이미 승용 마차가 여러 대 서
있었다. 화려하고 웅장한 계단을 따라 2층으로 올라간 후 모
든 통로를 속속들이 아는 변호사는 왼쪽으로 방향을 틀어 소
송법 제정 연도가 표시된 문으로 들어갔다. 기다란 첫 번째 방
에서 외투를 벗은 파나린은 수위에게서 원로원 의원들이 모
두 모였으며 마지막에 도착한 의원도 막 들어갔다는 사실을
확인한 뒤 하얀 셔츠의 가슴팍에 하얀 넥타이를 매고 연미복
을 입은 차림 그대로 즐거운 확신에 차서 다음 방으로 들어갔
다. 그다음 방의 오른편에는 커다란 벽장과 탁자가 있고, 왼편
에는 나선 계단이 있었다. 마침 그때 약식 제복을 입은 우아한
관리가 겨드랑이에 서류 가방을 끼고서 계단을 내려오고 있

었다. 그 방에서 신사복 상의와 회색 바지 차림에 하얀 머리칼을 길게 늘어뜨린 족장 같은 풍모의 작은 노인이 주의를 끌었다. 그 주위에 수행원 두 명이 매우 공손한 태도로 서 있었다.

머리칼이 하얀 노인은 벽장으로 들어가 자취를 감추었다. 그때 파나린이 자기와 똑같이 하얀 넥타이에 연미복 차림을 한 변호사 동료를 알아보고는 이내 그와 활기찬 대화를 나누기 시작했다. 그사이 네흘류도프는 방 안에 있는 사람들을 뜯어보았다. 방청인은 열다섯 명이었다. 그중에 귀부인이 둘 있었는데 한 명은 코안경을 쓴 젊은 여자였고, 또 다른 한 명은 머리칼이 희끗한 여자였다. 오늘 심리될 사건은 신문의 명예훼손에 관한 것이어서 평소보다 방청인이 더 많았다. 사람들은 대부분 언론계에 종사하는 이들이었다.

멋진 제복 차림의 뺨이 발그레한 잘생긴 집행관이 종이를 쥐고서 파나린에게 다가와 무슨 용무로 왔는지 묻고는 마슬로바 사건 때문임을 확인한 후 무언가 끼적이고 물러났다. 그때 벽장 문이 열리더니 그 안에서 족장의 풍모를 지닌 작은 노인이 나왔다. 그는 더 이상 신사복 상의 차림이 아니라 금몰을 테두리에 두르고 가슴 부분에 눈부신 금속 장식들을 단 의상 ― 그를 새처럼 보이게 만드는 ― 을 입고 있었다.

노인은 그 우스꽝스러운 복장 때문에 당혹스러웠는지 평소보다 빠른 걸음으로 황급히 입구 맞은편의 문으로 들어갔다.

"저 사람이 베입니다. 대단히 존경할 만한 인물이지요." 파나린이 말했다. 그는 네흘류도프를 동료들에게 소개하고는 이제 곧 심리될, 자신이 매우 흥미롭다고 생각하는 사건에 대해 이야기했다.

심리가 시작되어 네흘류도프도 방청인들과 함께 왼쪽의 심의실로 들어갔다. 파나린을 비롯해 그들 모두는 격자무늬 칸막이 바깥쪽의 방청석에 자리를 잡았다. 페테르부르크 변호사만 격자 칸막이 앞에 놓인 책상 쪽으로 나아갔다.

원로원의 심의실은 지방 법원의 법정보다 작고 구조도 더 소박했다. 다른 점이라고는 원로원 의원들의 좌석 앞에 놓인 탁자가 녹색 모직이 아닌 금몰을 두른 검붉은 벨벳에 덮여 있다는 것뿐, 정의표며 이콘이며 군주의 초상이며 재판을 수행하는 장소에 있기 마련인 징표들이 그곳에도 똑같이 있었다. 똑같이 웅장하게 집행관이 "재판을 시작합니다."라고 선언했다. 똑같이 모두가 일어섰고, 똑같이 법복을 입은 원로원 의원들이 들어와 똑같이 등받이가 높다란 안락의자에 앉아서 똑같이 탁자에 팔꿈치를 괸 채 자연스러운 표정을 지으려고 애썼다.

원로원 의원들은 네 명이었다. 눈동자가 강철색인 조붓한 얼굴에 수염을 말끔히 깎은 의장 니키친, 의미심장하게 입술을 꽉 다물고 조그마한 하얀 손으로 기록을 뒤적이는 볼프, 그 다음에 뚱뚱하고 육중하며 얼굴에 얽은 자국이 있는 법률학자 스코보로드니코프, 네 번째는 마지막으로 들어온 노인, 바로 족장의 풍모를 지닌 베였다. 원로원 의원들과 함께 주임 서기와 원로원 검사 차장도 들어왔다. 검사 차장은 매우 검은 피부에 슬퍼 보이는 검은 눈을 지니고 수염을 깨끗이 면도한 보통 키의 야윈 젊은이였다. 그 이상한 제복에도 불구하고, 또

육 년 정도 보지 못했음에도 불구하고 네흘류도프는 그가 대학 시절에 가장 친했던 친구들 중 한 명이라는 사실을 알아차렸다.

"원로원 검사 차장이 셀레닌인가요?" 그가 변호사에게 물었다.

"네, 왜요?"

"그를 잘 압니다. 아주 훌륭한 사람이지요……."

"좋은 원로원 검사 차장이기도 하고요. 유능한 사람이에요. 저 사람에게 부탁했어야 했나 봅니다." 파나린이 말했다.

"그는 어떠한 경우에도 양심에 따라 행동할 겁니다." 네흘류도프는 셀레닌과 나눈 우정이며 절친한 관계, 순수함이며 정직함이며 가장 좋은 의미에서 성실함이며 그가 지닌 좋은 성품들을 떠올리며 말했다.

"어쨌든 이제 시간이 없습니다." 파나린은 막 시작된 사건 보고를 듣는 것에 온 신경을 집중하며 조그맣게 속삭였다.

지방 법원의 판결을 변경 없이 유지한 항소 법원의 선고에 대해 상고심이 시작됐다.

네흘류도프는 귀를 기울이며 눈앞에서 벌어지는 일의 의미를 이해하려고 애썼다. 하지만 지방 법원에서와 똑같이 이해를 가로막는 주된 어려움은 마땅히 중요하다고 여겨지는 것이 아니라 완전히 부차적인 것이 논의됐다는 점이다. 심리 대상은 어느 주식회사 사장의 사기 행각을 폭로한 신문 기사에 관한 것이었다. 주식회사 사장이 출자자들의 돈을 횡령한 게 사실인지 아닌지, 그의 횡령을 막으려면 어떻게 해야 할지가 유일하게 주요 논점이 될 것 같았다. 하지만 이에 대한 논의는 없었다. 신문 발행인에게 칼럼 기고가의 기사를 게재할 적법한 권리가 있는지 없는지, 그 기사를 게재하는 것이 과연 무슨 죄에 해당하는지, 그것이 명예 훼손인지 아니면 중상인지, 어떤 식으로 명예 훼손 안에 중상이 포함되는지 혹은 중상 안에 명예 훼손이 포함되는지가 논의됐으며, 보통 사람들로서는 이해하기 힘든 다양한 조항과 어떤 일반적인 부서의 결정에 대해서도 무언가 논의됐다.

네흘류도프가 이해한 단 한 가지는 사건을 보고하는 볼프가 전날에는 원로원이 사건 내용에 대한 심사에 끼어들 수 없다며 네흘류도프를 그처럼 엄중히 가르치더니 이 사건에서는 항소 법원 판결의 파기를 위해 명백히 편파적으로 보고하고, 셀레닌은 그 신중한 성격과 딴판으로 뜻밖에 격렬히 반대 의견을 표현했다는 사실이다. 언제나 신중하던 셀레닌이 네흘류도프를 놀라게 할 만큼 격렬함을 드러낸 데에는 이유가 있었다. 주식회사 사장이 금전 문제에 더러운 인간인 것을 안 데다 볼프가 주식회사 사장의 사건 심리가 있기 겨우 며칠 전 그 사업가의 집에서 열리는 호화로운 만찬에 다녀갔다는 사실을 우연히 알게 됐기 때문이다. 그런데 지금 볼프가 매우 조심스러워하면서도 명백히 일방적으로 사건을 보고하자 격분한 셀레닌이 평범한 사건에 대해 지나치게 신경질적으로 의견을 표명한 것이다. 그 말이 볼프에게 모욕감을 준 것은 분명하다. 얼굴이 벌겋게 달아오른 그는 바르르 떨면서 말없이 놀랍다는 투의 몸짓을 하고는 모욕감을 드러낸 매우 품위 있는 표정으로 다른 원로원 의원들과 함께 협의실로 갔다.

"원래 무슨 용건으로 오셨지요?" 원로원 의원들이 자리를 뜨자마자 집행관이 다시 파나린에게 물었다.

"당신에게 이미 말했는데요. 마슬로바 사건 때문에 왔다고요." 파나린이 말했다.

"그렇군요. 그 사건은 오늘 심리될 겁니다. 하지만……."

"왜요?" 변호사가 물었다.

"아시겠습니까, 이 안건에 대해서는 검사와 변호사 양측의 입회 없이 논의하기로 결정됐습니다. 원로원 의원들이 지금 안건에 대한 판결을 선언한 후에는 아마 나오지 않을 테니까요. 하지만 제가 보고해 보겠습니다……."

"그렇다면 어떤 식으로……?"

"제가 보고하지요, 보고하겠습니다." 그러더니 집행관은 종이에 무언가 표시했다.

원로원 의원들은 실제로 중상 건에 대한 판결을 선언하고 나서는 협의실 밖으로 나오지 않은 채 차를 마시고 담배를 피우면서 마슬로바 건도 포함해 나머지 안건을 다 처리할 작정이었다.

21

원로원 의원들이 협의실의 탁자 앞에 착석하자마자 볼프는 이 사건의 판결을 파기하지 않으면 안 될 이유를 매우 활기차게 제시하기 시작했다.

의장은 늘 심술궂은 사람이었지만 오늘은 유난히 기분이 좋지 않았다. 심리 중 사건에 대해 듣는 동안 그는 이미 의견을 정했으며, 지금은 자리에 앉아 볼프의 말에 신경도 쓰지 않고 자기 생각에 푹 빠져 있었다. 그의 생각은 자신이 오래전부터 얻고 싶어 하던 요직에 자신이 아닌 빌랴노프가 임명된 일로 자기 비망록에 기록해 둔 것을 떠올리는 데 쏠려 있었다. 니키친 의장은 임기 중에 관계를 맺은 이런저런 1등관과 2등관 관료들에 대한 견해가 매우 중요한 사료가 될 거라고 진심으로 확신했다. 전날 그는 한 장(章)을 쓰면서 1등관과 2등관인 몇몇 관료를 심하게 비난했다. 그의 공식적인 표명에 따르면 파멸 — 현 통치자들이 나라를 이끌고 향해 가는 — 로부터 그가 러시아를 구원하는 것을 그들이 방해했기 때문이었다. 사실 그들은 단지 그가 현재보다 봉급을 더 많이 받지 못하게 막았을 뿐이다. 그리고 지금 그는 이 모든 상황이 후세에는 완전히 새로운 조명을 받을 것이라 생각하고 있었다.

"네, 물론입니다." 그는 볼프가 자신을 향해 던지는 말을 귀담아 듣지도 않으면서 말했다.

베는 앞에 놓인 종이에 화환을 그리며 슬픈 얼굴로 볼프의 말을 들었다. 베는 뼛속들이 자유주의자였다. 그는 60년대의 전통9)을 신성하게 간직했고, 만약 엄정한 공명정대함에서 물러서는 경우가 있다면 오로지 자유주의로 기울 때뿐이었다. 그래서 지금의 경우에는 중상을 비난하는 주식회사 사업가가 더러운 인간이라는 점을 제쳐 두더라도 이처럼 언론의 비방을 기소하는 것은 출판의 자유에 제약을 가하는 것이기도 했기에 상소를 기각하는 쪽을 택했다. 볼프가 보고를 마치자 화환 그림을 끝내지 못한 베는 슬픈 표정을 띤 채 — 그가 슬퍼한 것은 이처럼 뻔한 이치를 증명해야 했기 때문이다 — 듣기

---

9) 1860년대는 러시아의 지식인과 귀족 사이에 전제주의에 대한 반감과 자유주의에 대한 열망이 고조되던 시기였다. 시대의 분위기 속에서 1861년에 농노제가 폐지되고, 1864년에 재판법 제정으로 사법 제도의 악폐가 개선되고, 같은 해 '젬스트보'라는 지방 자치 기구가 만들어지기도 했다. 하지만 그 영향은 미미해서 개혁의 움직임이 위축되던 중 급기야 1866년 알렉산드르 2세가 혁명가에게 암살당할 뻔한 사건을 계기로 전제주의가 한층 강화된다. 사회 개혁에 대한 열망이 뜨거웠던 1860년대에 자유주의 이념을 품고 개혁에 관심을 쏟았던 이들을 이른바 '60년대 사람들'이라고 부른다.

좋은 부드러운 목소리로 간단명료하면서도 설득력 있게 상소의 근거가 부족하다는 점을 지적하고는 백발의 머리를 숙이고 화환 그리기를 계속했다.

볼프의 맞은편에 앉아서 퉁퉁한 손가락으로 턱수염과 콧수염을 모아 계속 입 속에 쑤셔 넣던 스코보로드니코프는 베가 말을 끝내자마자 턱수염을 씹는 것을 멈추고는 커다란 새된 목소리로 주식회사 사장이 아주 못된 파렴치한이더라도 합법적인 근거만 있다면 선고 파기를 지지하겠지만 그런 근거가 없기 때문에 이반 세묘노비치(베)의 의견에 동조한다고 말했다. 그리고 이런 말로 볼프를 비꼴 수 있게 된 것을 기뻐했다. 의장은 스코보로드니코프의 의견에 동조했고, 그 안건은 기각됐다.

볼프는 자신의 비양심적이고 불공정한 처사를 폭로당한 것 같아 특히 불만스러웠다. 그는 태연한 척하며 뒤이어 보고해야 할 마슬로바의 기록을 펼치고 그것을 읽는 데 몰두했다. 한편 원로원 의원들은 벨을 울려 차를 내오도록 청하고 이 무렵 카멘스키의 결투와 더불어 모든 페테르부르크 사람들의 관심을 모은 사건에 대해 이야기했다.

제995조를 범한 사실이 드러나 체포된 어느 부서의 국장에 얽힌 사건이었다.

"정말 추잡스럽습니다." 베가 혐오감을 드러내며 말했다.

"나쁠 게 뭐 있습니까? 그런 것이 범죄로 간주되어서는 안 되며 남자들 사이의 결혼도 허용돼야 한다고 공공연하게 제안하는 어느 독일 작가의 착상을 우리나라 문학 작품에서도 찾아볼 수 있습니다.[10] 여러분에게 그런 작품을 제시할 수도 있어요." 스코보로드니코프는 손바닥 가까이 손가락 사이에 끼운 구겨진 담배를 탐욕스럽게 쭉쭉 빨아 대면서 말하고는 큰 소리로 웃었다.

"그럴 리 없습니다." 베가 말했다.

"당신에게 알려 주죠." 스코보로드니코프는 작품의 제목 전체, 심지어 발행 연도와 발행 장소까지 제시하며 말했다.

"그 사람은 시베리아의 어느 도시에 지사로 임명됐다더군요." 니키친이 말했다.

"거참 멋지군요. 주교가 십자가를 들고 그를 맞이할 테죠. 똑같은 부류의 주교를 임명해야 할 겁니다. 나라면 그들에게 그런 사람을 추천해 줄 수 있을 텐데요." 스코보로드니코프는 이렇게 말한 후 담배꽁초를 받침 접시에 던지고 턱수염과 콧수염을 입 속에 최대한 쑤셔 넣어 잘근잘근 씹기 시작했다.

그때 협의실로 들어온 집행관이 변호사와 네흘류도프가 마슬로바 건의 심리에 입회하기를 원한다고 보고했다.

"이 사건은 말이죠." 볼프가 말했다. "대단히 로맨틱하답니다." 그러고는 네흘류도프와 마슬로바의 관계에 대해 아는 바

10) 1860년대에 독일 작가 칼 하인리히 울리히스(Karl Heinrich Ulichs, 1825~1895)가 동성애에 관한 일련의 출판물들을 출간하기 시작했다. 이는 영국과 독일에서 동성애 해방 운동을 촉발한 선구적 활동으로 평가된다. 울리히스의 저작에 영향을 받은 마그누스 히르슈펠트(Magnus Hirschfeld, 1868~1935)는 1897년 독일에 최초로 동성애 해방 운동을 위한 조직을 설립했다. 톨스토이가 이 장면에서 언급한 독일 작가는 울리히스, 혹은 그의 활동에 동조하는 작가들일 가능성이 높다.

를 이야기했다.

원로원 의원들은 이 사건에 대해 잠시 이야기를 나누고 담배를 마저 피우고 차를 다 마신 후 심의실로 돌아가 이전 사건에 대한 결정을 알리고 마슬로바 사건에 착수했다.

볼프는 특유의 높고 가느다란 목소리로 대단히 신중하게 마슬로바의 상고를 보고했다. 이번에도 완전히 공정하다고는 할 수 없는 태도로 법원의 판결이 파기되기를 바라는 마음을 노골적으로 드러냈다.

"덧붙일 게 있습니까?" 의장이 파나린을 돌아보며 말했다.

파나린은 자리에서 일어나 넓고 하얀 가슴팍을 내민 채 놀랍도록 인상적이고 정확한 표현으로 법정이 여섯 지점에서 법의 엄정한 의미를 어겼음을 조목조목 지적했으며, 그 밖에도 간략하게나마 사건의 본질이며 판결의 끔찍한 불공정함에 대해 언급했다. 파나린의 간결하고도 힘찬 변론은 법률적 식견이 풍부하고 명민한 원로원 의원들이 더 잘 알고 헤아릴 테지만 단지 자기는 맡은 의무를 수행하는 데 필요해서 이처럼 변론을 하는 것뿐이라고 사죄하는 어조였다. 파나린이 변론을 마친 후에는 원로원이 법정 판결을 파기할 것이라는 데 조금도 의심의 여지가 없어 보였다. 변론을 끝낸 파나린은 의기양양하게 미소를 지었다. 자신의 변호사를 지켜보다 그 미소를 보게 된 네흘류도프는 판결 파기를 받아 냈다고 확신했다. 하지만 원로원 의원들을 처다보았을 때 그는 파나린만이 미소를 지으며 의기양양해한다는 것을 알았다. 원로원 의원들과 원로원 검사 차장은 미소를 짓지도 의기양양해하지도 않고, '우리는 당신들 같은 사람들의 말을 수없이 들었습니다. 그래 봤자 아무 소용 없습니다.'라는 듯한 따분해 보이는 표정을 지었다. 그들 모두 그저 변호사가 변론을 끝내고 더 이상 자기들을 쓸데없이 붙잡아 두지 않게 됐을 때야 비로소 만족하는 것 같았다. 변호사가 말을 마치자마자 의장은 검사 차장을 돌아보았다. 셀레닌은 선고 파기를 위해 제시된 이유들이 전부 근거가 불충분하다고 보았기에 짧지만 분명하고도 정확하게 원심을 그대로 유지하자는 소견을 표명했다. 뒤이어 원로원 의원들은 자리에서 일어나 협의를 하러 갔다. 협의실에서 의견이 둘로 갈렸다. 볼프는 선고 파기를 지지했다. 문제의 핵심을 제대로 이해한 베는 자신이 분명히 이해한 대로 법정의 광경과 배심원들의 오해를 동료들에게 생생히 묘사하면서 역시 선고 파기에 찬성했다. 대체로 엄격함을 중시하고 엄정한 절차를 우선시하는 니키친은 언제나 그랬듯이 선고 파기를 반대했다. 모든 것은 스코보로드니코프의 표에 달려 있었다. 그리고 그는 상고를 기각하는 쪽에 표를 던졌다. 도덕적인 이유에서 그 여자와 결혼하겠다는 네흘류도프의 결심이 그에게 특히 심한 반감을 불러일으켰기 때문이다.

스코보로드니코프는 유물론자이자 다윈주의자로서 추상적인 도덕성이나 그보다 더 나쁜 종교성을 표명하는 모든 형태를 경멸받아 마땅한 어리석음으로, 나아가 자신에 대한 개인적인 모욕으로 여겼다. 그 창녀가 얽힌 이 모든 소동이, 이곳 원로원에 그녀를 변호하는 유명한 변호사와 네흘류도프가 와 있다는 사실이 너무도 혐오스러웠다. 그래서 그는 턱수염을 입에 쑤셔 넣고 오만상을 지은 채 그저 선고를 파기하기에는 이유가 불충분하므로 자기는 상소를 기각하자는 의장의 의견에 동의할 뿐 그 사건에 대해 아무것도 모른다는 투로 매우 자연스럽게 가식을 떨었다.

상소는 기각됐다.

22

"끔찍합니다!" 네흘류도프는 가방에 서류를 집어넣고 있는 변호사와 함께 대기실로 나오면서 말했다. "분명하기 이를 데 없는 사건에서 형식에 대해 트집을 잡고 기각하다니요. 끔찍합니다!"

"그 사건은 법정에서 이미 끝장났어요." 변호사가 말했다.

"셀레닌마저 기각에 찬성하다니. 끔찍해요, 끔찍합니다!" 네흘류도프는 계속해서 같은 말을 되풀이했다. "이제 어떻게 하죠?"

"폐하께 탄원합시다. 당신이 이곳에 있는 동안 직접 탄원서를 제출하십시오. 제가 당신을 위해 써 드리겠습니다."

그때 제복에 훈장들을 단 작은 체구의 볼프가 대기실로 나와 네흘류도프에게 다가왔다.

"어쩔 수 없었습니다, 공작. 상고의 근거가 부족했어요." 그는 좁은 어깨를 으쓱하고 눈을 감으면서 말하고는 용무를 보러 가 버렸다.

볼프에 이어 셸레닌이 나왔다. 그는 원로원 의원들로부터 옛 친구인 네흘류도프가 이곳에 있다는 말을 들었다.

"여기에서 자네를 보게 될 줄은 생각도 못 했어." 그가 네흘류도프에게 다가오며 말했다. 입술에 미소가 어려 있었지만 눈은 여전히 슬픈 빛을 띠었다. "자네가 페테르부르크에 있는지도 몰랐군."

"나도 자네가 원로원 검사장인 줄 몰랐어……."

"차장이야." 셸레닌이 직함의 명칭을 바로잡았다. "그런데 원로원에는 무슨 일로 온 거야?" 그가 슬프고도 침울한 눈빛으로 친구를 쳐다보며 물었다. "자네가 페테르부르크에 있다는 소식은 들었어. 하지만 여기서 뭘 하는 거지?"

"내가 여기에 온 것은 정의를 찾고 아무 죄도 없이 유죄 선고를 받은 여자를 구하고 싶어서야."

"어떤 여잔데?"

"방금 결정된 사건이야."

"아, 마슬로바 사건." 셸레닌은 기억을 떠올리며 말했다. "그 상고는 근거가 너무 불충분했어."

"문제는 상고가 아니라 무고하게 벌을 받고 있는 여자야."

셸레닌이 한숨을 쉬었다.

"그럴지도 모르지. 하지만……."

"그럴지도 모르는 게 아니라 확실히 그렇다니까……."

"자네가 어떻게 알아?"

"내가 배심원이었거든. 난 우리가 어떤 실수를 저질렀는지 알아."

셀레닌은 생각에 잠겼다.

"그때 바로 의견을 표명했어야지." 그가 말했다.

"난 그렇게 했어."

"재판 기록에 남겼어야지. 상고를 할 때 그 기록이 있었더 라면……."

늘 바쁘고 사교계에 좀처럼 출입하지 않는 셀레닌은 네흘 류도프의 로맨스에 대해 아무것도 듣지 못한 게 분명했다. 이 를 알아챈 네흘류도프는 자신과 마슬로바의 관계에 대해 말 하지 않는 편이 좋겠다고 판단했다.

"그래, 하지만 그 판결이 불합리하다는 것은 지금도 분명한 사실이야." 그가 말했다.

"원로원으로서는 그것을 말할 권리가 없어. 원로원이 판결 자체의 정당성 여부를 독자적으로 판단해 법정 판결을 파기 할 경우, 원로원이 일체의 준거를 잃게 되고 정의를 회복하기 는커녕 파괴할지 모른다는 점은 말할 것도 없이……." 셀레닌 이 앞의 사건을 떠올리며 말했다. "그 점에 대해서는 말할 것 도 없이 배심원의 판결은 모든 의의를 잃게 될 거야."

"내가 아는 건 한 가지뿐이야. 그 여자는 아무 죄도 없는데 그녀를 부당한 벌에서 구할 마지막 희망이 사라졌다는 거지. 최고 기관이 중대한 위법에 정당성을 부여했어."

"정당성을 부여한 게 아니야. 원로원은 사건 자체의 심리에 끼어들지 않고 또 그럴 수도 없으니까." 셀레닌이 눈을 가늘게 뜨며 말했다. "자네, 이모님 댁에 묵지?" 그가 화제를 바꾸고 싶은 듯 덧붙였다. "어제 이모님에게서 자네가 여기 있다는 말을 들었어. 백작 부인께서 자네와 같이 설교자의 집회에 오라고 나를 초대하시더군." 셀레닌이 입술만 움직여 미소를 지으면서 말했다.

"그래, 나도 참석했는데 혐오감이 들어서 나와 버렸어." 네흘류도프는 셀레닌이 화제를 돌리는 것에 화가 나서 무뚝뚝하게 말했다.

"음, 어째서 혐오스럽다는 거지? 어쨌든 그건 종교적 감정의 발현이야. 편협하고 종파적이긴 해도." 셀레닌이 말했다.

"그건 조잡한 헛소리 같다고 할까." 네흘류도프가 말했다.

"아니지. 여기에서 이상한 점은 다만 우리가 근본적인 무슨 새로운 계시인 양 받아들일 정도로 우리 교회의 교의에 대해 별로 아는 게 없다는 거야." 셀레닌은 옛 친구가 아직 모르는 자신의 새로운 견해를 서둘러 들려주고 싶은 듯이 말했다.

네흘류도프는 놀라움이 담긴 눈길로 주의 깊게 셀레닌을 바라보았다. 셀레닌은 눈을 내리깔지 않았다. 그 눈에는 슬픔뿐 아니라 악의마저 담겨 있었다.

"그럼 자네가 교회의 교의를 믿는단 말이야?" 네흘류도프가 물었다.

"물론 믿지." 셀레닌은 죽은 사람 같은 표정으로 네흘류도프의 눈을 똑바로 쳐다보며 대꾸했다.

네흘류도프는 한숨을 쉬었다.

"놀랍군." 그가 말했다.

"어쨌든 나중에 이야기하지." 셀레닌이 말했다. "갑니다." 그는 정중하게 다가온 집행관을 돌아보며 말했다. "꼭 다시 만나." 그는 한숨을 쉬며 덧붙였다. "하지만 내가 자네를 찾을 수 있을까? 7시 저녁 식사 때라면 언제든 날 찾을 수 있는데. 내 주소는 나제진스카야 거리야." 그는 번지수를 말했다. "그 후로 많은 물이 흘렀어."[11] 그는 다시 입술만 달싹여 미소를 지으면서 덧붙여 말했다.

"갈 수 있으면 갈게." 네흘류도프가 말했다. 그 짧은 대화를 나누고 나자 한때 친했고 또 자신이 좋아하기도 한 셀레닌이 비록 적대적이지는 않다 해도 자기로서는 이해하기 힘든 낯설고 먼 존재가 된 것 같았다.

---

11) '많은 시간이 흘렀다.'라는 뜻을 지닌 러시아의 관용적 표현이다.

23

네흘류도프가 대학 시절에 알게 된 셀레닌은 훌륭한 아들이자 신실한 동료였으며 나이에 비해 상당한 교양을 갖춘 대단히 재치 있는 사교계 인사였다. 언제나 우아하고 멋진 데다 매우 진실하고 정직한 남자이기도 했다. 그는 특별히 노력하지 않아도 공부를 잘했고, 논문으로 금메달을 받고도 박식한 티를 전혀 내지 않았다.

그는 말만 앞세운 게 아니라 실제로도 세상 사람들에게 봉사하는 것을 젊은 시절의 목표로 삼았다. 그러한 봉사를 국가기관에서 근무하는 형식 외에는 달리 상상할 수 없어 학업을 마치자마자 온 힘을 바칠 수 있는 모든 활동을 체계적으로 검토하던 중 자신이 가장 도움이 될 만한 곳은 법률 제정을 관장하는 황제 직속 기관의 2과라고 판단하여 그곳에 들어갔다. 하지만 요구받은 모든 것을 아무리 정확하고 성실하게 수행해도 그 업무를 통해서는 유용한 존재가 되고 싶은 욕구를 충족할 수 없었고, 또 마땅히 해야 할 일을 하고 있다는 느낌도 들지 않았다. 옹졸하고 허영심이 많은 직속상관과 충돌하면서 이런 불만은 점점 심해졌다. 결국 그는 2과를 그만두고 원로원으로 자리를 옮겼다. 그로서는 원로원에 있는 편이 훨씬 좋았지만 똑같은 불만이 늘 그를 따라다니며 괴롭혔다.

그는 자신의 기대나 마땅히 지향해야 할 모습과 전혀 다르다는 느낌을 끊임없이 받았다. 이곳 원로원에서 근무하는 동안 친척들이 그를 위해 시종보라는 관직을 구해 주었다. 그래서 그는 자수를 놓은 제복에 아마포로 지은 하얀 앞치마를 걸친 차림으로 카레타에 올라타 자신을 하인 자리에 붙여 준 데 대해서 온갖 사람들에게 감사 인사를 해야 했다. 아무리 노력해도 도무지 이 직무에 대한 합리적인 설명을 찾아낼 수 없었다. 그래서 공직에 있을 때보다 '잘못된 선택'이라는 느낌을 한층 더 많이 받았다. 하지만 이 일로 그에게 큰 호의를 베풀었다고 확신하는 사람들을 슬프게 만들지 않기 위해 그 직무를 저버릴 수 없었다. 게다가 이 직무는 그의 천성이 지닌 저급한 면을 추어올리기도 했고, 자수를 놓은 금빛 제복을 입은 모습을 거울에 비추어 보거나 몇몇 사람들의 마음속에 이 직무가 불러일으키는 존경심을 향유하는 기쁨도 주었다.

결혼에서도 똑같은 일이 그에게 일어났다. 그는 상류 사회의 관점에서 볼 때 매우 눈부신 결혼을 했다. 그리고 그가 결혼한 이유 역시 대체로 만약 거절하면 그 결혼을 바라는 약혼녀와 그 결혼을 주선한 사람들에게 모욕과 상처를 줄 것 같아서였다. 젊고 사랑스러운 고귀한 아가씨와 결혼한다는 사실이 그의 자부심을 치켜세우고 만족을 주었기 때문이기도 하다. 하지만 결혼은 공직과 궁정 직무 이상으로 '잘못된 선택'이었음이 금세 밝혀졌다. 첫아이를 출산한 후 아내는 더 이상 아이를 낳지 않기로 마음먹고 화려한 사교계 생활을 시작했으며, 그 역시 좋든 싫든 그 생활에 동참해야 했다. 그녀는 그다지 아름답지 않았고 그에게 충실했다. 그녀가 이런 사교계 활동으로 남편의 생활을 망친 것은 말할 나위도 없지만 정작 본인도 그런 생활에서 엄청난 고생과 피로 외에 아무것도 얻지 못한 듯했다. 그럼에도 불구하고 애써 그런 생활을 해 나갔다. 그 생활을 바꾸어 보려던 그의 온갖 시도는 그러지 않으면 안 된다는 성벽 같은 그녀의 확신 — 그녀의 모든 친척과 지인이 지지하는 — 에 부딪혀 번번이 수포로 돌아갔다.

금빛 고수머리를 길게 늘어뜨리고 맨다리를 드러낸 딸아이는 아버지에게 완전히 낯선 존재였다. 특히 아이가 그의 바람과 전혀 다르게 양육됐기 때문이다. 부부 사이에 일상적인 몰이해, 심지어 서로를 이해하고 싶어 하지 않는 분위기가 형성됐으며, 외부인들 모르게 예의를 차려 누그러뜨린 조용한 무언의 싸움이 시작됐다. 이 때문에 그는 집에서 지내기가 무척 괴로웠다. 그리하여 가정생활은 공무와 궁정 직무보다 훨씬 더 '잘못된 선택'이었음이 밝혀졌다.

무엇보다 '잘못된 선택'은 종교에 대한 그의 태도였다. 그 계층과 시대에 속한 모든 사람과 마찬가지로 그 역시 종교적 미신 속에서 양육됐지만 지적으로 성장함에 따라 미신의 족쇄를 조금도 힘들이지 않고 끊어 버렸으며, 언제 자신이 해방됐는지는 스스로도 몰랐다. 네흘류도프와 가까이 지내던 풋풋한 대학 시절, 진지하고 정직한 인간으로서 그는 국가가 공인한 종교의 미신으로부터 자신이 이처럼 해방된 사실을 숨기지 않았다. 하지만 세월이 흘러 승진을 하면서, 특히 이 무렵 사교계에 불어닥친 보수주의의 반동과 더불어 그 정신적 자유는 점차 짐이 됐다. 가족 관계에서는 말할 것도 없고 ─ 특히 아버지가 임종하여 장례식을 치를 때라든지, 어머니가 그에게 정진에 참여하기를 바라고 여론도 어느 정도 그것을 요구할 때라든지 ─ 업무상 기도회며 축성식이며 감사예배 등에 끊임없이 참석해야만 했다. 종교 의식에 어떤 식으로든 얽히지 않고 하루를 보내는 날은 드물었고, 그 의식을 피하기는 불가능했다. 이런 예배들에 참석할 때는 둘 중 하나를 택해야 했다. 믿지 않는 것을 믿는 척하거나(진실한 성격을 지닌 그로서는 도저히 그럴 수 없었다.) 그 모든 의식을 허위로 인정한 후 자신이 허위로 여기는 것에 부득이 참석해야 할 입장에 놓이지 않도록 생활을 꾸려야 했다. 하지만 그토록 사소해 보이는 그 일을 하기 위해서는 아주 큰 대가를 치러야 했다. 가까운 모든 이와 늘 대립하는 것은 제외하더라도 자신이 처한 모든 상황을 바꾸어야 했다. 공직을 버리고, 그가 생각하기에 그 공직을 통해 현재 자신이 세상 사람들에게 이미 주고 있으며 미래에 더 많이 주게 되길 바라는 모든 유익을 희생해야 했다. 그리고 그러기 위해서는 자신의 정당성을 굳게 확신해야 했다. 어느 정도 역사를 알고 종교의 전반적인 발생에 대해서

나 그리스도교의 기원과 분열에 대해 아는 우리 시대의 모든 교양인이 상식의 정당성을 확신할 수밖에 없듯 그도 자신의 정당성을 굳게 믿었다. 그는 교회의 가르침의 진실성을 인정하지 않는 자신이 옳다는 사실을 깨닫지 않을 수 없었다.

하지만 생활의 이런저런 조건에 짓눌린 나머지 진실한 인간인 그도 사소한 허위를 허용하고 말았다. 비이성적인 것이 비이성적임을 증명하려면 먼저 그 비이성적인 것을 연구할 필요가 있다고 스스로에게 말했다. 사소한 허위였지만 현재 그를 옴짝달싹 못 하게 가둔 커다란 허위로 그를 이끈 것은 바로 그것이었다.

러시아 정교 —— 그는 정교의 신앙 속에서 태어나고 양육받은 데다 주위 모든 사람으로부터 그 신앙을 요구받았으며 그 신앙을 받아들이지 않으면 세상 사람들에게 유익을 주기 위한 활동도 계속해 나갈 수 없었다 —— 가 옳은지 아닌지에 대한 물음을 스스로에게 제기하면서 그는 이미 그 대답을 정해 놓고 있었다. 그래서 그 물음에 대한 답을 찾기 위해 볼테르나 쇼펜하우어나 스펜서나 콩트 대신 헤겔의 철학 저작과 비네[12]나 호먀코프[13]의 종교 저작을 붙잡았고, 당연히 그 저작들에

---

12) 알렉상드르 비네(Alexandre Vinet, 1797~1847). 스위스의 비평가이자 개신교 신학자. 교회와 국가의 분리를 옹호했다.
13) 알렉세이 스테파노비치 호먀코프(Aleksei Stepanovich Khomyakov, 1804~1860). 러시아 생활 양식의 우월성을 찬양한 슬라브주의자이자 러시아 정교를 옹호한 신학자였다. 뜻을 합하고 서로 사랑하는 가운데 모두가 자발적으로 모이는 공동체로서 교회를 정의했다.

서 자신에게 필요한 것을 발견했다.[14] 바로 마음의 평화와 종교적 교의에 대한 인정 같은 것이었다. 그는 그러한 교의 속에서 양육됐다. 그의 이성은 이미 오래전부터 그것에 동의하지 않았지만, 그것을 배제하면 인생 전체가 불쾌한 일로 가득해지고 그것을 인정하면 그 모든 불쾌한 일이 한꺼번에 사라졌다. 그래서 그는 인간의 개별 이성은 진리를 인식할 수 없고, 진리는 오로지 인간 전체에만 계시되며, 진리를 인식하는 유일한 방법은 하느님의 계시이고, 그 계시를 보존하는 주체는 교회라는 모든 흔한 궤변을 내면화했다. 그러자 그 이후로 거짓된 행위를 한다는 자각 없이 평온한 마음으로 기도회나 추도회나 오전 예배에 참석하고 정진에 참여하고 이콘 앞에서 성호를 그을 수 있었으며, 자신이 유용한 존재가 됐다는 자각을 주고 불행한 가정생활에 대한 위안을 안겨 준 공직 활동도 계속해 나갈 수 있었다. 그는 자신이 신자가 됐다고 생각했지만 다른 어떤 것보다 이 신앙이야말로 완전히 '잘못된 선택'이었음을 온 존재로 느꼈다.

그리고 그의 눈이 언제나 슬퍼 보이는 것은 이 때문이었다. 이 모든 허위가 아직 내면에 뿌리내리지 않은 시절에 네흘류도프를 알았던 그가 그때의 자신을 떠올린 것도 이 때문이었다. 특히 네흘류도프에게 자신의 종교적 관점을 서둘러 암시하고 난 뒤에 그는 어느 때보다 더욱 이 모든 것이 '잘못된 선

---

14) 볼테르와 쇼펜하우어와 스펜서와 콩트는 그리스도교 교회를 비판하거나 거부했고, 헤겔과 비네와 호먀코프는 그리스도교의 교리와 의식을 재정비하거나 구체화했다.

택'이었음을 깨달았다. 그러자 고통스러우리만치 슬퍼졌다. 옛 친구를 만났다는 처음 순간의 기쁨이 가신 후 네흘류도프 역시 이를 느꼈다.

그래서 두 사람은 다시 만나자고 서로 약속하고도 이 만남을 위해 굳이 애쓰지 않았으며, 네흘류도프가 페테르부르크에서 체류하는 동안 결국 만나지 않았다.

24

원로원에서 나온 네흘류도프는 변호사와 함께 인도를 따라 걸었다. 변호사는 자신의 카레타를 모는 마부에게 뒤따라오도록 지시하고, 네흘류도프에게 원로원 의원들이 말하던 국장에 대한 이야기를 들려주었다. 그 국장은 죄상이 폭로되어 법률에 따라 징역을 받아야 하지만 그 대신 시베리아현의 지사로 임명됐다. 그 이야기를 혐오스러운 부분까지 전부 말하고 나서 그는 온갖 고관들이 언제까지고 완공되지 않는 기념비 — 오늘 아침 두 사람이 마차를 타고 지나친 — 를 위해 모은 돈을 착복했다는 둥, 어떤 남자의 정부가 주식 거래소에서 수백만 루블을 벌었다는 둥, 이러이러한 남자와 저러저러한 남자가 아내를 사고팔았다는 둥 아주 신나게 떠들어 댔고, 사기며 갖가지 범죄를 저지르고도 감옥에 가지 않고 온갖 기관에서 의장직을 수행하는 정부 고위직 관료들에 대해 또 새로운 이야기를 꺼내려 했다. 무진장 비축된 듯한 그런 이야기들은 변호사에게 커다란 만족을 주었다. 페테르부르크의 고위직 관료들이 돈을 벌기 위해 사용하는 방법들과 비교하면 자신이 사용하는 방법은 대단히 정당하고 순수하다는 사실을 충분히 명백하게 보여 주었기 때문이다. 그래서 변호사는 네흘류도프가 고위 관료들의 범죄에 대한 마지막 이야기를 끝까지 듣지 않고서 작별 인사를 건넨 후 삯마차를 잡아타고 강변도로[15]에 있는 집으로 출발했을 때 무척 놀랐다.

네흘류도프는 몹시 슬펐다. 그가 슬펐던 것은 무엇보다 무고한 마슬로바에게 가해진 그 무의미한 박해가 원로원의 기각으로 인해 법적인 승인을 받았기 때문이고, 또 그녀와 자신의 운명을 결합하겠다는 변함없는 결심이 그 기각으로 인해 한층 더 힘들어졌기 때문이다. 그 슬픔은 변호사가 그처럼 즐겁게 들려준 러시아를 지배하는 악에 대한 끔찍한 이야기들 때문에 한층 더 깊어졌다. 게다가 한때 다정다감하고 솔직하고 고결했던 셀레닌이 자기에게 던진 접근하기 힘든 불친절하고 차가운 시선이 줄곧 떠올랐다.

네흘류도프가 돌아왔을 때 수위가 다소 멸시하듯 어떤 여자가 수위실에서 적은 것이라고 말하며 편지를 건넸다. 슈스토바의 어머니가 보낸 편지였다. 그녀는 은인이자 딸의 구원자에게 감사 인사를 하기 위해 왔으며 바실리옙스키섬[16] 5번

---

15) 페테르부르크의 네바 강변에서 '영국 강변도로'라고 불리는 이 구역에는 부유층의 궁전과 저택이 늘어서 있었다.

16) 페테르부르크의 네바강에 있는 섬으로 당시에는 중류층과 하층민들이

가의 무슨무슨 주택으로 와 주기를 부탁한다고, 아니 간곡히 청한다고 썼다. 이런 글도 있었다. 이것은 베라 예프레모브나를 위해 꼭 필요하다. 자기들이 감사의 표현으로 그에게 폐를 끼칠까 걱정할 필요는 없다. 감사 인사는 하지 않을 것이다. 다만 그를 보면 자기들로서는 반가울 것이다. 가능하다면 내일 아침에 와 줄 수 있겠는가?

다른 편지는 네흘류도프의 옛 동료이자 시종무관인 보가티료프에게서 온 것이었다. 네흘류도프는 분리파를 대신해 자신이 준비한 청원서를 군주에게 사적으로 전해 달라고 그에게 부탁했다. 보가티료프는 큼직하고 단호한 필체로 자기가 그 청원서를 약속대로 군주의 손에 직접 건네겠다고, 하지만 네흘류도프가 먼저 그 사건을 좌우하는 인물을 찾아가서 부탁해 보는 게 낫지 않을까 하는 생각이 문득 들었다고 썼다.

최근 며칠 동안 페테르부르크에서 머물며 이런저런 인상을 받은 후 네흘류도프는 무언가 성과를 낼 가망이 없을 것 같다고 완전히 절망에 빠져 있었다. 모스크바에서 세운 그의 계획은 삶을 마주한 사람들이 불가피하게 환멸을 느끼는 젊은 날의 공상처럼 보였다. 하지만 어쨌든 지금 페테르부르크에 있는 이상 그는 해내기로 작정한 것을 전부 실행하는 것이 자신의 의무라고 생각했고, 다음 날 보가티료프를 방문하고 나서 그의 조언을 실행에 옮겨 분리파 문제에 결정권을 가진 사람

거주하는 지역이었다. 네바강과 연한 제방에 예술 아카데미, 과학 아카데미, 페테르부르크 대학, 주식 거래소 등 공공건물들이 있다.

을 찾아가 보기로 결심했다.

그가 서류 가방에서 분리파 교도들의 청원서를 꺼내 다시 읽고 있는데 방문을 두드리는 소리가 들리더니 카체리나 이바노브나 백작 부인의 하인이 들어와서 2층에 올라가 차를 들도록 권했다.

네흘류도프는 곧 가겠다고 말하고는 청원서를 서류 가방에 넣고 이모에게 갔다. 2층으로 가는 도중 창문을 통해 거리를 흘깃 쳐다보니 마리에트의 적갈색 말 한 쌍이 보였다. 그러자 뜻밖에도 문득 기분이 즐거워지고 빙그레 웃고 싶은 마음이 들었다.

마리에트는 모자에다 이제 검은색 드레스가 아닌 다채롭고 화사한 드레스 차림으로 백작 부인의 안락의자 옆에 찻잔을 들고 앉아 소리 내어 웃는 듯한 아름다운 눈을 빛내면서 무언가 재잘거리고 있었다. 네흘류도프가 방으로 들어갔을 때 마리에트는 마침 점잖지 않은 — 네흘류도프는 웃음의 성격에서 그럴 것이라 짐작했다 — 무슨 우스운 말을 막 꺼낸 참이었다. 그 말이 어찌나 우스웠던지 콧수염이 난 선량한 백작 부인은 뚱뚱한 몸 전체를 흔들며 숨이 넘어가도록 웃어 댔고, 마리에트는 아주 장난스러운 표정으로 미소를 머금은 입을 살짝 삐죽이며 활기 넘치는 명랑한 얼굴을 옆으로 기울인 채 말없이 말상대를 쳐다보았다.

네흘류도프는 몇 마디에서 두 사람이 그 무렵 페테르부르크의 두 번째 소식에 대해, 즉 시베리아현에 새 지사로 가는 인물의 일화에 대해 이야기하고 있으며 마리에트가 그와 관련해 백작 부인이 한참 동안 웃음을 그치지 못할 만큼 아주 우스운 이야기를 했다는 것을 짐작했다.

"네가 날 죽이겠구나." 그녀가 기침을 하며 말했다.

네흘류도프는 인사를 하고 그들 옆에 앉았다. 그리고 마리에트의 경솔함을 막 비판하려는데 그녀가 그의 얼굴에 떠오른 진지하고도 다소 불만스러운 표정을 눈치채고 그의 호감을 사기 위해 — 그를 만난 이후 그녀는 늘 그가 자기를 좋아해 주기를 바랐다 — 이내 자기 얼굴의 표정뿐 아니라 기분까지 싹 바꾸었다. 그녀는 갑자기 진지해져 자신의 생활을 불만스러워했으며 무언가를 추구하고 갈망했다. 그런 척한 게 아니었다. 비록 그것이 무엇인지, 즉 그 순간 네흘류도프의 기분이 어떤지 말로는 도저히 표현할 수 없었지만 그 기분을 정확히 자기 안에 내면화하고 있었다.

그녀는 일들을 잘 해결했는지 그에게 물었다. 그는 원로원에서 겪은 실패와 셀레닌을 만난 일을 들려주었다.

"아! 얼마나 순수한 영혼인지! 그야말로 두려움과 흠결이 없는 기사[17]라니까요. 순수한 영혼이죠." 두 귀부인은 사교계에서 셀레닌에 대해 통용되는 불변의 형용어구를 들먹였다.

---

17) le chevalier sans peur et sans reproche. 이 표현은 바야르의 영주인 피에르 테라일(Pierre Terrail, 1473~1524)의 별명이었다. 그는 기사의 귀감이자 당대의 가장 노련한 장군으로 꼽히며 쾌활함과 친절함, 낭만적인 기사도, 연민, 관대함의 상징이었고 동료들 사이에서 '호인 기사(le bon chevalier)'라 불렸다. 바야르를 일컫는 '두려움과 흠결이 없는 기사'라는 말은 이후 관용적 표현이 됐다.

"그의 아내는 어떤 사람인가요?" 네흘류도프가 물었다.

"아내요? 글쎄요, 난 그녀를 비난하고 싶지 않아요. 하지만 그녀는 그를 이해하지 못해요. 정말 그가 기각에 찬성했나요?" 그녀가 진심 어린 공감을 드러내며 물었다. "끔찍하군요. 그녀가 너무 가여워요!" 그녀가 한숨을 쉬며 덧붙였다.

그는 얼굴을 찌푸리고는 화제를 바꾸기 위해 요새에 감금됐다가 마리에트의 중재로 풀려난 슈스토바에 대해 말을 꺼냈다. 그는 남편에게 부탁해 준 데 대해 감사 인사를 했고, 그 여성과 모든 가족이 단지 아무도 당국에 그들 이야기를 해 주지 않았다는 이유로 괴로움을 겪은 것을 생각하면 얼마나 소름 끼치는지 말하려 했다. 하지만 그녀는 그에게 끝까지 말할 틈을 주지 않고 자신의 분노를 표현했다.

"나에게 말하지 말아요." 그녀가 말했다. "남편이 그녀를 석방하는 게 가능하다고 말한 순간 날 충격에 몰아넣은 건 바로 이 생각이었어요. 죄가 없다면 왜 가둬 둔 거지?" 그녀는 네흘류도프가 하려던 말을 했다. "황당해요, 황당해!"

카체리나 이바노브나 백작 부인은 마리에트가 조카에게 교태를 부리는 것을 보고 재미있어했다.

"있잖니." 그들이 말을 멈추자 그녀가 말했다. "내일 저녁에 알린의 집으로 오렴. 키제베터가 그 집에 올 거야." 그녀가 마리에트를 돌아보며 말했다. "너도 오렴."

"그가 널 기억하더라." 그녀가 조카에게 말했다. "그 사람이 그러는데, 네가 말한 모든 걸 그에게 들려주었지, 아무튼 그게 다 좋은 징조라는구나. 네가 반드시 그리스도에게로 온다는 거야. 꼭 와라. 마리에트, 너도 애한테 오라고 말해 주렴. 너도 오고."

"백작 부인, 우선 저에겐 공작에게 무언가를 조언할 아무 권리도 없어요." 마리에트가 네흘류도프를 쳐다보며 말했다. 그 시선에는 백작 부인의 말이며 복음주의 전반에 대한 태도 면에서 그와 자기 사이에 완전한 합의가 이루어졌다는 암시가 담겨 있었다. "그리고 두 번째로 전 별로 좋아하지 않아요, 아시다시피⋯⋯."

"그래, 넌 언제나 반대로, 네 생각대로 하지."

"제 생각대로라뇨? 전 지극히 소박한 부녀자들 같은 신앙을 지닌걸요." 그녀가 생긋 웃으며 말했다. "세 번째로⋯⋯." 그녀가 계속해서 말했다. "제가 내일은 프랑스 극장에 가거든요⋯⋯."

"아! 너도 봤니, 그⋯⋯ 이런, 그 여자 이름이 뭐더라?" 카체리나 이바노브나 백작 부인이 말했다.

마리에트가 유명한 프랑스 여배우의 이름을 속삭였다.

"꼭 가 보렴. 굉장하단다."

"이모, 누구를 먼저 보아야 하나요, 배우요? 아니면 설교자요?" 네흘류도프가 빙긋 웃으며 말했다.

"제발 말꼬리 좀 잡지 마라."

"제가 생각하기에는 설교자를 먼저 보고 그다음에 프랑스 배우를 만나는 편이 좋겠어요. 그러지 않으면 설교에 대한 열의를 잃을 것 같거든요." 네흘류도프가 말했다.

"아니에요, 프랑스 극장부터 들렀다가 회개하는 편이 나아요." 마리에트가 말했다.

"이런, 감히 날 놀리지 마라. 설교자는 설교자고, 극장은 극장이지. 구원을 받기 위해 우울한 얼굴을 하고 계속 울 필요는 없어. 믿음을 가져야 한다. 그러면 즐거워져."

"이모가 어떤 설교자보다 설교를 더 잘하시네요."

"있잖아요." 생각에 잠겨 있던 마리에트가 말했다. "내일 내 특별석으로 와요."

"유감스럽지만 못 갈 것 같은데요……."

방문객에 대해 보고하러 온 하인 때문에 대화가 중단됐다. 손님은 백작 부인이 의장을 맡고 있는 자선 협회의 비서였다.

"음, 아주 따분한 신사야. 내가 그쪽에서 그를 맞이하는 편이 좋겠군. 나중에 너희에게로 오마. 마리에트, 조카가 차를 마실 수 있게 해 주렴." 백작 부인은 특유의 빠르고 부산스러운 걸음걸이로 홀을 향하면서 말했다.

마리에트가 장갑을 벗어 약손가락이 반지들로 뒤덮인 야무지고 반듯한 손을 드러냈다.

"드실래요?" 그녀는 알코올램프 위에 놓인 은제 주전자를 잡고 새끼손가락을 야릇하게 내밀면서 말했다.

그녀의 얼굴이 슬픈 기색을 띠며 심각해졌다.

"내가 의견을 높이 사는 사람들이 나를 내가 처한 입장과 혼동한다고 생각하면 늘 마음이 너무너무 아파요."

그녀는 마지막 말을 하면서 금방이라도 울음을 터뜨릴 것 같았다. 그리고 분석해 보았자 아무 의미도 없거나 있다 하더라도 딱히 뚜렷한 의미는 없겠지만, 네흘류도프에게는 그 말들이 매우 깊고 진실하고 선하게 느껴졌다. 멋진 옷을 입은 젊고 아름다운 여인이 이 말과 함께 눈을 반짝이며 던진 시선이 그를 강렬하게 끌어당겼다.

네흘류도프는 말없이 그녀를 바라보았다. 그녀의 얼굴에서 눈을 뗄 수 없었다.

"내가 당신과 당신 안에서 일어나는 모든 것을 이해하지 못한다고 생각하죠. 다들 당신이 뭘 했는지 알아요. 그건 어릿광대의 비밀이라고요.[18] 그리고 난 당신이 한 일에 감탄했고, 그것에 찬성해요."

"사실 감탄할 만한 건 아무것도 없어요. 난 아직 별로 한 게 없어요."

"그건 아무래도 상관없어요. 난 당신의 감정을 이해하고, 그녀를 이해해요. 네, 좋아요, 좋아, 그 이야기는 하지 않을게요." 그녀는 그의 얼굴에서 불만을 눈치채고 스스로 말을 끊었다. "하지만 감옥에서 일어나는 모든 고통과 모든 공포를 보고 나도 이해하게 되었어요." 마리에트는 오직 한 가지, 즉 그에게 중요하고 소중한 모든 것을 자신의 여성적인 직감으로 추측해서 그의 마음을 사로잡기만을 바라며 말했다. "당신은 고통받는 사람들, 타인들의 무관심과 잔인함 때문에 너무도 끔찍하게, 너무도 끔찍하게 고통받는 사람들을 돕고 싶어 하죠……. 나도 이해해요. 사람이 그것을 위해 목숨을 바칠 수도

---

18) C'est le secret de Polichinelle. '어릿광대의 비밀'은 공공연한 비밀을 뜻하는 관용적인 프랑스어 표현이다.

있다는 걸요. 나도 그럴 수 있으면 좋을 텐데. 하지만 모든 사람에게는 저마다의 운명이 있죠."

"당신은 운명에 만족하지 않습니까?"

"나 말이에요?" 그녀는 그런 질문을 할 수 있다는 데 놀라서 충격이라도 받은 양 되물었다. "난 만족해야 하고, 또 만족하고 있어요. 하지만 잠에서 깨어나는 벌레도 있답니다."

"그리고 그 벌레가 다시 잠들게 해서는 안 됩니다. 그 목소리를 믿어야 해요." 네흘류도프는 그녀에게 완전히 속아 이렇게 말했다.

나중에 네흘류도프는 몇 번이고 수치심 속에서 그녀와 자신의 모든 대화를 떠올리곤 했다. 거짓말이라기보다 그의 말을 흉내 낸 그녀의 말이며, 그가 감옥의 공포나 시골에서 받은 인상에 대해 이야기할 때 그녀가 감동에 젖어 골똘히 집중하듯 듣던 얼굴을 떠올렸다.

백작 부인이 돌아왔을 때 두 사람은 오랫동안 알고 지냈을 뿐 아니라 자기들을 이해하지 못하는 군중 틈에서 유일하게 서로를 이해하는 특별한 친구인 양 이야기를 나누고 있었다.

그들은 권력의 부당함, 불행한 사람들의 고통, 민중의 빈곤에 대해 이야기했지만, 사실 대화의 소음 속에서 서로를 바라보는 그들의 눈동자는 끊임없이 '날 사랑해 줄 수 있어?'라고 묻고 '사랑할 수 있어.'라고 답했다. 전혀 예상치 못한 무지갯빛 형체를 띤 성적인 감정이 그들을 서로에게로 끌어당겼다.

그녀는 떠나면서 힘닿는 한 언제든 기꺼이 그를 돕겠다고 말했으며, 한 가지 중요한 것에 대해 그와 더 이야기할 것이 있으니 내일 저녁 잠시라도 꼭 극장에 들러 자기를 찾아 달라고 부탁했다.

"정말이지 내가 언제 또 당신을 보겠어요?" 그녀는 한숨을 쉬며 덧붙여 말하고는 반지로 뒤덮인 손에 조심스레 장갑을 꼈다. "그럼 오겠다고 말해 줘요."

네흘류도프는 약속했다.

그날 밤 자기 방에 혼자 남아 촛불을 끄고 침대에 누웠을 때 네흘류도프는 오랫동안 잠을 이룰 수 없었다. 마슬로바, 원로원의 결정, 그럼에도 그녀를 따라가겠다는 결심, 토지에 대한 권리 포기를 곱씹는데 문득 이 질문들에 대한 대답인 양 마리에트의 얼굴, "내가 언제 또 당신을 보겠어요?"라고 말할 때 짓던 그 한숨과 시선, 미소가 너무도 생생하게 눈앞에 떠올라서 정말 그녀를 보기라도 한 양 싱긋 미소를 짓고 말았다. '시베리아로 떠나는 게 잘하는 짓일까? 그리고 내 재산을 포기하는 게 잘하는 짓일까?' 그는 속으로 자신에게 물었다.

그리고 엉성하게 친 커튼 사이로 보이는 그 환한 페테르부르크의 밤[19]에 그 질문들에 대한 답은 그다지 뚜렷하지 않았다. 모든 것이 머릿속에서 뒤죽박죽이 됐다. 그는 마음속에서

---

19) 네흘류도프는 시베리아로 죄수가 이송되는 6월 초 이전에 마슬로바가 원로원의 심리에서 선고 파기를 받을 수 있도록 하기 위해 페테르부르크에 왔다. 따라서 이 시기는 대략 5월 중순 이후일 듯하다. 톨스토이가 러시아의 역법인 그레고리력을 기준으로 서술했으므로 오늘날 대부분의 국가가 사용하는 율리우스력으로 계산하면 6월 초쯤이 된다. 이 시기에 백야 현상이 시작되는 페테르부르크에서는 8시까지도 늦은 오후처럼 환하고 자정이 되어도 초저녁처럼 어슴푸레할 뿐이다.

예전 기분을 되살리고 예전의 사유 과정을 떠올렸다. 그러나 그 생각에는 더 이상 예전의 설득력이 없었다.

'내가 갑자기 이 모든 것을 생각해 놓고 그렇게 살지 못하면 어쩌지? 내가 바르게 행동한 것을 후회하게 되면 어쩌지?' 그는 속으로 중얼거렸다. 이 질문들에 답할 수 없었던 그는 오랫동안 경험한 적 없는 우울과 절망에 사로잡혔다. 그는 이 질문들을 충분히 해명하지 못한 채 카드놀이에서 큰돈을 잃은 후면 종종 그랬듯 불안한 잠에 빠져들었다.

25

다음 날 아침 잠에서 깼을 때 가장 먼저 든 생각은 전날 자신이 뭔가 추악한 짓을 했다는 것이었다.

네흘류도프는 기억을 더듬어 보았다. 추악한 짓은 하지 않았고, 악한 행동도 하지 않았다. 하지만 생각은, 악한 생각은 했다. 카츄샤와 결혼하고 농민들에게 토지를 양도하겠다던 현재 그의 모든 계획, 그 모든 것이 실현하기 힘든 공상이라고, 자신은 이 모든 것을 감당할 수 없다고, 이 모든 것이 인위적이며 부자연스럽다고, 자기는 이제까지 살던 대로 살아야 한다고 생각했다.

악한 행동은 하지 않았지만 악한 행동보다 훨씬 더 나쁜 짓을 했다. 모든 악한 행동의 근원이 되는 생각을 했다.

악한 행동은 반복되지 않을 수 있다. 그에 대해 회개할 수도 있다. 그러나 악한 생각은 모든 악한 행동을 낳는다.

악한 행동은 다른 악한 행동을 위한 길을 닦는다. 악한 생각은 그 길을 따라 걷잡을 수 없이 사람을 끌고 간다.

아침에 어제의 생각들을 마음속으로 곱씹던 네흘류도프는 어떻게 자신이 잠시라도 그것들을 믿을 수 있었는지 깜짝 놀랐다. 자기가 결심한 게 아무리 낯설고 힘겹더라도 오로지 그것만이 그에게 가능한 단 하나의 삶이라는 것을 알았고, 예전으로 돌아가는 게 아무리 익숙하고 편하게 느껴지더라도 그것은 곧 죽음을 뜻한다는 것을 알았다. 어제의 유혹은 지금 그에게 잠을 푹 자서 더 이상 졸리지 않은 사람이 이제 그를 기다리는 중요하고 기쁜 일을 위해 잠자리에서 일어나야 한다는 것을 알면서도 여전히 침대에서 뒹굴며 안락함을 즐기고 싶어 하는 것과 뭔가 비슷해 보였다.

페테르부르크에 머무는 마지막 날인 그날 그는 아침부터 바실리옙스키섬으로 슈스토바를 만나러 갔다.

슈스토바는 2층에 살았다. 네흘류도프는 관리인이 가리킨 대로 뒷문을 찾아 곧고 가파른 계단을 따라 음식 냄새가 진동하는 후덥지근한 부엌으로 곧장 들어갔다. 소매를 걷어붙이고 앞치마를 걸치고 안경을 쓴 중년 여자가 스토브 옆에 서서 김이 모락모락 나는 스튜 냄비 속을 휘젓고 있었다.

"누구를 찾으세요?" 그녀가 부엌에 들어온 남자를 안경 너머로 쳐다보며 물었다.

네흘류도프가 미처 이름을 밝히기도 전에 여자가 놀라움과 반가움이 뒤섞인 표정을 띠었다.

"아, 공작님이시군요!" 여자가 두 손을 앞치마에 닦으며 소리쳤다. "왜 뒷문 계단으로 오세요? 우리 은인이신데! 제가 그 애 엄마예요. 딸아이가 죽을 뻔했어요. 공작님은 우리 은인이세요." 그녀는 네흘류도프의 손을 잡고 그 손에 입을 맞추려 하며 말했다. "어제 공작님 댁에 갔었어요. 동생이 특별히 부탁을 해서요. 그 애가 여기 있어요. 이리로, 이리로, 절 따라오세요." 어머니 슈스토바[20]가 허리띠에 쑤셔 넣은 치맛자락과 머리칼을 번갈아 매만지면서 네흘류도프를 데리고 좁은 문과 어두운 복도를 지났다. "제 동생은 코르닐로바예요. 분명 그 아이에 대해 들어 보셨을 거예요." 그녀가 문 앞에서 걸음을 멈추고 소곤소곤 덧붙여 말했다. "그 애는 정치 문제에 연루되었어요. 아주 똑똑한 여자랍니다."

복도로 난 문을 연 어머니 슈스토바는 네흘류도프를 작은 방으로 데려갔다. 탁자 앞 작은 소파에 작고 통통한 아가씨가 줄무늬 사라사 재킷 차림으로 앉아 있었다. 어머니를 닮은 둥글고 창백한 그녀의 얼굴이 곱슬거리는 금발머리에 감싸여 있었다. 맞은편 안락의자에는 옷깃에 자수를 놓은 러시아풍 루바시카 차림에 검은 콧수염과 턱수염을 기른 젊은 남자가 몸을 반으로 접고 앉아 있었다. 두 사람 모두 대화에 너무 몰두했는지 네흘류도프가 문으로 들어선 다음에야 돌아보았다.

"리다, 네흘류도프 공작님이셔, 바로 그……."

낯빛이 창백한 아가씨가 신경질적으로 벌떡 일어서더니 귀

---

20) 남편의 성이 슈스토프일 경우 아내와 딸의 성은 슈스토바가 된다. 자세한 내용은 등장인물 소개의 주석을 참조.

뒤에서 삐져나온 머리채를 매만지며 안으로 들어온 남자를 커다란 회색 눈으로 두려운 듯이 뚫어지게 쳐다보았다.

"그럼 당신이 베라 예프레모브나가 부탁한 대단히 큰 위험에 처한 여자분입니까?" 네흘류도프가 미소 띤 얼굴로 손을 내밀며 말했다.

"네, 저예요." 리지야가 말했다. 아름답고 가지런한 이를 드러내며 어린아이 같고 선량해 보이는 함박웃음을 지었다. "공작님을 꼭 뵙고 싶어 한 건 제 이모예요. 이모!" 그녀가 듣기 좋은 부드러운 목소리로 말하며 문을 돌아보았다.

"당신이 체포되어 베라 예프레모브나가 무척 상심했습니다." 네흘류도프가 말했다.

"여기 앉으세요. 아니면 이쪽이 더 좋을지도 모르겠네요." 리지야가 방금 젊은 남자가 일어난 낡은 안락의자를 가리키며 말했다. "제 사촌 오빠 자하로프예요." 그녀는 네흘류도프가 젊은 남자에게 던진 시선을 눈치채고 말했다.

젊은 남자는 리지야와 똑같이 선량한 미소를 지으면서 손님과 인사를 나누고는 네흘류도프가 그의 자리에 앉자 창가에 있던 등받이 없는 의자를 가져와서 옆에 나란히 앉았다. 다른 문으로 열여섯 살가량 된 금발의 김나지움 학생이 들어와 창문턱 앞에 말없이 앉았다.

"베라 예프레모브나는 이모와 절친한 친구고, 전 그분에 대해 거의 몰라요." 리지야가 말했다.

그때 옆방에서 하얀 재킷에 가죽 허리띠를 맨 매우 인상 좋고 지적으로 보이는 여자가 들어왔다.

"안녕하세요, 와 주셔서 감사합니다." 그녀는 소파로 다가와 리지야 옆에 앉자마자 말을 꺼냈다. "저, 베로치카는 어떤가요? 베로치카를 보셨나요? 자신의 처지를 어떻게 견디고 있던가요?"

"아무 불평도 하지 않습니다." 네흘류도프가 말했다. "그녀의 말로는 올림포스에 있는 것처럼 당당한 기분이라는군요."

"아, 베로치카답군요, 난 그녀를 알아요." 이모가 미소 띤 얼굴로 고개를 저으면서 말했다. "그녀가 어떤 사람인지 알아야 해요. 훌륭한 사람이에요. 다른 사람들을 위해서라면 뭐든지 하지만 자신을 위해서는 아무것도 바라지 않아요."

"네, 자신을 위해 아무것도 바라지 않고 오로지 당신의 조카를 염려할 뿐이었습니다. 무엇보다 그녀의 말대로라면 당신의 조카가 아무 잘못도 없이 체포되어 괴로워했습니다."

"그건 사실이에요." 이모가 말했다. "끔찍한 일이지요! 이 애가 고초를 겪은 것은 사실 저 때문이에요."

"전혀 그렇지 않아요, 이모!" 리지야가 말했다. "이모가 아니었더라도 전 문건을 맡았을 거예요."

"내가 너보다 더 잘 알지 않겠니?" 이모가 계속해서 말했다. "사실은 말이죠." 그녀는 네흘류도프를 돌아보며 말을 이어 나갔다. "그 모든 일은 이렇게 해서 일어난 거예요. 어떤 사람이 저에게 잠시 문건을 보관해 달라고 부탁했어요. 전 집이 없어서 이 아이에게 가져갔어요. 그런데 그날 밤 경찰이 이 애가 사는 집을 수색해 문건을 압수하고 이제까지 이 애를 가둬 둔 채 누구에게 받은 문건인지 자백하라며 추궁을 했죠."

"전 말하지 않았어요." 리지야는 딱히 방해가 되지 않는 머리채를 끊임없이 신경질적으로 잡아당기면서 빠르게 말했다.

"그래, 나도 네가 말했다고 하지 않았다." 이모가 반박했다.

"미친이 잡혀간 것은 절대로 저 때문이 아니라고요." 리지야는 붉어진 얼굴로 주위를 불안하게 두리번거리며 말했다.

"그 이야기는 하지 마라, 리도치카." 어머니가 말했다.

"왜요, 전 말하고 싶어요." 리지야가 말했다. 그녀는 얼굴을 붉힌 채 더 이상 미소 짓지 않고 머리채를 매만지는 대신 손가락에 돌돌 감으면서 끊임없이 주위를 두리번거렸다.

"어제 네가 그 일을 말하기 시작했을 때 무슨 일이 있었는지 기억해라."

"조금도…… 절 그냥 내버려 두세요, 엄마. 전 말하지 않고 그저 계속 침묵을 지켰어요. 그 사람이 이모와 미친에 대해 두 번 절 신문했을 때 전 아무것도 말하지 않았고, 또 아무 대답도 하지 않겠다고 그에게 선언했어요. 그러자 그…… 페트로프가……."

"페트로프는 밀정이에요. 헌병인데 지독한 악당이죠." 이모가 네흘류도프에게 조카의 말을 설명하기 위해 끼어들었다.

"그때 그 사람이……." 흥분한 리지야가 서둘러 계속 말했다. "날 설득하기 시작했어요. '당신이 내게 무슨 말을 하든 그 말 때문에 해를 입는 사람은 아무도 없습니다. 오히려…… 당신이 말해 주면 어쩌면 우리가 공연히 괴롭히는지도 모를 무고한 사람들이 풀려날 수 있어요.' 그래도 난 말하지 않겠다고 했죠. 그러자 그 사람이 말해요. '뭐, 좋아요, 아무 말도 하지 말아요. 다만 내 말을 부인하지만 말아요.' 그러더니 그가 여러 사람들의 이름을 댔고, 그 속에 미친의 이름도 있었어요."

"얘야, 그만해." 이모가 말했다.

"아, 이모, 방해하지 마세요……." 그러더니 그녀는 쉴 새 없이 머리채를 잡아당기며 계속 주위를 두리번거렸다. "그러다가 갑자기, 상상해 보세요, 다음 날 제가 알게 된 거죠. 사람들이 벽을 두드려서 저한테 전해 줬어요. 미친이 체포됐다고요. 전 제가 배신한 거라고 생각했어요. 그리고 그 생각 때문에 너무 괴로워서, 너무 괴로워서 미쳐 버릴 것 같아요."

"그래도 그 애가 결코 너 때문에 체포된 것은 아니라는 게 밝혀졌잖니." 이모가 말했다.

"네, 하지만 전 몰랐어요. 전 제가 배신했다고 생각했어요. 한쪽 벽에서 다른 쪽 벽으로 걷고 또 걸었어요. 생각하지 않을 수 없었어요. 전 제가 배신했다고 생각했어요. 누워서 이불을 뒤집어써도 들려요. 누군가 제 귀에 속삭였어요. 네가 배신했지. 네가 미친을 배신했지. 그게 환청인 것은 알지만 귀를 기울이지 않을 수 없었어요. 잠을 자고 싶은데 잘 수가 없고, 생각하고 싶지 않은데 역시 그럴 수가 없어요. 이 모든 게 끔찍해요!" 리지야가 점점 더 흥분해 머리채를 손가락에 감았다 풀었다 하면서 주위를 두리번거리며 말했다.

"리도치카, 진정해." 어머니가 그녀의 어깨를 토닥이며 똑같은 말을 되풀이했다.

하지만 리도치카는 이미 말을 멈출 수 없었다.

"한층 더 끔찍한 건……." 그녀는 뭔가 더 말하려고 했지만 말을 맺지 못한 채 흐느끼며 소파에서 벌떡 일어서더니 안락의자에 발이 걸려 넘어질 뻔하며 방에서 나갔다. 어머니가 뒤따라갔다.

"파렴치한들은 목을 매달아야 해." 창가에 앉은 김나지움 학생이 중얼거렸다.

"뭐라고?" 어머니가 물었다.

"아무것도…… 전 그냥……." 김나지움 학생은 이렇게 대꾸하고는 탁자에 놓인 담배를 집어 들어 피우기 시작했다.

26

"그래요, 젊은 사람들에게 그런 독방은 무섭죠." 이모가 고개를 저으면서 역시 담배에 불을 붙이며 말했다.

"누구에게나 그렇다고 생각합니다." 네홀류도프가 말했다.

"아뇨, 모든 사람에게 그런 건 아니에요." 이모가 대답했다. "진정한 혁명가들에게는 그게 휴식이자 평온이라고 하더군요. 비합법적인 활동을 하는 사람은 자신과 타인과 대의를 위해 끊임없는 불안과 궁핍 속에서 지내요. 그러다가 마침내 체포되어 모든 것이 끝나고 모든 책임이 벗겨지면 그제야 앉아서 쉬게 되죠. 그들은 체포될 때 솔직히 기쁨을 느낀다고 들었어요. 그런데 죄 없는 젊은 사람에게는, 언제나 처음에는 리도치카처럼 죄 없는 사람들이 붙잡히죠, 이런 사람에게는 처음의 충격이 굉장히 심해요. 자유를 빼앗기고, 거친 대우를 받고, 열악한 음식을 먹고, 더러운 공기를 마시기 때문이 아니에요. 대체로 어떤 결핍이든 그건 다 아무것도 아니에요. 세 배로 박탈을 당하더라도 처음 체포될 때 받는 정신적 충격만 없으면 쉽게 견딜 수 있어요."

"당신이 경험한 건가요?"

"저요? 두 번 들어갔죠." 이모가 슬픔이 깃든 부드러운 미소를 지으며 말했다. "처음 잡혔을 때 말이에요, 심지어 아무 죄도 없이 잡혔죠." 그녀는 계속해서 말했다. "전 스물두 살이었어요. 아이도 하나 있었고, 임신까지 한 상태였죠. 그때 자유를 박탈당하고 아이와도 남편과도 떨어지게 돼서 얼마나 괴로웠는지 몰라요. 그래도 그 모든 건 제가 더 이상 인간이 아니라 물건이 되었음을 깨달았을 때의 느낌에 비하면 아무것도 아니에요. 전 어린 딸에게 작별 인사를 하고 싶었어요. 저한테 가서 삯마차를 타라고 하더군요. 절 어디로 데려가느냐고 물었어요. 도착하면 알게 될 거라더군요. 전 죄목이 뭐냐고 물었지만 아무 대답도 듣지 못했어요. 신문을 마치자 그들이 제 옷을 벗기고 번호가 붙은 죄수복을 입히더니 천장이 둥근 지하로 끌고 가서 문을 열고 절 그곳에 밀어 넣은 다음 자물쇠를 잠그고 가 버렸어요. 라이플총을 든 보초병 한 명만 남았는데 그 사람이 가끔 문의 눈구멍으로 말없이 엿보곤 했어요. 제가 기억하기로 당시 제게 가장 큰 충격을 준 일은 절 신문하던 헌병 장교가 담배를 피우라고 권했던 거예요. 결국 그는 사람들이 담배 피우는 걸 얼마나 좋아하는지 알았던 거예요. 사람들이 자유와 빛을 얼마나 사랑하는지도 알았고, 어머니가 자식들을, 또 자식들이 어머니를 얼마나 사랑하는지 알았던 거죠. 그런데 어떻게 그들은 절 소중한 모든 것으로부터 무자비하게 떼어 놓을 수 있었을까요? 상처를 입지 않고 그런 일을 견디기는 불가능해요. 하느님과 인간을 믿고 인간이 서로 사랑한다고 믿던 사람은 그런 일을 겪고 난 뒤엔 더 이상 그것을 믿지 않죠. 전 그때부터 더 이상 인간을 믿지 않고 적의를 품게 되었어요." 그녀가 말을 마치고 미소를 지었다.

리지야가 나간 문으로 그녀의 어머니가 들어오더니 리도치카가 마음의 심한 동요로 나오지 못한다고 알렸다.

"그리고 무엇을 위해 젊은 목숨이 망가져야 한단 말인가요?" 이모가 말했다. "제가 뜻하지 않게 원인이 돼서 특히 마음이 아파요."

"하느님이 허락하시면 시골 공기를 쐬면서 회복되겠죠." 어머니가 말했다. "저 애를 아버지에게 보내려고요."

"그래요, 당신이 없었다면 저 애는 완전히 망가졌을 거예요." 이모가 말했다. "감사합니다. 제가 당신을 뵙고자 했던 건 베라 예프레모브나에게 전할 편지를 부탁드리기 위해서예요." 그녀가 호주머니에서 편지를 꺼내며 말했다. "편지를 봉하지 않았어요. 읽어 보시고 찢거나 전해 주시면 돼요. 당신의 신념에 보다 부합하다고 여겨지는 쪽으로 하세요." 그녀가 말했다. "편지에 명예를 훼손할 만한 것은 전혀 없어요."

편지를 받아 든 네흘류도프는 그것을 전하겠다 약속하고는 자리에서 일어나 작별 인사를 하고 거리로 나갔다.

그는 편지를 읽지 않고 봉한 후 부탁받은 대로 전달하겠다고 결심했다.

27

네흘류도프를 페테르부르크에 붙잡아 둔 마지막 건은 분리파 교도들의 사건이었다. 그는 그들의 탄원서를 연대에서 함께 복무한 동료인 시종무관장 보가티료프를 통해 황제에게 전할 작정이었다. 이른 아침 그가 보가티료프의 집에 도착했을 때 보가티료프는 곧 외출할 예정이긴 했지만 아직 집에서 아침 식사를 들고 있었다. 보가티료프는 키가 작고 다부진 사내로 편자를 구부릴 만큼 보기 드문 힘을 타고났다. 선량하고 정직하고 솔직하며 심지어 자유주의자이기까지 했다. 이런 성격에도 불구하고 궁정과 친밀한 관계를 유지했고, 차르와 그 일가를 사랑했으며, 그 최고 계층에서 생활하면서도 감탄할 만한 방식으로 그 속에서 좋은 점만 보고 나쁜 일이나 명예롭지 못한 일에는 관여하지 않았다. 사람에 대해서든 정책에 대해서든 결코 비판하지 않았으며, 침묵하거나 마치 고함을 치듯 커다랗고 대담한 목소리로 꼭 해야 할 말들을 했는데 그럴 때면 종종 똑같이 커다랗게 웃곤 했다. 그리고 그가 그렇게 한 것은 정략을 위해서가 아니라 그게 그의 성격이었기 때문이다.

"야, 자네가 와 주니 정말 좋군. 아침 식사를 들지 않겠어? 일단 앉아. 비프스테이크가 아주 훌륭해. 난 언제나 본질적인 것으로 시작해서 본질적인 것으로 끝내지. 하, 하, 하! 자, 포도주 한잔해." 그는 적포도주가 담긴 목 긴 유리병을 가리키며 우렁차게 말했다. "자네에 대해 생각하고 있었어. 내가 탄원서를 제출하지. 그분의 손에 건넬게. 믿어도 좋아. 다만 자네가 먼저 토포로프를 찾아가 보는 게 더 낫지 않을까 하는 생각이 머리에 떠올라서 말이야."

네흘류도프는 토포로프라는 이름이 언급되자 얼굴을 찌푸렸다.

"모든 게 그 사람에게 달렸어. 어쨌든 그는 자문을 부탁받을 거야. 혹시 그가 자네의 바람을 충족시켜 줄지도 모르지."

"자네가 그렇게 조언한다면 가 볼게."

"아주 좋아. 그나저나 피테르[21]는 어때? 자네에게 어떤 영향을 미쳤나?" 보가티료프가 쩌렁쩌렁하게 말했다. "말해 봐, 응?"

"최면에 걸린 것 같아." 네흘류도프가 말했다.

"최면이라고?" 보가티료프가 그의 말을 되받으며 큰 소리

---

21) 수도인 페테르부르크를 친근하게 부르는 별칭.

로 웃었다. "먹지 않겠어? 좋을 대로 해." 그가 냅킨으로 콧수염을 닦았다. "그럼 갈까? 응? 그가 해 주지 않으면 나에게 줘. 내가 내일 전할 테니까." 그는 큰 소리로 말하고는 자리에서 일어나 입을 닦을 때처럼 무의식적으로 크게 성호를 긋고 기병도를 찬다. "자, 이제 작별 인사를 해야겠군. 가 봐야 해."

"같이 나가." 네흘류도프는 보가티료프의 힘차고 넓적한 손을 기쁜 마음으로 잡으며 말하고는 언제나처럼 건강하고 자연스럽고 생기 넘치는 무언가에 대해 기분 좋은 인상을 받은 채로 그의 집 현관 계단에서 그와 헤어졌다.

네흘류도프는 자신의 방문으로 좋은 결과를 얻으리라고는 전혀 기대하지 않았지만 어쨌든 보가티료프의 조언에 따라 분리파 교도들에 관한 사안을 좌우하는 인물인 토포로프를 찾아갔다.

토포로프가 맡은 직위는 임무 면에서 보면 내적 모순을 안고 있었다. 그 모순을 보지 못하는 자는 우둔하고 도덕적으로 둔감한 인간뿐일 것이다. 토포로프에게는 그 두 가지 부정적인 특징이 모두 있었다. 그가 맡은 직위에 내포된 모순이란 그 임무가 폭력을 배제하지 않고 외적인 수단으로 교회를 지탱하고 보호하는 것이라는 점이다. 하느님이 몸소 세우셨고 지옥문으로도 어떤 인간의 노력으로도 흔들 수 없다고 정의된 교회를 말이다. 토포로프와 그 관리들이 수장을 맡은 인간의 기관이 그 무엇으로도 흔들 수 없는 신성한 신의 기관을 지탱하고 보호해야 한다. 토포로프는 그 모순을 보지 않았거나 보려 하지 않았다. 그래서 어떤 사제나 목사, 혹은 종파가 지옥문도 이기지 못한 교회를 파괴하지 않을까 아주 진지하게 염려했다. 근본적인 신앙심이나 평등과 형제애에 대한 의식이 없는 모든 사람들이 그렇듯 토포로프도 민중은 자신과 완전히 다른 존재들로 이루어졌다고, 그에게는 없어도 전혀 아쉽지 않은 것이 민중에게는 꼭 필요하다고 굳게 믿었다. 마음 깊은 곳에서는 스스로 아무것도 믿지 않았고 그런 상태를 매우 편안하고 즐겁게 생각했다. 하지만 민중이 그런 상태에 빠지지 않을까 두려워했고, 그의 말에 따르면 그것으로부터 민중을 구하는 것을 자신의 성스러운 의무로 여겼다.

어떤 요리책에는 게들이 산 채로 삶기는 것을 좋아한다고 적혀 있다. 그처럼 토포로프도 민중이 미신에 사로잡히기를 좋아한다고 확신했다. 요리책이 그런 표현을 비유적으로 사용한 것과 달리 그는 정말로 그렇게 생각하고 말했다.

자신이 지탱하는 종교에 대한 그의 태도는 닭들에게 모이로 줄 짐승의 사체를 대하는 양계업자와 똑같았다. 짐승의 사체는 불쾌하기 짝이 없지만 닭들이 그것을 좋아해서 먹어 대니 모이로 줄 수밖에 없다는 태도 말이다.

물론 이베론, 카잔, 스몰렌스크의 그 모든 성모상은 매우 조잡한 우상 숭배일 뿐이지만 민중이 좋아하고 믿으니 그 미신을 유지해야 한다. 토포로프는 그렇게 생각했다. 민중이 미신을 좋아하는 것처럼 보이는 이유가 단지 그와 같은 잔인한 사람들, 계몽되었지만 마땅한 목적, 즉 무지의 암흑 속에서 빠져나오려는 민중을 돕는 목적을 위해서가 아니라 단지 그들을 그 속에 밀어 넣기 위해 자신의 빛을 사용하는 토포로프 같은 사람들이 언제나 있었고 지금도 있기 때문이라는 점에 대해서는 생각도 하지 않았다.

네흘류도프가 응접실에 들어갔을 때 토포로프는 집무실에서 수녀원장인 활발한 귀족 여성과 담소를 나누고 있었다. 그녀는 러시아 서부 지역에서 정교를 강요받고 있는 합동파[22] 교도들에게 정교를 전파하고 수호하는 일을 했다.

특별한 임무를 맡고 응접실에서 당직을 서던 관리가 네흘류도프에게 용건을 물어보더니 네흘류도프가 군주에게 분리파 교도들의 탄원서를 전하고자 한다는 것을 알고 탄원서를 보여 줄 수 없는지 물었다. 네흘류도프는 탄원서를 건넸고, 관리는 탄원서를 들고서 서재로 향했다. 두건을 쓴 수녀원장이 손톱을 청결하게 다듬은 하얀 두 손에 황옥 묵주를 쥐고서 베일을 하늘하늘 날리고 검은 치맛자락을 끌며 집무실을 나와 출구 쪽으로 나갔다. 토포로프는 여전히 네흘류도프를 불러들이지 않았다. 그는 탄원서를 읽으며 고개를 젓고 있었다. 분명하고 강한 어조로 작성된 탄원서에 대해 불쾌감과 경악을 금할 수 없었다.

'이 탄원서가 폐하의 수중에 들어가면 불쾌한 문제와 논쟁을 일으킬지도 모른다.' 그는 탄원서를 읽으며 생각했다. 그러고 나서 탄원서를 탁자 위에 내려놓고는 벨을 눌러 네흘류도프를 안으로 모시라고 지시했다.

---

22) 16세기 말 폴란드가 러시아의 서부 지방을 점령했을 때 그 지역에서 정교와 가톨릭을 통합하려는 움직임이 일어나면서 이른바 합동파라는 종파가 생겨났다.

그는 이 분리파 교도들의 사건을 기억했고, 그에게도 이미 그들의 탄원서가 있었다. 사건의 내용은 이랬다. 당국이 정교에서 이탈한 그리스도교 신자들을 회유하다가 결국 재판에 넘겼는데 법원이 무죄를 선고했다. 그러자 주교와 현지사가 그들의 결혼이 비합법적이라는 이유를 들어 남편과 아내와 자녀들을 서로 다른 유형지에 분산시키기로 결정했다. 바로 그 아버지와 어머니들이 가족들을 떼어 놓지 말아 달라고 청원하고 있었다. 토포로프는 이 사건이 처음에 그에게 회부되었을 때의 일을 기억했다. 그때도 이 사건을 중지시켜야 하지 않을까 망설였다. 하지만 농민들의 가족을 따로따로 분산시켜 유형지에 보내라는 결정을 승인한다고 해서 해가 될 일은 전혀 없었다. 하지만 그들을 거주지에 그대로 두는 것은 나머지 주민들도 정교에서 이탈하도록 나쁜 영향을 미칠 수 있었다. 게다가 그 결정이 주교의 열성을 보여 주어 그는 그 사건이 정해진 방향으로 흘러가도록 두기로 했다.

그런데 이제 네흘류도프처럼 페테르부르크에 인맥을 가진 옹호자들이 나타났으니 군주에게 잔혹한 사건으로 보고되거나 외국 신문에 실릴 수도 있었다. 그래서 그는 그 자리에서 의외의 결정을 내렸다.

"안녕하십니까." 그는 매우 바쁜 사람 같은 표정으로 일어선 채 네흘류도프를 맞으면서 바로 본론에 들어갔다. "나도 이 사건을 압니다. 이름들을 보자마자 이 불행한 사건을 기억해 냈죠." 그는 탄원서를 들어 네흘류도프에게 보여 주며 말했다. "당신이 이 사건을 상기시켜 준 데 대해 나 역시 깊은 감사를 드립니다. 현 당국이 그 일에 지나치게 열성을 보여서……."
네흘류도프는 가면을 쓴 것처럼 움직임이 없는 창백한 얼굴을 싫은 감정으로 쳐다보며 침묵했다. "그러니 내가 조치를 철회하고 그 사람들을 거주지에 복귀시키도록 지시를 내리겠습니다."

"그럼 난 이 탄원서를 제출하지 않아도 됩니까?" 네흘류도프가 말했다.

"전혀 그럴 필요 없습니다. 내가 약속하죠." 그가 '나'라는 단어를 특히 강조하며 말했다. 자신의 정직과 자신의 말이 최고의 보증이라고 확신해 마지않는 것 같았다. "당장 써 드리는 게 가장 좋겠죠. 앉으십시오."

그는 책상으로 가서 글을 쓰기 시작했다. 네흘류도프는 앉지 않고 머리가 벗어진 그 좁은 두개골이며 재빨리 펜을 놀리는 그 푸른 핏줄이 불거진 살진 손을 내려다보다가 의아해졌다. 아무에게도 관심 없는 게 분명한 이 남자가 지금 왜 이 일을 할까, 그것도 아주 염려스럽다는 듯이. 왜?

"자, 여기 있습니다." 토포로프는 봉투를 봉인하며 말했다. "당신의 의뢰인들에게 이 사실을 알려 주십시오." 그는 웃는 것처럼 보이도록 입술을 꼭 다물었다.

"이 사람들은 도대체 왜 괴로움을 겪은 겁니까?" 네흘류도프가 봉투를 받으며 말했다.

토포로프는 네흘류도프의 질문이 반갑다는 듯 고개를 들고 씩 웃었다.

"당신에게 그것을 말해 줄 순 없습니다. 내가 말할 수 있는 건 단지 우리가 지키고 있는 민중의 이익은 너무도 중요하다는 것, 신앙 문제에 대한 지나친 열성은 오늘날 만연하는 지나친 무관심에 비하면 그다지 위험하거나 해롭지 않다는 것뿐입니다."

"하지만 어떻게 종교의 이름으로 선의 가장 기본적인 요구가 짓밟힐 수 있습니까? 가족이 헤어지다니요……."

토포로프는 계속 똑같이 관대한 미소를 짓고 있었다. 네흘류도프가 하는 말을 귀엽게 여기는 것 같았다. 네흘류도프가 무슨 말을 하든 토포로프는 자신이 발 딛고 서 있는 국가적 차원 — 그가 생각하기에 — 의 넓은 견지에서 보면 전부 귀엽고 편파적이라고 생각했을 것이다.

"개인의 시각에서 보면 그렇게 보일 수도 있습니다." 그가 말했다. "하지만 국가적 시각에서 보면 다소 다른 면이 나타나죠. 어쨌든 안녕히 가십시오." 토포로프가 고개를 숙이고 손을 뻗으며 말했다.

네흘류도프는 악수를 하고 그 손을 잡은 것을 후회하면서 말없이 서둘러 나왔다.

'민중의 이익이라니.' 그는 토포로프의 말을 마음속으로 되뇌었다. '너의 이익이야, 그냥 네 이익이란 말이다.' 그는 토포로프의 집을 떠나며 생각했다.

그리고 정의를 회복하고 신앙을 지키고 민중을 교육하는 여러 기관들의 활동 대상이 된 모든 사람들을 머릿속으로 빠르게 훑었다. 면허 없이 술을 매매한 죄로 처벌받은 부녀자, 절도죄로 처벌받은 젊은이, 어슬렁거린 죄로 처벌받은 부랑자, 방화죄로 처벌받은 방화범, 횡령죄로 처벌받은 은행가, 단지 필요한 정보를 얻어 낼 수 있을지 모른다는 이유로 경찰이 가뒀던 그 불운한 리지야, 정교를 문란하게 한 죄로 처벌받은 분리파 교도들, 헌법을 원했다는 이유로 처벌받은 구르케비치. 그 모든 사람들이 체포되어 투옥되고 유형을 가게 된 것이 결코 정의를 무너뜨리고 범법 행위를 저질러서가 아니라 단지 관리들과 부자들이 민중으로부터 거둬들인 부를 누리는데 방해가 됐기 때문이라는 생각이 유난히 또렷하게 네흘류도프의 뇌리를 스쳤다.

면허 없이 술을 판 농촌 아낙이, 시내를 하릴없이 어슬렁거린 도둑이, 전단지를 은닉한 리지야가, 미신을 타파하는 분리파 교도들이 모두 방해물이었다. 그래서 이모부부터 원로원 의원들과 토포로프, 각 부처의 책상 앞에 앉은 체구가 작고 말쑥하고 공손한 신사들에 이르는 그 모든 관리들이 무고한 사람들의 고통에 당혹스러워하기는커녕 그저 어떻게 해야 모든 위험인물들을 제거할지에 대해서만 신경 쓰고 있는 게 네흘류도프의 눈에는 너무도 분명해 보였다.

그렇게 그들은 무고한 한 명에게 유죄 판결을 내리지 않기 위해 죄가 있는 열 명을 사면한다는 원칙을 무시했을뿐더러 썩은 부분을 도려내려면 싱싱한 부분도 다소 잘라 낼 수밖에 없다는 식으로 정말 위험한 한 명을 제거하기 위해 위험하지 않은 열 명을 형벌을 통해 제거했다.

네흘류도프가 생각하기에 그런 설명이면 주위에서 벌어지는 모든 일이 매우 간단하고 분명해질 것 같았다. 그러나 다름 아닌 그런 단순 명쾌함 때문에 네흘류도프는 그것을 받아들이기를 망설였다. 그토록 복잡한 현상이 그처럼 단순하고 끔찍한 방식으로 설명되다니 그럴 리 없다. 정의, 선, 법, 신앙, 하느님에 대한 모든 말들이 그저 말에 불과할 뿐 저속하기 이를 데 없는 탐욕과 잔인함을 감추고 있다니 있을 수 없는 일이었다.

28

네흘류도프는 그날 저녁에 떠날 수도 있었지만 **마리에트**에게 그녀를 만나러 극장에 가겠노라고 이미 약속했다. 그래서는 안 되는 줄 알면서도 그는 약속은 지켜야 한다는 생각으로 스스로를 속이며 극장을 향했다.

'내가 이 유혹에 저항할 수 있을까?' 그는 그다지 진심이 느껴지지 않는 말을 속으로 중얼거렸다. '마지막으로 한 번 더 시험해 봐야겠어.'

연미복 차림을 한 그는 불후의 작품 「동백의 여인」[23]의 2막

---

23) 「Dame aux Camélias」. 프랑스 소설가 알렉상드르 뒤마(Alexandre Dumas, 1824~1895)가 1848년에 발표한 소설이다. 우리나라와 일본에는 '춘희'라는 제목으로 더 잘 알려졌다. 1852년 이 소설은 작가 자신의 각색을 거쳐 희곡으로 재탄생했고, 역시 큰 성공을 거두었다. 베르디는 연극을 관람한 후 이 소설을 바탕으로 오페라 「라트라비아타(La Traviata)」를 작곡했다.

중간에 도착했다. 폐결핵에 걸린 여인이 죽어 가는 장면을 외국 여배우가 새로운 연출로 보여 주고 있었다.

극장은 꽉 차 있었다. 마리에트의 1층 특별석을 묻는 네흘류도프에게 즉시 누군가가 공손히 그 자리를 가리켜 보였다.

바깥 복도에 제복을 입은 직원이 서 있었다. 그가 네흘류도프와 아는 사이인 양 고개 숙여 인사하며 문을 열어 주었다.

맞은편의 모든 칸막이 특별석들에 앉거나 그 뒤에 선 사람들, 가까이 등을 보이고 앉은 사람들, 일반석에 앉은 머리가 하얗게 세거나 반백이거나 대머리이거나 포마드를 바르거나 머리카락을 곱슬곱슬 만 사람들. 그 모든 관객들이 실크와 레이스로 된 화려한 옷을 입고서 갈라진 부자연스러운 목소리로 독백을 하는 마르고 앙상한 여배우를 골똘히 쳐다보고 있었다. 문이 열리자 누군가 "쉿!" 했고, 차갑고 따뜻한 공기의 두 흐름이 네흘류도프의 얼굴을 빠르게 스쳤다.

특별석에는 마리에트와 붉은 케이프를 걸친 차림에 커다랗고 묵직한 장식 가발을 단 낯선 귀부인과 두 남자가 있었다. 잘생기고 키가 큰 한 명은 마리에트의 남편인 장군으로 속을 꿰뚫어 볼 수 없는 엄격한 표정에 매부리코를 지녔으며 솜과 물들인 삼베를 덧대 가슴 부분을 군인풍으로 높다랗게 강조했다. 또 한 명은 머리가 거의 벗어진 금발 남자로 위풍당당한 두 볼수염 사이에 깨끗이 면도된 턱과 작게 팬 자국이 보였다. 우아하고 날씬하고 고상한 마리에트는 가슴과 목을 드러낸 차림이었다. 목부터 비스듬히 사선을 그리는 균형 잡힌 탄탄한 어깨를 지녔고, 목과 어깨가 만나는 부분에 검은 점이 있

160

었다. 그녀는 즉시 고개를 돌리더니 네흘류도프에게 부채로 자기 뒤편의 의자를 가리켜 보이고는 반가움과 감사가 뒤섞인 매우 의미심장한 표정—네흘류도프에게는 그렇게 보였다—으로 그를 향해 미소 지었다. 남편은 무엇을 하든 늘 그렇듯 침착하게 네흘류도프를 쳐다보고 고개를 숙였다. 그에게서, 즉 그의 자세라든지 아내와 나누는 눈짓에서 아름다운 아내의 소유주이자 주권자의 모습이 확연하게 보였다.

독백이 끝나자 박수 소리가 극장을 가득 메웠다. 마리에트는 자리에서 일어나 사락거리는 실크 드레스 자락을 잡고 특별석의 뒷부분으로 걸어 나와서 남편과 네흘류도프를 서로에게 소개했다. 장군은 계속 눈웃음을 지으면서 매우 반갑다고 말하고는 속을 꿰뚫어 볼 수 없는 침착한 모습으로 입을 다물었다.

"오늘 떠났어야 하지만 당신에게 약속을 했으니까요." 네흘류도프가 마리에트를 돌아보며 말했다.

"날 보는 건 싫다 해도 멋진 배우를 보게 되잖아요." 마리에트는 그의 말이 품은 의미에 답하면서 말했다. "그녀 말이에요, 마지막 장면에서 정말 멋지지 않았어요?" 그녀가 남편에게 말했다.

남편은 고개를 끄덕였다.

"난 그런 것에 감동하지 않습니다." 네흘류도프가 말했다. "오늘 진짜 불행을 너무 많이 봐서……."

"그래요, 앉아서 이야기를 들려줘요."

남편이 귀를 기울였다. 그의 눈이 점점 더 냉소적인 웃음을 띠었다.

"난 아주 오랫동안 갇혔다가 풀려난 여자의 집에 다녀왔습니다. 완전히 망가졌더군요."

"내가 당신에게 말했던 여자예요." 마리에트가 남편에게 말했다.

"그렇군요, 그 여자가 석방될 수 있다고 해서 무척 기뻤습니다." 그가 고개를 끄덕이며 태연하게 말했다. 네흘류도프가 보기에 콧수염 밑으로 보이는 입술은 이제 완연히 냉소를 흘리고 있었다. "나가서 담배를 좀 피워야겠습니다."

네흘류도프는 마리에트가 그에게 말해야 한다던 무언가를 기다리며 앉아 있었다. 하지만 그녀는 아무 말도 하지 않았고, 심지어 굳이 말하려 하지도 않았으며, 연극에 대해 농담하고 이야기할 뿐이었다. 그녀는 그 연극이 네흘류도프에게 특별히 감동을 주었을 거라 생각했다.

네흘류도프는 깨달았다. 그녀는 그에게 할 말이 전혀 없었다. 그저 어깨와 작은 점을 드러낸 매력이 넘치는 야회복 차림을 그에게 보여 줘야 했을 뿐이다. 그는 기분이 좋기도 했지만 동시에 혐오감을 느꼈다.

이제껏 그 모든 것을 덮고 있던 매력의 베일이 이 순간 완전히 벗겨진 것은 아니었다. 하지만 네흘류도프는 베일 아래 감춰져 있던 것을 보았다. 마리에트를 보면서 그는 그녀의 모습에 감탄했다. 하지만 그녀가 거짓말쟁이인 데다 숱한 사람들의 눈물과 목숨을 희생해 출세 가도를 달리는 남편과 살면서 전혀 개의치 않는다는 것, 그녀가 어제 한 모든 말이 거짓이고 그녀가 바라는 것은 그가 자기를 좋아하도록 만드는 것 — 그 이유에 대해서는 그도, 그녀 자신도 몰랐다 — 임을 알았다. 그리고 그런 모습이 그의 마음을 끌기도 하고 혐오감을 불러일으키기도 했다. 그는 몇 번이나 떠나려고 모자를 집어 들었다가 다시 그대로 남았다. 하지만 마침내 남편이 짙은 콧수염에 담배 냄새를 풍기며 돌아와 은인인 척 거들먹거리면서 경멸 어린 눈으로 네흘류도프를 못 알아보는 양 흘긋 쳐다보자 네흘류도프는 문이 다시 닫히기 전에 복도로 나와서 외투를 찾은 뒤 극장을 떠났다.

넵스키 대로를 따라 집으로 돌아가던 중 그는 우연히 앞쪽에서 넓은 아스팔트 보도 위를 침착하게 걷고 있는 도발적이고 화려한 옷차림의 늘씬한 여자를 발견했다. 얼굴과 모습 전체에서 자신의 추악한 힘에 대한 자각이 엿보였다. 그 여자와 마주치거나 스쳐 가는 모든 사람이 그녀를 돌아보았다. 네흘류도프는 그녀보다 더 빨리 걸었고, 그 역시 무심결에 얼굴을 쳐다보았다. 화장한 듯한 얼굴은 아름다웠고, 여자는 네흘류도프를 향해 눈을 반짝이며 미소를 지었다. 그러자 이상하게도 문득 마리에트가 네흘류도프의 뇌리에 떠올랐다. 극장에서 방금 경험한 매혹과 혐오를 똑같이 느꼈기 때문이다. 황급히 그녀를 앞지른 네흘류도프는 스스로에게 화를 내며 모르스카야 거리로 방향을 틀어 강변도로로 나온 다음 계속 보도를 이리저리 서성이며 순경을 놀라게 했다.

'내가 극장에 들어갔을 때 그 여자도 날 향해 똑같이 미소를 지었지.' 그는 생각했다. '그 미소든 이 미소든 의미는 똑같

아. 차이가 있다면 단지 이 미소는 노골적으로 드러내 놓고 말한다는 거야. 날 원하면 가져. 원하지 않으면 그냥 지나가. 하지만 그 여자는 이런 것은 생각하지 않고 어떤 지고하고 고상한 감정으로 살아가는 척하지. 그래도 그 밑바닥은 똑같아. 이 여자는 적어도 정직한데 그 여자는 거짓말을 해. 게다가 이 여자는 가난 때문에 지금 같은 처지로 내몰렸지만, 그 여자는 그 아름답고도 혐오스럽고도 무서운 정욕으로 장난질을 하며 즐기고 있어. 이 거리의 여자는 혐오감보다 갈증이 심한 사람에게 제공되는 악취가 나고 더러운 물이야. 극장의 그 여자는 홀러들기만 하면 무엇이든 미처 알아차릴 새도 없이 죽여 버리는 독이지.' 네흘류도프는 귀족 회장의 아내와 자신의 관계를 떠올렸다. 그러자 수치스러운 기억들이 되살아났다. '인간 안에는 야수의 혐오스러운 동물적 본능이 있어.' 그는 생각했다. '하지만 그 본능이 순수한 형태를 띠는 한 우리는 정신생활의 높은 차원에서 그것을 내려다보며 경멸하지. 그것에 굴복하든 버티든 우리는 예전 모습 그대로 남아. 그러나 그 동물성이 미적이고 시적인 탈을 쓰고서 경배를 요구하면 우리는 동물성을 우상시하며 그 속에 완전히 빠져 더 이상 선과 악을 구분하지 못하게 돼. 그때는 끔찍하지.'

지금 네흘류도프는 궁전, 보초, 요새, 강, 보트, 주식 거래소를 보았던 것만큼이나 분명하게 그것을 깨달았다.

그리고 이 밤 지상에 위안과 휴식을 주는 어둠은 없고 눈에 보이지 않는 근원으로부터 흘러나오는 흐릿하고 우울하고 부자연스러운 빛이 있듯이 네흘류도프의 마음속에도 휴식을 주는 무지의 어둠은 더 이상 없었다. 모든 것이 분명했다. 중요하고 좋다고 생각되던 그 모든 것이 보잘것없거나 추악하다는 점, 그 모든 광채와 그 모든 호화로움이 모두에게 익숙한 오래된 범죄들, 처벌받지 않을뿐더러 인간이 궁리해 낼 수 있는 모든 매력으로 위풍당당하게 꾸민 범죄들을 덮어 버린다는 점은 분명한 사실이었다.

네흘류도프는 이것을 잊고 싶었다. 알고 싶지 않았다. 하지만 더 이상 보지 않을 수 없었다. 페테르부르크를 비추던 빛의 근원이 보이지 않았듯 그 모든 것을 그에게 펼쳐 보인 빛의 근원이 보이지 않을지라도, 그리고 그 빛이 그에게 흐릿하고 우울하고 부자연스럽게 보일지라도 그 빛 속에 펼쳐진 것을 보지 않을 수 없었다. 그는 기쁘면서 불안했다.

29

모스크바에 돌아온 네흘류도프는 원로원이 법원의 판결을
확정해 시베리아로 떠날 준비를 해야 한다는 슬픈 소식을 마
슬로바에게 알리기 위해 가장 먼저 감옥의 병원을 찾았다.

그는 황제에게 바칠 탄원서 — 변호사가 써 줘서 지금 그
가 서명을 받기 위해 마슬로바가 있는 감옥으로 가져가고 있
는 — 에 별 기대를 하지 않았다. 게다가 이렇게 말하면 이상
하겠지만 이제 성공을 바라지도 않았다. 그는 시베리아로 가
서 유형수들과 징역수들 사이에서 살겠다고 이미 각오를 했
기에 마슬로바가 무죄를 선고받을 경우 자신과 그녀의 삶을
어떤 식으로 만들어 가야 할지 머릿속에 쉽사리 그려 볼 수 없
었다. 그는 미국 작가 소로[24]의 말을 떠올렸다. 미국에 노예제

---

24) 헨리 데이비드 소로(Henry David Thoreau, 1817∼1862). 미국의 시인

가 있던 시대에 그는 노예제가 합법화되고 비호받는 국가에서 성실한 시민에게 어울리는 유일한 장소는 감옥이라고 말했다. 네흘류도프도 그와 똑같이 생각했다. 특히 페테르부르크에 갔다가 그곳에서 그 모든 것을 알고 돌아온 지금은 더욱 그러했다.

'그래, 오늘날 러시아에서 성실한 시민에게 어울리는 유일한 장소는 감옥이야!' 그는 생각했다. 그리고 감옥에 이르러 그 담 안으로 들어설 때는 그것을 몸소 느끼기까지 했다.

병원 수위가 네흘류도프를 알아보고는 마슬로바가 더 이상 그곳에 없다고 전했다.

"그럼 어디에 있습니까?"

"다시 감방에 갔습니다."

"왜 돌려보낸 겁니까?" 네흘류도프가 물었다.

"그런 인간들인걸요, 공작 각하." 수위는 경멸 어린 미소를 지으며 말했다. "그 여자가 조수와 놀아나서 주임 의사가 돌려보냈습니다."

네흘류도프는 마슬로바와 그녀의 마음 상태가 자기에게 그처럼 큰 의미로 다가오리라고는 생각지도 못했다. 그는 그 소식에 놀랐다. 예기치 못한 큰 불행에 대한 소식을 접했을 때와 비슷한 감정을 느꼈다. 그는 매우 고통스러웠다. 그 소식을 들었을 때 든 첫 느낌은 수치심이었다. 무엇보다 그녀의 마음속

이자 사상가. 자연과 노동과 여가를 예찬했고 말년에는 노예제 폐지를 주장했다. 그가 남긴 일기 『월든: 숲속의 생활』이 대표작으로 널리 알려져 있다.

에서 변화가 일어난 것 같다고 기쁘게 상상한 자신이 우습게 느껴졌다. 그의 희생을 받아들이고 싶지 않다는 그녀의 그 모든 말과 비난과 눈물, 그 모든 게 그를 최대한 이용하고 싶어 하는 타락한 여자의 교활한 술수에 지나지 않는다는 생각이 들었다. 지금 생각하니 이제 와서 알게 된 구제 불능의 조짐을 지난번 면회 때 그녀에게서 본 것 같았다. 이 모든 것이 머릿속을 번개처럼 스치고 지나간 순간 그는 반사적으로 모자를 쓰고 병원을 나섰다.

'그런데 이제 어떻게 하지?' 그는 속으로 중얼거렸다. '그녀와 난 여전히 결합되어 있는 건가? 그녀가 그런 행동을 한 이상 난 자유의 몸이 아닐까?' 그는 속으로 혼잣말을 했다.

하지만 스스로에게 그 질문을 던지자마자 그는 곧 깨달았다. 자신이 구속에서 해방됐다고 생각해 그녀를 버린다면 정작 벌하고 싶었던 그녀가 아니라 스스로를 벌하는 셈이 된다는 것을⋯⋯. 그러자 두려워졌다.

'아냐! 이미 일어난 일을 돌이킬 수는 없어. 내 결심을 굳건히 하는 수밖에 없어. 그녀가 마음 가는 대로 하게 내버려 두자. 그게 조수와 놀아나는 거라면 그러라지. 그건 그녀의 일이야. 내가 할 일은 내 양심이 나에게 요구하는 것을 하는 거야.' 그는 속으로 중얼거렸다. '내 양심은 속죄를 위해 내 자유를 희생하라고 요구해. 허식이라 해도 그녀와 결혼해서 그녀가 어디로 보내지든 따라가겠다는 나의 결심은 변치 않아.' 그는 분노에 차서 고집스럽게 속으로 중얼거리고는 병원에서 나와 단호한 걸음으로 감옥의 커다란 정문을 향했다.

정문에 다가간 그는 마슬로바를 면회하고 싶으니 소장에게 보고해 달라고 당직 간수에게 요청했다. 당직 간수는 네흘류도프를 알고 있어서 지인을 대하듯 감옥의 중요한 소식들을 전해 주었다. 소장이 사직을 하고 그 자리에 다른 엄한 책임자가 취임했다고 했다.

"요즘엔 엄해졌습니다. 큰일이에요." 간수가 말했다. "소장님이 지금 여기 계시니 곧 보고하겠습니다."

실제로 신임 소장은 감옥 안에 있었고 곧 네흘류도프를 보러 나왔다. 소장은 키가 크고 앙상한 남자로 광대뼈가 튀어나왔으며 동작이 매우 느리고 음울해 보였다.

"면회는 정해진 날에 면회실에서 허용됩니다." 그는 네흘류도프를 쳐다보지 않고 말했다.

"하지만 난 폐하께 올릴 탄원서에 서명을 받아야 합니다."

"나에게 넘겨도 됩니다."

"직접 죄수를 만나야 합니다. 전엔 늘 허가를 받았습니다."

"전에는 그랬지요." 소장은 네흘류도프를 재빨리 흘깃 쳐다보고는 말했다.

"현지사에게 허가를 받았습니다." 네흘류도프는 주장을 굽히지 않고 지갑을 꺼냈다.

"보여 주십시오." 소장은 네흘류도프가 건넨 서류를 초췌하고 긴 하얀 손가락 — 집게손가락에 금반지가 끼워져 있었다 — 으로 받아 들고 천천히 읽었다. "사무실로 가시죠." 그가 말했다.

이번에는 사무실에 아무도 없었다. 소장은 책상 앞에 앉아 그 위에 놓인 서류들을 뒤적였다. 자신이 직접 면회에 입회하려는 듯했다. 네흘류도프가 정치범 보고두홉스카야를 면회할 수 없을지 묻자 소장은 안 된다고 짧게 대답했다.

"정치범을 면회할 수는 없습니다." 그는 이렇게 말하고 다시 서류 검토에 몰두했다.

보고두홉스카야에게 전할 편지를 호주머니에 넣어 두었던 네흘류도프는 계획을 들켜 좌절한 죄인이라도 된 기분을 느꼈다.

마슬로바가 사무실에 들어오자 소장은 고개를 들고 마슬로바나 네흘류도프에게 눈길을 주지 않은 채 말했다.

"이야기를 나누셔도 됩니다!" 그러고 나서 계속 서류에 몰두했다.

마슬로바는 다시 예전처럼 하얀 재킷과 치마를 입고 머릿수건을 쓴 차림이었다. 네흘류도프에게 다가오다가 분노에 찬 그의 차가운 얼굴을 보자 얼굴이 새빨개졌다. 그녀는 한 손으로 재킷 끝자락을 만지작거리며 눈을 내리깔았다. 그 당황하는 모습이 네흘류도프에게는 병원 수위의 말을 확인해 주는 것처럼 느껴졌다.

네흘류도프는 예전처럼 그녀를 대하고 싶었다. 하지만 손을 내밀고 싶으면서도 그럴 수 없었다. 지금 그에게는 그녀가 너무도 혐오스러웠다.

"당신에게 나쁜 소식을 가져왔습니다." 그는 그녀를 쳐다보지도 손을 내밀지도 않고 단조로운 목소리로 말했다. "원로원이 상고를 기각했습니다."

"그럴 줄 알았어요." 그녀는 마치 숨을 헐떡이듯 이상한 목소리로 말했다.

예전 같으면 네흘류도프는 왜 그럴 줄 알았다고 말하는지 물었을 것이다. 그런데 지금은 그저 그녀를 쳐다보기만 할 뿐이었다. 그녀의 눈에 눈물이 차올랐다.

하지만 그 모습은 그의 감정을 누그러뜨리기는커녕 오히려 그녀에 대한 분노를 한층 더 부채질했다.

소장이 일어나서 사무실 안을 이리저리 거닐기 시작했다.

이 순간 마슬로바에게 느끼는 격렬한 반감에도 불구하고 네흘류도프는 원로원의 기각에 대해 유감을 표현해야 한다고 생각했다.

"절망하지 말아요." 그가 말했다. "폐하께 올리는 탄원서가 좋은 결과를 가져올 수도 있어요. 내가 바라는 건……."

"아뇨, 그 얘기가 아니라……." 그녀는 눈물에 젖은 사시안으로 애처롭게 그를 쳐다보며 말했다.

"그럼 뭡니까?"

"당신은 병원에 갔다가 아마 저에 대한 이야기를 들으셨겠죠……."

"뭐, 상관없습니다. 그건 당신 문제입니다." 네흘류도프가 얼굴을 찌푸리며 차갑게 말했다.

그의 마음속에 가라앉아 있던 모욕당한 자존심으로 인한 무자비함이 그녀가 병원을 언급한 순간 새로운 힘을 띠고 되살아났다. '최고 상류층의 모든 아가씨들이 결혼하기를 꿈꾸는 상류 사회의 남자가 남편이 되겠다고 나섰는데 이 여자는 기다리지 못하고 병원의 조수와 놀아났다.' 그는 증오심에 찬 눈으로 그녀를 쳐다보며 생각했다.

"여기 탄원서에 서명해 주십시오." 그는 이렇게 말하고 호주머니에서 커다란 봉투를 꺼내 탁자 위에 올려놓았다. 그녀는 머릿수건 끄트머리로 눈물을 훔치고 탁자 앞에 앉아 어디에 무엇을 써야 하는지 물었다.

그는 어디에 무엇을 써야 할지 가리켰고, 그녀는 탁자 앞에 앉아 왼손으로 오른쪽 소매를 단정히 매만졌다. 그는 그녀를 내려다보고 서서 탁자 쪽으로 숙인 그녀의 등을, 흐느낌을 참느라 이따금 바르르 떠는 그 등을 말없이 쳐다보았다. 그러자 마음속에서 두 감정, 즉 선과 악, 모욕당한 자존심과 고통스러워하는 그녀에 대한 연민이 싸움을 벌였고, 결국 선과 연민이 승리를 거두었다.

어느 쪽이 먼저였는지 그는 기억할 수 없었다. 진심으로 그녀를 동정한 것이 먼저였을까, 아니면 자신을, 자기 죄를, 자신의 추악한 행위 — 그가 그녀에 대해 비난한 바로 그 행위 — 를 떠올린 것이 먼저였을까. 어쨌든 그는 죄의식을 느낀 동시에 그녀를 동정하게 됐다.

탄원서에 서명하고 더러워진 손가락을 치마에 닦은 후 그녀는 일어나서 그를 쳐다보았다.

"결과가 어떻게 되건, 무슨 일이 있건 내 결심은 절대 변하지 않습니다." 네홀류도프가 말했다.

자신이 그녀를 용서했다는 생각이 들자 그녀를 향한 연민과 다정함이 그의 마음속에서 점차 커졌다. 그는 그녀를 위로 하고 싶었다.

"내가 한 말을 지킬 겁니다. 당신이 어디로 유형을 떠나든 난 당신과 함께할 거예요."

"부질없는 일이에요." 그녀가 황급히 말을 가로막았다. 하지만 얼굴이 환하게 밝아졌다.

"여정에 필요한 것을 생각해 봐요."

"딱히 필요한 게 없을 것 같아요. 감사합니다."

소장이 다가왔다. 네홀류도프는 그가 미처 주의를 주기 전에 그녀와 작별 인사를 나누고 이전에 한 번도 경험한 적 없는 잔잔한 기쁨과 평온과 모든 사람에 대한 사랑을 느끼면서 밖으로 나왔다. 마슬로바의 어떤 행동도 그녀를 향한 자신의 사랑을 바꿀 수 없다는 자각이 그에게 기쁨을 주었고 이제껏 경험한 적 없는 높은 차원으로 그를 이끌었다. 그녀가 조수와 놀아나고 싶다면 그러라고 하자. 그건 그녀의 문제다. 그가 그녀를 사랑하는 것은 자신을 위해서가 아니라 그녀를 위해서, 하느님을 위해서다.

그런데 마슬로바가 병원에서 쫓겨난 이유가 되었고 네홀류도프가 사실이라고 믿은 마슬로바와 조수의 통정 사건은 사실상 이랬다. 마슬로바는 간호장의 지시로 폐병에 좋은 차를 가지러 복도 끝에 있는 약국에 갔다가 그곳에서 우스치노프라는 여드름이 난 키 큰 조수가 혼자 있는 것을 발견했다. 마슬로바는 이미 오래전부터 집요하게 치근덕대는 그에게 진저리를 내고 있었다. 마슬로바가 그를 뿌리치려고 세게 밀치는 바람에 그가 선반에 부딪치면서 약병 두 개가 바닥에 떨어져 깨지고 말았다.

마침 그때 복도를 지나가던 주임 의사가 병이 깨지는 소리를 들었고 새빨개진 얼굴로 뛰쳐나오는 마슬로바를 보았다. 그가 화를 내며 그녀에게 고함쳤다.

"어이, 아줌마, 여기서 사내와 놀아나면 쫓아낼 거야." 그는 안경 너머로 엄하게 조수를 쳐다보며 말했다. "이게 뭐야?"

조수는 빙글빙글 웃으며 변명하기 시작했다. 의사는 말을 끝까지 듣지 않고 고개를 들어 안경을 통해 바라보더니 병동에 가서 그날로 소장에게 마슬로바 대신 좀 더 진중한 다른 조무사를 보내 달라고 말했다. 마슬로바와 조수의 통정 사건은 그게 다였다. 이미 오래전부터 염증을 느껴 온 남자들과의 관계가 네흘류도프를 만난 이후 특히 역겨워져서 마슬로바는 사내들과 놀아났다는 빌미로 병원에서 이렇듯 쫓겨난 것이 너무 가슴 아팠다. 그녀의 과거와 현재의 상황을 돌이켜 보면 모든 남자들은, 심지어 여드름 난 조수까지도 그녀를 능욕할 권리가 있는 것처럼 생각하고 그녀가 거절하면 깜짝 놀랐다. 그 점이 그녀에게 끔찍한 치욕감을 주었고 그녀 안에 자기 연민과 눈물을 자아냈다. 이번에 네흘류도프를 만나러 나오면서 그녀는 그 앞에서 아마도 그가 들었을지 모르는 누명을 벗고 싶었다. 하지만 사실대로 말하려는 순간 그가 그녀를 믿지 않는다는 것을, 자신의 변명이 그저 그의 의심을 더욱 굳힐 뿐이라는 것을 느꼈다. 눈물이 목구멍까지 차올랐다. 그녀는 입을 다물었다.

마슬로바는 두 번째 면회에서 말했듯이 자신은 그를 용서하지 않았을뿐더러 증오한다고 줄곧 생각했으며 스스로를 계속 그렇게 설득해 왔다. 하지만 이미 오래전부터 다시 그를 사랑하게 되었고, 그를 너무나 사랑한 나머지 자기도 모르게 그가 바라는 것이라면 뭐든지 하고 있었다. 술과 담배를 끊고, 교태를 버리고, 병원에 잡부로 들어갔다. 그녀가 그 모든 것을 한 것은 그가 그러기를 바란다는 것을 알았기 때문이다. 그가 그녀와 결혼하겠다는 말을 할 때마다 그의 희생을 받아들이기를 그토록 단호히 거부한 것은 그에게 한번 내뱉은 오만한 말들을 되풀이하고 싶어서였고, 무엇보다 자기와 결혼하면 그가 불행해진다는 것을 알았기 때문이다. 그녀는 그의 희생을 받아들이지 않겠다고 굳게 결심했다. 하지만 그가 그녀를 경멸하고 그녀를 예전 그대로라 믿으며 그녀 안에서 일어난 변화를 보지 않는다고 생각하니 괴로웠다. 그는 이 순간 그녀가 병원에서 무언가 추악한 짓을 했다고 생각할지 모른다. 그녀는 최종적으로 징역형을 선고받았다는 소식보다 그 사실 때문에 한층 괴로웠다.

30

 가장 먼저 출발하는 유형수 무리에 마슬로바가 포함될 수도 있어서 네흘류도프는 떠날 준비를 했다. 그러나 일이 어찌나 많은지 아무리 시간이 많아도 결코 다 끝낼 수 없을 것 같았다. 생활이 이제 예전과 정반대가 됐다. 예전에는 무엇을 할지 궁리해야 했고, 일의 관심은 언제나 똑같은 것에 쏠려 있었다. 바로 드미트리 이바노비치 네흘류도프였다. 하지만 그때는 생활의 모든 관심이 드미트리 이바노비치에게 쏠려 있는데도 그 모든 일이 따분했다. 지금은 모든 일이 드미트리 이바노비치가 아니라 다른 사람들에 관한 것인데도 전부 흥미롭고 마음을 끌었다. 그리고 그런 일은 아주 많았다.

 그뿐이 아니었다. 예전에 드미트리 이바노비치의 일을 할때는 늘 분노와 짜증이 일었는데 남을 위해서 하는 이 일들은 대부분 즐거운 기분을 불러일으켰다.

이 무렵 네흘류도프가 몰두하던 일들은 세 종류로 나뉘었다. 그는 버릇이 된 학자 같은 태도로 그 일들을 분류해 세 개의 서류 가방에 따로 넣었다.

첫 번째는 마슬로바와 그녀를 돕는 것에 관한 일이었다. 그일은 이제 황제에게 올린 탄원서가 헛되이 되지 않도록 바쁘게 뛰어다니고 시베리아로 떠날 준비를 하는 것만 남았다.

두 번째는 영지를 정리하는 일이었다. 파노보의 토지는 전체 농민에게 필요한 경비를 위해 농민들로부터 지대를 받는다는 조건하에 그들에게 넘겨졌다. 하지만 이 계약을 확정하려면 규약들과 유언장을 작성하고 서명을 해야 했다. 쿠즈민스코예의 문제는 아직 그가 직접 정리한 대로 남아 있었다. 즉 토지 대금을 받아야 했지만 기한을 정하고 그 돈에서 생활을 위해 얼마를 가져가고 농민들을 위해 얼마를 남겨 둘지 결정해야 했다. 시베리아로 가는 데 얼마나 비용이 들지 몰라서 그는 그 수입을 절반 정도 줄일지언정 그것을 잃는 것에 대해서는 아직 마음을 정하지 못했다.

세 번째는 점점 더 빈번히 그에게 호소해 오는 죄수들을 돕는 일이었다.

처음에는 도움을 호소하는 죄수들과 관계를 맺게 되면 즉시 그들의 운명을 편하게 해 주려 애쓰면서 그들을 위해 청원하러 다니기 시작했다. 하지만 나중에는 청원자가 너무 많아지는 바람에 그들 한 사람 한 사람을 돕는 것은 불가능하다고 느껴 자기도 모르게 네 번째 일에 끌렸다. 최근에는 그 일이 다른 모든 일보다 더 그의 마음을 사로잡았다.

그 네 번째 일이란 형사 재판이라 불리는 이 놀라운 제도가 도대체 무엇이고, 무엇을 위해 어디에서 생겨났는가 하는 물음을 해결하는 것이었다. 그 제도는 결과적으로 감옥 — 그는 감옥의 거주자들을 어느 정도 알게 됐다 — 과 페트로파블롭스크 요새부터 사할린에 이르는 모든 구금 장소를 낳았다. 그곳에서 그가 놀라워하는 그 형법의 희생자들 수백 명, 수천 명이 괴로움을 겪고 있었다.

죄수들과 맺은 사적인 관계를 통해, 변호사와 감옥 사제와 소장에게 캐물어 얻은 답변을 통해, 구금된 사람들의 명부를 통해 네흘류도프는 이른바 범죄자라고 하는 죄수들이 다섯 부류의 인간들로 나뉜다는 결론에 이르렀다.

첫 번째 부류는 방화의 누명을 쓴 멘쇼프처럼, 마슬로바를 비롯한 여러 사람들처럼 재판의 착오로 희생된 완전히 무고한 사람들이었다. 사제가 관찰한 바에 따르면 이 부류는 대략 7퍼센트로 그다지 많지 않았지만 이 사람들의 처지는 특별한 흥미를 불러일으켰다.

두 번째 부류는 분노, 질투, 인사불성 등 특별한 상황에서 저지른 행동으로 유죄 판결을 받은 사람들이었다. 그들을 재판하고 벌한 모든 사람들도 똑같은 상황에 처하면 분명히 저지를 법한 행동이었다. 네흘류도프의 관찰에 따르면 그 부류가 전체 죄수의 절반을 넘었다.

세 번째 부류는 그들의 입장에서 지극히 평범하고 심지어 훌륭하다고 할 만한 행동이지만 그들과 무관한 입법자들의 입장에서 범죄로 여겨지는 행동을 저질러 처벌받은 사람들이었다. 밀주를 파는 사람들, 밀수품을 운반하는 사람들, 목초를 뭉개는 사람들, 큰 사유림이나 국유림에서 땔감을 모으는 사람들이 여기에 속했다. 산속에서 도적질을 하는 사람들, 아직 신앙이 없는 사람들, 교회를 터는 사람들도 여기에 속했다.

네 번째 부류는 단지 사회 평균보다 도덕적으로 더 우위에 있다는 이유로 범죄자 명단에 들어간 사람들이었다. 분리파 교도들이 그랬고, 독립을 위해 봉기를 일으킨 폴란드인들과 체르케스인들이 그랬으며, 권력에 저항했다는 이유로 유죄 판결을 받은 사회주의자들과 파업 참가자들이 그랬다. 네흘류도프의 관찰에 따르면 사회에서 가장 훌륭한 이런 사람들이 매우 큰 비중을 차지했다.

마지막으로 다섯 번째 부류는 사회에 대해 그들이 저지른 죄보다 사회가 그들에게 지은 죄가 훨씬 큰 사람들이었다. 매트를 훔친 앳된 청년이나 네흘류도프가 감옥 안팎에서 본 다른 수백 명의 사람들처럼 지속적인 박해와 유혹으로 분별을 잃은 버림받은 사람들, 생활 환경 때문에 범죄라고 불리는 행동을 하지 않을 수 없도록 마치 체계적으로 내몰린 듯한 사람들이었다. 네흘류도프가 관찰한 바로는 아주 많은 도둑과 살인자들이 여기에 속했다. 최근에 그는 그런 사람들을 몇 명 접촉했다. 그들을 좀 더 잘 알게 된 그는 새로운 학파가 범죄형이라고 이름 붙인 방탕하고 타락한 사람들 — 그런 사람들이 사회 안에 존재한다는 것 자체가 형사법과 형벌의 필요성을 입증하는 주요한 증거로 받아들여진다 — 을 그런 인간 부류에 포함시켰다. 네흘류도프의 견해에 따르면 이른바 타락했다고 하는 이 비정상적인 범죄형은 다름 아닌 사회에 대해 지은 죄보다 사회가 지은 죄가 더 큰 사람들과 같은 부류였다. 다만 사회는 바로 이 사람들에게 직접 죄를 지은 게 아니라 이전에 그들의 부모와 조상들에게 앞서 죄를 지었다.

이 점에서 특히 네흘류도프에게 충격을 준 사람은 상습적인 절도범인 오호친이었다. 매춘부의 사생아로 태어나 싸구려 여인숙에서 자라고 서른 살이 될 때까지 순경보다 높은 도덕성을 지닌 인간을 한 번도 만나 보지 못했을 이 사람은 젊은 시절부터 도둑 패거리에 들어갔다. 사람들을 끌어당기는 탁월한 유머 감각을 타고나기도 했다. 그가 네흘류도프에게 보호를 청했다. 하지만 스스로를, 판사들을, 감옥을, 형사법뿐 아니라 신의 법까지 모든 법을 조롱했다. 또 한 사람은 자신이 이끄는 도둑 패거리와 함께 늙은 관리를 죽이고 약탈한 잘생긴 표도로프였다. 그는 농민이었고, 그 아버지는 완전히 불법적으로 집을 빼앗겼다. 나중에 그는 병사로 복무하다가 그곳에서 장교의 정부를 좋아하는 바람에 고초를 겪었다. 기질이 매력적이고 열정적이었으며, 무슨 일이 있어도 향락을 즐기고 싶어 하는 남자였다. 그는 무언가를 위해 자신의 쾌락을 절제하는 사람을 한 번도 본 적이 없었고, 쾌락 이외에 인생에 어떤 다른 목표가 있다는 말도 결코 들어 본 적이 없었다. 네흘류도프가 보기에 두 사람 모두 풍부한 기질을 지니긴 했지만 버려진 식물이 방치되어 흉해지듯 그들 역시 그저 방치되어 추해진 게 분명했다. 아둔하고 어떻게 보면 잔인한 것 같아 혐오감을 불러일으키는 부랑인 한 명과 여자 한 명을 보았지만 그들에게서 이탈리아 학파가 말하는 범죄형은 전혀 찾아볼 수 없었다. 감옥 밖에서 만난 연미복을 입거나 견장을 달거나 레이스를 휘감은 사람들이 그랬듯 그저 그에게 개인적으로 불쾌감을 주는 사람들을 보았을 뿐이다.

그리하여 그토록 각양각색인 그 모든 사람들은 전부 감옥에 갇혔는데 그들과 조금도 다를 바 없는 이들이 자유롭게 활보하고 심지어 그 사람들을 재판하는 것은 어째서일까 하는 물음을 연구하는 것이 이 무렵 네흘류도프를 사로잡은 네 번째 일이 됐다.

처음에 네흘류도프는 이 물음에 대한 답을 책 속에서 발견하기를 기대하며 이 주제에 관한 책들을 전부 사들였다. 그는 롬브로소, 가로팔로,[25] 페리,[26] 리스트,[27] 모즐리,[28] 타르드[29]의 저서들을 사서 주의 깊게 읽었다. 하지만 그 책들을 읽어 나가면서 그는 점점 더 환멸을 느끼게 됐다. 학문 분야에서 역할을

25) 라파엘레 가로팔로(Raffaele Garofalo, 1851~1934). 이탈리아의 형법학자이자 롬브로소의 추종자. 대표 저작인 『형사학(Criminologia)』은 세계적으로 영향을 미쳤다.
26) 엔리코 페리(Enrico Ferri, 1856~1929). 범죄사회학을 확립한 이탈리아의 사회학자. 롬브로소와 달리 생물학적 요소보다는 생물학적, 사회적, 경제적, 정치적 요인들의 상호 관계가 범죄에 더 큰 영향을 미친다고 주장했으며, 나아가 자유 의지의 존재와 범죄에 대한 책임을 부정했다.
27) 프란츠 폰 리스트(Franz von Liszt, 1851~1919). 독일의 형법학자. 범죄의 예방을 중시했다.
28) 헨리 모즐리(Henry Maudsley, 1835~1918). 영국의 심리학자. 범죄를 유발하는 정신적 기질이 유전되어 정신적 퇴화에 이른다고 주장했다.
29) 가브리엘 타르드(Gabriel Tarde, 1843~1904). 프랑스의 사회학자. 범죄자들이 다른 사람들로부터 범죄를 배운다는 '모방 이론'을 주장했다.

수행하기 위해서가 아니라, 즉 글을 쓰고 논쟁하고 가르치기 위해서가 아니라 삶에 대한 직접적이고 소박한 문제들을 안고 학문에 호소하는 사람들에게 늘 생기는 일이 그에게 일어났다. 학문은 형사법과 관련된 매우 복잡하고 난해한 온갖 무수한 문제들에 답해 주었지만 그가 답을 찾는 문제에 대해서만은 답을 주지 않았다. 그는 매우 단순한 것을 물었다. 왜, 무슨 권리로 일부 사람들이 다른 사람들을 가두고 괴롭히고 유형을 보내고 채찍질하고 죽이는가? 정작 그들도 자기들이 괴롭히고 채찍질하고 죽이는 사람들과 똑같은 인간들인데. 정작 그가 답변으로 얻은 것은 인간에게 자유 의지가 있는지 없는지에 대한 논의들이었다. 두개골 등의 측정으로 인간을 범죄형인지 아닌지 확인하는 게 가능한가? 유전은 범죄에서 어떤 역할을 하는가? 선천적인 비도덕성이 있는가? 도덕성이란 무엇인가? 광기란 무엇인가? 퇴행이란 무엇인가? 기질이란 무엇인가? 기후, 식량, 무지, 모방, 최면 등은 범죄에 어떤 영향을 미치는가? 사회란 무엇인가? 사회의 의무에는 어떤 것들이 있는가? 기타 등등.

이런 논의들은 네흘류도프에게 언젠가 학교에서 돌아오는 어린 사내아이로부터 들은 대답을 떠올리게 했다. 네흘류도프는 사내아이에게 글자 쓰는 법을 배웠느냐고 물었다. "배웠어요." 사내아이가 대답했다. "자, 써 봐라. 발바닥." "어떤 발바닥이요? 개 발바닥이요?" 사내아이는 꾀바른 얼굴로 물었다. 네흘류도프는 학술 저서에서 자신의 한 가지 근본적인 물음에 대해 질문의 형태를 띤 똑같은 답변들을 발견했다.

거기에는 지적이고 학문적이고 흥미로운 부분이 매우 많았지만 무슨 권리로 일부 사람들이 다른 사람들을 벌하느냐는 중요한 물음에 대한 답은 없었다. 그 대답이 없었을 뿐 아니라 모든 논의는 처벌을 해명하고 정당화하기 위해 행해졌고, 처벌의 필요성은 자명한 이치로 인정됐다. 네흘류도프는 많은 책을, 다만 틈날 때 간간이 읽었다. 그래서 답을 찾지 못하는 이유를 그런 겉핥기식의 연구 탓으로 돌렸으며, 나중에 발견하게 되리라 기대했다. 그래서 최근 점점 더 빈번히 머리에 떠오르는 그 답이 맞다고는 아직 믿으려 하지 않았다.

31

마슬로바와 함께 떠날 유형수 무리의 출발 날짜는 7월 5일로 정해졌다. 네흘류도프도 이날 마슬로바를 따라갈 수 있도록 준비했다. 그가 출발하기 전날 네흘류도프의 누나가 남편과 함께 동생을 만나러 시내로 왔다.

네흘류도프의 누나인 나탈리야 이바노브나 라고진스카야는 동생보다 열 살이 많았다. 그는 어느 정도 그녀의 영향 아래에서 성장했다. 그녀는 어린 네흘류도프를 무척 사랑했고, 나중에 결혼하기 전에는 그와 거의 또래처럼 친한 사이가 됐다. 그때 그녀는 스물다섯 살의 아가씨였고, 그는 열다섯 살의 소년이었다. 당시 그녀는 그의 고인이 된 친구 니콜렌카 이르체네프를 사랑했다. 두 사람 모두 니콜렌카를 사랑했으며, 그와 자기들 안에 있는 것, 모든 사람을 결합하는 선한 것을 사랑했다.

그 이후 두 사람 모두 타락의 길을 걸었다. 그는 군 복무와 방탕한 생활로 타락했다. 그녀는 육욕에 끌려 사랑하게 된 남자, 한때 그녀와 드미트리에게 더없이 성스럽고 소중했던 모든 것을 좋아하지 않을뿐더러 심지어 도덕적 완성을 이루고 인류에게 봉사하려는 그 모든 갈망 — 한때 그녀가 품고 산 — 을 이해하지 못한 채 남들 앞에서 자기 의견을 과시하고픈 욕구와 자존심을 향한 집착 — 그것이 그가 납득할 수 있는 유일한 해명이었다 — 으로 치부하는 남자와 결혼하면서 타락해 버렸다.

라고진스키는 가문과 재산이 변변치 않았지만 직무를 매우 노련하게 수행하는 남자였다. 자유주의와 보수주의 사이를 요리조리 능숙하게 빠져나가면서 두 경향 중 때와 경우에 따라 그의 삶에 가장 좋은 결과를 가져오는 쪽을 이용하고, 무엇보다 여성들이 매력을 느끼는 어떤 특별한 장점을 발휘해 법관으로서 비교적 눈부신 출세를 했다. 이미 청춘을 넘긴 시기에 그는 외국에서 네흘류도프 일가를 알게 되었고, 역시 이미 젊다고 보기 힘든 미혼 여성인 나타샤의 마음을 사로잡아 그 결혼을 불균등한 결혼이라고 본 어머니의 뜻을 거역하다시피 하며 그녀와 결혼했다. 네흘류도프는 비록 스스로에게 숨기고 그 감정과 싸우기도 했지만 매형을 증오했다. 그가 매형에게 반감을 느낀 것은 그 비속한 감성과 자신감에 넘치는 편협함 때문이기도 했지만, 무엇보다 남편의 그 얄팍한 본성을 그처럼 열정과 이기심과 정욕에 찬 감정으로 사랑하고 남편에게 잘 보이기 위해 자기 안에 있는 모든 선한 면을 억누르는

누나 때문이었다. 나타샤가 털이 많고 머리가 반질반질하게
벗어진 그 자신만만한 남자의 아내라고 생각할 때면 네흘류
도프는 언제나 참기 힘든 아픔을 느꼈다. 심지어 그 남자의 자
식들에 대해서도 혐오감을 억누를 수 없었다. 그래서 누나가
출산을 준비한다는 사실을 알게 될 때마다 그녀가 그 낯선 남
자 때문에 또 나쁜 무언가에 감염되기라도 한 듯 애도에 가까
운 감정을 느꼈다.

　라고진스키 부부는 아이들 ― 그들에게는 아들 하나와 딸
하나가 있었다 ― 을 데려오지 않고 둘만 와서 가장 좋은 호
텔의 가장 좋은 방을 잡았다. 나탈리야 이바노브나는 곧 어머
니의 옛집으로 갔다. 하지만 그곳에서 동생을 찾지 못하고 아
그라페나 페트로브나로부터 동생이 가구 딸린 셋방으로 이사
했다는 사실을 알고는 그곳으로 향했다. 어둡고 불쾌한 냄새
가 나고 낮인데도 램프를 켜 놓은 복도에서 마주친 지저분한
일꾼이 그녀에게 공작이 집에 없다고 알렸다.

　나탈리야 이바노브나는 동생에게 쪽지를 남기기 위해 그의
방에 들어가길 원했다. 복도 담당 하인이 그녀를 안내했다.

　나탈리야 이바노브나는 동생의 아담한 두 칸짜리 방으로
들어가 유심히 살폈다. 모든 것에서 그녀에게 친숙한 청결함
과 질서 정연함이 보였다. 그녀는 네흘류도프에게서 한 번도
본 적 없는 검소한 환경에 깜짝 놀라기도 했다. 책상 위에는
청동 강아지가 달린 낯익은 문진이 있었다. 그리고 역시 친숙
하게 가지런히 놓인 서류첩들과 서류들, 문방구, 처벌에 관한
법전들, 영어로 된 헨리 조지의 책과 곡선 모양의 커다란 상아

종이칼 — 그 역시 눈에 익었다 — 이 끼워진 타르드의 프랑스어판 책도 있었다.

그녀는 책상 앞에 앉아 동생에게 오늘 꼭 만나러 와 달라고 부탁하는 쪽지를 쓰고는 자신이 본 것들에 놀란 양 고개를 저으며 자기가 묵는 호텔로 돌아왔다.

나탈리야 이바노브나는 지금 동생에 관해서 두 가지 문제에 흥미를 느꼈다. 하나는 동생이 카츄샤와 결혼을 생각한다는 것이었다. 그녀의 도시에 사는 사람들 모두가 이야기했기 때문에 그녀도 이 일을 알게 됐다. 또 한 가지는 동생이 농민들에게 땅을 양도한 것이었다. 모든 사람이 이 일에 대해서도 알고 있었으며 많은 이들이 그것을 정치적이고 위험한 무엇으로 생각했다. 나탈리야 이바노브나는 동생이 카츄샤와 결혼하는 것이 한편으로는 마음에 들었다. 그녀는 그런 결단에 감탄했고, 그 속에서 라고진스키와 결혼하기 전 그 좋았던 시절의 자신과 동생의 모습을 보았다. 하지만 그와 동시에 동생이 그런 끔찍한 여자와 결혼한다는 생각에 공포를 느꼈다. 후자의 감정이 더 강했기에 그녀는 얼마나 어려울지 알면서도 어떻게든 영향력을 발휘해 그를 만류하기로 결심했다.

또 다른 문제, 즉 농민들에게 토지를 양도하는 것은 마음에 그다지 절실하게 와닿지 않았다. 하지만 남편은 몹시 격앙하여 그녀가 동생에게 영향력을 행사해 주기를 요구했다. 이그나치 니키포로비치는 그런 행동은 경솔함과 경박함과 허영의 극치라고, 그런 행동은 남들보다 돋보이고 뻐기고 자신에 대한 화제를 세간에 퍼뜨리려는 욕망으로만 설명이 가능할 거라고 말했다.

"농민들에게 토지를 넘기고 농민들이 자기들에게 지대를 지불하도록 하는 것에 무슨 의미가 있어?" 그가 말했다. "처남이 그러고 싶다면 농민 은행을 통해 농민들에게 팔면 되지. 그렇게 하면 의미가 있을지도 몰라. 사실 그런 행동은 비정상에 가깝지." 이그나치 니키포로비치는 이미 후견을 고려하며 이렇게 말하고는 아내한테 동생과 그의 이 이상한 계획에 대해 진지하게 이야기를 해 보라고 요구했다.

32

집으로 돌아와 책상 위에서 누나의 쪽지를 발견한 네흘류도프는 곧장 그녀를 찾아갔다. 저녁때였다. 이그나치 니키포로비치는 다른 방에서 쉬고 나탈리야 이바노브나가 혼자 동생을 맞이했다. 그녀는 가슴 부분에 붉은 나비매듭이 있고 허리에 꼭 맞는 검은색 실크 드레스를 입었으며, 검은 머리칼은 유행하는 스타일로 부풀려 빗었다. 동갑내기 남편 때문에 젊게 보이려고 공을 들인 것 같았다. 동생을 보자 그녀는 소파에서 벌떡 일어나 실크 드레스 자락을 사락거리며 빠른 걸음으로 그를 맞으러 나왔다. 그들은 입맞춤을 나누고 미소를 지으면서 서로를 바라보았다. 말로 표현할 수 없으나 많은 의미를 띠고 진실함이 넘치는 은밀한 눈빛을 교환한 후 더 이상 진실을 찾아볼 수 없는 말의 교환이 시작됐다. 그들은 어머니가 죽은 뒤로 만나지 않았다.

"통통해지고 젊어졌네." 그가 말했다. 그녀의 입술이 기쁨으로 오므라들었다.

"넌 야위었구나."

"그런데 이그나치 니키포로비치는 어때?" 네흘류도프가 물었다.

"쉬고 있어. 밤새 잠을 못 잤거든."

할 말이 많았지만 그들은 아무 말도 하지 않았다. 꼭 전해야 하지만 말로 표현하지 못한 무언가를 눈빛이 말하고 있었다.

"네가 묵고 있는 곳에 다녀왔어."

"응, 알아. 집에서 나왔어. 나한테 너무 큰 집이야. 적적하고 따분해. 나에게 그런 건 전혀 필요 없어. 그러니 누나가 전부 가져가. 가구랑 세간들 말이야."

"그래, 아그라페나 페트로브나가 나한테 말하더구나. 그곳에 갔었거든. 정말 고마워. 하지만……."

그때 호텔 사환이 은제 다기 세트를 가져왔다.

사환이 다기를 탁자 위에 차리는 동안 그들은 침묵했다. 나탈리야 이바노브나가 작은 탁자 앞의 안락의자로 옮겨 가 말없이 찻잎을 물에 넣었다. 네흘류도프는 잠자코 있었다.

"음, 드미트리, 난 전부 알고 있어." 나타샤가 그를 쳐다보며 단호하게 말했다.

"뭐, 누나가 알고 있다니 정말 기쁘네."

"어떻게 그런 과거가 있는 여자를 바로잡기를 바라니?" 나탈리야 이바노브나가 말했다.

그는 팔꿈치를 괴지 않고 작은 의자에 꼿꼿이 앉아 제대로 이해하고 제대로 대답하기 위해 애쓰면서 그녀의 말을 주의 깊게 들었다. 얼마 전 마슬로바와의 만남이 그의 마음속에 불러일으킨 기분은 여전히 그 마음을 평온한 기쁨과 모든 사람들에 대한 호감으로 채우고 있었다.

"난 그녀가 아니라 나 자신을 바로잡고 싶은 거야." 그가 대답했다.

나탈리야 이바노브나가 한숨을 쉬었다.

"결혼 말고 다른 방법이 있어."

"그게 최선이라고 생각해. 게다가 그 방법은 나를 유익한 존재가 될 수 있는 세계로 이끌어 줄 거야."

"네가 행복해질 거라고 생각하지 않아." 나탈리야 이바노브나가 말했다.

"문제는 내 행복이 아냐."

"물론이야. 하지만 그녀에게 마음이란 게 있다면 그녀도 행복해질 수 없을걸. 그걸 바랄 수도 없을 거야."

"그녀는 바라지 않아."

"이해해. 하지만 삶은……."

"삶이 뭐?"

"다른 것을 요구해."

"우리가 마땅히 해야 할 바를 하는 것 외에는 아무것도 요구하지 않아." 네흘류도프는 비록 눈가와 입가에 작은 주름이 잡혔지만 여전히 아름다운 그녀의 얼굴을 바라보며 말했다.

"이해가 안 돼." 그녀가 말하고는 한숨을 쉬었다.

'가엾은 누나! 어떻게 이렇게 변할 수 있지?' 네흘류도프는 그녀의 결혼 전 모습을 떠올리고 어린 시절의 수많은 기억들로 엮인 그녀를 향한 다정한 감정을 느끼며 생각에 잠겼다.

그때 이그나치 니키포로비치가 언제나처럼 고개를 높이 쳐들고 넓은 가슴을 쑥 내민 채 안경과 벗어진 머리와 검은 턱수염을 빛내면서 부드럽고 경쾌한 걸음으로 방에 들어왔다.

"반가워요, 반가워요." 그가 부자연스럽게 의식적으로 단어에 강세를 주면서 말했다.

(결혼 후 처음 얼마 동안 두 사람은 서로를 허물없이 대하려고 애썼지만 결국 존댓말을 쓰는 사이로 남았다.)

두 사람은 악수를 했고, 이그나치 니키포로비치는 안락의자에 편안하게 털썩 앉았다.

"내가 두 사람의 대화에 방해가 된 건 아닌가요?"

"아닙니다, 내가 무슨 말을 하든 무슨 행동을 하든 어느 누구에게도 숨기고 싶지 않습니다."

그 얼굴을 보고 그 털이 많은 손을 보고 보호자를 자처하는 듯한 그 자신만만한 어조를 들은 순간 네홀류도프의 온화한 기분은 순식간에 사라졌다.

"응, 우리는 동생의 계획에 대해 이야기하고 있었어." 나탈리야 이바노브나가 말했다. "당신에게도 차를 따라 줄까?" 그녀가 찻주전자를 잡으며 덧붙였다.

"응, 부탁해. 도대체 계획이라는 게 뭐야?"

"죄수 무리와 함께 시베리아로 떠날 겁니다. 그 무리 속에 내가 죄를 지은 여자가 있습니다." 네홀류도프가 말했다.

"내가 듣기로 동행뿐 아니라 그 이상도 할 거라던데요."

"네, 결혼도 할 겁니다. 그녀가 원하기만 하면요."

"그럴 수가! 하지만 혹시 불쾌하지 않다면 동기를 설명해 주겠어요? 이해가 안 돼서요."

"동기는 그 여자가…… 그 여자가 타락의 길로 첫걸음을 내딛은 게……." 네흘류도프는 적당한 표현을 찾지 못하는 자신에게 화가 치밀었다. "죄는 내가 지었는데 처벌은 그녀가 받게 된 것이 동기입니다."

"그녀가 처벌을 받았다면 무고한 게 아닌가 보죠."

"그녀는 무고합니다."

그렇게 해서 네흘류도프는 불필요하게 흥분하며 모든 사정을 이야기했다.

"그래요, 재판장의 부주의와 그로 인한 배심원들의 경솔한 답변이 빚어낸 사례군요. 그렇지만 이런 경우를 위해 원로원이 있잖아요."

"원로원이 기각했습니다."

"기각했다고요. 그렇다면 그 건은 상고심을 위한 중요한 사유가 없었다는 뜻이군요." 이그나치 니키포로비치가 말했다. 진리란 법정 변론의 산물이라는 유명한 견해에 완전히 동감하는 듯했다. "원로원은 사건 자체를 심리할 수 없습니다. 혹시 정말로 재판에 착오가 있었다면 그때는 폐하께 탄원해야 합니다."

"탄원서를 올렸습니다만 성공할 가능성은 전혀 없습니다. 법무부에 조회하면 법무부는 원로원에 문의할 테고, 원로원은 자기네 결정을 반복해서 말하겠죠. 대개 그렇듯 무고한 사람이 처벌을 받을 테고요."

"첫째, 법무부는 원로원에 문의하지 않을 겁니다." 이그나치 니키포로비치가 거들먹거리는 듯한 미소를 지으며 말했다. "법원에 기록 원본을 요청하겠죠. 만약 착오를 발견하면 그런 취지의 결론을 내릴 겁니다. 둘째, 무고한 사람은 절대 처벌받지 않습니다. 간혹 아주 드물게 예외가 있긴 합니다. 처벌을 받는 것은 죄를 지은 사람들입니다." 이그나치 니키포로비치는 서두르는 기색 없이 회심의 미소를 지으며 말했다.

"난 그 반대일 거라고 확신하는데요." 네흘류도프는 매형에 대해 적의를 느끼며 말했다. "법정의 선고를 받은 사람들 태반이 무죄라고 확신합니다."

"무슨 의미인가요?"

"그냥 말 그대로 무죄란 말입니다. 가령 그 여자는 독살 혐의에 대해 무죄입니다. 최근에 알게 된 농민도 살인 혐의에 대해 무죄입니다. 그는 살인을 저지르지 않았어요. 하마터면 유죄 판결을 받을 뻔한 아들과 어머니도 방화 혐의에 대해 무죄예요. 불을 지른 건 술집 주인입니다."

"네, 물론 재판의 착오는 언제나 있었고, 앞으로도 있을 겁니다. 인간의 제도는 완벽할 수 없어요."

"게다가 특정 환경에서 양육되어 자기들이 하는 행동을 범죄라고 인식하지 못하기 때문에 무죄인 사람들도 아주 많습니다."

"미안합니다만 그것은 옳지 않습니다. 어느 도둑이든 절도가 나쁘고 절도를 해서는 안 되고 절도가 비도덕적이라는 것을 안답니다." 이그나치 니키포로비치는 태연하고 자신만만하며 변함없이 다소 경멸의 빛을 띤 미소를 지으면서 말했다. 그 미소가 특히 네흘류도프를 자극했다.

"아뇨, 그 사람들은 모릅니다. 도둑질하지 말라는 말을 들어도 그들은 다 압니다. 공장주가 임금을 체불하면서 그들의 노동을 훔치고, 정부가 모든 관리들과 함께 세금의 형태로 줄기차게 그들을 강탈한다는 걸요."

"그건 무정부주의입니다." 이그나치 니키포로비치는 처남이 한 말의 의미를 침착하게 정의했다.

"나로서는 그게 뭔지 모르겠군요. 그냥 있는 그대로를 말할 뿐입니다." 네흘류도프가 계속 말했다. "그들은 정부가 자기들을 강탈한다는 것을 압니다. 우리 지주들이 공동의 재산이 되어야 할 토지를 그들에게서 빼앗아 오래전부터 그들을 약탈해 왔고, 나중에 그들이 그 빼앗긴 땅에서 자기 집 페치카에 던져 넣을 큰 나뭇가지들을 주우면 우리가 그들을 감옥에 집어넣고 '넌 도둑이다.'라고 설득하려 한다는 것을 안단 말입니다. 그 사람들은 자기네가 아니라 자기네한테서 땅을 훔쳐 간 사람이 도둑이고, 빼앗긴 것에 대해 어떻게든 배상을 받는 것이 가족에 대한 의무라는 것을 안다니까요."

"이해할 수 없군요. 설사 이해한다 해도 동의는 못 하겠습니다. 토지는 누군가의 소유물일 수밖에 없습니다. 토지를 분배한다 해도……." 이그나치 니키포로비치가 침착하게 입을 열었다. 그는 네흘류도프가 사회주의자라고, 사회주의 이론은 모든 토지를 평등하게 나누는 것을 요구하지만 그런 분배는 매우 어리석은 짓이며 자기는 간단히 그것을 논박할 수 있다고 굳게 확신했다. "당신이 오늘 토지를 평등하게 분배한다 해도 내일이면 그 토지는 다시 더 근면하고 유능한 사람들의 손에 넘어갈 겁니다."

"아무도 토지를 평등하게 나누는 것에 대해서는 생각하지 않습니다. 토지는 누구의 소유물이 되어서도 안 되고, 매매나 임대차의 대상이 되어서도 안 됩니다."

"소유권은 인간이 타고나는 겁니다. 소유권이 없다면 토지 경작에 아무 흥미도 느끼지 않겠지요. 소유권을 폐지해 보라죠. 그럼 우리는 야만 상태로 돌아갈 겁니다." 이그나치 니키포로비치는 토지 소유권을 옹호하는 평범한 논거를 되풀이하며 고압적으로 말했다. 그 논거는 토지 소유욕이 토지 소유의 필연성을 입증하는 표식이라는 데 근거했고, 논박할 수 없는 것으로 여겨졌다.

"오히려 그때에야 비로소 토지가 지금처럼 방치되는 일이 사라질 겁니다. 지금은 지주들이 건초 위에 앉은 개처럼 정작 자신들은 토지를 이용할 줄 모르면서 경작할 수 있는 사람들이 토지에 접근하는 것을 막지요."

"들어 봐요, 드미트리 이바노비치, 당치 않습니다! 우리 시대에 토지 소유를 폐지하는 게 가능하겠습니까? 난 그게 당신의 오랜 **장난감 목마**[30]라는 걸 압니다. 하지만 당신에게 솔직

---

30) 프랑스어 dada는 '장난감 목마' 외에 '즐겨 말하는 화제'나 '도락'을 뜻하기도 한다.

히 말해도 되겠습니까…….” 그러더니 이그나치 니키포로비치의 얼굴이 창백해지고 목소리가 떨렸다. 그 문제가 마음에 깊이 와닿은 것 같았다. “이 문제의 실질적인 해결에 나서기 전에 잘 생각해 볼 것을 당신에게 권하겠습니다.”

“내 개인적인 문제를 말하는 건가요?”

“그렇습니다. 내가 생각하기에 우리 모두는 일정한 상황에 놓여 있고 그 상황에서 비롯되는 의무를 감수해야 합니다. 우리가 태어난 생활 조건, 선조로부터 물려받았고 우리 후손에게 전달해야 할 그 조건을 지켜야 하고요.”

“내가 의무로 여기는 것은…….”

“실례합니다.” 이그나치 니키포로비치는 끼어들 틈을 주지 않고 계속 말했다. “내가 이런 말을 하는 것은 나 자신을 위해서도, 내 자식들을 위해서도 아닙니다. 내 자식들의 재산은 보장되어 있고, 나도 우리 가족이 살아가는 데 필요한 만큼은 법니다. 내 자식들도 부족함 없이 살아갈 거라고 생각합니다. 따라서 당신의 행동들, 이렇게 말해도 된다면 그다지 사려 깊지 못한 행동들에 내가 항의하는 것은 내 개인적인 이해 때문이 아닙니다. 원칙적으로 난 당신의 의견에 동의할 수 없습니다. 그래서 당신에게 좀 더 생각해 보고 책도 읽어 보라고 권하는 겁니다…….”

“음, 내 문제는 내가 스스로 해결하도록, 무엇을 읽어야 하고 읽지 말아야 하는지도 스스로 선택하도록 맡겨 주시죠.” 네흘류도프가 얼굴이 창백해져서 말했다. 손이 싸늘해지고 자제심이 흐트러지는 것을 느끼며 그는 입을 다물고 차를 마시기 시작했다.

33

"그런데 애들은 어때?" 다소 마음이 진정되자 네흘류도프가 누나에게 물었다.

누나는 아이들이 할머니, 즉 자신의 시어머니와 함께 집에 남았다고 말했다. 남편과의 논쟁이 중단된 데 무척 기뻐하면서 아이들이 여행 중에 어떻게 노는지에 대해 들려주었고, 네흘류도프가 두 인형, 즉 흑인 인형과 프랑스 여자라 불리던 인형을 가지고 놀 때와 똑같다고 말했다.

"정말 그걸 기억해?" 네흘류도프가 빙그레 웃으며 말했다.

"우리 애들도 똑같이 논다고 상상해 봐."

불쾌한 대화는 끝났다. 나타샤는 마음을 놓았지만 남편 앞에서 동생만 알아들을 이야기를 하고 싶지 않아 공통 화제를 꺼내기 위해 이곳까지 전해진 페테르부르크 소식을 이야기했다. 아들이 결투를 하다 죽어 하나밖에 없는 자식을 잃게 된 카멘스카야 부인의 슬픔에 관한 것이었다.

이그나치 니키포로비치는 결투로 인한 살인이 일반적인 형사 범죄에서 제외된 현행 질서에 불만을 토로했다.

이 의견은 네흘류도프의 반발을 불러일으켰고, 조금 전 그들이 끝까지 토로하지 않은 주제에 대해 다시 논쟁이 불붙었다. 두 사람은 자기 생각을 말하기보다 서로에게 적대적인 자신의 신념을 고집했다.

이그나치 니키포로비치는 네흘류도프가 자기를 비난하고 자신의 모든 활동을 경멸한다고 느꼈다. 네흘류도프에게 그 견해가 틀렸다는 것을 확실히 보여 주고 싶었다. 네흘류도프 역시 매형이 자기 영지 문제에 간섭한 데(마음속 깊은 곳에서는 매형도, 누나도, 그 자식들도 자기 재산의 상속인으로서 이럴 권리가 있다고 느꼈다.) 대해 분노를 느낀 것은 말할 나위도 없고, 지금 네흘류도프의 눈에 명백히 미친 범죄 행위로 보이는 것을 이 편협한 인간이 흔들림 없는 확신에 차서 계속 올바르고 적법하게 여기는 것에 마음속으로 분개했다. 그 자신만만함이 네흘류도프를 자극했다.

"도대체 재판이 뭘 해 주겠습니까?" 네흘류도프가 물었다.

"평범한 살인자들처럼 두 결투자 중 한 명에게 징역을 선고하겠죠."

네흘류도프의 손이 다시 싸늘해졌다. 그는 열을 올리며 말했다.

"그런다고 무슨 소용이 있습니까?" 그가 물었다.

"정당한 일이 되겠지요."

"마치 정의가 재판소 활동의 목적인 것 같군요." 네흘류도프가 말했다.

"달리 뭐가 있습니까?"

"계급적 이해를 유지하는 것이죠. 내가 생각하기에 재판소란 우리 계층에 유리한 현행 질서를 유지하는 행정 기관에 지나지 않습니다."

"그건 완전히 새로운 시각이군요." 이그나치 니키포로비치가 태연하게 미소를 지으며 말했다. "보통 재판소에는 약간 다른 목적이 있다고 여겨지죠."

"이론적으로 그렇지만 실제로는 아닙니다. 내가 본 바에 따르면 그렇습니다. 재판소의 목적은 단지 사회를 현재 상태로 존속시키는 것뿐입니다. 이를 위해 일반 수준보다 낮은 이른바 범죄형 인간뿐 아니라 일반 수준보다 높고 그 수준을 높이려는 이른바 정치범까지 박해하고 처형하는 거죠."

"나는 동의하지 않습니다. 우선 이른바 정치범들이 평균 수준보다 높아서 처벌받는다는 의견은 인정할 수 없습니다. 그들 대부분이 사회의 쓰레기예요. 당신이 평균 수준보다 낮다고 생각한 범죄형과 다소 다르긴 하지만 그에 못지않게 비뚤어진 인간들입니다."

"하지만 자신들의 재판관보다 비할 데 없이 수준 높은 사람들을 압니다. 분리파 신자들은 모두 도덕적이고, 확고하고……."

그러나 이그나치 니키포로비치는 자신이 말하는 동안 남이 끼어드는 데 익숙하지 않은 사람답게 네흘류도프의 말을 듣지 않고 계속 동시에 이야기했다. 그런 점이 특히 네흘류도프의 화를 돋우었다.

"재판소의 목적이 현행 질서를 유지하는 것이라는 의견에도 동의할 수 없습니다. 재판소는 본연의 목적을 추구합니다. 교정이라든지……."

"감옥에서 잘도 교정이 되겠습니다." 네흘류도프가 끼어들었다.

"격리라든지 말입니다." 이그나치 니키포로비치가 꿋꿋하게 계속 말했다. "사회의 존립을 위태롭게 하는 짐승 같은 방탕한 인간들을 격리하는 거죠."

"바로 그게 문제입니다. 사회는 이것도 저것도 하지 않습니다. 사회에는 그럴 수단이 없습니다."

"왜요? 이해가 안 되는군요." 이그나치 니키포로비치가 억지 미소를 지으며 물었다.

"내 말은 본래 이성적인 처벌은 두 가지뿐이라는 겁니다. 옛날에 사용된 체벌과 사형이죠. 하지만 풍속이 부드럽게 변하면서 둘 다 점차 폐기되고 있어요." 네흘류도프가 말했다.

"그 역시 새롭군요. 당신에게서 그런 이야기를 듣다니 놀랍습니다."

"네, 인간에게 고통을 가하는 것은 합리적인 처사입니다. 자기가 받은 고통의 원인이 된 행동을 다시는 저지르지 않도록 하기 위해서라면 말입니다. 사회에 해롭고 위험한 성원의 머리를 베는 것도 충분히 합리적입니다. 그 두 가지 처벌 모두에 합리적인 의의가 있습니다. 하지만 무위와 악한 본보기로 인해 타락한 인간을 감옥 안에 가두어야 무슨 의미가 있습니까? 생활이 보장되는 의무적인 무위의 조건 속에 가장 타락한 인간들과 함께 가두는 것에 무슨 의미가 있냔 말입니다. 혹은 한 사람당 500루블 넘게 든다던데 나랏돈으로 사람을 이송하는 것에 무슨 의미가 있겠습니까? 툴라현에서 이르쿠츠크현으로, 쿠르스크현에서……."

"아뇨, 그래도 사람들은 그처럼 나랏돈으로 하는 여행을 두려워합니다. 만약 이런 여행이나 감옥이 없다면 당신과 나는 지금처럼 이곳에 앉아 있지도 못할 겁니다."

"그런 감옥이 우리의 안전을 보장해 줄 순 없습니다. 그 사람들이 그곳에 영원히 있는 게 아니라 풀려나니까요. 오히려 그런 시설들은 그 사람들을 죄악과 타락의 극단으로 이끕니다. 위험을 더욱 키우지요."

"당신은 정치 제도가 개선되어야 한다는 말을 하고 싶은 거군요."

"개선할 순 없습니다. 감옥이 개선되면 지금 민중 교육에 들어가는 돈보다 더 많은 비용이 들 테고, 민중은 새로운 부담을 지게 됩니다."

"하지만 정치 제도의 결함이 사법 제도 자체를 무력화하는 것은 결코 아닙니다." 이그나치 니키포로비치는 다시 처남의 말에 귀를 기울이지 않고 자기 말을 계속했다.

"그 결함들을 바로잡는 것은 불가능합니다." 네흘류도프가 언성을 높이며 말했다.

"그럼 어떻게 합니까? 죽여야 합니까? 아니면 어느 위정자의 제안처럼 눈을 파냅니까?" 이그나치 니키포로비치가 깔보 듯 웃음을 지으며 말했다.

"네, 그게 잔인하기는 해도 적절한 처사일지 모르죠. 그런 데 지금 행해지는 것은 잔인한 데다 적절하기는커녕 너무 어 리석기까지 해서 어떻게 건전한 정신을 가진 사람들이 형사 재판 같은 무의미하고 잔인한 일에 관여하는지 이해가 안 됩 니다."

"나도 그 일에 관여하고 있는걸요." 이그나치 니키포로비치 가 말했다. 얼굴이 창백해졌다.

"그건 당신의 문제죠. 하지만 나로선 이해할 수 없습니다."

"당신은 많은 것을 이해하지 못하는 것 같습니다." 이그나 치 니키포로비치가 떨리는 목소리로 말했다.

"난 법정에서 봤습니다. 불행한 소년이 유죄 선고를 받도록 하기 위해 검사보가 전력을 다하는 것을요. 비뚤어진 사람이 아니라면 누구나 동정할 만한 소년이었습니다. 다른 검사가 어느 분리파 신자를 신문해서 복음서 낭독을 형사법에 저촉 하는 행위로 몬 일에 대해서도 압니다. 재판소의 모든 활동은 그런 무의미하고 잔인한 행위에 지나지 않습니다."

"내가 그렇게 생각했다면 근무하지 않았겠죠." 이그나치 니 키포로비치는 이렇게 말하고 일어섰다.

네흘류도프는 매형의 안경 아래쪽이 유난히 반짝이는 것 을 알아차렸다. '설마 눈물인가?' 네흘류도프는 생각했다. 실 제로 그것은 모욕감에서 나온 눈물이었다. 이그나치 니키포 로비치는 창가로 다가가 손수건을 꺼내 기침을 하면서 안경을 닦더니 안경을 벗고 눈물을 훔쳤다. 소파로 돌아온 이그나치 니키포로비치는 시가에 불을 붙이고 더 이상 아무 말도 하지 않았다. 네흘류도프는 그만큼 매형과 누나를 슬프게 한 것이 마음 아프고 부끄러웠다. 자신은 다음 날 떠나고 이제 다시는 두 사람을 만날 수 없을 테니 더욱 그랬다. 그는 혼란스러운 기분으로 그들과 작별 인사를 나누고 집을 향했다.

'내가 말한 게 아마 맞을 거야. 적어도 그는 나에게 전혀 반박하지 않았어. 하지만 그런 식으로 말하는 게 아니었어. 그처럼 좋지 않은 감정에 굴복해 그를 모욕하고 가엾은 나타샤를 슬프게 만들다니 난 별로 변한 게 없나 보군.' 그는 생각했다.

34

마슬로바가 속한 유형수 무리는 3시에 기차역을 출발할 예정이었다. 그래서 유형수 무리가 감옥에서 나오는 것을 보고 기차역까지 그들과 함께 가기 위해 네흘류도프는 12시 전에 감옥에 도착할 생각이었다. 짐을 싸고 서류를 챙기던 네흘류도프는 자신의 일기장 앞에서 잠시 손길을 멈추고 몇몇 부분과 마지막으로 적은 부분을 읽었다. 페테르부르크로 떠나기 전에 쓴 마지막 일기는 이랬다. "카츄샤는 내 희생을 원하지 않고 자신을 희생하려 한다. 그녀가 이겼고, 나도 이겼다. 그녀는 마음속에서 일어나는 내적 변화로 날 기쁘게 한다. 내 눈에는 그렇게 보이는데 믿기가 두렵다. 그걸 믿기 두렵지만 나에게는 그녀가 소생하는 것처럼 보인다." 바로 이어 다음과 같은 글이 적혀 있다. "몹시 괴롭고도 몹시 기쁜 일을 경험했다. 그녀가 병원에서 나쁜 행동을 했다는 사실을 알게 됐다. 그러자 문득 마음이 몹시 아팠다. 마음이 이토록 아프리라고는 생각도 못 했다. 혐오와 증오에 차서 그녀와 이야기하던 중 문득 나 자신에 관한 일이 떠올랐다. 내가 그녀에게 증오를 품게 된 그 행동을 나 또한 수없이 했고, 비록 생각만이라 해도 지금도 저지르고 있다. 그러면서 갑자기 나 자신이 혐오스럽게 느껴지는 동시에 그녀가 가여워졌고, 난 다시 행복해졌다. 자기 눈 속에 있는 들보를 언제나 제때에 볼 수만 있다면[31] 우리는 얼마나 더 선한 인간이 될까." 오늘 일기에 그는 이렇게 적었다. "나타샤를 만나고 왔다. 자기만족으로 인해 나는 적의에 찬 나쁜 인간이 되고 말았다. 그래서 마음이 괴로웠다. 도대체 어떻게 해야 한단 말인가? 내일부터 새로운 생활이 시작된다. 옛 생활이여, 영원히 안녕. 많은 인상들이 쌓였지만 여전히 하나로 모아 낼 수 없구나."

다음 날 아침 눈을 떴을 때 네흘류도프가 처음 느낀 감정은 매형과 벌인 논쟁에 대한 후회였다.

'이렇게 떠날 순 없어.' 그는 생각했다. '두 사람을 만나 화해해야 해.'

하지만 시계를 쳐다본 그는 들를 시간이 없다는 것을 알았다. 유형수 무리의 출발 시간에 늦지 않으려면 서둘러야 했다. 급히 채비를 끝내고 수위와 페도시야의 남편이자 그와 함께 떠날 타라스에게 짐을 들려 기차역으로 보낸 후 네흘류도프

---

31) 『마태복음서』 7장 3절을 염두에 둔 표현이다. 예수가 산에서 무리에게 전한 이른바 '산상 설교'의 한 부분이다. "어찌하여 너는 남의 눈 속에 있는 티는 보면서 네 눈 속에 있는 들보는 깨닫지 못하느냐?"

는 가장 먼저 눈에 띈 삯마차를 잡아타고 감옥을 향했다. 죄수 호송 열차는 네흘류도프가 탈 우편 열차보다 두 시간 앞서 출발했다. 그래서 그는 다시 돌아오지 않을 생각으로 숙소에 비용을 모두 지불했다.

7월의 괴로운 무더위가 계속되고 있었다. 후덥지근한 밤이 지난 후에도 식지 않은 거리와 주택의 돌이, 지붕의 양철이 꼼짝하지 않는 뜨거운 공기에 열기를 더했다. 바람 한 점 없었다. 설사 바람이 분다 해도 먼지와 유화 물감의 고약한 냄새로 가득 찬 악취 나는 뜨거운 공기를 실어 올 뿐이었다. 거리에는 사람들이 거의 없었고, 그나마도 주택의 그늘을 따라 걸으려 애썼다. 나무껍질 신발을 신은 햇볕에 검게 탄 농민 출신 도로 인부들만 길 한복판에 앉아 망치로 뜨거운 모래 속에 돌멩이들을 두들겨 박고 있었다. 표백하지 않은 여름 제복을 입고 주황색 끈에 리볼버를 매단 시무룩한 순경들이 발을 번갈아 디디며 길 한복판에 우울하게 서 있었다. 그리고 귀 쪽에 구멍을 튼 하얀 두건을 씌운 말들이 햇빛 닿는 쪽에 커튼을 친 철도마차들을 끌면서 방울 소리와 함께 도로를 따라 계속 오갔다.

네흘류도프가 탄 마차가 감옥에 이르렀을 때 유형수 무리는 아직 밖으로 나오지 않았다. 감옥 안에서 유형수들을 인도하고 넘겨받는 힘든 절차가 새벽 4시부터 시작되어 여전히 계속되고 있었다. 출발할 유형수 무리는 남자 623명과 여자 64명으로 이루어졌다. 이들 전원을 유형수 명부와 대조하고 병자와 약자를 분류한 후 호송대에 넘겨야 했다. 신임 소장, 부소장

두 명, 의사, 조수, 호송대 장교, 서기가 안마당의 벽 그늘에 내놓은 탁자 — 서류와 사무용품이 구비된 — 앞에 앉아 차례차례 다가오는 죄수들을 한 명씩 불러 살펴보고 신문하고 기록했다.

이제 햇살이 탁자를 반 정도 점령했다. 점차 무더워지고 있었다. 바람도 없는 데다 주위에 서 있는 죄수들의 숨결에 숨이 막힐 듯했다.

"이게 뭐야, 끝날 것 같지가 않군!" 호송대 장교가 입술을 덮은 콧수염 사이로 담배를 연신 빨면서 말했다. 얼굴이 붉고 키가 크고 뚱뚱하고 어깨가 치켜 올라가고 팔이 짧은 남자였다. "힘들어 죽겠네. 이렇게 많은 사람을 도대체 어디에서 모아 온 겁니까? 아직도 많아요?"

서기가 조사했다.

"남자가 스물네 명 남았고, 그다음에는 여자입니다."

"뭐야, 왜 서 있어, 이리 와!" 아직 조사를 받지 못한 채 서로 밀치고 있는 죄수들을 향해 호송대 장교가 소리를 질렀다.

죄수들은 이미 세 시간 넘게 차례를 기다리며 그늘이 아닌 뙤약볕 아래에서 대열을 짓고 서 있었다.

감옥 안에서 이런 절차가 진행되는 동안 감옥 밖에서는 평소처럼 라이플총을 든 보초병 한 명과 죄수들의 짐이며 너무 쇠약해서 걸을 수 없는 죄수들을 실을 짐마차 스무 대가 정문 옆에 대기하고 있었다. 또 모퉁이에는 죄수들이 나오기를 기다리는 혈육과 친구 들이 무리 지어 있었다. 유형을 떠나는 죄수들을 보고, 가능하다면 말도 몇 마디 건네고 무언가를 전하기 위해서였다. 네흘류도프도 그 무리에 끼었다.

그는 그곳에 한 시간가량 서 있었다. 한 시간이 지났을 무렵 정문 안쪽에서 쇠사슬이 절그렁거리는 소리, 발소리, 감독자들의 고압적인 목소리, 기침 소리, 큰 무리가 나지막하게 웅얼대는 소리가 들려왔다. 그 소리는 오 분 동안 계속되었고, 그 사이 쪽문으로 간수들이 들락날락했다. 마침내 구령 소리가 들렸다.

요란한 소리와 함께 정문이 열리고 쇠사슬이 절그렁대는 소리가 한층 더 커지더니 하얀 여름 제복을 입고 라이플총을 든 호송병들이 거리로 나와 정문 앞에서 정연하게 넓은 원을 그리며 정렬했다. 잘 아는 익숙한 기동 훈련이 분명했다. 그들이 정렬을 마치자 새로운 구령 소리가 들렸다. 머리털을 밀고 블린[32] 모양의 납작한 모자를 쓰고 어깨에 자루를 진 죄수들이 한 손으로 자루를 꼭 쥐고 자유로운 다른 한 손은 흔들면서 족쇄를 찬 발을 끌며 둘씩 짝을 지어 나오기 시작했다. 먼저 똑같이 회색 바지를 입고 등에 다이아몬드 에이스 문양[33]을 꿰매 붙인 할라트를 입은 남자 징역수들이 나왔다. 젊든 늙든, 말랐든 뚱뚱하든, 얼굴이 창백하든 불그레하든 검든, 콧수염이 있든 턱수염이 있든 아예 수염이 없든, 러시아인이든 타타르인이든 유대인이든 모두 족쇄를 철컹거리면서 마치 먼

---

32) 사육제 때 먹는 러시아의 대표적인 전통 음식이다. 일종의 얇은 팬케이크. 밀가루나 메밀가루로 만든 얇은 전병에 잼이나 과자, 다진 고기, 양파, 연어알, 캐비어 등을 넣고 말아서 먹는다.

33) 제정 러시아 시대에 죄수의 등에 붙이는 표식이었다.

길을 떠나려는 사람들처럼 활기차게 팔을 흔들며 나왔다. 하지만 겨우 열 발짝 정도 걷고 제자리에 멈춰 서서 온순하게 한 줄에 네 명씩 차례차례 정렬했다. 뒤이어 똑같이 머리털을 밀고 똑같은 옷을 입은, 족쇄는 차지 않았지만 한쪽 손을 수갑으로 연결한 사람들이 정문 밖으로 끊임없이 쏟아져 나왔다. 유형수들이었다……. 그들도 활기차게 나와 걸음을 멈추고 역시 한 줄에 네 명씩 정렬했다. 그러고 나자 농촌 공동체의 재판에서 유죄를 선고받은 사람들이 나왔다. 그다음에 여자들이 역시 똑같은 순서에 따라 나왔다. 처음에는 죄수복인 회색 할라트를 입고 머릿수건을 맨 징역수들, 그다음엔 유형수들, 또 그다음엔 저마다 자기 고장의 옷차림을 하고서 자발적으로 남편을 따라가는 여자들. 그중 몇 명은 회색 카프탄 자락에 젖먹이를 싸서 안고 있었다.

여자들과 함께 아이들이 걸어 나왔다. 사내아이도 있었고, 계집아이도 있었다. 말 떼 속에 섞인 망아지처럼 그 아이들은 여자 죄수들 틈에 서로 바짝 달라붙어 있었다. 남자들은 묵묵히 서 있었고, 그저 이따금 기침을 하거나 툭툭 몇 마디 던질 뿐이었다. 하지만 여자들 틈에서는 그칠 새 없이 말소리가 들렸다. 네흘류도프는 마슬로바가 걸어 나올 때 그 얼굴을 알아본 것 같다고 생각했다. 하지만 많은 사람들 사이에서 그녀의 모습이 사라졌다. 눈에 보이는 것이라고는 등에 자루를 진 채 아이들과 함께 남자들 뒤에 정렬하고 있는 회색 생물들, 마치 인간적인, 특히 여성적인 성질을 띠지 않은 듯한 생물들의 무리뿐이었다.

감옥 담장 안에서 모든 죄수들을 세어 놓고도 호송병들은 명단의 숫자와 대조하며 다시 수를 세기 시작했다. 이 재점검은 오랫동안 이어졌다. 몇몇 죄수들이 여기저기 자리를 옮기면서 돌아다녀 호송병들의 셈이 뒤엉키는 바람에 더했다. 고분고분하게, 하지만 적의를 드러낸 채 복종하는 죄수들을 향해 욕을 퍼붓고 그들을 밀치면서 호송병들은 다시 인원수를 셌다. 전원을 다시 세고 나자 호송대 장교가 뭐라고 명령을 내렸다. 그러자 무리 속에서 동요가 일었다. 약한 남자들, 여자들, 아이들이 앞다투어 짐마차를 향해 달려가더니 그 위에 자루를 던져 넣고 기어오르기 시작했다. 울어 대는 젖먹이를 안은 여자들, 자리를 두고 다투는 명랑한 아이들, 풀 죽고 침울한 죄수들이 짐마차에 올라가 앉았다.

몇몇 죄수가 모자를 벗고 호송대 장교에게 다가가 무언가를 부탁했다. 나중에 네흘류도프는 그들이 짐마차에 태워 달라고 간청한 사실을 알게 됐다. 호송대 장교가 애원하는 죄수에게 눈길도 주지 않고 말없이 담배를 빨아들이다가 갑자기 죄수를 향해 짧은 팔을 치켜올리는 모습을, 그 죄수가 장교에게 맞을까 봐 삭발한 머리통을 어깨 사이로 움츠리며 펄쩍 물러나는 모습을 네흘류도프는 보았다.

"네가 절대로 잊지 못하게 귀족 계급으로 신분을 올려 주마! 목적지까지 걸어서 가!" 장교가 소리쳤다.

장교는 단 한 사람, 족쇄를 차고 비틀비틀 걷는 키가 껑충한 노인에게만 짐마차에 타도록 허락했다. 네흘류도프는 그 노인이 블린 모양의 모자를 벗고 짐마차 대열로 향하면서 성호를 긋는 것을, 족쇄 탓에 노쇠한 다리를 들어 올리지 못해 한참 동안 마차에 오르지 못하는 것을, 짐칸에 앉아 있던 아낙이 노인의 팔을 잡아당기며 돕는 것을 보았다.

모든 짐마차가 자루들로 채워지고 그 자루들 위에 허락받은 사람들이 자리를 잡고 앉자 호송대 장교는 군모를 벗고 손수건으로 이마와 벗어진 머리와 살진 붉은 목을 닦고는 성호를 그었다.

"출발!" 그가 명령을 내렸다.

병사들이 라이플총을 철컹거리고, 죄수들이 모자를 벗으며 성호를 긋기 — 일부는 왼손으로 — 시작하고, 배웅하는 사람들이 무슨 말을 외치고, 죄수들이 그에 답하며 무슨 말을 외치고, 여자들 틈에서 울부짖는 소리가 터져 나왔다. 그리고 마침내 여름 제복을 입은 병사들에 에워싸인 죄수 무리가 쇠사슬로 연결된 발로 먼지를 일으키며 움직이기 시작했다. 병사들이 맨 앞에서 걸어갔고, 징역수들이 네 명씩 줄지어 족쇄를 절그럭거리며 뒤를 따랐고, 그 뒤에 유형수들이 걸어갔고, 그다음에 농촌 공동체의 재판에서 유죄 판결을 받은 사람들이 두 명씩 손목에 수갑을 찬 채 걸어갔고, 그다음에 여자들이 걸어갔다. 그 뒤로 자루들과 약한 사람들을 실은 짐마차들이 따랐다. 그중 한 짐마차에서 몸을 꽁꽁 싸맨 여자가 높다란 자리에 앉아 쉴 새 없이 새된 소리를 지르며 흐느껴 울었다.

35

행렬이 어찌나 긴지 선두가 이미 시야에서 사라졌을 땐 자루와 쇠약한 죄수들을 실은 짐마차들이 겨우 출발한 참이었다. 짐마차들이 움직이자 네흘류도프는 그를 위해 대기하던 삯마차에 올라타 죄수 무리를 따라잡으라고 지시했다. 남자들 틈에 아는 죄수들은 없는지 살펴보고, 여자들 틈에서 마슬로바를 찾아 자기가 보낸 물건들을 받았는지 물어보기 위해서였다. 몹시 무더웠다. 바람 한 줄기 불지 않았고, 1000개의 발이 피워 올린 먼지가 길 한가운데로 가는 죄수들 머리 위에 계속 떠 있었다. 죄수들은 빠른 걸음으로 걸었고, 네흘류도프가 탄 삯마차의 발이 더딘 말은 느릿느릿 그들을 겨우 따라갔다. 기묘하고 무서운 표정을 띤 낯선 존재들이 대열을 지어 계속 나아가고 있었다. 똑같은 바지를 입고 똑같은 신발을 신은 1000개의 발을 보조에 맞춰 움직이고, 마치 스스로 기운을 북돋기라도 하듯 자유로운 팔을 흔들었다. 그 수가 너무 많고, 그 모습이 너무 똑같고, 또 그들이 너무 유별하고 기묘한 상황에 놓여 있어 네흘류도프에게는 사람이 아니라 어떤 특별하고 기묘한 존재처럼 느껴졌다. 징역수 무리에서 살인범인 표도로프를, 그리고 유형수들 틈에서 익살꾼 오호친과 그에게 도움을 호소한 적 있는 부랑자 한 명을 더 알아보았을 때에야 비로소 그의 안에서 그 인상이 깨졌다. 거의 모든 죄수가 자기들을 지나치는 2인승 무개마차와 그 안에 앉아서 자기들을 응시하는 신사 쪽으로 고개를 돌려 곁눈질했다. 표도로프가 네흘류도프를 알아보았다는 표시로 고개를 쳐들었다. 오호친은 한쪽 눈을 찡긋했다. 하지만 두 사람 모두 고개를 숙이지는 않았다. 그런 행동이 용납되지 않는다고 생각했던 것이다. 여자들을 따라잡은 네흘류도프는 금방 마슬로바를 알아보았다. 그녀는 여자들 무리에서 두 번째 줄에 있었다. 그 줄의 가장자리에는 다리가 짧고 눈이 검고 허리춤에 할라트 자락을 쑤셔 넣은 못생긴 여자가 얼굴이 새빨개져 걷고 있었다. 예쁜이였다. 그 옆에 임신한 여자가 간신히 다리를 질질 끌고 갔으며, 그 옆에 마슬로바가 있었다. 그녀는 자루를 어깨에 진 채 정면을 똑바로 응시하고 있었다. 얼굴은 침착하고 결연한 표정을 띠었다. 그 줄의 네 번째 자리에서는 짧은 할라트를 입고 농촌 부녀자처럼 머릿수건을 맨 젊고 아름다운 여자가 기운차게 걷고 있었다. 페도시야였다. 네흘류도프는 마차에서 내려 앞으로 나아가고 있는 여자들을 향해 다가갔다. 마슬로바에게 자기가 보낸 물건을 받았는지, 기분은 어떤지 물어보고 싶었다. 그러나 대열의 이쪽 편에서 걷던 호송대 부사관이 가까이 다가오는 남자를 즉시 알아채고 그를 향해 달려왔다.

"신사분, 이쪽으로 오시면 안 됩니다. 규정에 어긋납니다." 그가 다가오며 외쳤다.

가까이에서 네흘류도프의 얼굴을 알아본(감옥의 모든 사람들이 네흘류도프를 알았다.) 부사관이 손가락들을 군모에 붙이고 네흘류도프 옆에 멈춰 서서 말했다.

"지금은 안 됩니다. 기차역에서는 괜찮지만 이곳에서는 안 됩니다. 거기, 뒤처지면 안 돼, 앞으로 가!" 그는 죄수들을 향해 소리쳤다. 날씨가 무더운데도 세련된 새 부츠를 신고서 빠른 걸음으로 자기 자리를 향해 힘차게 달려갔다.

네흘류도프는 인도로 돌아와 삯마차 마부에게 뒤따라오라고 지시한 후 죄수 무리가 보이는 곳으로 갔다. 죄수 무리는 지나치는 곳마다 연민과 공포가 뒤섞인 관심을 모았다. 승용 마차를 타고 가던 사람들이 마차 밖으로 고개를 내밀고는 시야에서 사라질 때까지 죄수들을 눈으로 배웅했다. 걸어가던 사람들은 멈춰 서서 놀라움과 두려움이 어린 눈으로 무시무시한 광경을 구경했다. 몇몇은 무리로 다가와 자선을 베풀기도 했다. 자선 물품은 호송병들이 받았다. 어떤 사람들은 마치 최면에 걸린 듯 죄수들을 따라왔지만 나중에는 걸음을 멈추고 고개를 저으며 그저 눈으로 무리를 배웅했다. 마차 승강장과 대문에서 서로를 부르며 달려 나오는 사람들도 있었고, 창문에 매달려 가만히 무시무시한 행렬을 지켜보는 사람들도 있었다. 어느 교차로에서 호화로운 콜랴스카 한 대가 죄수 무

리에 막혀 멈춰 섰다. 마부석에는 등판에 단추가 여러 줄 달리고 얼굴에 반질반질 광이 나고 엉덩이가 큰 마부가 앉았으며, 콜랴스카 뒷좌석에는 부부가 앉아 있었다. 마르고 창백한 아내는 밝은색 모자를 쓰고 화려한 양산을 들었으며, 남편은 실크해트를 쓰고 밝은색의 세련된 코트를 입었다. 그들과 마주 보는 앞좌석에는 자녀들이 앉아 있었다. 금발 머리를 풀어 내리고 아름답게 꾸민 작은 꽃송이처럼 싱그러운 소녀 역시 손에 화려한 양산을 들었고, 길고 야윈 목에 쇄골이 도드라진 여덟 살가량의 소년은 긴 리본으로 장식한 수병 모자를 썼다. 아버지는 길을 막은 죄수 무리를 제때 피해 가지 못한 마부에게 화를 내며 질책했고, 어머니는 얼굴에 바짝 갖다 댄 실크 양산으로 햇살과 먼지를 가리면서 꺼림칙하다는 듯 눈을 가늘게 뜨며 얼굴을 찡그렸다. 엉덩이가 큰 마부는 얼굴을 험악하게 찌푸린 채 이 길로 마차를 몰도록 지시한 당사자인 주인의 부당한 질책을 들으면서 머리와 목덜미 아래가 땀에 흠뻑 젖어 반질거리는데도 계속 나아가려고 안달하는 검은 종마들을 가까스로 제지하고 있었다.

순경으로서는 죄수들을 잠시 멈춰 세우고 그를 통과시켜 호화로운 마차의 주인을 기쁘게 해 주고 싶은 마음이 간절했다. 그러나 그처럼 부유한 신사를 위해서조차 깨뜨릴 수 없는 음울한 엄숙함이 그 행렬 속에 감돌고 있음을 느꼈다. 그는 그저 부에 대한 경의를 표현하기 위해 한 손을 모자 차양에 대며 마치 무슨 일이 있어도 콜랴스카에 탄 사람들을 보호하겠다고 약속이라도 하듯 죄수들을 엄하게 쳐다볼 뿐이었다. 그래서 콜랴스카는 행렬이 모두 지나가기를 기다려야 했고, 마지막 짐마차가 자루 위에 올라탄 여자 죄수들을 싣고서 덜거덕거리며 지나간 뒤에야 움직였다. 여자 죄수들 중 히스테리를 일으키던 여자는 잠시 잠잠한가 싶더니 호화로운 콜랴스카를 보자 다시 흐느끼며 새된 소리를 지르기 시작했다. 그제야 마부는 고삐를 살짝 움직였고, 검은 준마들은 포장도로를 따라 편자를 울리며 고무바퀴 위에서 부드럽게 흔들리는 콜랴스카를 다차로 끌고 갔다. 남편과 아내, 소녀, 가는 목과 도드라진 쇄골을 지닌 소년은 즐거운 시간을 보내러 가는 중이었다.

부모 모두 여자아이와 사내아이에게 그들이 보고 있는 것에 대해 설명해 주지 않았다. 그래서 아이들은 그 광경의 의미에 대한 의문을 직접 풀어야 했다.

소녀는 아버지와 어머니의 표정에서 이들은 부모나 가족의 지인들과 완전히 다른 사람들이라고, 악한 인간들이라고, 따라서 지금처럼 대우받는 게 당연하다고 생각하며 궁금증을 해결했다. 따라서 소녀는 단지 두려웠을 뿐 그 사람들이 더 이상 보이지 않자 기뻐했다.

하지만 눈도 깜박이지 않고 죄수들의 행렬을 계속 뚫어지게 바라보던 길고 가는 목을 지닌 소년은 의문에 대해 다른 답을 내렸다. 그는 하느님으로부터 직접 가르침을 받았기 때문에 의심할 여지 없이 확고하게 알았다. 이들도 자기나 다른 모든 이들과 조금도 다를 바 없는 사람들인 것을, 따라서 누군가가 이들에게 결코 해서는 안 될 나쁜 행동을 하고 있다는 것을…… 그는 그들을 가엾게 여겼으며 족쇄를 차고 머리털을 깎인 사람들에 대해, 그들에게 족쇄를 채우고 머리털을 깎은 사람들에 대해 공포를 느꼈다. 그래서 소년은 입술을 점점 뿌루퉁하게 내밀었고, 그런 일로 우는 것은 수치스럽다고 생각해 울음을 터뜨리지 않으려 안간힘을 썼다.

36

 네흘류도프는 죄수들과 보조를 맞추어 빠른 걸음으로 걸었다. 여름 코트를 입어 가벼운 옷차림인데도 끔찍하게 더웠다. 무엇보다 거리들을 메운 갑갑한 열기와 먼지로 숨이 막힐 것 같았다. 1베르스타의 4분의 1정도 걸었을 때 다시 삯마차에 올랐지만 마차를 탄 채 길 한복판에 있자니 한층 더 무덥게 느껴졌다. 그는 전날 매형과 나눈 대화를 떠올려 보려고 애썼다. 그런데 이제 그 기억은 더 이상 아침만큼 그를 동요시키지 않았다. 감옥에서 나와 행진하는 죄수들에게서 받은 인상들이 그 기억들을 가렸다. 무엇보다 견딜 수 없이 무더웠다. 담장 옆 나무 그늘 아래 학생모를 벗은 실업 중학교 소년 두 명이 그들 앞에 무릎을 꿇고 쪼그려 앉은 아이스크림 장수를 내려다보며 서 있었다. 한 소년은 이미 뿔 모양의 스푼을 핥으며 즐거움을 누리는 중이었고, 다른 소년은 작은 컵이 노란 무언가로 가득 채워지기를 기다리고 있었다.

"이 근처 어디에 무언가 마실 만한 곳이 없을까?" 네흘류도프는 기운을 회복하고 싶은 억누르기 힘든 욕구를 느끼며 마부에게 물었다.

"바로 저기 좋은 선술집이 있습니다." 마부는 이렇게 말하고 모퉁이를 돌아 큰 간판이 달린 문 쪽으로 네흘류도프를 데려갔다.

셔츠를 입은 투실투실한 바텐더가 카운터 뒤에 있었고, 한때는 하얬을 옷을 입고서 손님이 없어 탁자 앞에 앉았던 종업원들이 낯선 손님을 호기심 어린 눈으로 쳐다보다가 그를 맞기 위해 일어섰다. 네흘류도프는 젤테르 광천수[34]를 청하고는 창가에서 좀 더 멀리 떨어진 지저분한 천이 깔린 작은 탁자 앞에 앉았다.

다기와 하얀 유리병이 놓인 탁자에 두 남자가 앉아서 이마의 땀을 닦으며 느긋하게 무언가를 세고 있었다. 머리색이 검고 정수리가 벗어진 한 명은 이그나치 니키포로비치처럼 머리칼이 뒤통수에만 가장자리를 따라 나 있었다. 그 인상이 네흘류도프에게 전날 매형과 나눈 대화와 출발하기 전 매형과 누나를 만나고 싶어 한 자신의 바람을 다시 떠올리게 했다. '출발 전에 만나기 힘들겠어.' 그는 생각했다. '편지를 쓰는 게 낫겠군.' 그는 종이와 봉투와 우표를 청하고는 거품이 이는 시

---

34) 프로이센의 젤테르 온천 지역에서 나는 광천수 혹은 그와 비슷한 맛을 낸 인공 음료를 뜻한다.

원한 물을 홀짝이며 뭐라고 쓸지 곰곰이 생각했다. 하지만 생각이 이리저리 산만하게 뻗어 도저히 편지를 쓸 수 없었다.

'사랑하는 나타샤, 이그나치 니키포로비치와 어제 그런 대화를 나누고서 이렇게 무거운 마음을 안은 채 떠날 순 없어…….' 그는 글을 쓰기 시작했다. '이제 뭐라고 쓰지? 내가 어제 한 말에 대해 용서해 달라고? 하지만 난 내 생각을 말한 거야. 그렇게 쓰면 그는 내가 신념을 버리려 한다고 생각할걸. 게다가 그건 그가 내 문제에 간섭을 해서……. 아니, 못 하겠어.' 정신적 유대를 느낄 수 없고 자기를 이해해 주지 않는 그 자신만만한 남자에 대한 증오가 마음속에 다시 솟구치는 것을 느낀 네흘류도프는 끝맺지 않은 편지를 호주머니에 집어넣고 돈을 지불한 후 거리로 나와 마차를 타고 무리를 쫓아갔다.

열기가 한층 더해졌다. 벽과 돌들이 뜨거운 공기를 뱉어 내는 것 같았다. 뜨거운 포장도로가 발을 태우는 것 같았다. 광택제를 칠한 마차의 흙받기를 맨손으로 건드렸을 때 네흘류도프는 화상을 입은 느낌을 받았다.

말이 축 늘어진 채 종종걸음으로 먼지투성이인 울퉁불퉁한 포장도로를 따라 단조롭게 편자를 울리며 느릿느릿 나아갔다. 마부는 계속 졸았다. 네흘류도프는 아무 생각도 하지 않고 정면을 응시하며 무심하게 앉아 있었다. 대저택의 대문 맞은편으로 내리막길에 사람들 무리와 라이플총을 든 호송병이 서 있었다. 네흘류도프는 마부를 멈춰 세웠다.

"무슨 일인가?" 그가 문지기에게 물었다.

"죄수에게 문제가 생겼습니다."

네흘류도프는 마차에서 내려 무리로 다가갔다. 보도 옆 비탈진 포장도로의 울퉁불퉁한 돌 위에 붉은 턱수염과 불그레한 얼굴과 납작코를 한 어깨가 넓은 나이 지긋한 죄수 한 명이 머리를 발보다 낮게 두고서 누워 있었다. 회색 할라트와 회색 바지 차림이었다. 그는 주근깨로 뒤덮인 두 손을 바닥이 아래로 향하도록 펼친 채 등을 대고 너부러져 높이 솟은 탄탄한 가슴을 긴 간격을 두고 규칙적으로 들썩이면서 충혈된 두 눈을 하늘에 고정한 채 헉헉거렸다. 주변에 침울해 보이는 순경, 행상인, 우체부, 점원, 양산을 든 늙은 여자, 빈 바구니를 든 까까머리 사내아이가 서 있었다.

"감옥에 갇혀서 쇠약해졌습니다. 기운이 다 빠진 사람들을 지옥불로 끌고 가다니." 다가오는 네흘류도프를 돌아보며 점원이 누군가를 비난했다.

"죽을 거예요. 틀림없어요." 양산을 든 여자가 울먹이는 목소리로 말했다.

"셔츠 끈을 풀어 줘야 해요." 우체부가 말했다.

순경이 떨리는 통통한 손가락으로 힘줄이 불거진 붉은 목 위의 끈을 서툴게 풀기 시작했다. 그는 흥분하고 당황한 듯했지만, 그래도 사람들에게 말해 둘 필요가 있다고 생각했다.

"뭣 때문에 모여 있어? 그러니 이렇게 덥지. 당신들이 바람을 막고 서 있잖아."

"의사가 진찰을 해야 해요. 병약한 사람들은 두고 가야 한다고요. 그러지 않으면 겨우 숨만 붙은 사람을 끌고 가게 될 테니까요." 점원이 법에 대한 지식을 과시하듯 말했다.

셔츠의 끈을 풀어 준 후 순경은 몸을 펴고서 주위를 둘러보았다.

"흩어지라고 했지. 당신들이 상관할 문제가 아니잖아. 뭘 새삼스럽게 봐?" 그가 공감을 구하기 위해 네흘류도프를 돌아보며 말했지만 그의 시선에서 공감을 발견하지 못하자 호송병에게 눈길을 돌렸다.

그러나 호송병은 옆에 비켜서서 자신의 닳은 부츠 뒤축을 살필 뿐 순경의 곤란한 상황에 완전히 무심했다.

"상관해야 할 사람들이 신경을 쓰지 않잖아요. 사람들을 죽이는 게 법입니까?"

"죄수는 죄수지. 그래도 사람이잖아." 무리에서 이런 말들이 들렸다.

"머리를 높이 괴고 물을 주십시오." 네흘류도프가 말했다.

"물을 가져오도록 사람을 보냈습니다." 순경이 대답했다. 그는 죄수의 겨드랑이 아래를 잡고 몸통을 좀 더 높은 쪽으로 간신히 옮겼다.

"뭣 때문에 이렇게 모여 있나?" 갑자기 단호하고 권위적인 목소리가 들리더니 눈부실 만큼 놀랍도록 깨끗한 여름 제복을 입고 한층 더 눈부신 높다란 부츠를 신은 파출소장이 죄수 주위에 모인 무리를 향해 빠른 걸음으로 다가왔다. "해산! 여기에 서 있으면 안 돼!" 그는 사람들이 왜 모였는지 아직 깨닫지 못한 채 무리를 향해 소리쳤다.

가까이 다가오면서 죽어 가는 죄수를 보았을 때 그는 마치 그러리라고 예상했다는 듯 고개로 승인의 뜻을 표시하고는 순경을 돌아보았다.

"어떻게 된 일인가?"

순경은 죄수들이 이동하는 중에 한 명이 쓰러져 호송병이 그를 두고 가도록 지시했다고 보고했다.

"그래서 뭘 하고 있는 건가? 관할서로 옮겨야지. 삯마차를 불러."

"문지기가 부르러 갔습니다." 순경이 모자챙에 한 손을 붙이며 말했다.

점원이 더위에 대해 무언가 말하기 시작했다.

"이 일이 자네와 무슨 상관인가? 어? 가던 길을 가." 파출소장이 말했다. 그가 어찌나 엄하게 쳐다보았던지 점원은 입을 다물고 말았다.

"물을 마시게 해야 합니다." 네흘류도프가 말했다.

파출소장은 네흘류도프도 엄하게 쳐다보았지만 아무 말 하지 않았다. 문지기가 물이 담긴 컵을 가져오자 파출소장은 순경을 향해 죄수에게 물을 먹이라고 지시했다. 순경은 축 늘어진 고개를 들어 입에 물을 흘려 넣으려고 애썼다. 하지만 죄수가 물을 삼키지 못했다. 물이 턱수염을 타고 흘러 겉옷의 가슴팍과 먼지투성이인 삼베 셔츠를 적셨다.

"머리에 부어!" 파출소장이 명령했다. 그러자 순경이 블린 모양의 납작한 모자를 벗겨 곱슬거리는 붉은 머리털이 머리통 언저리를 두른 대머리에 물을 부었다.

죄수가 깜짝 놀란 듯 눈을 크게 떴다. 그래도 그의 상태는 변하지 않았다. 먼지 때문에 더러워진 물줄기가 얼굴을 따라 흘렀지만 입은 여전히 일정한 속도로 헉헉거리고 몸 전체가 바르르 떨렸다.

"저게 뭐야? 잡아." 파출소장은 네흘류도프가 타고 온 삯마차를 가리키며 순경을 향해 말했다. "어이, 자네!"

"손님이 계십니다." 삯마차 마부가 눈을 들지 않고서 침울하게 말했다.

"내가 타고 온 마차입니다." 네흘류도프가 말했다. "하지만 사용해도 좋습니다." 그는 삯마차 마부를 돌아보며 덧붙였다. "지불은 내가 하지."

"뭐야, 왜 서 있어?" 파출소장이 소리쳤다. "태우라니까!"

순경, 문지기, 호송병이 죽어 가는 사람을 들어 올려 마차로 옮긴 후 좌석에 앉혔다. 하지만 그는 몸을 가누지 못했다. 머리가 뒤로 축 늘어지면서 몸 전체가 좌석에서 미끄러져 떨어졌다.

"눕혀!" 파출소장이 명령했다.

"괜찮습니다, 소장님, 제가 이렇게 데려가겠습니다." 순경이 죽어 가는 남자와 나란히 좌석에 딱 붙어 앉아 강한 오른팔로 그의 겨드랑이 아래를 잡으며 말했다.

호송병은 각반도 차지 않고 털신을 신은 두 발을 들어 올려 마부석 아래로 쭉 뻗게 해 주었다.

파출소장은 주위를 둘러보다가 포장도로에서 죄수의 납작한 모자를 발견하고는 그것을 집어 뒤로 축 늘어진 젖은 머리에 씌워 주었다.

"출발!" 그가 명령했다.

마부는 화가 난 얼굴로 돌아보며 고개를 젓고는 순경이 동행하는 가운데 방향을 돌려 파출소 쪽으로 천천히 나아갔다. 죄수와 함께 앉은 순경은 이리저리 흔들리는 머리통과 함께 좌석에서 연신 미끄러지는 몸뚱이를 계속 붙들었다. 호송병은 옆에서 걸어가며 두 발의 위치를 바로잡아 주었다. 네흘류도프는 그들을 뒤따라갔다.

37

죄수를 태운 마차는 소방서의 보초 옆을 지나 파출소 안마
당으로 들어가 여러 마차 승강장들 중 한 곳에 멈춰 섰다.

안마당에서 소방관들이 소매를 걷어붙인 채 큰 소리로 웃
고 떠들며 짐마차 같은 것을 씻고 있었다.

마차가 멈추자마자 순경 몇 명이 마차를 에워싸더니 겨드
랑이 아래와 다리를 붙잡고 죄수의 시신을 끌어냈다. 마차가
그들의 무게 때문에 삐걱거렸다.

죄수를 데려온 순경은 마차에서 내려 감각이 없는 손을 흔
들고는 모자를 벗고 성호를 그었다. 순경들은 문을 지나 계단
을 따라 위쪽으로 시신을 운반했다. 네흘류도프는 그들을 뒤
따라갔다. 시신이 운반된 작고 더러운 방에 침대가 네 개 놓여
있었다. 그중 두 개에는 할라트 차림의 두 병자가 앉아 있었
다. 한 명은 입이 비뚤어지고 목에 붕대를 감았으며, 또 다른

한 명은 폐결핵 환자였다. 두 개는 비어 있었다. 순경들은 그
중 한 침대에 죄수를 눕혔다. 눈동자가 빛나고 눈썹이 끊임없
이 실룩이는 작은 남자가 속옷에 긴 양말만 신은 채 부드럽고
재빠른 걸음으로 다가와 처음에는 운반된 죄수를, 그다음엔
네흘류도프를 보더니 큰 소리로 웃음을 터뜨렸다. 임시 진료
소에 수용된 광인이었다.

"날 놀래려나 본데." 그가 입을 열었다. "하지만 아니야. 실
패할걸."

시신을 운반해 온 순경을 뒤따라 파출소장과 의사 조수가
들어왔다.

시신에 다가간 조수는 주근깨로 뒤덮인 누르스름한 손을
잡았다가 놓았다. 아직 부드럽지만 이미 시신의 창백한 빛을
띠고 있었다. 손이 시신의 배 위로 생기 없이 툭 떨어졌다.

"이미 끝났습니다." 조수가 고개를 저으며 말했다. 하지만
절차를 위해서인 듯 시신의 축축한 거친 셔츠를 풀어 젖히고
는 자신의 곱슬거리는 머리칼을 귀 뒤로 넘기고 죄수의 높이
솟은 움직임 없는 누르스름한 가슴에 귀를 가져다 댔다. 다들
침묵했다. 조수는 몸을 일으키고 또 고개를 젓더니 움직이지
않는 하늘색 눈동자 위의 두 눈꺼풀을 손가락으로 차례차례
쓸었다.

"난 놀라지 않아, 놀라지 않아." 광인이 조수가 있는 방향으
로 계속 침을 뱉으면서 말했다.

"어떻게 하죠?" 파출소장이 말했다.

"어떻게 하다니요?" 조수가 그의 말을 되받았다. "시체 보관

실에 안치해야죠."

"잘 봐요, 확실합니까?" 파출소장이 물었다.

"나도 그 정도는 알 때가 됐습니다." 조수가 무엇 때문인지 시신의 가슴을 셔츠로 가리며 말했다. "하지만 마트베이 이바니치를 부르러 사람을 보내겠습니다. 페트로프, 다녀와." 조수는 이렇게 말하고 시신 곁을 떠났다.

"시체 보관실로 옮겨." 파출소장이 말했다. "자네는 사무실에 가서 서명하고." 그는 계속 죄수 곁을 지키고 있던 호송병에게 덧붙였다.

"네, 알겠습니다." 호송병이 대답했다.

순경들은 시신을 들어 다시 계단을 따라 아래로 옮겼다. 네홀류도프는 뒤따라가고 싶었지만 광인이 그를 붙잡았다.

"당신은 한패가 아니겠지? 그럼 담배 한 대 주구려."

네홀류도프는 담배 케이스를 꺼내 그에게 건넸다. 광인은 눈썹을 씰룩거리면서 매우 빠르게 자신이 이런저런 암시에 걸려 어떤 괴로움을 겪었는지 들려주었다.

"사실 저자들은 전부 내 적이라오. 영매를 이용해 나를 괴롭히고 고문하고⋯⋯."

"실례합니다." 네홀류도프는 이렇게 말하고는 그의 말을 끝까지 듣지 않고서 시신을 어디로 운반해 가는지 알아보고 싶어 안마당으로 나갔다.

순경들은 짐을 지고 어느새 안마당을 지나 지하실 입구로 들어갔다. 네홀류도프는 그들에게 가고 싶었지만 파출소장이 제지했다.

"무슨 일입니까?"

"아무것도 아닙니다." 네흘류도프가 대답했다.

"아무것도 아니라고요. 그럼 가십시오."

네흘류도프는 그 말을 순순히 따르며 삯마차 마부에게 갔다. 마부는 졸고 있었다. 네흘류도프는 그를 깨워 다시 기차역으로 향했다.

백 발짝도 가지 않아 그는 또 라이플총을 든 호송병이 호위하는 짐마차와 맞닥뜨렸다. 그 위에는 이미 사망한 게 분명한 다른 죄수가 실려 있었다. 죄수는 짐칸에 등을 대고 누워 있었고, 블린 모양의 납작한 모자로 덮인 삭발한 머리가 짐칸이 덜컹거릴 때마다 흔들리고 떨렸다. 모자는 머리통에서 검은 턱수염이 난 얼굴로 미끄러져 코까지 흘러내렸다. 두꺼운 부츠를 신은 짐마차 마부가 옆에서 걸어가며 말을 부렸다. 그 뒤를 순경 한 명이 따라가고 있었다. 네흘류도프는 마부의 어깨를 건드렸다.

"뭘 하는 건지!" 마부가 말을 멈춰 세우며 말했다.

네흘류도프는 마차에서 내려 짐마차를 뒤따라 다시 보초 옆을 지나서 파출소 안마당으로 들어갔다. 소방관들이 이미 짐마차를 다 씻고 난 안마당에는 테두리가 파란 모자를 쓴 키가 크고 앙상한 소방서장이 서 있었다. 그는 호주머니에 두 손을 찔러 넣은 채 한 소방관이 그의 앞으로 끌고 오는, 잘 먹여 목에 살이 오른 갈색 수말을 엄한 시선으로 쳐다보았다. 수말은 한쪽 앞다리를 절었고, 소방서장은 옆에 서 있던 수의사에게 화가 난 표정으로 무언가 말했다.

마침 그 자리에 파출소장도 있었다. 다른 시신을 본 그는 짐마차로 다가갔다.

"어디에서 거뒀나?" 그가 못마땅하다는 듯 고개를 저으며 물었다.

"스타라야 고르바톱스카야 거리입니다." 순경이 대답했다.

"죄수인가?" 소방서장이 물었다.

"그렇습니다."

"오늘만 해도 두 번째인걸." 파출소장이 말했다.

"거참, 그런 게 법이라는 건가! 날씨도 더운데 말이야." 소방서장은 이렇게 말하고는 다리를 저는 갈색 말을 끌고 온 소방관을 돌아보며 외쳤다. "마구간의 맨 구석 칸에 넣어 둬! 개자식, 네놈보다 훨씬 가치 있는 말들을 병신으로 만들면 어떻게 되는지 단단히 가르쳐 주마. 못된 녀석."

순경들은 먼저 운반된 시신과 마찬가지로 이번 시신도 짐칸에서 들어 올려 임시 진료소로 옮겼다. 네흘류도프는 최면에 걸린 것처럼 그들을 뒤따라갔다.

"무슨 일입니까?" 한 순경이 물었다.

그는 아무 대꾸도 하지 않고 그들이 시신을 운반해 간 곳으로 갔다.

광인이 침대에 앉아 네흘류도프가 준 담배를 탐욕스럽게 피우고 있었다.

"아, 돌아왔구려!" 그는 이렇게 말하고 껄껄거리며 웃었다. 시신을 본 그가 얼굴을 찌푸렸다. "또." 그가 말했다. "질리네. 내가 어린애도 아니고 말이야. 그렇지 않소?" 그가 뭔가 묻고 싶은 듯 미소를 지으며 네흘류도프를 돌아보았다.

그사이 네흘류도프는 더 이상 아무도 가려 주지 않는 시신을 쳐다보고 있었다. 모자에 가려졌던 얼굴이 훤히 보였다. 예전 죄수가 보기 흉했던 만큼이나 이 죄수는 얼굴 생김새와 몸 전체가 대단히 멋졌다. 그는 장년기의 남자였다. 머리통 절반이 삭발로 추해지긴 했지만 생기가 가신 검은 눈동자 위로 살짝 솟은 반듯하고 매끈한 이마가 가느다란 검은 콧수염 위의 자그마한 매부리코 못지않게 잘생겼다. 이제 파르스름한 빛을 띤 입술이 웃는 모양을 하고 있었다. 조그맣게 기른 턱수염은 얼굴 아랫부분을 감쌀 뿐이었고, 삭발한 쪽에 또렷하고 잘생긴 조그마한 귀가 보였다. 표정은 평온하면서도 준엄했고, 또한 선했다. 이 남자 안에서 정신생활의 가능성이 파괴됐다는 사실이 그 얼굴에 드러나 있었음은 말할 나위도 없지만, 손과 족쇄를 채운 발의 가느다란 뼈들이며 균형 잡힌 사지의 탄탄한 근육은 그가 얼마나 아름답고 강인하고 민첩한 인간 동물인지 보여 주었다. 즉 그가 자기 종 안에서 갈색 수말 — 소방서장은 말이 부상을 입어 매우 역정을 냈다 — 보다 훨씬 더 완벽한 동물이었음을 알려 주었다. 하지만 이 남자가 세상을 떠났는데도 한 인간이었던 그의 소멸을 안타까워하는 사람은 전혀 없었을 뿐 아니라 노동하는 동물이기도 했던 그의 허망한 죽음을 아쉬워하는 사람도 없었다. 모든 사람의 마음속에 그 죽음이 불러일으킨 유일한 감정은 부패할 위험이 있는 이 몸뚱이를 없애야 하는 번거로움에 대한 분노였다.

임시 진료실에 감독관이 의사와 조수를 데리고 들어왔다.

의사는 실크 양복 상의와 근육질 허벅지에 딱 달라붙는 같은 재질의 통 좁은 바지를 입은 튼튼하고 땅딸막한 사내였다. 감독관은 공처럼 생긴 붉은 얼굴의 작은 뚱보였다. 양 볼에 숨을 가득 채웠다가 천천히 뱉는 습관 때문에 얼굴이 한층 더 둥글어졌다. 의사는 침대에 누운 시신으로 다가앉아 조수와 똑같이 팔을 만져 보고 심장 소리를 들은 후 바지를 잡아당기며 일어섰다.

"완전히 죽었군." 그가 말했다.

감독관은 입 안 가득 공기를 채웠다가 천천히 뱉었다.

"어느 감옥의 죄수입니까?" 그가 호송병에게 말했다.

호송병은 질문에 답하고 죽은 사람에게 채워져 있던 족쇄에 대해 언급했다.

"벗기라고 지시하겠습니다. 다행히 대장장이가 있어요." 감독관이 말했다. 그는 다시 뺨을 부풀렸다가 천천히 뱉으면서 문으로 다가갔다.

"어째서 이런 일이 일어나는 겁니까?" 네흘류도프가 의사에게 물었다.

의사가 안경을 통해 그를 쳐다보았다.

"무슨 일이 어째서 일어났냐고요? 사람들이 왜 일사병으로 죽느냐고요? 빛이 없는 곳에서 겨우내 운동을 하지 않고 앉았다가 오늘 같은 날 갑자기 햇볕 아래로 끌려 나오니 이런 일이 생기지요. 떼 지어 행군하니 공기도 통하지 않고요. 그래서 일사병으로 쓰러지죠."

"그럼 도대체 왜 그들을 보내는 겁니까?"

"그건 당신이 그 사람들에게 가서 물어보십시오. 그런데 당신은 대체 누굽니까?"

"그냥 외부인입니다."

"아! 안녕히 가십시오. 시간이 없어서요." 의사가 말했다. 그는 성을 내며 바지를 아래로 잡아당기고는 병상으로 다가갔다.

"음, 어떻습니까?" 그가 목에 붕대를 감은 입이 일그러진 창백한 남자를 돌아보았다.

그동안 자기 침대에 앉은 광인은 담배를 다 피우고서 의사 쪽으로 침을 뱉고 있었다.

네흘류도프는 안마당으로 내려가 소방서의 말들과 닭들과 구리 안전모를 쓴 보초병을 지나 대문을 통과한 후 마부가 다시 졸고 있던 마차에 올라타 기차역으로 향했다.

38

네흘류도프가 기차역에 도착했을 때 죄수들은 모두 격자 무늬 창살이 달린 객차 안에 착석한 상태였다. 플랫폼에는 죄수들을 배웅하러 온 사람들이 몇 명 서 있었다. 그들은 객차에 접근할 수 없었다. 호송병들은 이날 유난히 근심에 잠겨 있었다. 감옥에서 기차역으로 오는 동안 네흘류도프가 본 두 사람 외에 세 명이 더 일사병으로 쓰러져 죽었다. 한 명은 처음의 두 명과 마찬가지로 가장 가까운 파출소로 운반됐고, 두 명은 이곳 기차역에서 쓰러졌다.[35] 호송병들이 염려한 것은 살수도 있었을 사람들 다섯 명이 자기들이 호송하는 동안 죽었다는 사실 때문이 아니었다. 그들은 그런 것에 신경 쓰지 않았

---

35) 1880년대 초 부티르스카야 감옥에서 니제고로드 철도역으로 이송 중 일사병으로 하루에 죄수 다섯 명이 사망했다.(톨스토이 주)

다. 시신과 서류와 소지품을 해당 관청에 넘기고 그들을 니즈니 노브고로드로 이송할 죄수 명단에서 빼는 등 이런 경우에 법이 요구하는 모든 것을 수행해야 한다는 것만 염두에 두었을 뿐이다. 이것은 특히 이런 무더위 속에서 매우 성가신 일이었다.

호송병들은 이런 걱정에 여념이 없어서 그 모든 일을 끝낼 때까지 객차에 가까이 갈 수 있게 해 달라는 네흘류도프와 다른 사람들의 부탁을 거절했다. 그래도 네흘류도프는 허락을 받아 냈다. 호송병 부사관에게 돈을 쥐여 주었기 때문이다. 그 부사관은 네흘류도프를 들여보내면서 책임자가 보지 못하게 얼른 이야기를 마치고 떠나 달라고 부탁했다. 객차는 전부 열여덟 개였다. 책임자의 객차 외에는 전부 죄수들이 빽빽하게 들어차 있었다. 객차들의 창문 옆을 지나치면서 네흘류도프는 그 안에서 일어나는 일들에 귀를 기울였다. 모든 객차에서 쇠사슬 소리, 야단법석을 떠는 소리, 무의미한 비속어가 뒤섞인 말소리가 들렸지만 네흘류도프가 기대했던 이야기, 즉 도중에 죽은 동료들에 대한 이야기는 어디에서도 들리지 않았다. 화제는 온통 자루, 식수, 자리 선택에 관한 것이었다. 객차들 중 한 곳의 창문을 들여다보던 네흘류도프는 그 한가운데 통로에서 호송병들이 죄수들의 수갑을 벗겨 주는 것을 발견했다. 죄수들이 두 손을 내밀자 한 호송병이 열쇠로 수갑의 자물쇠를 풀었다. 또 다른 호송병은 수갑을 모았다. 남자들의 객차를 전부 지나친 후 네흘류도프는 여자들의 객차로 향했다. 두 번째 여자 객차에서 어떤 여자가 "오오오! 하느님 아버지,

오오오! 하느님 아버지!"하고 일정한 간격을 두고 신음하며 울부짖는 소리가 들렸다.

네흘류도프는 그 객차를 지나 호송병이 가리켜 보인 세 번째 객차의 창문으로 다가갔다. 네흘류도프가 창문에 고개를 가까이 댄 순간 사람들의 진한 입 냄새로 진동하는 열기가 확 끼치고, 여자들의 새된 목소리가 또렷하게 들렸다. 어느 좌석에서나 재킷과 할라트를 입은 여자들이 자리를 잡고 앉아 땀에 젖은 새빨개진 얼굴로 시끄럽게 이야기를 나누었다. 격자무늬 창살에 바짝 들이댄 네흘류도프의 얼굴이 그들의 주의를 끌었다. 바로 옆에 있던 여자들이 입을 다물고 다가왔다. 머릿수건을 쓰지 않고 재킷만 걸친 마슬로바는 맞은편 창가에 앉아 있었다. 생글생글 웃는 살결이 흰 페도시야가 그에게 더 가까이 앉아 있었다. 네흘류도프를 본 그녀가 마슬로바를 쿡 찌르더니 손으로 창문을 가리켰다. 마슬로바가 황급히 일어나 검은 머리에 머릿수건을 쓰고는 땀에 젖은 생기발랄하고 발그레한 얼굴에 미소를 머금고서 창가로 다가와 격자무늬 창살을 잡았다.

"정말 더워요."그녀가 기쁜 미소를 지으며 말했다.

"물품은 받았어요?"

"받았어요. 고맙습니다."

"뭐 필요한 것은 없어요?"네흘류도프는 한증막인 양 뜨겁게 달궈진 객차에서 열기가 뿜어 나오는 것을 느끼며 물었다.

"전혀 없어요. 고마워요."

"갈증을 풀 수 있으면 좋을 텐데."페도시야가 말했다.

"네, 갈증을 풀 수 있으면 좋겠어요." 마슬로바가 그녀의 말을 되풀이했다.

"정말 물이 없습니까?"

"물을 넣어 주긴 했어요. 하지만 전부 마셨죠."

"당장 호송병에게 요청하겠습니다." 네흘류도프가 말했다. "니즈니 노브고로드에 도착할 때까지는 못 만날 거예요."

"정말 당신도 가시나요?" 마슬로바는 몰랐다는 듯 말하고는 기쁨이 어린 눈길로 네흘류도프를 쳐다보았다.

"다음 기차로 갑니다."

마슬로바는 아무 말도 하지 않고 잠시 후 그저 깊은 한숨을 내쉬었다.

"그런데 나리, 죄수 열두 명이 녹초가 되어 죽었다는 게 사실인가요?" 험상궂게 생긴 늙은 여자 죄수가 남자 같은 걸걸한 목소리로 말했다.

코라블료바였다.

"열두 명이라는 말은 못 들었습니다. 내가 본 것은 두 명이었습니다." 네흘류도프가 말했다.

"열두 명이라고 하던데요. 그런데 그자들은 그 일로 아무런 처벌도 받지 않는답니까? 악마 같은 놈들!"

"여자들 가운데 병에 걸린 사람은 없습니까?" 네흘류도프가 물었다.

"여자들이 더 강하답니다." 키 작은 다른 여자 죄수가 깔깔거리며 말했다. "다만 한 명에게 산기가 있어요. 봐요, 울부짖고 있죠." 그녀가 여전히 신음 소리가 흘러나오는 옆 객차를 가리키며 말했다.

"뭔가 필요한 게 없느냐고 물으셨죠." 마슬로바는 입술에 기쁨의 미소가 떠오르는 것을 억누르려 애쓰며 말했다. "저 여자를 두고 가면 안 될까요? 괴로워해요. 책임자에게 말씀해 주신다면……."

"그래요, 말해 보죠."

"한 가지 더 있는데요, 저 여자를 남편인 타라스와 만나게 해 주시면 안 될까요?" 그녀가 생글거리고 있는 페도시야를 눈짓으로 가리키며 덧붙여 말했다. "그 사람도 당신과 함께 떠나지 않을까요?"

"신사분, 유형수와 이야기를 나누면 안 됩니다." 호송대 부사관의 목소리가 들렸다. 네흘류도프를 들여보내 준 사람이 아니었다.

네흘류도프는 그곳을 떠나 산기가 있는 여자와 타라스에 관한 부탁을 하기 위해 책임자를 찾아 나섰지만 오랫동안 찾지 못했을뿐더러 호송병들로부터도 답변을 듣지 못했다. 그들은 몹시 분주했다. 어떤 이들은 한 죄수를 어딘가로 데려갔고, 또 어떤 이들은 자기 식량을 사러 달려가거나 자기 짐을 객차에 싣고 있었으며, 또 어떤 이들은 호송대 장교와 함께 떠나는 귀부인의 시중을 들었다. 그들은 네흘류도프의 물음에 마지못해 대꾸했다.

네흘류도프는 두 번째 벨이 울린 후에야 호송대 장교를 발견했다. 뭉툭한 손으로 입을 덮은 콧수염을 닦던 장교는 어깨를 으쓱하며 무언가에 대해 상사를 질책하고 있었다.

"도대체 용건이 뭡니까?" 그가 네흘류도프에게 물었다.

"당신이 인솔하는 유형수들 가운데 한 여자가 객차에서 아이를 낳으려 합니다. 그래서 내가 생각하기에……."

"뭐, 낳을 테면 낳으라지요. 그때 가 보면 알겠죠." 그는 짧은 두 팔을 힘차게 흔들면서 자기 객차로 들어가며 말했다.

그때 손에 호각을 든 차장이 지나갔다. 마지막 벨 소리와 호각 소리가 들렸다. 플랫폼에 배웅하러 나온 사람들 사이에서, 그리고 여자 객차에서 흐느낌과 울부짖음이 들렸다. 네흘류도프는 플랫폼에 타라스와 나란히 서서 격자무늬 창살이 달린 창문을 통해 남자들의 삭발한 머리통이 보이는 객차가 줄지어 지나가는 것을 지켜보았다. 그다음에 첫 번째 여자 죄수 객차가 다가왔고, 창문 너머로 머릿수건을 쓰거나 쓰지 않은 여자들의 머리가 보였다. 그다음 두 번째 객차가 다가왔고, 그 안에서는 여전히 신음 소리가 들려왔다. 그러고는 마슬로바가 탄 객차가 다가왔다. 그녀는 다른 여자들과 함께 창가에 서서 네흘류도프를 바라보며 그를 향해 서글픈 미소를 짓고 있었다.

39

네흘류도프가 타고 갈 여객 열차의 출발 시간까지 두 시간 정도 남았다. 처음에 네흘류도프는 그사이 누나에게 한 번 더 다녀와야겠다고 생각했다. 하지만 이날 아침 이런저런 인상을 받고 난 후 어찌나 흥분하고 지쳤던지 일등석 휴게실의 소파에 앉자마자 생각지도 않게 졸음이 쏟아져 옆으로 몸을 기댄 채 손바닥으로 한쪽 뺨을 받치고 곧 잠이 들었다.

연미복에 배지를 달고 냅킨을 든 종업원이 그를 깨웠다.

"나리, 나리, 네흘류도프 공작님 아니십니까? 어느 귀부인께서 나리를 찾으십니다."

네흘류도프는 벌떡 일어나 눈을 비비고는 자기가 어디에 있는지, 오늘 아침에 무슨 일이 있었는지 전부 기억해 냈다.

그의 기억 속에는 죄수들의 행렬, 시신들, 격자무늬 창살이 달린 객차들, 그곳에 갇힌 여자들이 있었다. 그중 한 명은 도움도 받지 못한 채 산통으로 괴로워하고, 또 다른 한 명은 쇠창살 너머로 그를 향해 서글픈 미소를 지었다. 하지만 현실에서는 전혀 다른 것이 그의 앞에 있었다. 유리병, 작은 항아리, 촛대, 식기가 놓인 탁자, 탁자 주위를 빠른 걸음으로 움직이는 민첩한 종업원들. 홀 깊숙한 곳 찬장 앞에 과일이 담긴 항아리와 유리병 너머로 간이식당의 주인과 식당을 향해 다가오는 여행객들의 등이 보였다. 일어나 앉아 자세를 바로 하며 서서히 정신을 차리던 네흘류도프는 홀에 있는 모든 사람이 호기심 어린 눈길로 문가에서 벌어지는 일을 지켜보고 있는 것을 알아차렸다. 그도 그곳을 쳐다보다가 얇은 베일로 머리를 감싼 귀부인을 팔걸이의자에 태우고 오는 사람들의 행렬을 발견했다. 맨 앞에 선 하인은 네흘류도프에게 낯익어 보였다. 뒤에 선 사람 역시 그가 아는 수위로 금몰이 달린 모자를 쓰고 있었다. 앞치마를 걸친 곱슬머리의 우아한 하녀가 의자 뒤에서 따라왔고, 그녀의 손에는 보따리와 가죽 케이스에 담긴 둥근 물건과 양산이 들려 있었다. 그 뒤로 두꺼운 입술이 축 늘어지고 중풍을 맞아 목이 마비된 코르차긴 공작이 여행용 모자를 쓴 채 가슴을 쑥 내밀고 걸어왔다. 또 그 뒤로 미시와 그 사촌 오빠인 미샤, 네흘류도프도 아는 외교관 오스텐이 걸어왔다. 목이 길고 울대가 튀어나온 오스텐은 표정과 기분이 언제나 쾌활해 보이는 사람이었다. 그는 생글거리는 미시를 향해 감동에 젖은 듯 무언가 말하며 걸었지만 농담을 건네는 게 분명했다. 그 뒤에서 의사가 성난 표정으로 담배를 피우며 걷고 있었다.

코르차긴가 사람들은 근교에 있는 자신들의 영지를 떠나서 니즈니 노브고로드 가도를 따라 공작 부인의 자매가 사는 영지로 가는 중이었다.

팔걸이의자를 운반하는 사람들, 하녀, 의사의 행렬은 그곳에 있던 모든 이들에게 호기심과 존경을 불러일으키면서 귀부인을 위한 방으로 향했다. 노공작은 탁자 옆에 자리를 잡고는 즉각 종업원을 가까이 불러 무언가 주문하기 시작했다. 미시와 오스텐도 식당에서 걸음을 멈추고 자리에 앉으려다가 문가에서 아는 여성을 발견하고 그쪽으로 갔다. 나탈리야 이바노브나였다. 아그라페나 페트로브나를 동반한 나탈리야 이바노브나가 주위를 둘러보면서 식당으로 들어오고 있었다. 그녀는 미시와 남동생을 거의 동시에 발견했다. 그녀는 네흘류도프에게 그저 고개만 끄덕이고 먼저 미시에게 다가갔다. 하지만 미시와 입맞춤을 나누고서 곧 그를 돌아보았다.

"마침내 널 찾았구나." 그녀가 말했다.

네흘류도프는 일어나 미시와 미샤와 오스텐과 인사를 주고받고는 멈춰 서서 이야기를 나누었다. 미시는 시골에 있는 그들의 집에 불이 나서 이모네로 거처를 옮길 수밖에 없게 된 상황을 들려주었다. 오스텐은 이 기회를 틈타 화재에 대한 우스운 일화를 이야기했다.

네흘류도프는 오스텐의 이야기에 귀 기울이지 않고 누나를 돌아보았다.

"누나가 와 줘서 정말 기뻐." 그가 말했다.

"난 벌써 한참 전에 왔단다." 그녀가 말했다. "아그라페나 페트로브나와 나는……." 그녀가 아그라페나 페트로브나를 가리켰다. 챙 달린 모자를 쓰고 여름 외투를 입은 그녀가 네흘류도프에게 방해가 되지 않도록 멀찍이 떨어져서 사랑스럽고 기품 있는 태도로 수줍게 그를 향해 고개를 숙였다. "사방에서 널 찾았어."

"난 여기에서 그만 잠들어 버렸어. 누나가 와 주다니 정말 기뻐." 네흘류도프가 똑같은 말을 되풀이했다. "누나에게 편지를 쓰고 있었지." 그가 말했다.

"정말?" 그녀가 놀라며 말했다. "무슨 일로?"

남매 사이에 내밀한 대화가 시작된 것을 알아차린 미시는 신사들과 함께 옆으로 물러났다. 네흘류도프와 누나는 창가의 벨벳을 씌운 소파에 앉았다. 옆에는 누군가의 물건과 모포와 마분지 상자가 놓여 있었다.

"어제 누나의 숙소를 나온 뒤로 난 돌아가서 미안하다는 말을 하고 싶었어. 그런데 매형이 어떻게 받아들일지 모르겠더라고." 네흘류도프가 말했다. "매형에게 심한 말을 했고, 그 일 때문에 괴로웠어." 그가 말했다.

"알아. 난 네가 그러려던 게 아니었다고 믿어." 누나가 말했다. "너도 알잖아……."

그러더니 그녀의 눈에 눈물이 고였다. 그녀가 그의 손을 건드렸다. 그 짧은 문구는 불분명했다. 하지만 그는 그 뜻을 충분히 이해했고, 누나가 하려던 말에 감동을 받았다. 그녀의 말은 이런 의미였다. 나 자신을 완전히 지배하고 있는 사랑, 즉 남편을 향한 사랑 외에 남동생인 네흘류도프에 대한 사랑도

나에게 중요하고 소중하다. 동생과의 어떤 사소한 불화도 나에게는 견디기 힘든 고통이다.

"고마워, 고마워……. 아, 내가 오늘 뭘 봤냐면 말이야." 그는 죽은 두 번째 죄수를 문득 떠올리고는 말했다. "죄수 두 명이 살해됐어."

"살해됐다고? 어떻게?"

"말 그대로 살해됐어. 이 폭염에 끌려다녔지. 그래서 두 사람은 일사병으로 죽었어."

"그럴 리가! 어떻게? 오늘? 지금 말이니?"

"그래, 지금. 내가 그들의 시신을 봤어."

"그런데 왜 살해된 거니? 누가 죽였어?" 나탈리야 이바노브나가 말했다.

"그들을 강제로 끌고 간 사람들이 죽인 거지." 네흘류도프는 누나가 이 문제마저 남편의 시선으로 바라보고 있음을 느끼고 짜증을 내며 말했다.

"아, 하느님!" 아그라페나 페트로브나가 그에게 가까이 다가서며 말했다.

"네, 우리는 그 불행한 사람들에게 무슨 일이 벌어지고 있는지 전혀 모릅니다. 하지만 알아야 해요." 네흘류도프는 노공작을 쳐다보며 덧붙여 말했다. 냅킨을 목에 맨 채 코냑을 탄 과일주를 앞에 두고 앉은 노공작이 바로 그때 네흘류도프를 돌아보았다.

"네흘류도프!" 그가 외쳤다. "시원하게 한잔하지 않겠나? 길을 떠나기 전에 좋다네!"

네흘류도프는 거절하고 고개를 돌렸다.

"그런데 넌 도대체 뭘 하려는 거니?" 나탈리야 이바노브나가 계속해서 말했다.

"내가 할 수 있는 것. 잘 모르겠지만 무언가 해야 한다고 느껴. 그러니 할 수 있는 것을 하겠어."

"그래, 그래. 이해해. 그럼 이 사람들과는……." 그녀는 미소를 띤 채 코르차긴을 눈짓으로 가리키며 말했다. "정말 완전히 끝난 거니?"

"완전히. 양쪽 모두에게 후회는 없을 거라고 생각해."

"아쉽네. 아쉬워. 난 그녀가 좋은데. 하지만 그렇다고 치자. 그런데 넌 뭐 때문에 스스로를 속박하려 하니?" 그녀가 조심스럽게 덧붙였다. "왜 가려는 거야?"

"그래야 하니까 가는 거야." 네흘류도프는 이 대화를 중단하고 싶은 듯 진지하고 무뚝뚝하게 말했다.

하지만 곧 그는 누나를 냉담하게 대한 것이 부끄러워졌다. '왜 내가 생각하는 것을 누나에게 전부 말하지 않을까?' 그는 생각했다. '아그라페나 페트로브나도 들으라지.' 그는 늙은 하녀를 쳐다보며 속으로 중얼거렸다. 아그라페나 페트로브나가 옆에 있다는 사실이 오히려 자신의 결심을 누나에게 한 번 더 설명하도록 그를 한층 자극했다.

"누나는 카츄샤와 결혼하겠다는 내 계획에 대해 말하는 거야? 누나도 알잖아. 난 그러기로 결심했지만 그녀가 분명하고 확고하게 거부했어." 그가 말했다. 이 문제에 대해 말할 때면 언제나 그렇듯 목소리가 떨렸다. "그녀는 내 희생을 바라지 않고 자신이 희생하고 있어. 그녀로서는, 그녀의 처지에서는 아주 상당한 희생이지. 일시적이라 해도 난 그 희생을 받아들일 수 없어. 그러니 난 그녀와 함께 가서 그녀가 있는 곳에 있을 거고, 그녀의 운명을 편하게 해 주기 위해 내가 할 수 있는 한 도울 거야."

나탈리야 이바노브나는 아무 말도 하지 않았다. 아그라페나 페트로브나는 뭔가 묻고 싶은 듯 나탈리야 이바노브나를 쳐다보더니 고개를 저었다. 그때 귀부인용 방에서 다시 행렬이 나타났다. 역시 잘생긴 하인 필립과 수위가 공작 부인을 태우고 있었다. 그녀는 운반인들을 멈춰 세우고 네흘류도프를 손짓해 부르더니 슬프고 괴로운 모습으로 혹시 상대가 꽉 잡지 않을까 두려워하며 반지를 낀 하얀 손을 내밀었다.

"끔찍해요!" 그녀가 더위에 대해 말했다. "못 견디겠어요. 이 기후가 날 죽이고 있어요." 그러더니 러시아 기후의 끔찍함에 대해 잠시 이야기한 후 네흘류도프에게 자기 가족을 방문해 달라고 청하고는 운반인들에게 신호를 보냈다. "그럼 꼭 와 줘요." 그녀는 이동 중 네흘류도프를 향해 길쭉한 얼굴을 돌리며 덧붙였다.

네흘류도프는 플랫폼으로 나갔다. 공작 부인의 행렬은 왼쪽으로 일등칸을 향했다. 네흘류도프, 물품을 나르는 짐꾼, 자신의 자루를 진 타라스는 오른쪽으로 향했다.

"여기 이 사람은 내 동료야." 네흘류도프는 타라스를 가리키며 누나에게 말했다. 그는 예전에 그의 사연에 대해 누나에게 말한 적이 있었다.

"정말 삼등칸을 탈 거니?" 네흘류도프가 삼등칸 객차 앞에 멈춰 서고 물품을 든 짐꾼과 타라스가 객차에 오르자 나탈리야 이바노브나가 물었다.

"응, 이쪽이 더 편해. 난 타라스와 함께 갈 거야." 그가 말했다. "참, 한 가지 더." 그가 덧붙였다. "아직 쿠즈민스코에 토지를 농민들에게 넘기지 않았어. 그러니 내가 죽으면 누나의 아이들이 상속받을 거야."

"드미트리, 그만해." 나탈리야 이바노브나가 말했다.

"만약 내가 농민들에게 넘길 경우에 내가 말할 수 있는 건 나머지 모든 게 조카들의 몫이 된다는 거야. 내가 결혼할 것 같지도 않고, 결혼한다 해도 아이는 없을 테니까……. 그러니까……."

"드미트리, 제발, 그 이야기는 그만해." 나탈리야 이바노브나가 말했다. 하지만 네흘류도프는 자기 말에 그녀가 기뻐하는 것을 보았다.

더 앞쪽으로 일등칸 앞에는 몇몇 사람들이 코르차기나 공작 영애가 들어간 객차를 여전히 쳐다보며 서 있었다. 다른 사람들은 이미 자리에 앉았다. 늦게 온 승객들은 플랫폼 판자를 쿵쿵 울리며 걸음을 서둘렀다. 차장들이 객차의 문들을 요란하게 닫으면서 열차를 탄 사람들은 착석하고 배웅 나온 사람들은 하차해 줄 것을 요청했다.

네흘류도프는 햇볕에 달궈진 무덥고 악취 나는 객차 안으로 들어갔다가 곧 승강구 발판으로 나오고 말았다.

유행하는 모자를 쓰고 케이프를 걸친 나탈리야 이바노브나가 아그라페나 페트로브나와 나란히 객차 앞에 서 있었다. 화제를 찾으려 했지만 찾지 못한 듯했다. 심지어 "편지해."라고도 말하지 못했다. 그녀는 이미 오래전부터 작별하는 사람들이 습관적으로 말하는 이 문구를 동생과 함께 조롱했기 때문이다. 돈 문제와 유산에 대한 그 짧은 대화는 그들 사이에 생겼던 남매의 다정한 관계를 깨뜨리고 말았다. 그들은 이제 서로에게 서먹함을 느꼈다. 그래서 기차가 움직였을 때 나탈리야 이바노브나는 기뻐했고, 서글프고 다정한 얼굴로 고개를 끄덕이며 겨우 "안녕, 그럼 잘 가, 드미트리!"라고 말할 수 있었다. 하지만 객차가 출발하자마자 그녀는 남편에게 동생과 나눈 대화를 어떻게 전할지 생각에 잠겼다. 그녀의 얼굴이 진지하고 걱정스러운 빛을 띠었다.

네홀류도프도 누나에게 이루 말할 수 없이 다정한 감정 외에 어떤 감정도 품지 않았고 그녀에게 아무것도 숨기지 않았지만 이제 함께 있는 것이 괴롭고 어색해서 한시바삐 벗어나고 싶었다. 한때 그토록 가까웠던 나타샤는 더 이상 존재하지 않고 자신에게 낯설고 불쾌한 검은 머리 남편의 노예만 남은 느낌이었다. 그는 그것을 분명히 깨달았다. 자기가 그 남편이 특히 관심 있어 하는 일, 즉 농민들에게 토지를 양도하는 문제와 상속에 대한 이야기를 꺼냈을 때에야 그녀의 얼굴이 특별한 생기로 환하게 밝아졌기 때문이다. 그리고 그것이 그를 슬프게 했다.

40

온종일 햇볕에 달궈진 데다 사람들로 꽉 찬 커다란 삼등칸 내부가 숨이 막히게 더워서 네흘류도프는 객차 안으로 들어가지 않고 승강구 발판에 남았다. 하지만 이곳에서도 도무지 숨을 쉴 수 없었다. 객차들이 건물들로부터 벗어나고 틈새 바람이 불었을 때에야 네흘류도프는 가슴 가득 숨을 들이마셨다. '그래, 살해됐어.' 그는 누나에게 한 말을 속으로 되풀이했다. 그러자 그의 상상 속에서 오늘 받은 모든 인상들 가운데 입술에 미소가 어리고 이마가 엄중한 표정을 띠고 삭발한 파르스름한 머리에 작고 단단한 귀가 달린 두 번째 죽은 죄수의 아름다운 얼굴이 유난히 생생하게 떠올랐다. '그리고 가장 끔찍한 것은 그 남자가 살해됐는데 누가 그를 죽였는지 아무도 모른다는 점이야. 하지만 그는 살해됐어. 다른 모든 죄수처럼 마슬렌니코프의 명령으로 감옥에서 끌려 나왔지. 마슬렌니코프는 아마 평소에 내리던 명령을 내리고, 표제가 인쇄된 서류에 멍청해 보이는 장식체를 휘갈겨 서명을 했을 거야. 물론 자신에게 잘못이 있다고는 전혀 생각하지 않겠지. 하물며 죄수들을 진찰한 의사가 자기에게 잘못이 있다고 생각할 리 없어. 그는 의무를 정확하게 실행하고, 약한 죄수들을 따로 분류했어. 이런 끔찍한 더위도, 죄수들이 이렇게 늦게, 그것도 이렇게 많이 출발하리라는 것도 전혀 예상하지 못했겠지. 소장은? 하지만 소장은 모월 모일에 몇 명의 징역수, 유형수, 남자 죄수, 여자 죄수를 보내라는 명령을 실행했을 뿐이야. 호송대 장교의 잘못이라고도 할 수 없어. 어느 곳에서 몇 명의 죄수를 받아서 어느 곳에 똑같은 수의 죄수를 넘기는 게 그의 임무야. 그는 평소대로, 정해진 대로 죄수 무리를 끌고 갔지. 그둘 — 네흘류도프가 본 — 처럼 강한 사람들이 견디지 못하고 죽어 버리리라고는 예상하지 못했어. 어느 누구의 잘못도 아니야. 하지만 사람들이 살해됐어. 그것도 그 죽음에 아무 책임도 없는 이들에게 살해됐어.'

'이 모든 게 일어난 이유는…….' 네흘류도프는 생각했다. '이 모든 사람들, 다시 말해 현지사, 소장, 파출소장, 순경 같은 사람들이 인간을 인간적으로 대하지 않아도 되는 상황이 세상에 존재한다고 생각했기 때문이야. 이 모든 사람들, 그러니까 마슬렌니코프, 소장, 호송대 장교 모두 만약 현지사나 소장이나 장교가 아니었다면 사람들을 이런 폭염에 이렇게 무더기로 내보내도 될지에 대해 스무 번쯤 생각했을 텐데. 도중에 스무 번쯤 쉬어 가면서 쇠약하거나 숨을 헐떡이는 사람을 발견하면 무리에서 빼내 그늘로 데려가 물을 주고 쉬게 해 주었을 텐데. 그리고 불행한 일이 벌어졌을 때 동정을 표했을 텐데. 그들은 그러지 않았고, 심지어 다른 사람이 그러려는 것을 방해하기까지 했어. 그저 그들이 눈앞에서 보고 있던 게 인간이나 그들에 대한 자신의 의무가 아니라 직무와 그것의 규범이었고, 그 규범을 인간관계보다 우선시했기 때문이지. 모든 문제는 이 점에 있어.' 네흘류도프는 생각했다. '단 한 시간이라도, 어떤 예외적인 경우에라도 무엇이든 인간애보다 더 중요하다고 인정하게 되면 우리는 아무런 죄의식 없이 인간들에게 어떤 범죄든 저지를 수 있어.'

네흘류도프는 너무 깊이 생각에 잠겨 날씨의 변화를 알아차리지 못했다. 해는 앞쪽에 낮게 깔린 조각구름 뒤로 숨었고, 서쪽 지평선에서 연회색의 촘촘한 비구름이 밀려왔다. 저 멀리 어딘가에서 이미 그 구름은 비스듬한 거센 빗줄기를 뿌리며 들판과 숲을 적시고 있었다. 구름에서 비를 머금은 축축한 바람이 불어왔다. 이따금 번개가 구름을 찢어 놓았고, 천둥소리가 점점 더 빈번히 열차의 덜컹거리는 소리와 뒤섞였다. 비구름은 점점 더 가까워지고, 바람이 몰고 온 비스듬한 빗방울이 승강구 발판과 네흘류도프의 코트를 얼룩지게 했다. 그는 반대편으로 자리를 옮겨 싱그럽고 촉촉한 공기와 오랫동안 비를 기다린 대지의 곡물 냄새를 들이마시면서 옆으로 빠르게 스쳐 지나가는 정원, 숲, 노란 호밀밭, 아직 초록빛을 띤 귀리밭, 꽃을 피운 짙푸른 감자밭의 검은 고랑을 바라보았다. 모든 것이 광택제를 칠한 것처럼 보였다. 초록은 더 진한 초록이, 노랑은 더 진한 노랑이, 검정은 더 진한 검정이 됐다.

"더, 더!" 네흘류도프는 은혜로운 비를 맞고 생기를 되찾아 가는 밭과 과수원과 채소밭에 기뻐하며 말했다.

세찬 빗줄기는 오래 계속되지 않았다. 구름의 일부는 비가 되어 떨어졌고, 일부는 빠르게 흘러갔다. 마지막으로 자디잔 빗방울이 수직으로 떨어지고 있었다. 해가 다시 고개를 내밀었고, 모든 것이 반짝이기 시작했다. 동쪽 지평선 위에 보라색이 두드러진 선명한 무지개가 한쪽 끝이 끊어진 채 야트막하게 걸렸다.

'참, 내가 무슨 생각을 하고 있었더라?' 자연의 이 모든 변화가 끝나고 기차가 언덕 가운데를 깎아 만들어 양쪽 경사면이 높은 철로에 다다랐을 때 네흘류도프는 스스로에게 물었다. '맞아, 그 사람들을 생각하고 있었지. 소장과 호송병들같이 공직에서 일하는 그 모든 사람들이 대부분 온화하고 선량하면서도 악하게 변한 것은 단지 그들이 직무를 수행하고 있기 때문이야.'

그는 감옥에서 벌어지는 일을 이야기했을 때 마슬렌니코프가 보인 무심함을 떠올렸다. 짐마차의 자리를 내주지 않고 기차에서 산기로 괴로워하는 여자에게 주의를 돌리지 않던 호송병 장교의 잔혹함을 떠올렸다. '그 모든 사람들이 가장 소박한 연민의 감정조차 스며들지 않을 만큼 둔감했던 것은 단지 그들이 직무를 수행하고 있었기 때문이야. 직무를 수행하는 이들이었기 때문에 인간애가 스며들지 않았던 거지. 포장된 땅에 비가 스며들지 못하는 것처럼 말이야.' 네흘류도프는 철도 양옆의 형형색색의 돌들을 붙인 경사면을 보며 생각했다. 경사면에 떨어진 빗물은 땅에 스며들지 않고 실개울을 이루며 흘렀다.

'아마 경사면에 돌을 붙여야 했겠지. 하지만 초목이 없는 이런 땅을 보는 것은 슬퍼. 저 경사면 위쪽에 보이는 것처럼 곡물과 풀과 덤불과 나무가 자랐을지도 모를 땅인데. 인간들도 똑같아.' 네흘류도프는 생각했다. '아마 그런 현지사와 소장과 순경이 필요하겠지. 하지만 인간의 근본적인 본질인 서로에 대한 사랑과 연민을 잃은 인간들을 보는 것은 끔찍해.'

'문제는 바로 이거야.' 네흘류도프는 생각했다. '그 사람들이 법이 아닌 것을 법으로 받아들이고, 하느님이 인간들의 마음속에 직접 기록한 절박하고 영원불변한 법을 법으로 인정하지 않는 거지. 그 때문에 난 그 사람들과 함께 있는 게 너무 괴로워.' 네흘류도프는 생각했다. '난 그냥 그들이 두려워. 그리고 실제로 그 사람들은 무시무시해. 강도보다 더 무서워. 어쨌든 강도는 연민을 느낄 수도 있어. 하지만 이 사람들은 연민을 느끼지 못해. 마치 이 돌들이 식물을 받아들이지 않듯 그들도 연민이라는 재난을 당하지 않도록 보험을 들어 두었지. 그들이 끔찍한 것은 바로 이런 이유야. 푸가쵸프[36]와 라진[37]을 끔

---

36) 예멜랸 이바노비치 푸가쵸프(Emelyan Ivanovich Pugachyov, 1740~1775). 돈 코사크 지역 소지주의 아들로 태어난 그는 튀르크 전쟁에 코사크 부대의 일원으로 참전했으며, 1773년 러시아 정교회의 신자가 됐다. 한편 표트르 대제에 이어 예카체리나 대제까지 귀족들의 환심을 사려는 목적으로 농노제를 강화하자 전국적으로 농민 폭동이 끊임없이 발발했다. 이러한 시대를 배경으로 푸가쵸프는 1773년 예카체리나 대제 치세 중에 표트르 3세를 참칭하여 농민 반란을 일으키고 볼가강 유역과 우랄 지역 대부분을 차지하며 세력을 넓혀 갔다. 그러나 그의 군대는 1774년 미헬손 장군에게 격파당했고, 그는 이듬해에 처형됐다.

찍한 인간들이라고들 하지. 그 사람들이 천 배는 더 끔찍해.'
그는 계속 생각했다. '가령 이런 심리학적 과제가 주어졌다고
하자. 우리 시대의 사람들, 즉 그리스도교를 믿는 착하고 인정
많은 사람들이 죄의식 없이 끔찍하기 이를 데 없는 악행을 저
지르도록 하려면 어떻게 할 것인가. 해결책은 하나밖에 없어.
다름 아니라 현재 존재하는 방식 그대로 하면 돼. 이 사람들이
현지사, 소장, 장교, 경찰관이어야 하지. 다시 말해 우선 이들
이 이른바 공무라고 하는, 인간을 인간적인 형제애로 대하지
않고 사물처럼 대해도 되는 그런 직무가 있다고 확신하게 해
야 해. 두 번째, 이들이 타인들을 향한 행위의 결과에 대해 어
느 누구도 개별적으로 책임을 지지 않도록 다름 아닌 공무를
통해 단단히 결속하게 해야 해. 이런 조건들이 갖추어지지 않
는다면 우리 시대에 내가 오늘 본 것 같은 끔찍한 일을 완수할
가능성은 없어. 모든 문제는 사람들이 인간을 사랑 없이 대해
도 되는 상황이 존재한다고 생각하는 점에 있지. 하지만 그런
상황은 없어. 사물은 사랑 없이 대해도 돼. 나무를 베고, 벽돌
을 만들고, 쇠를 담금질하는 것은 사랑 없이도 돼. 그런데 사
랑 없이 사람을 대해서는 안 되지. 조심성 없이 꿀벌을 대하면

---

37) 스테판 티모페예비치 라진(Stepan Timofeyevich Razin, 1630~1671).
'스텐카 라진'이라는 이름으로 더 널리 알려져 있다. 농노제가 강화되면서 코
사크 집단으로 도망쳐 나오는 폴란드와 러시아의 빈농이 급증하던 시기에
돈강 유역 코사크 집단의 수장이던 라진은 코사크 무리와 빈농들이 뭉친 농
민군을 이끌고 대상인, 정부, 페르시아 등의 물자를 탈취하며 볼가강 유역으
로 세력을 넓히다가 러시아 정부군에 체포되어 극형을 당했다. 러시아 민요
인「스텐카 라진」은 이 인물을 농민들의 영웅으로 칭송한 곡이다.

안 되는 것과 마찬가지야. 꿀벌의 성질이 그래. 만약 조심성 없이 꿀벌을 대하면 꿀벌도, 그것을 다루는 사람도 해를 입겠지. 사람한테도 똑같아. 그렇게 되지 않을 수 없어. 인간들 사이에 오가는 사랑이 인간 생활의 근본적인 법이기 때문이지. 사실 일은 억지로 해도 사랑은 억지로 할 수 없어. 그렇다고 해서 사랑 없이 인간을 대해도 되는 것은 아니야. 특히 그들에게 무언가를 요구하는 경우에는 더욱 그래. 인간에게 사랑을 느끼지 못하면 차라리 얌전히 있어.' 네흘류도프는 자신을 향해 속으로 중얼거렸다. '그냥 자신에게, 물건에, 무엇이든 네가 원하는 것에 몰두하고 인간에게는 신경 쓰지 마. 해를 입지 않고 이롭게 먹을 수 있는 경우는 배가 고플 때뿐이야. 마찬가지로 해를 끼치지 않고 유익을 주면서 인간을 대할 수 있는 경우는 인간을 사랑할 때뿐이지. 어제 매형을 대할 때처럼 사랑 없이 인간을 대해 봐. 그러면 오늘 내가 목격했듯이 타인에 대한 잔인함과 야만적 행위에 한계가 사라져. 그리고 나의 전 생애가 입증하듯 스스로에게 입힐 고통에도 한계가 없어지지. 그래, 그래, 그런 거야.' 네흘류도프는 생각했다. '그걸로 된 거야, 됐어!' 괴로운 폭염 뒤 찾아온 시원함과 오래전부터 자신을 사로잡은 의문에 더할 나위 없이 분명한 깨달음을 얻었다는 자각으로 그는 곱절의 쾌감을 느끼며 마음속으로 똑같은 말을 되풀이했다.

41

　네홀류도프의 좌석이 있는 객차는 절반가량이 승객으로
차 있었다. 하인, 장인, 공장 노동자, 푸주한, 유대인, 점원, 여
자, 노동자의 아내 들이 있었으며, 군인 한 명과 귀부인 두
명 — 젊은 여자와 맨살이 드러난 팔에 팔찌를 찬 나이 든 여
자였다 — 과 모표가 달린 검은 제모를 쓴 엄한 표정의 신사
한 명이 있었다. 다들 자리를 잡고 이미 평정을 찾아 조용히
앉아 있었다. 어떤 사람은 해바라기 씨를 깨물어 먹었고, 어떤
사람은 담배를 피웠으며, 어떤 사람은 주위 사람과 활기찬 대
화를 나누었다.
　타라스는 통로 오른편에 행복한 표정으로 앉아 네홀류도프
의 자리를 지키면서 맞은편에 모직 반코트의 단추를 풀고 앉
은 기골이 건장한 남자와 활기차게 이야기를 나누고 있었다.
네홀류도프가 나중에 알게 된 바로는 새 일자리로 가는 정원

260

사였다. 타라스에게 미처 이르기 전에 네흘류도프는 하얀 턱수염을 기르고 난징 무명으로 지은 반코트를 입은 점잖은 풍모의 노인 옆에서 걸음을 멈추었다. 노인은 시골풍의 옷을 입은 젊은 여자와 이야기를 나누고 있었다. 여자 옆에는 하얗다시피 한 머리를 땋아 내리고 새 사라판38)을 입은 일곱 살짜리 여자아이가 쉴 새 없이 해바라기 씨를 깨물어 먹으면서 두 다리를 바닥 위 꽤 높은 허공에 흔들흔들하며 앉아 있었다. 네흘류도프를 돌아본 노인은 혼자 앉았던 광택이 도는 좌석에서 자신의 반코트 자락을 추어올리며 다정하게 말했다.

"앉으시죠."

네흘류도프는 감사 인사를 하고 노인이 가리킨 자리에 앉았다. 네흘류도프가 자리에 앉자마자 여자는 중단된 이야기를 계속 이어 나갔다. 그녀는 도시에 있는 남편이 자기를 어떻게 맞아 주었는지 이야기했다. 지금 남편을 만나고 자기 마을로 돌아가는 길이었다.

"사순절에 다녀갔는데 이렇게 하느님의 도움으로 또 머물다 가네요." 그녀가 말했다. "하느님이 허락하신다면 크리스마스에 다시 올 거예요."

"잘하셨소." 노인이 네흘류도프를 돌아보며 말했다. "만나러 와야지. 그러지 않으면 젊은 남자는 도시에서 지내는 동안 나쁜 길에 빠지기 쉽다오."

"아니에요, 할아버지, 그이는 그런 사람이 아니에요. 그런

---

38) 소매가 없고 어깨끈이 달린 원피스 형태의 여성용 민속 의상.

어리석은 짓을 할 작자는 아니라고요. 그이는 곱상한 아가씨 같다니까요. 자기가 번 돈을 한 푼도 남기지 않고 다 집으로 부친답니다. 그리고 딸아이를 얼마나 좋아한다고요. 그이가 딸을 보고 어찌나 기뻐하던지 도저히 말로 표현을 못 하겠네요." 여자가 빙그레 웃으며 말했다.

해바라기 씨앗의 껍질을 뱉으며 어머니의 말에 귀를 기울이던 여자아이가 그 말을 확인해 주기라도 하듯 차분하고 총명해 보이는 눈으로 노인과 네흘류도프의 눈을 쳐다보았다.

"똑똑한 남편이구려. 그렇다면야 그보다 좋을 순 없지요." 노인이 말했다. "그런데 저런 것에 빠져 있진 않소?" 그가 통로 건너편에 앉은 공장 노동자들인 듯한 부부를 눈짓으로 가리키며 덧붙였다.

공장 노동자인 남편은 고개를 젖힌 채 입에 보드카 병을 대고 술을 들이켜는 중이었고, 아내는 술병을 넣었던 자루를 손에 쥔 채 남편을 뚫어지게 쳐다보고 있었다.

"아뇨, 우리 그이는 술도 마시지 않고 담배도 피우지 않아요." 노인의 말상대를 하던 여자는 또 한 번 남편을 칭찬할 기회를 놓치지 않고 말했다. "할아버지, 대지는 그런 사람들을 좀처럼 낳지 않아요." 그녀는 네흘류도프에게도 눈길을 주며 말했다. "그이는 그런 사람이에요."

"그보다 더 좋은 게 달리 또 있겠소?" 노인이 술을 마시는 공장 노동자를 쳐다보면서 똑같은 말을 되풀이했다.

병을 입에 대고 술을 마시던 노동자가 술병을 아내에게 건넸다. 아내는 술병을 잡더니 싱글싱글 웃음 띤 얼굴로 고개를 젖히고는 역시 술병을 입에 갖다 댔다. 네흘류도프와 노인의 시선을 알아챈 노동자가 두 사람을 돌아보았다.

"뭡니까, 나리? 우리가 술을 마시는 게 어때서요? 일할 때는 아무도 쳐다보지 않는데 이렇게 술을 마시면 다들 쳐다본다니까. 내가 번 돈으로 마시고 아내에게도 권하는 겁니다. 그냥 그뿐이라고요."

"네, 네." 네흘류도프는 뭐라고 대답해야 할지 몰라 이렇게 말했다.

"제 말이 맞지 않습니까, 나리? 제 아내는 심지가 강한 여자입니다! 전 아내에게 만족합니다. 아내는 절 불쌍히 여길 줄 아는 사람이거든요. 그렇지, 마브라?"

"자, 가져가. 난 더 이상 안 마실 테니." 아내가 술병을 건네며 말했다. "그리고 쓸데없이 무슨 말을 그렇게 지껄여?" 그녀가 덧붙였다.

"이렇다니까요." 노동자가 계속 말했다. "아주 좋은 여자인데 때로는 기름칠하지 않은 첼레가처럼 삐걱거리죠. 마브라, 그렇지?"

마브라는 소리 내어 웃더니 취기가 오른 몸짓으로 손을 내저었다.

"참나, 또 주절거리네."

"이렇다니까요, 좋은 여자죠, 좋은 여자. 뭐, 잠시 동안이긴 하지만. 이러다가 울화통이 터지면 무슨 짓을 저지를지 몰라요……. 정말 그렇답니다. 죄송해요, 나리. 제가 취해 버렸네요, 뭐, 이제 와서 어쩌겠습니까……." 노동자는 이렇게 말하고 히죽거리는 아내의 무릎을 베며 슬슬 잘 준비를 했다.

네흘류도프는 잠시 노인과 함께 앉아 있었다. 노인은 네흘류도프에게 자기 이야기를 했다. 그는 오십삼 년 동안 숫자를 기억 못 할 만큼 많은 페치카를 만들었다고, 이제는 좀 편히 쉬려고 하는데 여전히 시간이 나지 않는다고 했다. 그는 도시에 가서 자식들에게 일자리를 알아봐 주고 이제 집안사람들을 만나러 시골로 가는 중이었다. 노인의 이야기를 다 듣고 난 후 네흘류도프는 자리에서 일어나 타라스가 그를 위해 맡아 둔 자리로 향했다.

"괜찮습니다, 나리, 앉으세요. 우리가 이쪽으로 자루를 옮기겠습니다." 타라스 맞은편에 앉은 정원사가 네흘류도프의 얼굴을 올려다보며 다정하게 말했다.

"좁기는 하지만 괜찮습니다." 웃음을 띤 타라스가 노래하는 듯 낭랑한 목소리로 말하고는 강인한 두 팔로 자신의 2푸드짜리 자루를 깃털인 양 가뿐히 들어 창가로 옮겼다. "자리는 많습니다. 그렇지 않다 해도 잠시 섰거나 좌석 밑에 들어가 있으면 돼요. 아주 편안합니다. 서로 싸울 필요가 없다니까요!" 그가 말했다. 그 얼굴이 선량함과 다정함으로 환히 빛났다.

타라스는 자신에 대해 술을 마시지 않으면 말을 못 하는데 술을 마시면 적절한 말을 찾아낼 뿐 아니라 무슨 말이든 다 하게 된다고 말하곤 했다. 그리고 실제로 술에 취하지 않으면 대체로 과묵했다. 특별한 경우에만 드물게 있는 일이긴 해도 술을 마시면 흥을 주체하지 못하고 수다스러워졌다. 그럴 때면 많은 말을, 그것도 소탈함과 진실함, 무엇보다 다정함 — 선한 하늘색 눈동자에서, 입술을 떠나지 않는 친절한 미소에서 환하게 빛나는 ── 이 담뿍 담긴 멋진 말을 쏟아 냈다.

오늘 그는 그런 상태였다. 그의 이야기는 네흘류도프가 다가오는 바람에 잠시 중단됐다. 하지만 자루를 정돈하고 나자 다시 조금 전의 자세로 앉아 노동으로 단련된 강인한 두 손을 무릎 위에 얹고 정원사의 눈을 똑바로 쳐다보면서 이야기를 계속했다. 그는 새로 알게 된 사람에게 아내가 무엇 때문에 유형을 떠나게 됐는지, 자신이 왜 그녀를 따라 시베리아로 가는지 등등 아내의 사연을 속속들이 자세하게 들려주었다.

네흘류도프는 한 번도 그 이야기를 자세히 들은 적이 없어서 흥미를 느끼며 귀를 기울였다. 그가 왔을 때 타라스의 이야기는 독살이 이미 시도되고 가족들이 페도시야의 짓임을 알아차린 시점까지 진행된 후였다.

"제 괴로움을 털어놓는 중입니다." 타라스가 진심 어린 다정한 표정으로 네흘류도프를 돌아보며 말했다. "아주 인정 많은 사람을 만나 이야기에 몰두하다 보니 이런 것까지 전부 말하게 되네요."

"네, 그렇군요." 네흘류도프가 말했다.

"그래서 말이야, 친구, 이렇게 해서 사건이 밝혀진 거야. 어머니가 그 과자를 들고 말했지. '순경에게 가겠어.' 아버지는 분별 있는 노인이야. '기다려, 할멈. 며늘아기는 완전히 어린애야. 자기가 무슨 짓을 하는지 몰랐던 거야. 가엾게 여겨 줘야지. 그 애도 아마 정신을 차릴 거야.' 하지만 어머니는 어떤 말도 받아들이려 하지 않았어. 어머니는 말했지. '우리가 그

애를 이곳에 두면 우리를 바퀴벌레처럼 없애 버릴걸.' 친구, 어머니는 순경을 찾아갔어. 순경은 당황해서 당장 우리 집을 찾아왔고…… 곧 증인들을 소집했지."

"음, 그래서 넌 어떻게 했어?" 정원사가 물었다.

"난 말이야, 친구, 배가 아파서 데굴데굴 구르며 토하고 있었지. 속이 완전히 뒤집어져 아무 말도 할 수 없었어. 아버지는 당장 첼레가에 말을 매고 페도시야를 태워서는 경찰에게 갔다가 예심 판사에게로 갔지. 그런데 친구, 페도시야는 처음부터 모든 것을 자백했듯이 예심 판사에게도 모든 사실을 차례차례 밝혔어. 어디에서 비소를 구했는지도, 어떻게 과자를 구웠는지도. '왜 그랬습니까?' 예심 판사가 물었어. '그 사람이 싫으니까요. 그 남자와 함께 사느니 시베리아로 가는 편이 나아요.' 그녀가 말했어. 그러니까 나와 함께 살기 싫다고 한 거야." 타라스가 빙그레 웃으며 말했다. "페도시야는 자신이 지은 모든 죄를 인정했어. 당연히 감옥에 갇혔지. 아버지는 혼자 돌아오셨어. 그런데 마침 농번기가 다가온 거야. 우리 집에 여자라고는 어머니뿐인데 그나마도 이제 몸이 성치 않으셨지. 우리는 어떻게 할지, 보석금을 내고 페도시야를 감옥에서 빼낼 수는 없을지 생각했어. 아버지는 어느 책임자에게 찾아갔지만 성공하지 못했고 다른 책임자를 만나러 갔지. 아버지는 다섯 명의 책임자를 돌아가면서 만났어. 분주하게 알아보러 다니는 것을 완전히 그만두려고 하는데 그때 한 하급 관리를 우연히 만났어. 보기 드물게 수완이 아주 좋은 사람이더군. '5 루블을 주면 빼내 주지.' 그 사람이 그렇게 말했어. 우리는 3루블로 합의를 봤지. 어쩌겠어, 친구, 난 페도시야가 손수 짠 아마포를 전당포에 담보로 맡겨 돈을 지불했어. 그 사람이 이 서류를 작성해 주자마자 일이 순식간에 해결되더군." 타라스는 사격에 대한 이야기라도 하는 양 이야기를 질질 끌었다. "그때는 나도 이미 회복해서 직접 페도시야를 데리러 갔지. 친구, 난 도시에 도착했어. 당장 암말을 안마당에 세워 두고 서류를 쥐고는 감옥으로 갔어. '무슨 일이야?' 난 이리이리돼서 내 아내가 이곳에 갇혔다고 말했지. '서류는 있나?' 당장 서류를 건넸어. 그가 보더군. '잠깐 기다려.' 하고 말했지. 난 그곳의 긴 의자에 앉았어. 어느새 정오를 지나 해가 서쪽으로 기울었더군. 책임자가 나왔어. '자네가 바르구쇼프인가?' '그렇습니다.' '자, 데려가.' 곧 문이 열렸어. 자기 옷을 제대로 입은 페도시야가 밖으로 이끌려 나왔지. '자, 갈까.' '당신, 걸어서 왔어?' '아니, 말을 타고 왔지.' 나는 안마당으로 가서 말을 맡긴 값을 치르고는 암말을 첼레가에 매고 남은 건초를 아마포 자루에 쑤셔 넣었지. 페도시야가 숄로 몸을 감싸고 그 위에 앉았어. 우리는 출발했어. 페도시야도 말이 없고 나도 묵묵히 있었지. 집에 거의 다 왔을 때에야 페도시야가 입을 열었어. '어때? 어머님은 살아 계셔?' 내가 말했지. '살아 계셔.' '아버님도 살아 계셔?' '살아 계셔.' '날, 내 어리석음을 용서해 줘, 타라스. 나 자신이 무슨 짓을 하는지 스스로도 몰랐어.' 그래서 내가 말했지. '그 일에 대해서는 얘기하지 말자. 난 오래전에 용서했어.' 페도시야는 더 이상 아무 말도 하지 않았어. 우리는 집에 도착했고, 그녀는 곧바로 어머니 발치에 엎드렸지. 어머니가 말했어. '하느님께서 용서하실 거다.' 아버지는 인사를 하며 말했어. '지난 일을 기억해서 뭣 하겠냐. 어떻게든 착실하게 살아라. 이제는 그런 일에 연연할 때가 아니다. 밭의 곡물을 거둬들여야 해. 써레질한 밭 너머 거름을 준 땅[39]에 하느님의 도움으로 호밀이 어찌나 풍작을 이루었는지 낫이 들어가지 않을 만큼 뒤엉켜 이부자리마냥 철퍼덕 드러누워 버렸구나. 수확을 해야 해. 내일 타라스와 함께 가서 호밀을 거둬라.' 친구, 그때부터 페도시야는 일에 매달렸어. 모두가 놀랄 만큼 아주 열심히 일했지. 그때 우리 가족이 빌린 땅이 3제샤치나였는데 하느님의 도움으로 호밀이며 귀리며 보기 드문 풍작을 이루었어. 난 낫으로 베고, 페도시야는 단을 묶었어. 때로는 둘 다 낫질을 했고. 난 일에 능숙해서 실수를 하지 않는데 페도시야는 무슨 일을 하든 훨씬 더 능숙하더군. 아내는 민첩한 데다 젊고 생기가 넘쳤어. 게다가 친구, 페도시야가 어찌나 일에 욕심을 부리는지 내가 일을 줄여야 할 정도였다니까. 집에 돌아오면 손가락이 퉁퉁 붓고 팔이 욱신욱신했어. 쉬어야 하는데 페도시야는 저녁도 먹지 않고 헛간으로 달려가 다음 날 쓸 새끼줄을 준비하는 거야. 무슨 일이 일어난 건지!"

"어때, 너한테도 사근사근해지든?" 정원사가 물었다.

"말도 마. 우리의 영혼이 하나라도 되는 양 나한테 찰싹 달라붙어서 말이야. 내가 무슨 생각을 하든 페도시야는 이해했

---

39) 원서에는 땅의 면적을 나타내는 os′minnik라는 표현이 쓰였다. 약 0.25헥타르, 즉 약 2500제곱미터에 해당하는 면적이다.

어. 어머니도 비록 화가 나 있긴 했지만 '누가 우리 페도시야를 바꿔치기한 것 같구나. 완전히 다른 여자가 됐어.'라고 말할 정도였지. 한번은 둘이서 단을 묶으러 가는데 마차 앞쪽에 페도시야와 함께 앉았어. 내가 물었지. '페도시야, 어떻게 그런 일을 생각해 냈어?' '어떻게 생각해 냈냐고? 당신과 함께 살고 싶지 않았거든. 차라리 죽어서 없어지는 게 낫겠다고 생각했어.' '그럼 지금은?' 내가 물었지. '지금 당신은 내 마음속에 있어.'" 타라스는 말을 멈추고 기쁜 미소를 지으며 놀랍다는 듯 고개를 흔들었다. "밭에서 돌아오자마자 난 마를 물에 적시러 나갔어. 집으로 돌아오니……." 그는 잠시 침묵하다가 계속 말을 이었다. "이럴 수가, 소환장이 날아온 거야. 재판에 참석하라는 소환장 말이야. 우리는 무슨 일로 재판을 하는지조차 잊고 있었어."

"악마가 부추긴 게 틀림없어." 정원사가 말했다. "도대체 어떤 인간이 다른 사람의 영혼을 파멸시킬 생각을 할 수 있겠어? 그러고 보니 우리 마을에 어떤 남자가……." 정원사가 이야기를 시작하려는데 기차가 서서히 멈췄다.

"역인가 보네." 그가 말했다. "한잔하러 가야지."

대화는 중단됐고, 네흘류도프는 정원사를 따라 객차에서 축축하게 젖은 플랫폼으로 나왔다.

42

미처 객차를 나오기 전 네흘류도프는 역내에서 방울을 딸 랑거리는 살진 말 세 마리 혹은 네 마리가 매인 화려한 승용 마차 몇 대를 발견했다. 비에 젖어 거무스름해진 축축한 플랫 폼으로 나오던 그는 일등칸 앞에 사람들이 모여 있는 것을 보았다. 그중에 비싼 깃털이 달린 모자를 쓰고 레인코트를 입은 키 크고 뚱뚱한 귀부인과 사이클링 슈트[40] 차림으로 비싼 개 목걸이를 찬 거대하고 뚱뚱한 개를 데리고 있는 키가 껑충하고 다리가 가는 젊은이가 눈에 확 띄었다. 그들 뒤에 망토며 양산을 든 하인들과 마중을 나온 마부가 서 있었다. 뚱뚱한 마 님부터 한 손으로 긴 카프탄 자락을 붙잡고 있는 마부에 이르

---

40) 19세기 후반에 자전거를 탈 때 입은 의상을 가리킨다. 남자는 재킷에 무릎길이의 딱 붙는 바지를, 여자는 남성용 재킷을 본뜬 재킷과 무릎까지 오는 스커트에 세일러 해트를 착용했다.

기까지 무리를 지은 이 모든 사람들에게는 평온한 자신감과 풍요로움의 흔적이 있었다. 그 주위에 호기심 많고 재물 앞에 비굴한 사람들, 다시 말해 붉은 제모를 쓴 역장, 헌병, 여름에 기차가 머물 때면 늘 있기 마련인 구슬 달린 러시아 의상을 입은 야윈 아가씨, 전신 기사, 남녀 승객들이 재빨리 모여들었다.

네흘류도프는 개를 데리고 있는 젊은 남자가 김나지움 학생인 코르차긴가의 아들임을 알아보았다. 뚱뚱한 귀부인은 공작 부인의 자매였다. 코르차긴가는 이 귀부인의 영지로 거처를 옮기는 중이었다. 반짝이는 금몰과 부츠를 갖춰 입은 수석 차장이 객차 문을 열고는 경의의 표시로 문을 붙잡고 있었다. 한편 필립과 하얀 앞치마를 맨 짐꾼이 접이식 안락의자에 긴 얼굴의 공작 부인을 태우고 조심스럽게 이동했다. 자매들이 인사를 나누었고, 공작 부인이 카레타를 타느냐 콜랴스카를 타느냐를 두고서 프랑스어 문장들이 오가기 시작했다. 마침내 행렬이 역의 출구 쪽으로 움직였고, 곱슬머리인 하녀가 양산과 상자를 들고 행렬 끝에서 따라갔다.

그들과 맞닥뜨려 다시 작별 인사를 나누고 싶지 않았던 네흘류도프는 역 출구에 이르기 전에 걸음을 멈추고 행렬이 전부 지나가기를 기다렸다. 공작 부인, 아들, 미시, 의사, 하녀가 먼저 가고 노공작과 처형은 뒤쪽에 멈춰 서 있었다. 네흘류도프는 가까이 다가가지 않고 그저 프랑스 문구가 이따금 튀어나오는 그들의 대화를 듣고 있었다. 종종 있는 일이지만 공작의 입에서 나온 문장 하나가 억양과 목소리를 고스란히 간직한 채 네흘류도프의 기억 속에 남았다.

"오, 그는 진정한 상류 사회의 인간이야, 진정한 상류 사회의 인간." 공작이 공손한 차장들과 짐꾼들을 거느리고서 처형과 함께 역 출구를 지나가며 자신감에 찬 커다란 목소리로 누군가에 대해 말했다.

바로 그때 어디에서 왔는지 나무껍질 신발을 신고 반외투를 입고 등에 자루를 맨 노동자 무리가 역 모퉁이에서 플랫폼에 모습을 드러냈다. 노동자들은 결연하고도 부드러운 걸음으로 가장 가까운 객차에 다가가 올라타려고 했지만 차장이 즉시 쫓아냈다. 노동자들은 지체하지 않고 서로의 발을 밟으며 서둘러 다음 객차에 가서 안으로 들어가기 시작했다. 객차의 모퉁이와 문에 그들의 자루가 걸렸다. 그때 역 출구에서 다른 차장이 그 의도를 알아차리고 그들을 향해 엄하게 소리쳤다. 객차에 이미 올라탔던 노동자들이 다시 서둘러 나와 여전히 부드러운 걸음으로 네흘류도프의 좌석이 있는 다음 객차를 향해 좀 더 걸었다. 네흘류도프는 그들에게 자리가 있으니 타라고 말했다. 그들은 그의 말에 따랐고, 네흘류도프도 그들을 뒤따라 안으로 들어갔다. 노동자들이 저마다 자리를 잡고 앉는데 기장을 단 신사 한 명과 귀부인 두 명이 이 객차에 자리를 잡으려는 그들의 의도를 개인적 모욕으로 받아들여 단호히 항의하며 쫓아냈다. 노동자들은 스무 명 정도였다. 늙었든 새파랗게 젊었든 전부 햇볕에 그을린 기진맥진하고 초췌한 얼굴을 한 이들은 즉시 객차를 통과해 계속 앞으로 나아갔다. 자루들이 좌석과 벽과 문에 부대꼈다. 이들은 정말로 잘못했다고 느끼는지 기꺼이 세상 끝까지라도 갈 것처럼 보였고,

사람들이 앉으라고 하면 그곳이 어디든 설사 못 위에라도 앉을 것 같았다.

"어디로 몰려가는 거야, 악마 같은 놈들! 여기 앉아!" 노동자들 맞은편에서 다른 차장이 걸어오며 말했다.

"새로운 일이 또 있네요!" 두 귀부인 중 젊은 여성이 말했다. 그녀는 유창한 프랑스어로 네흘류도프의 관심을 자기 쪽으로 끌었다고 굳게 확신했다. 팔찌를 찬 귀부인은 계속 코를 쿵쿵거리며 인상을 썼고, 악취를 풍기는 농부들과 함께 앉는 즐거움에 대해 무언가 말했다.

노동자들은 큰 위험을 넘긴 사람들이 느낄 법한 기쁨과 안도를 맛보며 걸음을 멈추고는 어깨를 들썩여 묵직한 자루를 내던지거나 좌석 밑에 밀어 넣으며 자리를 잡기 시작했다.

타라스와 이야기를 나누기 위해 자리를 비웠던 정원사가 제자리로 돌아갔다. 그래서 타라스의 옆과 맞은편에 빈 자리가 세 개 생겼다. 그 자리에 노동자 세 명이 앉았다. 하지만 네흘류도프가 다가오자 신사 복장을 한 그의 풍모에 너무 당황한 나머지 벌떡 일어나 다른 곳으로 가려고 했다. 그러나 네흘류도프는 그들에게 그대로 있으라고 청하고는 자신은 통로 쪽 좌석의 팔걸이에 앉았다.

두 노동자 중 쉰 살가량인 한 명이 당혹감, 심지어 두려움이 어린 눈빛으로 젊은이와 서로 눈짓을 주고받았다. 네흘류도프가 신사들이 으레 그러듯 욕설을 퍼붓고 쫓아내는 대신 자리를 양보하는 바람에 그들은 몹시 놀라고 당황했다. 심지어 이 일로 무슨 안 좋은 일이 생기지 않을까 두려워하기까지 했

다. 그러나 여기에 어떤 계책도 없다는 것을 느끼고 또 네흘류
도프가 타라스와 소탈하게 이야기하는 모습도 보게 되자 그
들은 안심하며 젊은이를 자루 위에 앉히고 네흘류도프에게
자리에 앉도록 권했다. 처음에 네흘류도프의 맞은편에 앉은
중년 노동자는 신사를 건드리지 않기 위해 나무껍질 신발을
신은 두 발을 열심히 모으면서 완전히 몸을 움츠리고 있었다.
그러다 나중에는 네흘류도프와도 타라스와도 어찌나 다정하
게 이야기를 나누었던지 네흘류도프가 특별히 관심을 기울여
주었으면 하는 부분에서는 손등으로 네흘류도프의 무릎을 치
기까지 했다. 그는 자신들의 모든 처지와 습지에서 이탄을 캐
는 작업에 대해 이야기했다. 그는 거기서 두 달 반 동안 일했
고, 그곳에서 번 돈을 가지고 지금 형이 있는 집으로 돌아가는
중이었다. 그 돈이 겨우 10루블밖에 안 되는 이유는 고용될 때
임금의 일부를 선지급했기 때문이다. 그가 말한 바에 따르면
무릎까지 빠지는 물속에서 이루어지는 작업이 식사를 위한
두 시간의 휴식 시간을 포함해 아침부터 밤까지 계속됐다.

"그 일에 익숙하지 않은 사람들은 물론 힘들어하지요." 그
가 말했다. "그래도 익숙해지면 괜찮습니다. 식사가 괜찮기만
하다면 말이죠. 처음엔 식사가 나빴습니다. 하지만 나중에 사
람들이 화를 내자 좋아지지 시작했죠. 일하기도 쉬워졌고요."

또 그는 이십팔 년 동안 품팔이를 하러 다니면서 번 돈을 전
부 집으로 보냈다고 말했다. 처음에는 아버지에게, 그다음에
는 맏형에게 돈을 보내다가 지금은 집안을 책임지는 조카에
게 보낸다고 했다. 자신을 위해서는 한 해 동안 번 50루블 내

지 60루블가량 되는 돈 중에 기분 전환을 위한 담배와 성냥에만 2루블에서 3루블을 쓸 뿐이었다.

"나쁜 짓이긴 하지만 피곤할 때는 보드카를 조금 마시기도 합니다." 그는 죄책감이 엿보이는 미소를 지으며 덧붙였다.

그리고 여자들이 자기들 대신 어떻게 집안 살림을 꾸려 나가는지, 오늘 출발하기 전 도급업자가 자기들에게 어떻게 술 반 통을 대접했는지, 어쩌다 자기들 중 한 명이 죽었고 또 한 명은 병에 걸려 집으로 돌아가고 있는지도 말했다. 그가 말한 병자는 이 객차의 한구석에 앉아 있었다. 안색이 납빛처럼 창백하고 입술이 파르스름한 소년이었다. 소년은 열병에 시달려 완전히 쇠약해졌고 지금도 괴로운 듯했다. 네흘류도프가 그에게 다가갔다. 하지만 소년이 어찌나 매섭고 고통에 찬 눈길로 쳐다보는지 차마 이런저런 질문들로 소년을 괴롭힐 수 없어서 가장 나이 많은 사람을 향해 키니네를 사도록 권하고 종이에 약 이름을 써 주었다. 그는 돈을 주고 싶었지만 늙은 노동자가 그럴 필요 없다고, 자신이 돈을 내겠다고 말했다.

"음, 여기저기 꽤나 돌아다녔지만 이런 신사분은 본 적이 없어. 목덜미를 후려쳐 쫓아내기는커녕 자리까지 양보해 주시다니. 신사들도 각양각색인가 봐." 그는 타라스를 돌아보며 말했다.

'그래, 완전히 새로운 세계야. 아예 다른 새로운 세계.' 근육이 불거진 초췌한 팔다리, 집에서 지은 조잡한 옷가지, 다정한 빛을 띤 검게 탄 피로한 얼굴을 보면서, 또한 노동으로 이루어지는 참되고 인간다운 삶의 진지한 관심과 기쁨과 고통을 간

직한 새로운 사람들에게 에워싸인 것을 느끼면서 네흘류도프
는 생각에 잠겼다.

'그는 진정한 상류 사회의 인간이야.' 네흘류도프는 코르차
긴 공작이 뱉은 문장이며 사소하고 하찮은 관심사로 채워진
코르차긴가의 그 모든 나태하고 호화로운 세계를 떠올렸다.

그리고 그는 알려지지 않은 새롭고 아름다운 세계를 발견
한 여행자의 기쁨을 맛보았다.

3부

1

마슬로바가 속한 죄수 무리는 5000베르스타를 이동했다. 마슬로바는 페름까지 기차와 기선을 타고 형사범들과 함께 갔다. 네흘류도프는 그 도시에 가서야 겨우 마슬로바를 정치범 무리로 옮기기 위한 허가를 받아 냈다. 그들과 함께 이동하는 보고두홉스카야의 조언을 따른 것이었다.

페름까지 가는 동안 마슬로바는 육체적으로도 정신적으로도 몹시 힘들었다. 육체적으로는 협소함과 불결함과 잠시도 평온을 허락하지 않는 혐오스러운 이 때문이었다. 정신적으로는 그 못지않게 혐오스러운 남자들 때문이었다. 숙박소마다 바뀌긴 했지만 남자들은 이나 다를 바 없이 어디를 가나 똑같이 뻔뻔하고 끈질겼으며 평온을 허락하지 않았다. 여자 죄수와 남자 죄수와 간수와 호송병 사이에 저속하고 문란한 성행위가 상습적으로 벌어져 모든 여자, 특히 젊은 여자들은 만약 여자라는 입장을 이용하고 싶지 않다면 늘 조심해야 했다. 그리고 늘 두려움과 다툼을 마주해야 하는 그런 상황이 몹시 괴로웠다. 특히 마슬로바는 매력적인 외모와 모두에게 알려진 과거 때문에 이런 습격을 받기 쉬웠다. 이제 그녀는 집적거리는 남자들에게 단호히 저항했는데, 그것이 남자들에게 모욕감을 주었고 그들의 마음속에 그녀를 향한 적의를 불러일으켰다. 이런 면에서 페도시야나 타라스와 가까운 사이라는 점이 그녀의 처지를 좀 더 편하게 해 주었다. 아내가 당하는 추행을 알게 된 타라스는 그녀를 보호하기 위해 체포되기를 바랐고, 니즈니 노브고로드부터는 구류자의 신분으로 죄수들과 함께 이동했다.

정치범 무리로 옮긴 덕분에 마슬로바의 처지는 모든 면에서 나아졌다. 정치범들 쪽이 숙소도 낫고 음식도 더 좋고 무례한 대우를 덜 받는 것은 말할 나위도 없었다. 게다가 성가시게 구는 남자들한테서 벗어났고 이제 간절히 잊고 싶은 과거를 매 순간 자신의 의지에 반해 떠올리는 일 없이 지내게 됐다. 가장 큰 이점은 그녀에게 결정적이고 더할 나위 없이 유익한 영향을 미칠 몇몇 사람들을 알게 됐다는 점이다.

마슬로바는 숙박소에서 정치범들과 함께 묵는 것을 허락받았지만 행군할 때는 건강한 여성으로서 형사범들과 함께 걸어야 했다. 그래서 톰스크부터 줄곧 걸어왔다. 그녀와 함께 똑같이 걸어서 이동한 정치범이 두 명 있었다. 한 명은 마리야 파블로브나 셰치니나로, 다름 아니라 보고두홉스카야를 면회하던 네흘류도프를 깜짝 놀라게 만든 그 양 같은 눈동자를 지닌 아름다운 아가씨였다. 또 한 명은 야쿠츠크주로 유형을 떠나는 덥수룩한 검은 머리에 움푹 들어간 눈을 지닌 시몬손이라는 남자였다. 네흘류도프가 그 면회 때 역시 유심히 지켜본 이였다. 마리야 파블로브나가 걷게 된 것은 임신한 형사범에게 짐마차의 자기 자리를 양보했기 때문이다. 한편 시몬손이 걷는 것은 계급의 특혜를 이용하는 게 부당하다고 생각했기 때문이다. 이 세 사람은 짐마차를 타고 좀 더 늦게 출발하는 다른 정치범들로부터 따로 떨어져 오전에 일찍 형사범들과 함께 떠났다. 새 호송대 장교가 유형수 무리를 인계할 큰 도시에 이르기 전 마지막 숙박소에서도 그랬다.

날씨가 궂은 9월의 이른 아침이었다. 눈이 오고, 차가운 돌풍을 동반한 비가 내리기도 했다. 모든 죄수들, 즉 대략 400명의 남자 죄수와 50명의 여자 죄수는 이미 숙박소 안마당에 나와 있었다. 일부는 죄수 반장들에게 이틀분의 식비를 지급하는 호송대 책임자 주위에서 북적댔고, 일부는 허가를 받고 안마당에 들어온 여자 행상인들에게서 먹을 것을 사고 있었다. 돈을 세는 죄수들과 음식을 구입하는 죄수들의 왁자지껄 떠드는 소리와 여자 행상인들의 새된 목소리가 들려왔다.

카츄샤와 마리야 파블로브나가 숙박소 건물에서 안마당으로 나와 여자 행상인들 쪽을 향했다. 두 사람 모두 부츠를 신고 반외투를 숄로 여민 차림이었다. 행상인들은 바람을 피해서 북쪽의 말뚝 벽 가까이에 앉아 갓 구운 빵, 피로그, 생선, 국수, 죽, 간, 쇠고기, 달걀, 우유 등 자신이 가져온 것들을 앞다투어 내밀었다. 어떤 여자는 구운 새끼 돼지도 팔았다.

긴 털양말 위쪽을 삼노끈으로 단단히 고정하고 고무 덧신을 신고 고무 재질의 상의를 입은 시몬손(그는 채식주의자였고, 도살된 동물의 가죽을 사용하지 않았다.)도 유형수 무리가 출발하기를 기다리며 안마당에 나와 있었다. 그는 현관 계단 옆에 서서 머릿속에 떠오른 생각을 수첩에 적고 있었다. 그 생각은 이랬다.

"만약……." 그는 썼다. "박테리아가 인간의 손톱을 관찰하고 연구할 수 있다면 그것을 무기물로 인정했을 것이다. 그와 똑같이 우리도 지구 표면을 관찰하면서 그것을 무기물로 인정했다. 그것은 옳지 않다."

달걀, 고리 빵 한 두름, 생선, 갓 구운 빵을 사서 마슬로바가 그것을 전부 자루에 넣는 동안 마리야 파블로브나는 행상인에게 돈을 지불했다. 그때 죄수들 사이에서 술렁임이 일었다. 주위가 조용해지더니 사람들이 정렬하기 시작했다. 장교가 나와 출발 전 마지막 지시들을 내렸다.

모든 것이 평소대로였다. 점호를 하고, 발목에 채우는 족쇄를 점검하고, 2인 1조로 함께 행군할 죄수들을 수갑으로 연결했다. 그런데 갑자기 격분한 장교의 고압적인 고함 소리, 구타하는 소리, 어린아이의 울음소리가 들렸다. 주위가 순식간에 잠잠해지더니 무리 전체에 낮게 웅얼대는 소리가 빠르게 퍼져 나갔다. 마슬로바와 마리야 파블로브나는 소란이 일어난 곳으로 다가갔다.

2

소란한 곳으로 다가가던 마리야 파블로브나와 카츄샤는 다음과 같은 장면을 보았다. 큼지막한 금빛 콧수염을 기른 다부진 체격의 장교가 죄수의 얼굴을 친 오른쪽 손바닥을 왼손으로 문지르면서 얼굴을 찡그린 채 쉴 새 없이 상스럽고 저속한 욕설을 내뱉었다. 그 앞에는 머리 반쪽을 짧게 민 키가 크고 야윈 죄수가 짧은 할라트에 그보다 훨씬 짧은 바지를 입고 서서 한 손으로는 피가 나도록 세게 맞은 얼굴을 닦고, 다른 한 손으로는 날카롭게 빽빽거리는 여자아이를 숄로 감싸 안고 있었다.

"내가 네놈에게 (상스러운 욕설) 생각하는 법을 가르쳐 주마. (다시 욕설) 여편네들에게 넘겨." 장교가 소리쳤다. "차!"

장교는 농촌 공동체 재판에서 추방형을 선고받은 죄수에게 수갑을 차도록 요구하고 있었다. 유형지로 가는 죄수는 톰스크에서 티푸스로 죽은 아내가 남긴 딸아이를 줄곧 안고 걸었다. 수갑을 차면 아이를 안고 갈 수 없다는 죄수의 변명에 마침 기분이 좋지 않던 장교는 심기가 상해서 즉시 복종하지 않는 죄수를 마구 때렸다.[41]

구타를 당한 죄수 맞은편에 호송병이 한 손에 수갑을 찬 턱수염이 검은 죄수와 함께 서 있었다. 그 죄수는 딸아이를 안은 채 얻어맞은 동료 죄수와 장교를 음울한 표정으로 번갈아 힐끗거렸다. 장교는 호송병에게 여자애를 데려가라는 지시를 되풀이했다. 죄수들 틈에서 웅성거리는 소리가 점점 더 커졌다.

"톰스크부터 줄곧 수갑을 차지 않고 왔잖아." 뒷줄에서 목쉰 소리가 들렸다.

"개새끼가 아니라 아이라고."

"저 사람더러 딸을 어디에 두라는 거야?"

"이런 건 법도 아니야." 또 누군가가 말했다.

"누구야?" 벌레에 물린 듯이 무리 속으로 뛰어들며 장교가 소리쳤다. "내가 법을 가르쳐 주지. 누가 말했어? 너? 너?"

"모두가 그렇게 말하고 있습니다. 왜냐하면……." 얼굴이 크고 체구가 땅딸막한 죄수가 말했다.

그는 미처 말을 끝맺을 수 없었다. 장교가 두 손으로 그의 얼굴을 치기 시작했다.

"이 자식들, 폭동이라도 일으키겠다는 거냐! 폭동을 어떻게

---

41) D. A. 리뇨프의 저작 『숙박소에서(По этапу)』에 기술된 사실이다.(톨스토이 주)

일으키는지 내가 가르쳐 주마. 개처럼 모조리 총살시켜 버리
겠다. 당국은 그저 고맙다고 할 거다. 여자애를 데려가!"

무리가 잠잠해졌다. 한 호송병이 기를 쓰고 소리 지르는 여
자아이를 빼앗았고, 다른 호송병은 고분고분 손을 내민 죄수
에게 수갑을 채웠다.

"여편네들한테 데려가." 장교가 대검의 어깨띠를 고쳐 매면
서 호송병에게 소리쳤다.

여자아이는 피가 몰린 새빨간 얼굴로 솥에서 손을 빼려고
버둥거리며 계속 날카롭게 소리를 질렀다. 마리야 파블로브
나가 무리 앞으로 나와 호송대 장교에게 다가갔다.

"장교님, 제가 아이를 데려가도 될까요?"

여자아이를 데려가던 호송병이 걸음을 멈추었다.

"누구냐?" 장교가 물었다.

"정치범입니다."

또렷하고 아름다운 눈을 지닌 마리야 파블로브나의 아름다
운 얼굴(장교는 죄수들을 인계할 때 이미 그녀를 보았다.)이 장교
에게 영향을 미친 듯했다. 그는 마치 무언가를 헤아리듯 말없
이 바라보았다.

"난 아무래도 상관없습니다. 원한다면 데려가십시오. 당신
이 이들을 동정하는 건 괜찮습니다. 하지만 이 남자가 탈주하
면 누가 책임을 집니까?"

"딸이 있는 남자가 어떻게 도망을 가겠어요?" 마리야 파블
로브나가 말했다.

"당신과 이야기할 틈이 없습니다. 원한다면 데려가요."

"아이를 넘길까요?" 호송병이 물었다.

"넘겨."

"나한테 오렴." 마리야 파블로브나가 여자아이를 자기한테 오게 하려고 애쓰며 말했다.

하지만 호송병의 팔에 안긴 여자아이는 아버지 쪽으로 몸을 뻗고서 계속 소리를 지르며 마리야 파블로브나에게는 가려 하지 않았다.

"잠깐만요, 마리야 파블로브나. 아이가 나한테는 올 거예요." 마슬로바가 자루에서 고리 빵을 꺼내며 말했다.

여자아이는 마슬로바를 알았던 데다 그녀의 얼굴과 고리 빵을 보자 그녀에게로 갔다.

주위가 조용해졌다. 대문이 열렸고, 죄수 무리는 밖으로 나가 정렬했다. 호송병들이 다시 수를 셌다. 자루들을 짐마차에 실어 동여매고 약한 사람들을 태웠다. 마슬로바는 여자아이를 안고 페도시야와 나란히 여자들 대열에 섰다. 안마당에서 벌어지는 일을 계속 주시하던 시몬손이 모든 지시를 마치고 자신의 타란타스에 올라타려는 장교를 향해 성큼성큼 다가가 말했다.

"장교님, 당신이 한 행동은 옳지 않았습니다." 시몬손이 말했다.

"자기 자리로 돌아가요, 당신이 상관할 문제가 아닙니다."

"당신에게 말하는 게 내 일입니다. 그리고 난 당신의 행동이 옳지 않다고 말했습니다." 시몬손은 짙은 눈썹 아래로 장교의 얼굴을 뚫어지게 쳐다보며 말했다.

"준비됐나? 일동, 출발." 장교는 시몬손에게 관심을 두지 않고 큰 소리로 외치고는 말을 모는 병사의 어깨를 잡고서 타란타스에 올라탔다.

죄수 무리가 출발했다. 그들은 옆으로 넓게 퍼져 울창한 숲 한가운데로 뻗은, 양쪽에 도랑이 있는 황폐한 진창길을 따라 앞으로 나아갔다.

3

　지난 여섯 해 동안 도시에서 방탕하고 화려하고 유약한 생활을 하다가 두 달 동안 형사범들과 감옥에서 지내고 나니 정치범들과 함께하는 생활은 그들이 처한 모든 고달픈 조건에도 불구하고 카츄샤에게는 아주 좋게 느껴졌다. 좋은 음식을 섭취하면서 이틀을 행군하고 하루를 쉰 덕분에 20베르스타에서 30베르스타 정도 걸어서 이동하는 동안 마슬로바는 육체적으로 튼튼해졌다. 그리고 새로운 동료들과 어울리면서 전혀 몰랐던 삶에 대해 강렬한 흥미를 느끼게 됐다. 예전에는 지금 함께 가는 사람들처럼 놀라운 — 그녀의 표현에 따르면 — 사람들에 대해 몰랐을뿐더러 상상조차 해 본 적이 없었다.

　"징역형을 선고받고 울었어요." 그녀가 말했다. "하지만 평생 하느님께 감사해야겠어요. 죽을 때까지 몰랐을지 모를 것을 알게 됐잖아요."

그녀는 이런 사람들을 이끄는 동기를 아주 쉽게 힘들이지 않고 이해했으며, 민중의 한 사람으로서 그들에게 전적으로 공감했다. 그녀는 이 사람들이 상류층에 저항하는 것이 민중을 위해서라는 것을 이해했다. 그리고 그들 자신도 상류층이면서 자기네 특권과 자유와 생명을 민중을 위해 희생했다는 점에서 특히 높이 평가하고 또 매혹을 느꼈다.

그녀는 새롭게 알게 된 모든 동행에게 감탄했다. 하지만 가장 매혹적인 사람은 마리야 파블로브나였다. 그녀는 마리야 파블로브나에게 매혹됐을 뿐 아니라 존경과 열광이 뒤섞인 특별한 사랑을 느꼈다. 부유한 장군 가문이고 3개 국어를 할 줄 아는 이 아름다운 아가씨가 소박하기 이를 데 없는 노동자처럼 행동하고, 부유한 오빠가 보내 주는 것을 전부 다른 사람들에게 내주고, 정작 본인은 소박하다 못해 남루하기까지 한 옷가지와 신발을 걸치며 자신의 외모에 전혀 신경 쓰지 않는 모습이 마슬로바에게는 충격적이었다. 그녀는 조금도 교태를 부리지 않는 이러한 면에 특히 놀랐고, 또 매혹됐다. 마리야 파블로브나는 자신이 예쁘다는 것을 알고 심지어 그것을 알면 좋아하기도 했지만, 자기 외모가 남자들에게 불러일으키는 인상에 기뻐하지 않았을 뿐 아니라 그것을 두려워했으며 사랑에 대해서도 분명한 혐오와 공포를 느꼈다. 마슬로바는 그것을 알아차렸다. 이 사실을 아는 마리야 파블로브나의 남자 동지들은 설사 그녀에게 사랑을 느끼더라도 내색하지 않고 남자 동지처럼 대했다. 하지만 잘 모르는 사람들이 집적대는 일은 빈번했고, 본인의 표현에 따르면 그녀가 특별히 자랑스럽게 여기는 엄청난 육체적 힘이 그녀를 그들로부터 구원해 주었다. "한번은요." 그녀가 소리 내어 웃으며 말했다. "어떤 신사가 길에서 나한테 추근거리며 도무지 떨어지려 하지 않기에 내가 이렇게 붙잡고 흔들었더니 깜짝 놀라서 도망가지 뭐예요."

그녀의 말에 따르면 어릴 때부터 상류 생활에 혐오감을 느끼고 소시민들의 생활을 좋아해서 혁명가가 되었다고 했다. 그녀는 응접실이 아니라 하녀 방에, 주방에, 마구간에 있다는 이유로 늘 야단을 맞았다.

"난 요리사나 마부와 있는 게 즐거웠어요. 하지만 신사나 귀부인과 함께 있으면 따분하더라고요." 그녀가 말했다. "나중에 사리를 분별하게 됐을 때 난 우리 생활이 완전히 잘못됐다는 것을 깨달았어요. 나에겐 어머니가 없었어요. 아버지를 좋아하지 않았고요. 열아홉 살이 됐을 때 난 집을 나와 여자 동지와 함께 공장에 노동자로 들어갔어요."

공장을 나온 후에는 시골에서 살았고, 그 뒤에 도시로 돌아가 비밀 인쇄기가 있는 아파트에서 지내다 체포되어 징역형을 선고받았다. 마리야 파블로브나가 자기 입으로 말한 적은 한 번도 없지만 카츄샤는 다른 사람들을 통해 그녀가 징역형을 받은 이유를 알게 됐다. 가택 수색 중에 한 혁명가가 어둠 속에서 일으킨 총격을 그녀가 대신 떠안았기 때문이었다.

마리야 파블로브나를 알게 된 이후 카츄샤는 그녀가 어디에 있든 어떤 상황에 처하든 결코 자신에 대해 생각하지 않고 언제나 크든 작든 누군가를 보살피거나 도울 방법에만 마음

쓰는 것을 줄곧 보았다. 요즘 어울리는 동료들 중 한 명인 노보드보로프는 농담조로 마리야 파블로브나가 자선 스포츠에 빠져 있다고 말했다. 그리고 그것은 사실이었다. 그녀의 삶 속에서 모든 관심은 사냥꾼이 들새를 찾듯 다른 사람을 보살필 기회를 찾는 데 쏠려 있었다. 그리고 그 스포츠는 습관이 되었고, 일생의 사업이 됐다. 게다가 어찌나 자연스럽게 해내던지 그녀를 아는 모든 사람들은 더 이상 그것을 고마워하지 않고 오히려 요구하게 됐다.

마슬로바가 정치범들 틈에 처음 끼었을 때 마리야 파블로브나는 그녀에게 혐오감과 불쾌감을 느꼈다. 카츄샤는 그것을 느꼈다. 하지만 나중에 마리야 파블로브나가 자신을 억누르고 그녀에게 각별히 다정하고 상냥하게 대하는 것도 눈치챘다. 그런 평범하지 않은 존재의 다정함과 선함에 감동한 나머지 마슬로바는 진심으로 온 마음을 바치게 됐고, 자기도 모르게 그녀의 사고방식을 흡수하며 그녀의 모든 면을 모방했다. 카츄샤의 이런 헌신적인 사랑이 마리야 파블로브나를 감동시켰고, 그녀 역시 카츄샤를 사랑하게 됐다.

이 여자들이 가까워진 것은 두 사람 모두 성적인 사랑에 대해 혐오감을 느끼기 때문이기도 했다. 한 여자는 그 사랑의 무서움을 뼈저리게 알았기에 그것을 증오했다. 또 한 여자는 그 사랑을 경험하지도 않았으면서 그것을 불가해한 무언가로, 그와 동시에 인간의 존엄을 모욕하는 혐오스러운 것으로 보았다.

4

　마리야 파블로브나의 영향은 마슬로바가 받은 영향들 가운데 하나였다. 그것은 마슬로바가 마리야 파블로브나를 사랑했기 때문에 생겼다. 또 다른 영향은 시몬손의 영향이었다. 그리고 이 영향은 시몬손이 마슬로바를 사랑한 데서 기인했다.

　모든 사람은 어느 정도는 자신의 생각에 따라, 어느 정도는 타인들의 생각에 따라 살아가고 행동한다. 어느 정도로 자신의 생각에 따라 살고 타인의 생각에 따라 사느냐가 사람들을 구별 짓는 주된 차이점 중 하나다. 어떤 사람들은 대부분의 경우 자신의 사고를 지적 유희처럼 사용하고 자신의 이성을 전동 벨트가 벗겨진 플라이휠처럼 취급하지만, 막상 행동할 때는 타인의 생각, 즉 관습이나 전통, 법률 등에 복종한다. 또 어떤 사람들은 자기 생각을 자신의 모든 활동의 주요 원동력으로 여기면서 거의 언제나 자기 이성의 요구에 귀를 기울이고 그것에 순종한다. 다만 이따금, 그것도 비판적인 평가를 내리고 난 뒤에만 타인의 결정을 따른다. 시몬손은 그런 사람이었다. 그는 모든 것을 이성에 따라 검증하고 결정했으며, 일단 결정을 내리면 실행에 옮겼다.

아직 김나지움 학생이던 시절 전직 재무부 관료인 아버지의 재산이 부정하게 축적된 것이라고 결론을 내린 그는 그 재산을 민중에게 넘겨야 한다고 아버지에게 말했다. 아버지가 말을 듣지 않을뿐더러 욕설을 퍼붓자 그는 집을 떠났고 더 이상 아버지의 재산을 사용하지 않았다. 존재하는 모든 악은 민중의 무지에서 비롯된다고 결론지은 후에는 대학을 떠나 나로드니키에 가담하여 촌락에 교사로 들어갔다. 학생들에게나 농민들에게나 자신이 옳다고 여기는 것은 무엇이든 대담하게 가르쳤고, 옳지 않다고 생각하는 것은 거부했다.

그는 체포되어 재판을 받았다.

재판 중 그는 판사들에게 자신을 재판할 권리가 없다는 결론에 다다랐으며 그렇게 발언했다. 판사들이 그의 말에 동의하지 않고 재판을 계속하자 그는 답변하지 않기로 결심하고 그들의 모든 질문에 침묵했다. 그는 아르한겔스크현으로 유형을 떠났다. 그곳에서 스스로를 위해 자신의 모든 활동을 결정할 종교적 교의를 작성했다. 그 종교적 교의에 따르면 세계의 모든 것은 살아 있으며 생명이 없는 것은 없다. 우리가 생명이 없는 무기물로 여기는 모든 대상은 우리가 헤아릴 수 없는 거대한 유기체의 일부일 뿐이다. 따라서 거대한 유기체의 한 부분으로서 인간의 임무는 이 유기체와 그에 속한 살아 있는 모든 부분들의 생명을 유지하는 것이다. 그런 이유로 그는 생명을 죽이는 것을 범죄라고 생각했다. 전쟁, 사형, 그리고 모든 종류의 살육 — 인간뿐 아니라 동물까지 포함해서 — 에 반대했다. 결혼에 대해서도 나름의 이론이 있었다. 번식은 인간의 저급한 기능에 지나지 않는다. 최고의 기능은 이미 존재하는 생명을 보살피는 것이다. 그는 혈액 속에 식세포[42]가 존재한다는 점에서 이 생각을 뒷받침하는 근거를 찾았다. 그의 의견에 따르면 독신자들 역시 식세포인데, 그들의 사명은 유기체의 약하고 병든 부분을 돕는 것이다. 그도 젊은 시절에는 방탕한 생활을 했지만 그런 결론을 내린 후로는 그것에 따라 살았다. 그는 이제 마리야 파블로브나와 마찬가지로 자기 역시 세계의 식세포로 생각했다.

카츄샤에 대한 그의 사랑은 이 이론을 훼손하지 않았다. 그가 정신적인 사랑을 하면서 그런 사랑은 약자들을 보살피는 식세포 같은 활동을 방해하지 않을 뿐 아니라 오히려 그것을 더욱 북돋아 준다고 생각했기 때문이다.

하지만 그는 정신적인 문제만이 아니라 대부분의 실제적인 문제도 자기 방식으로 해결했다. 그에게는 모든 실제적인 문제에 대한 나름의 이론이 있었다. 몇 시간을 일해야 할지, 몇 시간을 쉬어야 할지, 어떤 식사를 할지, 어떤 옷을 입을지, 어떻게 페치카에 불을 지필지, 어떻게 실내를 밝힐지에 대한 규

---

42) 혈액이나 조직 안을 떠돌아다니면서 세균이나 이물, 조직의 분해물 따위를 포식하여 소화하고 분해하는 세포. 동물체의 자기방어에 중요한 역할을 한다. 식균 세포라고도 한다.

칙이 있었다.

그와 동시에 시몬손은 겸손하고 사람을 대할 때 몹시 쑥스러워했다. 그러나 무언가를 결심하면 그 무엇도 그를 막을 수 없었다.

바로 이런 남자가 그녀를 사랑함으로써 마슬로바에게 결정적인 영향을 미치게 됐다. 마슬로바는 여자의 직감으로 금방알아차렸고, 이처럼 비범한 남자의 마음에 사랑을 불러일으켰다는 자각이 그녀의 자존감을 높여 주었다. 네흘류도프는관대한 마음과 과거에 있었던 일 때문에 청혼했다. 하지만 시몬손은 현재 그녀의 모습 그대로를 사랑했고, 단지 그녀가 좋아서 사랑했다. 그 밖에도 그녀는 느꼈다. 시몬손이 그녀를 다른 모든 여자와 다른, 특별하고 높은 도덕적 자질을 지닌 평범하지 않은 여자로 생각한다는 것을……. 그가 그녀에게 어떤자질이 있다고 생각하는지 그녀는 잘 몰랐다. 하지만 어떤 경우에도 그를 속이지 않기 위해 자신이 상상할 수 있는 가장 좋은 자질들을 자기 안에 일깨우기 위해 온 힘을 다해 노력했다. 그리고 그 때문에 그녀는 가능한 한 좋은 사람이 되기 위해 노력하지 않을 수 없었다.

그것은 그들이 아직 감옥에 있던 시절, 정치범들의 전체 면회에서 그녀가 높은 이마와 눈썹 아래로 자기를 뚫어지게 바라보는 그의 순수하고 선한 짙푸른 눈동자를 알아차렸을 때시작되었다. 그때도 그녀는 그가 특별한 사람이며 자기를 특별한 시선으로 쳐다본다는 것을 눈치챘다. 그리고 삐죽삐죽솟은 머리털과 찌푸린 눈썹이 풍기는 엄격함, 그 눈에 어린 아이 같은 선함과 순수함이 하나의 얼굴에서 본능적으로 놀라우리만치 잘 어우러져 있는 것을 알아보았다. 그 후 톰스크에서 정치범들 무리에 들어가게 됐을 때 그녀는 그를 다시 보았다. 두 사람 사이에 한마디도 오가지 않았지만 그들이 나눈 눈길에는 서로를 기억하며 소중하게 여긴다는 고백이 담겨 있었다. 그 후에도 그들 사이에 중요한 대화는 없었다. 하지만 마슬로바는 느꼈다. 그가 그녀 앞에서 말할 때 그의 말이 그녀를 향하고 있다는 것을, 그가 그녀를 위해 가능한 한 이해하기 쉽게 표현하려고 노력한다는 것을. 특히 그가 형사범들과 함께 걸어서 이동하게 된 이후 두 사람은 점차 가까워지기 시작했다.

5

니즈니 노브고로드를 출발해 페름에 도착하기까지 네흘류도프는 카츄샤를 겨우 두 번 만날 수 있었다. 한 번은 니즈니 노브고로드에서 철망을 씌운 바지선에 죄수들을 태우기 직전이었고, 또 한 번은 페름에 있는 감옥의 사무소에서였다. 그리고 그 두 번의 면회에서 그는 매번 카츄샤가 속마음을 드러내지 않고 냉담하게 구는 것을 알아차렸다. 잘 지내는지, 필요한 것은 없는지 묻는 질문에 그녀는 당혹스러워하며 모호하게 대답했다. 그가 느끼기에 그 대답에는 그녀가 예전에도 보였던 적의 어린 비난의 감정이 실려 있었다. 그리고 그녀의 그 우울한 분위기 — 그저 그 무렵 남자들로부터 추근거림을 당해 생긴 — 가 네흘류도프를 괴롭혔다. 그는 그녀가 이동 중에 처한 괴롭고 퇴폐적인 환경에 물들어 다시 예전같이 자기 자신과의 불협화음과 인생에 대한 절망에 빠지는 건 아닐까 두려웠다. 그런 상태에 있었을 때 그녀는 그에게 화를 냈으며, 시름을 잊기 위해 심하게 담배를 피우고 술을 마셔 댔다. 하지만 이동 초기에는 그녀를 만날 기회를 얻지 못해 어떤 식으로도 도움을 줄 수 없었다. 그녀가 정치범들 쪽으로 옮겨 간 후에야 그는 자신의 우려가 얼마나 근거 없는지 알았고, 오히려 그녀를 만날 때마다 자신이 그토록 간절히 보고 싶어 했던 내적인 변화가 그녀 안에 점점 더 뚜렷해지는 것을 알아차렸다. 톰스크에서 첫 면회를 했을 때 그녀는 다시 출발 전의 모습이 되어 있었다. 그녀는 네흘류도프를 만나도 눈살을 찌푸리거나 당황하지 않았을 뿐 아니라 그가 그녀를 위해 해 준 것, 특히 그녀를 지금 함께 있는 사람들과 만나게 해 준 것에 감사하며 소탈하고 기쁜 모습으로 그를 맞았다.

숙박소를 따라 행군한 지 두 달이 지나자 그녀 안에서 일어난 변화가 그녀의 겉모습에서도 나타났다. 그녀는 야위고 햇볕에 탔으며 나이 들어 보였다. 눈가와 입 주위에 주름이 생겼다. 이제 이마 위로 머리칼을 풀어 내리지 않고 손수건으로 머리를 질끈 묶었다. 옷에서도, 머리 모양에서도, 태도에서도 더 이상 예전 같은 교태의 흔적은 보이지 않았다. 그리고 그녀 안에서 일어났고 지금도 일어나고 있는 변화가 네흘류도프에게 끊임없이 큰 기쁨을 불러일으켰다.

이제 그는 그녀에게서 예전에 경험한 적 없는 감정을 느꼈다. 그 감정은 처음의 시적인 황홀감과도, 하물며 그가 나중에 경험한 관능적인 애욕과도, 심지어 재판 후 그녀와 결혼하기로 결심했을 때의 의무를 이행한다는 자각 — 자기만족과 뒤섞인 — 과도 전혀 공통점이 없었다. 그 감정은 연민과 부드러움이 어우러진 더할 나위 없이 진솔한 감정이었다. 그는 감옥에서 그녀와 면회할 때 처음으로 그것을 느꼈고, 나중에 마슬로바가 병원에서 나온 후 그가 혐오감을 억누르면서 조수와 있었던 일(그것은 상상에 지나지 않았고 오해였음이 밝혀졌다.)에 대해 그녀를 용서했을 때 새로이 그것을 느꼈다. 이번에도 똑같았다. 다만 그때는 일시적이었는데 지금은 늘 느낀다는 점이 달랐다. 지금 그는 무엇을 생각하든, 무엇을 하든 그녀뿐 아니라 모든 사람들에 대해 한결같이 연민과 부드러움이 어우러진 그 감정을 느꼈다.

그 감정은 네흘류도프의 마음속에서 사랑의 급류에 수문을 열어 준 것 같았다. 예전에는 출구를 찾지 못했던 급류가 이제 그가 만나는 모든 사람들에게로 향했다.

여정 내내 네흘류도프는 마부와 호송병부터 감옥의 소장과 현지사에 이르기까지 용무 때문에 만나야 했던 모든 사람에게 무의식적으로 관심과 친절을 베푸는 흥분 상태에 빠져 있었다.

그 시기에 네흘류도프는 마슬로바가 정치범 무리로 옮겨간 덕분에 많은 정치범을 알게 됐다. 처음에는 예카체린부르크에서였다. 그곳에서 정치범들은 큰 감방에서 다 함께 매우 자유로이 지냈다. 그 후 여행 중에 마슬로바가 속한 무리의 남자 다섯 명과 여자 네 명을 알게 됐다. 유형을 선고받은 정치범들과 그런 식으로 가까워지면서 네흘류도프는 그들에 대한 시각을 완전히 바꾸게 됐다.

러시아에서 혁명 운동이 시작될 때부터, 특히 3월 1일의 사건 이후로 네홀류도프는 혁명가들에게 적의와 경멸을 품었다. 네홀류도프가 반감을 느낀 것은 무엇보다 반정부 투쟁에서 그들이 사용한 수단들의 잔혹함과 비밀주의, 무엇보다 그들이 실행한 살인의 잔혹함 때문이었다. 그들 모두에게 공동된 특징인 큰 자부심에도 거부감을 느꼈다. 하지만 그들을 좀더 가까이 접하고, 그들이 많은 경우에 아무 죄도 없이 정부의 전횡으로 지독한 고초를 당했다는 사실을 알게 되면서 그는 그들이 지금처럼 되는 것 외에 달리 어쩔 도리가 없었음을 깨달았다.

이른바 형사범들이 겪는 고초가 아무리 끔찍하고 무의미하다 해도 그들의 경우에는 재판 이전과 이후에 어느 정도 합법적인 절차를 따르는 시늉이라도 있었다. 그러나 정치범들의 경우에는 네홀류도프가 슈스토바를 비롯해 그 후 새로 알게 된 숱한 정치범들의 사례에서 보았듯이 그런 시늉조차 없었다. 이 사람들은 그물에 잡힌 물고기 같은 취급을 받았다. 어부는 그물에 걸려든 것을 전부 해안으로 끌어 올린 후 필요한 큰 물고기들은 거두어들이고 해안에서 말라 죽어 가는 작은 물고기들에 대해서는 신경도 쓰지 않는다. 그처럼 정부는 분명히 죄가 없을뿐더러 정부에 해를 끼칠 리 없는 사람들을 수백 명 붙잡아 때로는 몇 해 동안 감옥에 가둬 두었다. 그곳에 갇힌 사람들은 폐병에 걸리거나 미치거나 스스로 목숨을 끊었다. 정부가 그들을 붙잡아 두는 것은 단지 풀어 줄 이유가 없어서였고, 또 한편으로 감옥에 넣어 두면 심리 중 어떤 의문을 해명하는 데 쓸모가 있을지도 몰랐기 때문이다. 많은 경우 정부의 입장에서 보아도 죄가 없는 이 모든 사람들의 운명은 헌병, 경찰관, 첩자, 검사, 예심 판사, 현지사, 대신 등의 변덕과 시간 여유와 기분에 좌우됐다. 가령 그런 관리들은 따분함을 느끼거나 눈에 띄는 공적을 세우고 싶을 경우 사람들을 체포해 자신이나 상관의 기분에 따라 감옥에 붙잡아 두기도 하고 풀어 주기도 한다. 최고 책임자 역시 공적을 세워야 할 필요성이나 대신과 맺고 있는 관계에 따라 사람들을 세상 끝으로 유형을 보내고, 독방에 가두고, 유형이나 징역이나 사형을 선고하고, 어떤 귀부인의 부탁을 받아 석방하기도 한다.

그들은 전쟁터에서처럼 취급받았다. 그리고 그들은 당연히 자신들에게 사용된 것과 똑같은 수단을 사용했다. 군인들이 자기가 저지른 행위의 범죄성을 은폐해 줄 뿐 아니라 그 행위를 무훈으로 포장해 주는 여론 분위기에서 늘 살기 마련이듯 정치범들의 경우에도 똑같은, 언제나 그들에게 따르기 마련인 그들 집단의 여론 분위기가 존재했다. 그 때문에 자유와 생명을 비롯해 인간에게 소중한 모든 것을 잃을 위험을 각오하고 행하는 잔인한 행위가 그들의 눈에는 역시 악하기는커녕 오히려 용감한 행위로 보였다. 네흘류도프는 성품이 더없이 온화해 살아 있는 존재들에게 고통을 가하지도 그 괴로워하는 모습을 보지도 못할 사람들이 평온하게 살인을 준비한다거나 그들 중 거의 모든 이들이 어떤 경우에는 자기방어와 공익이라는 최고의 목적을 달성할 수단으로서 살인을 합법적이고 정당한 것으로 인정하는 놀라운 현상에 대해 그런 식으로 납득했다. 혁명가들이 자신들의 대의, 그리고 결과적으로 스스로에게 부여하는 높은 평가는 정부가 그들에게 부여하는 의의와 그들에게 가하는 처벌의 잔혹함에서 자연스럽게 생겨 났다. 그들은 자기들이 겪어야 하는 것을 견뎌 내기 위해 스스 로를 높이 평가하지 않을 수 없었다.

그들을 좀 더 가까이 알고 난 후 네흘류도프는 혁명가들이 어떤 이들의 생각처럼 철저한 악인도 아니고 또 어떤 이들의 생각처럼 완벽한 영웅도 아니며 그저 평범한 사람이라는 것, 어디나 그렇듯 그들 중에는 선한 사람도 악한 사람도 중간인 사람도 있다는 것을 확신하게 됐다. 그들 중에는 현존하는 악 과 싸우는 것이 진심으로 자신의 의무라고 생각해 혁명가가 된 사람들도 있었다. 하지만 이기심과 허영심이 뒤섞인 동기 에서 그 활동을 선택한 사람들도 있었다. 대다수의 사람들이 혁명에 끌린 것은 위험과 모험에 대한 갈망과 자기 생명을 걸 고 승부를 겨루는 쾌감 때문이었다. 네흘류도프가 전쟁의 경 험에서 배웠듯 그것은 열정이 넘치는 지극히 평범한 젊은이 들에게 흔한 감정이었다. 혁명가들이 보통 사람들과 다른 점, 그것도 뛰어난 점은 그들 사이의 도덕적 요구가 보통 사람들 보다 높다는 사실이다. 그들 사이에서는 절제, 엄격한 생활, 진실함, 청렴뿐 아니라 공공의 대의를 위해서는 모든 것을, 심 지어 생명까지도 기꺼이 내놓겠다는 각오가 필수였다. 그 결 과 그 사람들 중 평균 수준보다 높거나 그보다 훨씬 높은 사람 들은 보기 드문 도덕적 경지의 귀감이 됐다. 한편 평균보다 낮 거나 그보다 훨씬 낮은 사람들은 대부분의 경우 진실하지 못하고 위선적인 동시에 자신만만하고 오만한 인간이 됐다. 그래서 네흘류도프는 새로이 알게 된 사람들 중 어떤 이들에 대해서는 존경과 더불어 진심 어린 애정을 품었지만, 또 어떤 이들에 대해서는 무심함을 넘어 계속 냉담한 태도를 취했다.

6

네흘류도프가 특히 좋아한 사람은 카츄샤와 같은 무리에 속한 크릴초프라는 사람으로 징역형을 선고받은 폐병 환자 청년이었다. 네흘류도프는 예카체린부르크에서부터 그를 알게 되어 그 후 여러 번 길에서 만나 대화를 나누기도 했다. 어느 여름날 숙박소에서 하루 동안 휴식을 할 때 네흘류도프는 거의 온종일 그와 함께 시간을 보냈다. 대화에 빠져든 크릴초프는 자기 이야기를 들려주고 어떻게 해서 혁명가가 되었는지 설명했다. 투옥되기까지의 사연은 매우 짧았다. 그의 아버지는 남부의 여러 현에 토지를 가진 부유한 지주였는데 그가 어릴 때 세상을 떠났다. 그는 외아들이었고, 어머니가 그를 양육했다. 그는 김나지움과 대학교에서 수월하게 공부를 했고, 수학과를 수석으로 졸업했다. 대학에 남으면 유학을 보내 준다는 제안도 받았다. 하지만 금방 결정을 내릴 수 없었다. 그에게는 사랑하는 아가씨가 있었다. 그래서 결혼을 하고 지방 기관에서 일하는 것에 대해 고민하고 있었다. 모든 것을 해 보고 싶었던 그는 어느 쪽으로도 마음을 정할 수 없었다. 그 무렵 대학 시절의 동료들이 공공의 대의를 위한 자금을 부탁했다. 그는 그 공공의 대의가 혁명적 대의임을 알았다. 당시에는 그것에 전혀 관심이 없었지만 동료애와 자존심 때문에, 그리고 자신이 두려워하는 것처럼 보이지 않기 위해 돈을 주었다. 돈을 받은 사람이 붙잡혔다. 크릴초프가 자금원임을 말해 주는 쪽지가 발견됐다. 그는 체포되어 처음에는 경찰서에, 나중에는 감옥에 갇혔다.

"내가 갇힌 감옥은⋯⋯." 크릴초프가 네흘류도프에게 말했다.(가슴이 움푹 꺼진 그가 높다란 침상 위에서 무릎에 팔꿈치를 받치고 앉아 그저 이따금 아름답고 지적이고 선한 눈동자를 열병에 걸린 것처럼 반짝이며 네흘류도프를 쳐다보았다.) "그 감옥은 그다지 엄격하지 않았습니다. 우리는 벽을 두들겨 소통했을 뿐 아니라 복도를 돌아다니고 서로 이야기를 나누고 음식과 담배를 나누고 저녁마다 함께 노래를 부르기도 했습니다. 난 목소리가 좋았거든요. 그렇습니다. 어머니만 아니었으면, 어머니는 무척 슬퍼하셨죠, 난 감옥에 있어도 괜찮았을 겁니다. 심지어 즐겁고, 아주 재미있기까지 했습니다. 그 밖에도 이곳에서 유명한 페트로프(그는 나중에 요새 감옥에서 유리로 목을 그어 자살했습니다.)를 비롯해 여러 사람들을 만났죠. 하지만 난 혁명가가 아니었습니다. 또 감방에서 두 동료를 알게 되었습니다. 두 사람은 똑같이 폴란드 선언문 전단지에 관한 사건으로 체포됐고, 철도로 호송되던 중 탈주하려고 한 죄목으로 재판을 받았습니다. 한 사람은 폴란드인 로진스키고, 또 한 사람은 유대인 로좁스키였습니다. 성이 그랬습니다. 네, 로좁스키는 완전히 어린애였습니다. 그 애는 자기가 열일곱 살이라고 밀했지만 생김새는 열다섯 살 정도 되어 보였죠. 빛나는 검은 눈을 지닌 야위고 자그맣고 활발한 소년이었고, 유대인이 다 그렇듯 음악적인 재능이 뛰어났습니다. 아직 변성기였지만 노래를 아주 잘했죠. 그렇습니다. 내 눈앞에서 두 사람은 법원으로 끌려갔습니다. 오전에 끌려갔죠. 저녁때 그들이 돌아와 사형 선고를 받았다고 말했습니다. 아무도 그렇게 될 거라고 예상하지 못했죠. 그들 사건은 너무나 사소했어요. 그저 호송병을 피해 도망치려 했을 뿐 아무에게도 상처를 입히지 않았잖아요. 게다가 로좁스키 같은 어린아이가 사형을 당한다는 게 너무 부자연스럽기도 하고요. 그래서 감옥에 있던 우리는 전부 그 판결이 그저 겁을 주려는 것일 뿐 확정되지는 않을 거고 판단했습니다. 처음에는 우리도 동요했지만 나중에는 진정을 찾았습니다. 그리고 생활은 예전처럼 흘러갔죠. 그렇습니다. 그런데 어느 날 저녁 보초가 문으로 다가오더니 목수가 와서 교수대를 세우고 있다고 내게 은밀히 알려 주었습니다. 처음에 난 이해하지 못했습니다. 무슨 일이야? 교수대라니? 하지만 보초를 서는 노인이 어찌나 흥분하던지 그를 지켜보던 나는 그것이 우리 두 동료를 위한 것임을 깨달았죠. 난 벽을 두들겨 동료들에게 이야기를 하고 싶었습니다만 혹시 그들이 듣지 않을까 두려웠습니다. 동료들도 침묵했습니다. 다들 알았던 모양입니다. 복도와 감방에 저녁 내내 죽음 같은 정적이 깔려 있었습니다. 우리는 벽을 두들기지도 노래를 부르지도 않았습니다. 5시 무렵 보초가 다시 나에게 다가와 모스크바에서 사형 집행인을 데려왔다고 알려 주었습니다. 그는 그렇게 말하고 물러갔습니다. 난 다시 와 달라는 뜻으로 그를 부르기 시작했습니다. 갑자기 로좁스키가 자기 감방에서 복도 너머로 날 향해 외치는 소리가 들렸습니다. '무슨 일이에요? 저 사람을 왜 부르는 건데요?' 난 보초가 담배를 가져다주었다고 둘러댔지만 로좁스키는 무슨 일인지 짐작한 듯 왜 노래를 부르지 않는지, 왜 벽을 두들기지 않는지 캐묻기 시작했습니다. 난 무슨 말을 해야 할지 몰라 그 애와 이야기하지 않기 위해 서둘러 자리를 피했습니다. 네, 무시무시한 밤이었습니다. 난 밤새도록 모든 소리에 귀를 기울였습니다. 동이 틀 무렵 문득 소리가 들리더니 복도의 문이 열리고 누군가 들어왔습니다. 많은 사람들이 들어오더군요. 난 문에 난 작은 구멍 옆에 섰습니다. 복도에는 램프 하나가 타오르고 있었죠. 맨 처음 지나간 사람은 소장이었습니다. 뚱뚱한 데다 자신만만하고 단호해 보이는 사람이었죠. 그런데 그의 얼굴이 새파랗게 질려 있었습니다. 창백하고 침울했죠. 마치 두려움에 사로잡힌 것처럼 보였습니다. 그 뒤로 부소장이 따랐는데 얼굴을 찌푸린 채 단호한 표정을 짓고 있었습니다. 위병이 그 뒤를 따랐지요. 그들은 내 문을 지나쳐 옆 감방 앞에 멈춰 섰습니다. 부소장이 어딘지 모르게 기묘한 목소리로 외치는 소리가 들렸습니다. '로진스키는 일어나서 깨끗한 속옷을 입으십시오.' 그렇습니다. 그다음에는 문소리가 요란하게 나고 그들이 감방에 들어가는 소리가 들리더니 로진스키의 발소리가 들렸습니다. 그는 복도의 맞은편으로 갔습니다. 내 눈에는 소장만 보였습니다. 창백한 얼굴로 선 채 단추를 풀었다 잠갔다 하며 어깨를 으쓱하더군요. 그렇습니다. 갑자기 그가 무언가에 놀란 듯 물러섰습니다. 로진스키가 그의 옆을 지나 내 감방 쪽으로 다가왔던 겁니다. 잘생긴 젊은이였어요. 아시죠, 폴란드타입의 미남 말입니다. 시원스럽고 반듯한 이마, 덥수룩하게 자란 가늘고 곱슬거리는 금발, 아름다운 하늘색 눈동자. 정말이지 생기 있고 건강한 한창때의 젊은이였어요. 그가 내 문구멍 앞에 멈춰 서서 내 눈에 그의 얼굴이 전부 보였습니다. 끔찍하고 초췌하고 해쓱한 얼굴이었습니다. '크릴초프, 담배 있어요?' 난 담배를 건네고 싶었습니다. 하지만 시간이 지체될까 봐 두려웠던지 부소장이 자기 담배 케이스를 꺼내 건넸습니다. 그가 담배를 한 개비 집자 부소장이 성냥으로 불을 붙여 주었습니다. 그가 담배를 피우기 시작했죠. 마치 생각에 잠긴 것 같았습니다. 그러더니 무언가를 떠올린 듯 입을 열었습니다. '가혹하고 부당해요. 난 어떤 범죄도 저지르지 않았다고요. 난⋯⋯.' 앳된 하얀 목덜미에서, 난 그 목덜미에서 눈을 뗄 수 없었는데, 아무튼 무언가가 바르르 떨리는가 싶더니 그가 말을 멈추더군요. 그렇습니다. 그때 난 로좁스키가 복도에서 특유의 가느다란 유대인다운 목소리로 뭐라고 외치는 소리를 들었습니다. 로진스키는 꽁초를 던지고 문가에서 물러났습니다. 그러자 문구멍 앞에 로좁스키가 나타났습니다. 촉촉한 검

은 눈동자를 지닌 그 아이 같은 얼굴은 붉게 달아오르고 땀에
젖어 있었습니다. 역시 깨끗한 속옷을 입었더군요. 그런데 바
지가 너무 커서 로좁스키는 두 손으로 연신 바지를 끌어 올리
며 계속 부들부들 떨었습니다. 그는 내 감방의 문구멍에 가련
한 얼굴을 가까이 댔죠. '아나톨리 페트로비치, 의사가 저한테
폐병에 좋은 차를 처방해 줬잖아요. 그렇죠? 전 몸이 좋지 않
아요. 차를 좀 더 마실래요.' 아무도 대답하지 않았습니다. 그
는 뭔가 묻고 싶은 듯 나와 소장을 번갈아 가며 쳐다보았습니
다. 로좁스키가 그런 말로 무엇을 이야기하려고 한 건지 난 도
무지 알 수 없었습니다. 갑자기 부소장이 엄한 표정을 짓고는
다시 새된 목소리로 외쳤습니다. '무슨 농담을 하는 거야? 자,
갑시다.' 로좁스키는 무엇이 자신을 기다리는지 깨닫지 못한
듯 서둘러 맨 앞에서 복도를 따라 뛰어가다시피 했습니다. 하
지만 제자리에 우뚝 멈춰 섰습니다. 그의 날카로운 목소리와
울음소리가 들렸습니다. 소동이 벌어지고 발을 버둥대는 소
리가 들렸습니다. 그가 날카롭게 소리를 지르며 울었습니다.
소리가 점점 더 멀어졌습니다. 복도 문이 덜컹거리더니 주위
가 완전히 고요해졌죠……. 그렇습니다. 그렇게 그들은 교수
형에 처해졌습니다. 두 사람은 새끼줄에 목이 졸려 죽었죠. 또
다른 보초가 보고 나에게 들려주었습니다. 로진스키는 저항
하지 않았는데 로좁스키는 오랫동안 몸부림을 쳐서 사람들이
교수대에 끌고 가 그의 머리를 억지로 올가미에 집어넣었답
니다. 그렇습니다. 그 보초는 좀 멍청한 사내였습니다. '나리,
사람들이 저에게 무서울 거라고 했거든요. 그런데 하나도 무

섭지 않더라고요. 목이 매달리자마자 그 사람들은 딱 두 번 이렇게 어깨를 바르르 떨었어요.' 그는 어깨가 경련하듯 올라갔다가 축 늘어지는 시늉을 해 보였습니다. '그다음에 사형 집행인이 올가미를 더 꽉 조이기 위해 잡아당겼고, 그걸로 끝이었습니다. 그 사람들이 더 이상 떨지 않던걸요.'" "하나도 무섭지 않더라고요." 크릴초프가 보초의 말을 되풀이했다. 그는 미소를 지으려 했지만 그 대신 울음을 터뜨리고 말았다.

그 후 한참 동안 그는 무겁게 숨을 내쉬며 목구멍으로 치밀어 오르는 흐느낌을 삼키면서 침묵했다.

"그때부터 난 혁명가가 되었습니다. 그렇습니다." 마음을 진정한 그가 짧게 사연을 맺으며 말했다.

그는 인민의지당에 속해 있었고, 심지어 파괴 단체의 수장이었다. 그 단체의 목적은 정부가 스스로 권력을 버리고 민중에게 호소하도록 정부에 테러를 가하는 것이었다. 그는 그 목적을 위해 페테르부르크로, 외국으로, 키예프로, 오데사로 다녔고, 가는 곳마다 성공을 거두었다. 그는 완전히 신뢰하던 사람으로부터 배신을 당했다. 그는 체포되어 재판을 받고 감옥에 두 해 동안 감금되어 있다가 사형을 선고받았지만 무기 징역으로 감형을 받았다.

감옥에서 그는 폐병에 걸렸다. 이제 그가 처한 조건에서 겨우 몇 달 더 살 수 있을 것 같았다. 그도 그것을 알았고 자신이 한 일을 후회하지 않았다. 또 한 번 생이 허락된다면 똑같은 일에, 즉 자신이 목격한 것을 가능하게 만든 체제의 파괴를 위해 생을 바치겠다고도 말했다.

그 사람의 사연을 듣고 그와 가까워지면서 네흘류도프는 이전에 알지 못한 많은 것을 알게 됐다.

7

　숙박소를 출발하던 중 호송대 장교와 죄수들이 어린아이 때문에 충돌한 날, 여인숙에서 묵은 네흘류도프는 늦잠을 잔 데다 현청 소재지에서 부쳐야 할 편지를 쓰느라 오랫동안 지체한 탓에 평소보다 늦게 출발했으며, 전에도 종종 그랬듯 이동 중인 죄수 무리를 따라잡지 못하고 땅거미가 질 무렵에야 간이 숙박소 부근의 마을에 도착했다. 목덜미가 아주 두껍고 흰 뚱뚱한 중년 과부가 운영하는 여인숙에서 젖은 몸을 말린 후 네흘류도프는 많은 이콘과 그림으로 장식된 깨끗한 방에서 차를 충분히 마시고 장교에게 면회 허가를 요청하기 위해 서둘러 숙박소를 향했다.

　이전의 숙박소 여섯 곳에서 네흘류도프는 장교들 중 어느 누구의 허락도 받지 못했다. 장교들은 여러 차례 교체됐지만 다들 한결같이 네흘류도프가 숙박소 건물에 들어가는 것을 허락하지 않았다. 그래서 일주일 넘게 카츄샤를 만나지 못하고 있었다. 이처럼 엄격해진 것은 형무 관계자인 고위 관료가 그 길을 통과할 것으로 예상되었기 때문이다. 결국 그 관료가 숙박소를 둘러보지 않고 지나쳐 버렸기 때문에 네흘류도프는 오전에 죄수 무리를 인계받은 호송대 장교가 예전 장교들처럼 죄수들과의 면회를 허가해 주리라 기대했다.

여인숙 주인은 네흘류도프에게 마을 끝에 위치한 간이 숙박소까지 타란타스를 타고 가라고 권했지만 네흘류도프는 걸어가기로 했다. 영웅서사시의 용사처럼 어깨가 떡 벌어진 젊은 일꾼이 길 안내를 자청했다. 강한 향의 타르를 갓 칠한 아주 커다란 부츠를 신고 있었다. 하늘에서 안개비가 내렸다. 주위가 어찌나 어두웠던지 창문 밖으로 빛이 새어 나오지 않는 곳에서는 젊은이가 세 발짝 정도만 걸음을 옮겨도 그의 모습이 보이지 않고 그저 질퍽한 깊은 진창 속에서 부츠가 내는 소리만 들릴 뿐이었다.

교회 앞 광장과 주택들의 창문이 환하게 빛나는 기다란 거리를 지난 후 네흘류도프는 안내자를 뒤따라 마을 끝의 완전한 어둠 속으로 나섰다. 그러나 곧 이 어둠 속에서도 안개 사이로 흩어지는 불빛이 보였다. 숙박소 주위에서 타오르는 등불이었다. 불꽃의 불그레한 반점들이 점점 더 커지고 환해졌다. 울타리의 말뚝들, 움직이는 초병의 검은 형상, 검은색과 흰색 줄무늬를 칠한 기둥, 초소 등이 보이기 시작했다. 다가오는 사람들을 향해 초병이 평소처럼 소리쳐 불렀다. "거기 누굽니까?" 그리고 그들이 낯선 사람들임을 알자 담장 옆에서 기다리는 것조차 허락하지 않으려 들 만큼 엄격한 태도를 보였다. 하지만 네흘류도프의 안내자는 초병의 엄격함에 당황하지 않았다.

"어이, 젊은이, 뭘 그렇게 화를 내!" 그가 초병에게 말했다. "상관에게 말 좀 넣어 줘. 우리는 여기서 기다릴게."

초병은 아무 대꾸도 없이 쪽문을 향해 뭐라고 외쳤다. 그러고는 그 자리에 멈춰 서서 어깨가 넓은 젊은이가 등불 아래에서 네흘류도프의 부츠에 달라붙은 진흙을 나뭇조각으로 떼어주는 모습을 유심히 지켜보았다. 말뚝 울타리 너머에서 남자들과 여자들이 웅성대는 소리가 들렸다. 삼 분쯤 지나 쇳소리가 들리더니 쪽문이 열리고 어둠으로부터 외투를 어깨에 걸친 상관이 등불의 빛 속으로 나와 무슨 용무인지 물었다. 네흘류도프가 미리 짧은 문구를 적어 둔 명함을 건네며 그것을 장교에게 전해 달라고 청했다. 개인적인 용무 때문이니 들여보내 달라고 요청하는 내용이었다. 상관은 초병보다 덜 엄했지만 그 대신 호기심이 강했다. 그는 네흘류도프가 무슨 일로 장교를 봐야겠다는 것인지, 네흘류도프가 누구인지 어떻게든 알아내려 했다. 아마도 전리품이 생길 것을 직감해 그것을 놓치고 싶지 않은 듯했다. 네흘류도프는 특별한 용건 때문에 왔으며 나중에 사의를 표하겠다고 말한 후 쪽지를 장교에게 건네 달라고 부탁했다. 상관은 쪽지를 받아 들더니 고개를 끄덕이고는 그 자리를 떠났다. 그가 가고 얼마 지나지 않아 다시 쪽문에서 쇳소리가 났고, 그곳으로부터 바구니와 항아리와 자루를 든 여자들이 나오기 시작했다. 독특한 시베리아 방언으로 카랑카랑하게 수다를 떨면서 문지방을 넘었다. 다들 시골풍이 아닌 도회지풍으로 코트나 털외투를 입고 있었다. 치맛자락을 높이 허리춤에 쑤셔 넣고 머리를 숄로 감싼 차림이었다. 그들은 불빛에 비친 네흘류도프와 안내자를 호기심 어린 눈길로 쳐다보았다. 한 여자가 어깨가 넓은 젊은이와 만난 것이 기뻤는지 그를 보자마자 다정하게 시베리아식 욕설을 지껄였다.

"빌어먹을, 여기서 뭐 하냐?" 그녀가 그에게 말을 건넸다.

"여기 이 신사분께 길을 안내하고 있지." 젊은이가 대답했다. "넌 뭘 나르고 있어?"

"우유하고 치즈야. 내일 아침에 또 가져오라는 지시를 받았어."

"자고 가라고 붙잡지는 않았나 보지?" 젊은이가 말했다.

"혓바닥 조심해, 뺑쟁이 같으니!" 그녀가 깔깔거리며 소리쳤다. "마을까지 같이 가. 우릴 데려다줘."

안내자는 여자들뿐 아니라 초병도 웃음을 터뜨릴 법한 말을 그녀에게 더 건네고는 네흘류도프를 돌아보았다.

"어때요? 혼자서 찾아가시겠습니까? 길을 잃어버리지 않으시겠어요?"

"찾아가겠습니다. 찾아갈 수 있습니다."

"교회를 지나친 뒤 이층집에서 오른쪽으로 두 번째 건물입니다. 자, 여기, 지팡이를 드리죠." 그가 지금까지 손에 쥐고 온, 자기 키보다 큰 막대기를 네흘류도프에게 넘기며 말하고는 커다란 부츠를 철벅거리며 여자들과 함께 어둠 속으로 자취를 감추었다.

여자들의 목소리와 뒤엉킨 그의 목소리가 여전히 안개 속에서 들려왔다. 그때 쪽문이 다시 철컹거렸다. 상관이 나와 네흘류도프를 부르더니 장교에게 안내하겠다며 자기를 따라오라고 했다.

8

간이 숙박소의 배치는 시베리아 가도에 있는 여느 숙박소와 똑같았다. 뾰족한 통나무 말뚝에 둘러싸인 안마당에 단층 주택이 세 채 자리하고 있었다. 격자무늬 창이 있는 가장 큰 주택에는 죄수들이, 또 다른 주택에는 호송병 부대가, 또 다른 주택에는 장교와 사무원이 묵었다. 지금 세 채의 주택들에서 전부 불빛이 비치고 있었다. 언제나 그렇듯, 특히 이곳에서 그 불빛들은 환한 벽들 안에 무언가 멋지고 안락한 것이 있는 양 허황된 기대를 품게 했다. 주택들의 현관 계단 앞에 등불들이 켜져 있었고, 벽 주변에도 다섯 개의 등불들이 안마당을 비추며 타올랐다. 부사관이 가장 작은 주택의 현관 계단 쪽으로 난 판자를 따라 네흘류도프를 안내했다. 세 계단을 오른 그는 작은 램프가 켜지고 가스 냄새가 풍기는 대기실로 네흘류도프를 먼저 들여보냈다. 페치카 옆에서 거친 루바시카와 넥타이와 검은 바지를 입은 병사가 한쪽 발에 목 부분이 노란 부츠를 신은 채 몸을 반으로 꺾고서 다른 쪽 부츠의 목 부분으로 바람을 일으켜 사모바르 안의 숯에 불을 지피고 있었다. 네흘류도프를 본 병사가 사모바르를 내버려 둔 채 네흘류도프의 가죽 코트를 벗겨 주고는 안쪽 빙으로 들어갔다.

"오셨습니다, 장교님."

"그래, 들어오시라고 해." 성난 목소리가 들렸다.

"문으로 들어가십시오." 병사는 이렇게 말하고 이내 다시 사모바르에 매달렸다.

천장에 매달린 램프가 빛을 비추는 두 번째 방에는 식사하고 남은 음식물과 병 두 개가 놓인 탁자 너머에 금발의 큼직한 콧수염을 기르고 얼굴이 매우 붉은 장교가 넓은 가슴과 어깨를 오스트리아풍의 상의로 감싸고 앉아 있었다. 따뜻한 방에는 담배 냄새 외에도 싸구려 향수의 강렬한 냄새가 진동했다. 네흘류도프를 본 장교는 약간 몸을 일으키고서 조롱과 경멸이 뒤섞인 듯한 눈길로 그를 응시했다.

"무슨 일로 오셨습니까?" 그는 이렇게 말하고는 대답을 기다리지 않고 문을 향해 소리쳤다. "베르노프! 도대체 사모바르는 언제쯤 가져올 거야?"

"즉시 가겠습니다."

"네놈이 기억할 수 있도록 내가 그 '즉시'라는 걸 줘 보랴!" 장교가 눈을 번득이며 소리쳤다.

"갑니다!" 병사가 큰 소리로 외치며 사모바르를 들고 들어왔다.

네흘류도프는 병사가 사모바르를 내려놓을 때까지 기다렸다.(장교는 마치 어디를 맞출지 조준이라도 하듯 악의가 깃든 작은 눈으로 병사를 좇았다.) 사모바르가 준비되자 장교는 차를 끓였다. 그리고 여행용 식료품 가방에서 코냑이 든 사각뿔 모양의 유리병과 '알베르트' 비스킷을 꺼냈다. 탁자보 위에 이 모든 것을 늘어놓은 후 그가 다시 네흘류도프를 돌아보았다.

"그런데 제가 뭘 도와 드릴 수 있을까요?"

"여자 죄수 한 명과 면회를 하고 싶습니다." 네흘류도프가 선 채로 말했다.

"정치범인가요? 그건 법으로 금지되어 있는데요." 장교가 말했다.

"그 여자는 정치범이 아닙니다." 네흘류도프가 말했다.

"부디 앉아 주시길 부탁드립니다." 장교가 말했다.

네흘류도프가 앉았다.

"그녀는 정치범이 아닙니다." 네흘류도프가 거듭 말했다. "하지만 내 요청으로 최고 책임자로부터 정치범들과 함께 이동해도 좋다는 허락을 받았습니다."

"아, 압니다." 장교가 끼어들었다. "몸집이 작고 머리칼이 검은 여자죠? 뭐, 그렇다면 괜찮습니다. 담배를 피우시겠습니까?"

그는 네흘류도프 쪽으로 담배 케이스를 밀고 나서 컵 두 개에 차를 조심스럽게 따라 그중 하나를 네흘류도프에게 밀어 보냈다.

"드시죠." 그가 말했다.

"감사합니다. 면회를 하고 싶은데……."

"밤은 깁니다. 아직 시간이 있어요. 제가 그녀를 당신에게 보내라고 지시하겠습니다."

"그녀를 부르지 말고 날 숙소에 들여보내 주면 안 될까요?" 네흘류도프가 물었다.

"정치범 숙소로요? 법에 어긋납니다."

"난 몇 번 허락을 받고 들어간 적이 있습니다. 내가 그들에게 무언가를 전달할지 모른다는 우려 때문입니까? 내가 그녀를 통해서 전달할 수도 있잖습니까?"

"뭐, 그렇게는 안 될 겁니다. 그녀는 몸수색을 받을 테니까요." 장교는 말을 건네고 불쾌한 웃음을 터뜨렸다.

"하, 그렇다면 나도 몸수색을 하시지요."

"뭐, 그러지 않아도 될 것 같은데요." 장교는 마개를 열어 유리병을 네흘류도프의 컵에 가져가며 말했다. "좀 드릴까요? 뭐, 좋으실 대로 하십시오. 여기 시베리아에서 살다 보면 교양 있는 사람을 만나는 게 얼마나 기쁜지 모릅니다. 당신도 아시겠지만, 우리 업무가 이루 말할 수 없이 서글픈 일이거든요. 다른 일에 익숙해진 사람에게는 정말 힘듭니다. 우리에 대해서는 이런 통념이 있지요. 호송대 장교는 거칠고 교양 없는 인간이라는 통념 말입니다. 그 인간이 전혀 다른 일을 위해 태어났을지도 모른다는 생각은 아무도 하지 않아요."

네흘류도프는 이 장교의 붉은 얼굴, 향수, 반지, 특히 불쾌한 웃음소리에 심한 거부감을 느꼈다. 하지만 여정 내내 그랬듯 오늘도 그는 진지하고 신중한 정신 상태를 유지하고 있었다. 그런 상태에서는 어떤 사람에게도 경솔하고 업신여기는 듯한 태도를 취하지 않았으며, 그 스스로 이런 태도에 대해 표현한 것처럼 누구하고든 반드시 '온 힘을 다해' 대화해야 한다고 생각했다. 장교의 말을 다 들은 후 네흘류도프는 장교의 정신 상태에 대해 그가 관할하는 사람들의 고통에 대한 연민으로 괴로워한다고 결론 내렸다. 그는 진지하게 말했다.

"당신의 직무 안에서도 사람들의 고통을 덜어 주면서 위안을 찾을 수 있다고 생각합니다." 그가 말했다.

"무슨 고통이요? 그들은 그런 사람들인걸요."

"그들이 무슨 특별한 사람들이라도 됩니까?" 네흘류도프가 말했다. "그들도 다른 모든 사람과 똑같아요. 무고한 사람들도 있습니다."

"물론 온갖 사람이 있지요. 당연히 불쌍하다는 생각을 하게 됩니다. 다른 사람들은 일절 봐주지 않습니다. 하지만 난 내 힘이 닿는 경우 그들의 고통을 덜어 주려고 노력합니다. 그들이 아니라 차라리 내가 괴로운 편이 더 나아요. 다른 사람들은 무슨 작은 일만 있어도 당장 규정대로 처리합니다. 심지어 총살도 하죠. 하지만 난 그들을 동정합니다. 차를 더 드릴까요? 드시지요." 그가 차를 더 따르며 말했다. "당신이 만나고 싶어하는 그 여자는 대체 어떤 여잡니까?" 그가 물었다.

"불행한 여자입니다. 유곽에 흘러들었다가 그곳에서 독살이라는 누명을 쓰게 됐죠. 하지만 아주 좋은 여자입니다." 네흘류도프가 말했다.

장교가 고개를 저었다.

"네, 종종 있는 일이죠. 카잔에 살던 엠마라는 여자에 대해 이야기해 드리죠. 헝가리 태생에 정말로 페르시아인 같은 눈을 가진 여자였습니다." 그는 그 추억에 미소를 억누르지 못하고 말을 계속했다. "어찌나 멋진지 백작 부인이라고 해도 좋을……."

네흘류도프는 장교의 말을 가로막고 조금 전의 화제로 돌아갔다.

"그들이 당신의 관할 아래 있는 한 당신이 그들의 처지를 좀 더 편하게 해 줄 수 있다고 생각합니다. 그리고 그렇게 행동함으로써 당신은 큰 기쁨을 얻을 것이라고 확신합니다." 네흘류도프는 외국인이나 아이들을 대하듯 최대한 알아듣기 쉽게 발음하려고 애쓰면서 말했다.

장교는 반짝이는 눈으로 네흘류도프를 쳐다보았다. 페르시아인의 눈동자를 지닌 헝가리 여자에 대해 계속 이야기하기 위해 네흘류도프가 말을 끝내기를 초조하게 기다리는 듯했다. 그 헝가리 여자가 상상 속에 생생하게 떠올라 그의 모든 주의를 삼켜 버린 게 분명했다.

"네, 그렇죠. 정말 그렇겠군요." 그가 말했다. "나도 그들에게 동정을 느낍니다. 다만 그 엠마라는 여자에 대해 당신에게 말해 주고 싶습니다. 그러니까 그녀가 어쨌느냐 하면……."

"난 그 이야기에 관심 없습니다." 네흘류도프가 말했다. "솔직히 말하죠. 나 자신도 예전에는 다른 인간이었지만 이제 여자에 대한 그런 태도를 증오합니다."

장교는 놀란 표정으로 네흘류도프를 쳐다보았다.

"차 한 잔 더 드시지 않겠습니까?" 그가 말했다.

"아뇨, 감사합니다."

"베르노프!" 장교가 소리쳤다. "이 신사분을 발루코프에게 안내해 드려. 정치범들 전용 감방에 들여보내 드리라고 말해. 이분은 거기에 점호 때까지 계셔도 돼."

9

 네흘류도프는 전령병의 안내를 받아 붉은 등불이 어슴푸레
비추는 어둑한 안마당으로 다시 나왔다.

 "어디로 갑니까?" 마주친 호송병이 네흘류도프를 안내하는
전령병에게 물었다.

 "전용 감방으로 갑니다. 5호실이요."

 "여기로 지나갈 수 없습니다. 문이 잠겼습니다. 저쪽 현관
계단을 통해 가야 합니다."

 "왜 잠겨 있습니까?"

 "상관이 문을 잠그고 마을로 가 버렸습니다."

 "음, 그럼 이쪽으로 오시죠."

 병사는 네흘류도프를 다른 현관 계단으로 안내하기 위해
판자를 따라 다른 입구로 다가갔다. 안마당에 들어서자 마치
분봉을 준비하는 실한 벌통처럼 내부에서 웅성대는 목소리들

과 움직이는 소리들이 들렸다. 그러나 네흘류도프가 가까이 다가서면서 문이 열린 순간 그 웅성거리는 소리는 한층 커지며 서로 소리 지르고 욕설을 하고 웃어 대는 소리로 바뀌었다. 쇠사슬이 철컹거리는 소리가 들렸고, 익히 아는 배설물과 타르의 불쾌한 냄새가 풍겼다.

그 두 가지 인상, 즉 쇠사슬 소리가 뒤섞인 사람들의 웅성대는 목소리와 그 끔찍한 냄새는 네흘류도프에게 언제나 정신적 구토감이라 할 만한 하나의 괴로운 감각으로 합쳐졌고, 정신적 구토감은 육체적 구토감으로 전이했다. 그리고 두 감각은 함께 뒤섞이며 서로를 한층 강렬하게 만들었다.

네흘류도프가 간이 숙박소의 현관 — '파라하'라고 불리는 커다란 나무통에서 지독한 악취가 풍겼다 — 으로 들어서다 처음 본 것은 나무통 가장자리에 걸터앉은 여자였다. 그 맞은편에는 삭발한 머리에 블린처럼 납작한 모자를 옆으로 비뚜름하게 쓴 남자가 있었다. 그들은 무언가에 대해 이야기를 나누고 있었다. 네흘류도프를 본 남자 죄수가 한쪽 눈을 찡긋하며 말했다.

"차르도 물을 막지는 못하는 법이지."

여자는 할라트 자락을 내리고 눈을 내리깔았다.

현관에서부터 복도가 뻗어 있었고, 방문들이 복도를 향해 열려 있었다. 첫 번째는 가족용 방이었고, 그다음은 독신자용 방이었으며, 복도 끝에 정치범들을 위한 작은 방이 두 개 있었다. 수용 가능 규모가 150명인 간이 숙박소 건물에 450명을 집어넣은 탓에 공간이 너무 비좁아 방에 자리를 잡지 못한 죄수들이 복도를 가득 메우고 있었다. 어떤 사람들은 바닥에 앉거나 누웠고, 또 어떤 사람들은 빈 주전자나 끓는 물을 가득 채운 주전자를 들고 이리저리 오갔다. 그 사람들 틈에 타라스도 있었다. 그가 네흘류도프에게 다가와 다정히 인사를 건넸다. 타라스의 선한 얼굴은 콧잔등과 눈 밑의 푸르죽죽한 멍 자국으로 흉해 보였다.

"무슨 일이야?" 네흘류도프가 물었다.

"그럴 일이 있었습니다." 타라스가 씩 웃으며 말했다.

"늘 싸우는걸요." 호송병이 경멸하듯 말했다.

"여자 때문이죠." 타라스를 뒤따라온 남자 죄수가 덧붙여 말했다. "눈먼 페지카와 맞붙어 싸웠어요."

"그런데 페도시야는 어때?" 네흘류도프가 물었다.

"괜찮아요, 건강합니다. 마침 페도시야에게 차를 우릴 뜨거운 물을 가져가는 중입니다." 타라스는 이렇게 말하고 가족용 방으로 들어갔다.

네흘류도프는 문을 흘깃 쳐다보았다. 방은 침상 위든 아래든 남자들과 여자들로 꽉 차 있었다. 말리던 젖은 옷가지에서 올라오는 김이 방에 가득 어리고, 여자들의 고함 소리가 그칠 새 없이 들렸다. 다음 문은 독신자용 방이었다. 그 방은 더 붐볐다. 심지어 문지방에도 복도에도 젖은 옷가지를 입고서 떠들썩하게 무언가를 나누거나 결정하는 무리들이 서 있었다. 죄수들이 미리 가불하거나 전표 — 트럼프 카드로 만든 — 를 걸고 내기하느라 받기도 전에 써 버린 급부금을 방장이 도박장을 운영하는 죄수에게 지급하는 중이라고 호송병이 네흘류도프에게 설명했다. 부사관과 신사를 보자 근처에 섰던 사람들이 입을 다물고는 지나가는 이들을 부루퉁한 표정으로 쳐다보았다. 네흘류도프는 돈을 나누는 사람들 중에서 안면이 있는 징역수 표도로프와 그가 늘 데리고 다니는 젊은이 — 치켜 올라간 눈썹과 부은 듯한 몸뚱이에 창백한 안색을 지닌 볼품없는 모습이었다 — 를 알아보았다. 얽은 자국이 있고 코가 없는 혐오스러운 부랑자도 발견했다. 시베리아의 타이가에서 탈주하는 동안 동료를 죽이고 그 고기를 먹으며 버텼다는 소문으로 유명한 남자였다. 한쪽 어깨에 젖은 할라트를 걸치고 복도에 선 부랑자는 길을 비켜 주지 않고 조롱하듯 뻔뻔스럽게 네흘류도프를 쳐다보고 있었다. 네흘류도프는 그를 피해 지나갔다.

네흘류도프는 그런 광경에 너무도 익숙했다. 지난 석 달 동안 똑같은 400명의 형사범들을 온갖 다양한 상황에서 숱하게 보았다. 무더위 속에서도, 죄수들이 족쇄를 끌면서 일으키는 구름 같은 먼지 속에서도 보았다. 길에서 휴식하는 모습도, 따뜻한 시기에 간이 숙박소 안마당에서 노골적으로 음탕한 짓을 벌이는 끔찍한 장면도 보았다. 그래도 그들 속으로 들어갈 때마다 지금처럼 그들의 관심이 자기에게 쏠리는 것을 느꼈고, 그들 앞에서 수치심과 죄책감이라는 괴로운 감정을 맛보았다. 가장 괴로운 것은 수치심과 죄책감이라는 이 감정에 도저히 극복할 수 없는 혐오감과 공포감이 뒤섞여 있다는 점이었다. 그들이 처한 그런 상황에 있다 보면 그들처럼 되지 않을 수 없다는 것을 알았다. 그럼에도 그들에 대한 혐오감을 억누르기 힘들었다.

"저놈들은 좋겠다. 기생충 같은 것들." 정치범 방으로 다가
가는데 네흘류도프의 귀에 말소리가 들렸다. "저 악마 같은 놈
들에게는 아무 일도 없겠지. 아마 배도 아프지 않을걸." 누군
가의 목쉰 소리가 불쾌한 욕설을 덧붙이며 말했다.

적의에 찬 조롱하는 웃음소리가 들렸다.

10

독신자 방을 지나치자 네흘류도프를 안내하던 부사관이 점호 전에 데리러 오겠다고 말하고는 되돌아갔다. 부사관이 자리를 뜨자마자 한 죄수가 족쇄를 손에 쥔 채 맨발을 재빠르게 움직이면서 불쾌하고 시큼한 땀 냄새를 확 풍기며 네흘류도프에게로 가까이 다가와 은밀하게 속삭였다.

"도와주십시오, 나리. 저들이 젊은이 한 명을 완전히 엮었습니다. 계속 술을 먹였거든요. 오늘 점호에서 젊은이가 자기 이름을 카르마노프라고 하더라고요. 그의 편이 되어 주십시오. 우리는 그럴 수 없습니다. 저들이 우리를 죽일 거예요." 죄수가 불안하게 주위를 두리번거리며 말하고는 곧 네흘류도프의 곁을 떠났다.

사건의 경위는 다음과 같았다. 징역수 카르마노프가 자신과 얼굴이 비슷한 젊은 유형수에게 이름을 바꾸자고 꼬드겼다. 징역수인 자신은 유형지로 떠나고 젊은이가 자기 대신 강제 노역을 하게 만들기 위해서였다.

조금 전의 그 죄수가 일주일 전에 이 신분 교환을 알려 주었기 때문에 네흘류도프는 이미 이 일에 대해 알고 있었다. 네흘류도프는 상황을 이해했고 자신이 할 수 있는 일을 해 보겠다는 표시로 고개를 끄덕이고는 주위를 두리번거리지 않고 계속 앞으로 나아갔다.

네흘류도프는 예카체린부르크에서 이 죄수를 처음 알게 됐다. 아내가 자기를 따라올 수 있도록 해 달라고 네흘류도프에게 청원을 했던 것이다. 네흘류도프는 그가 저지른 행동에 깜짝 놀랐다. 그는 중키에 지극히 평범한 농민 모습을 한 서른 살가량의 남자였는데 강도 살인 미수죄로 징역을 선고받았다. 이름은 마카르 젭킨이었다. 그의 범죄는 매우 기이했다. 그 스스로 네흘류도프에게 말했듯이 그 범죄는 자신이 아니라 그자, 즉 악마의 소행이었다. 그가 이야기하길 한 여행자가 마카르의 아버지를 찾아와 40베르스타 떨어진 마을로 가기 위해 2루블에 썰매를 빌렸다. 아버지는 마카르에게 여행자를 데려다주도록 했다. 마카르는 썰매에 말을 매고 옷을 입은 후 여행자와 함께 차를 마셨다. 차를 마시는 동안 여행자가 이야기하길 모스크바에서 번 500루블을 지참하고 결혼을 하러 가는 길이라고 했다. 그 말을 들은 마카르는 안마당으로 나가서 썰매 안의 짚단 밑에 도끼를 가져다 놓았다.

"제가 도끼를 왜 가져갔는지 스스로도 모르겠습니다." 그가 말했다. "'도끼를 가져가.'라는 목소리가 들려서 도끼를 가

저갔습니다. 우리는 썰매에 올라타 출발했죠. 함께 가는 동안 아무 일도 없었습니다. 그런데 마을이 점점 가까워지고 6베르스타 정도 남았을 때입니다. 샛길에서 대로로 이어진 길이 오르막이었습니다. 제가 썰매에서 내려 뒤쪽으로 가는데 그자가 소곤거렸습니다. '무슨 생각을 하고 있어? 오르막을 다 오르면 대로변을 따라 사람들을 만나잖아. 거기엔 마을이 있어. 저 남자는 돈을 가지고 떠날 거야. 만약 할 생각이 있다면 때는 지금이야. 기다릴 필요가 없다고.' 전 짚단을 정돈하는 척 썰매 쪽으로 몸을 숙였습니다. 그런데 도끼가 제 손으로 뛰어드는 것 같더군요. 그 남자가 돌아보았습니다. '뭐야?' 그가 말했습니다. 전 도끼를 들어 그를 세게 내리치려고 했습니다. 하지만 몸놀림이 빠른 남자가 썰매에서 뛰어내려 제 손을 붙잡았습니다. '무슨 짓이야, 이 나쁜 자식.' 그 남자가 절 눈 위에 넘어뜨렸습니다. 전 맞붙어 싸우려 하지 않고 순순히 굴복했습니다. 남자는 제 손을 허리띠로 묶은 후 절 썰매 안에 내동댕이쳤죠. 전 곧장 경찰서로 끌려갔습니다. 감옥에 갇혔죠. 재판을 받았고요. 마을 공동체는 제가 좋은 사람이고 나쁜 점은 전혀 보이지 않았다고 인정해 주었습니다. 제가 살던 집의 주인 부부도 좋은 말을 해 주었고요. 하지만 변호사를 고용할 돈이 없었습니다." 마카르가 말했다. "그래서 4년 형을 선고받았지요."

그런데 지금 바로 이 남자가 고향 사람을 구하고 싶은 마음에 목숨을 잃을지 모른다는 것을 알면서 네흘류도프에게 죄수의 비밀을 전하고 있었다. 이런 행동을 했다는 게 알려지기만 해도 그는 틀림없이 교살되고 말 것이다.

11

정치범들의 숙소는 작은 방 두 개로 이루어졌고, 문들은 칸막이로 막은 복도 쪽에 나 있었다. 칸막이 안쪽으로 들어선 네흘류도프가 가장 먼저 발견한 사람은 시몬손이었다. 타오르는 불의 열기 때문에 덜걱덜걱 떨리며 그 속으로 빨려 들어갈 것 같은 페치카 뚜껑 앞에 그가 재킷 차림으로 소나무 장작개비를 손에 쥐고서 쭈그리고 앉아 있었다.

네흘류도프를 보자 그는 여전히 쭈그린 채로 처진 눈썹 밑에서 그를 올려다보며 한 손을 내밀었다.

"와 주셔서 기쁩니다. 당신을 꼭 만나야 했습니다." 그가 네흘류도프의 눈을 똑바로 보며 의미심장한 표정으로 말했다.

"도대체 무슨 일입니까?" 네흘류도프가 물었다.

"나중에요. 지금은 바빠서요."

그러더니 시몬손은 다시 페치카에 매달렸다. 그는 자신의 독자적인 이론에 따라 열에너지의 손실을 최소화하면서 불을 지피는 중이었다.

　네흘류도프가 첫 번째 문으로 지나가려는데 다른 문에서 마슬로바가 허리를 굽힌 채 손에 빗자루를 들고 나왔다. 그녀는 커다란 먼지 더미를 페치카 쪽으로 쓸고 있었다. 하얀 재킷을 입고 긴 양말을 신고 치맛자락을 허리띠에 쑤셔 넣은 차림이었다. 먼지 때문에 하얀 머릿수건을 눈썹까지 내려오도록 여몄다. 네흘류도프를 본 그녀가 허리를 펴더니 발그레 물든 생기 넘치는 얼굴로 빗자루를 내려놓고는 치맛자락에 두 손을 닦고 그 앞에 똑바로 섰다.

　"숙소를 청소하나 보죠?" 네흘류도프가 한 손을 내밀며 말했다.

　"네, 제가 옛날에 하던 일이죠." 그녀는 이렇게 말하고 생긋 웃었다. "상상도 못 할 만큼 더러워요. 우리가 계속 치우고 있죠. 어때요, 모포가 말랐나요?" 그녀가 시몬손을 돌아보았다.

　"거의요." 시몬손이 어떤 특별한 시선으로 그녀를 쳐다보며 말했다. 네흘류도프는 그 눈길에 깜짝 놀랐다.

　"그럼 나중에 모포를 가지러 올게요. 말릴 외투도 가져오고요. 우리 사람들은 전부 저기 있어요." 멀리 떨어진 문으로 나가던 그녀가 가까운 문을 가리키며 말했다.

　네흘류도프는 문을 열고 작은 방으로 들어갔다. 침상 위에 나지막하게 놓인 작은 금속 램프가 희미하게 빛을 비추고 있었다. 방 안은 추웠으며, 부유하는 먼지와 습기와 담배 냄새가 풍겼다. 양철 램프가 그 주위에 있는 사람들을 환하게 비추었지만 침상은 그늘에 덮였고 벽 위로 검은 그림자가 아른거렸다.

배급 담당이어서 끓는 물과 식량을 가지러 간 두 남자를 제외하고 전부 작은 방에 모여 있었다. 그곳에 네흘류도프가 아는 나이 지긋한 베라 예프레모브나가 있었다. 회색 재킷을 입고 짧은 머리를 한 그녀는 전보다 한층 야위고 누렇게 떴으며, 눈동자에는 두려움이 어리고 이마에 핏줄이 불거졌다. 그녀는 담배를 흩어 놓은 신문지 앞에 앉아 발작적인 손놀림으로 궐련을 말고 있었다.

네흘류도프가 가장 좋아하는 정치범 여성들 가운데 한 명인 에밀리야 란체바도 여기에 있었다. 방 살림을 맡은 그녀는 이루 말할 수 없이 열악한 조건에서도 자기 일에 여성의 능숙한 손길이 관리하는 집 같은 매력적인 느낌을 더했다. 그녀는 램프 옆에 앉아 소맷자락을 걷어붙인 채 햇볕에 탄 아름답고 민첩한 손으로 손잡이 달린 컵과 찻잔을 닦아 침상 위에 펼쳐 둔 천 위에 늘어놓고 있었다. 란체바는 그다지 아름답지 않은 젊은 여자였는데 표정이 지적이고 온화했다. 미소를 지을 때면 갑자기 명랑하고 활기차고 매력적으로 변하는 것이 그 얼굴의 특징이었다. 그녀는 지금 그런 미소로 네흘류도프를 맞이했다.

"우리는 당신이 이미 러시아로 돌아갔을 거라고 생각했어요." 그녀가 말했다.

멀리 그늘진 구석에 마리야 파블로브나가 있었다. 금발의 어린 여자아이와 함께 무언가를 하고 있었다. 여자아이는 어린아이 특유의 사랑스러운 목소리로 무슨 말을 끊임없이 옹

알거렸다.

"당신이 와 주다니 정말 좋네요. 카챠는 봤어요?" 그녀가 네흘류도프에게 물었다. "우리에게 이렇듯 손님이 찾아왔답니다." 그녀가 여자아이를 가리켰다.

그 자리에 아나톨리 크릴초프도 있었다. 깡마르고 창백한 그가 멀리 떨어진 구석의 침상에서 펠트 부츠를 신은 두 발을 허벅지 아래 쑤셔 넣고 반외투의 소매 속으로 두 손을 집어넣은 채 등을 구부리고서 덜덜 떨며 열에 들뜬 눈으로 네흘류도프를 쳐다보았다. 네흘류도프는 그에게 다가가려고 했다. 그런데 문 오른쪽에 안경을 쓴 불그레한 곱슬머리 남자가 고무 재킷 차림으로 앉아서 자루 속에 든 무언가를 살펴보며 근사한 미소를 띤 그라베츠와 함께 이야기를 나누고 있었다. 그 사람은 유명한 혁명가인 노보드보로프였다. 네흘류도프는 황급히 인사를 건넸다. 네흘류도프가 특히 서둘러 그렇게 한 것은 이 모든 정치범들 가운데 그가 좋아하지 않는 유일한 사람이 바로 이 남자였기 때문이다. 노보드보로프는 네흘류도프를 향해 안경 너머로 하늘색 눈동자를 번득이며 얼굴을 찌푸린 채 조붓한 손을 내밀었다.

"어때요, 여행은 즐거우신가요?" 그가 비아냥거리는 듯한 투로 말했다.

"네, 아주 흥미롭습니다." 네흘류도프는 빈정거림을 눈치채지 못하고 그 말을 친절로 받아들이는 척하며 대답하고는 크릴초프에게 다가갔다.

네흘류도프는 겉으로 무심해 보였지만 마음속으로는 노보

드보로프에 대해 결코 태연할 수 없었다. 노보드보로프의 그 말, 불쾌한 말과 행동을 하고 싶어 하는 역력한 기색이 네흘류도프의 부드러운 기분을 깨뜨렸다. 그래서 그는 우울하고 서글픈 기분에 잠겼다.

"어때요, 건강은 어떻습니까?" 그가 크릴초프의 바들바들 떨리는 차가운 손을 잡으며 말했다.

"뭐, 괜찮습니다. 다만 몸이 따뜻해지지 않네요. 흠뻑 젖어서 말이죠." 크릴초프가 반외투의 소매 속으로 황급히 손을 감추며 말했다. "그리고 이곳은 지독하게 추워요. 봐요, 저기 창문들이 깨졌죠." 그는 격자 창살 너머 두 곳이 깨진 유리창을 가리켰다. "당신은 어때요? 왜 그동안 보이지 않았습니까?"

"들여보내 주지 않아서요. 당국이 아주 엄합니다. 그런데 오늘은 장교가 관대하더군요."

"뭐, 정말 관대하죠!" 크릴초프가 말했다. "마샤에게 물어보세요. 그 사람이 아침에 무슨 짓을 했는지요."

마리야 파블로브나는 자리에 그대로 앉아서 아침에 간이 숙박소를 출발할 때 여자아이에게 일어난 일을 들려주었다.

"집단 항의를 해야 한다고 생각해요." 베라 예프레모브나가 단호한 목소리로 말하는 동시에 이 사람 저 사람의 얼굴을 두려움과 망설임이 뒤섞인 눈길로 번갈아 쳐다보았다. "블라지미르가 항의했지만 그것으로는 충분하지 않아요."

"어떻게 항의하자는 거야?" 크릴초프가 짜증 난 표정으로 얼굴을 찌푸리며 말했다. 베라 예프레모브나의 소탈하지 않은 작위적인 말투와 신경질적인 모습에 오래전부터 거부감을 느껴 온 듯했다. "카챠를 찾고 있죠?" 그가 네흘류도프를 돌아보았다. "카챠는 계속 일하고 있어요. 청소를 하고 있죠. 방금 전까지 여기 우리 남자 방을 치웠고, 지금은 여자 방을 치우고 있습니다. 하지만 벼룩만큼은 치울 수가 없네요. 아주 기승을 부려요. 그나저나 마샤는 저기서 뭘 하고 있습니까?" 그가 마리야 파블로브나가 있는 구석을 고갯짓으로 가리키며 물었다.

"수양딸의 머리를 빗겨 주던데요." 란체바가 말했다.

"저 애가 우리에게 이를 퍼뜨리지는 않겠지?" 크릴초프가 말했다.

"아냐, 아냐. 내가 확실히 하고 있어. 이 애는 이제 깨끗해." 마리야 파블로브나가 말했다. "얘를 데려가." 그녀가 란체바를 돌아보았다. "내가 가서 카챠를 도와야겠어. 그리고 이 사람을 위해 모포도 가져올게."

란체바는 여자아이를 데려가더니 어머니 같은 부드러운 태도로 아이의 통통한 작은 손을 끌어당겨 무릎에 앉히고 설탕 조각을 건넸다.

마리야 파블로브나가 나가자 두 남자가 끓인 물과 식량을 들고 들어왔다.

12

들어온 남자들 중 한 명은 그다지 키가 크지 않은 야윈 젊은이로 천을 덧댄 짧은 털외투를 입고 긴 부츠를 신었다. 그는 뜨거운 물이 담긴 김이 모락모락 나는 커다란 주전자 두 개를 들고 손수건에 싼 빵을 겨드랑이에 낀 채 가볍고 재빠른 걸음으로 걸어왔다.

"어, 우리 공작님께서 나타나셨네." 그가 찻잔들 사이에 주전자를 내려놓고 빵을 마슬로바에게 건네며 말했다. "우리가 근사한 걸 샀어." 그는 털외투를 벗어 다른 사람들의 머리 너머 침상 구석으로 던지며 계속 말했다. "마르켈이 우유와 달걀을 샀다니까. 정말이지 오늘 밤에는 무도회라도 열어야겠어. 그런데 키릴로브나의 청결함은 완전히 미적인 수준에 도달했는걸." 그가 빙그레 웃으며 란체바를 쳐다보았다. "자, 이제 차를 끓여 줘." 그가 그녀에게 말했다.

이 남자의 외양 전체에, 그 몸짓과 목소리와 시선에 활기와 쾌활함이 감돌았다. 또 다른 사람은 정반대로 우울하고 침울해 보이는 남자였다. 역시 키가 크지 않고 앙상한 데다 불거진 광대뼈, 홀쭉한 볼, 잿빛 안색, 연한 녹색을 띤 아름다운 눈동자, 넓은 미간, 얇은 입술을 지녔다. 솜을 댄 낡은 코트를 입고 부츠에 덧신을 신은 차림이었다. 그는 항아리 두 개와 나무껍질로 만든 바구니 두 개를 들고 왔다. 란체바 앞에 짐을 내려놓은 그는 목만 까딱해 네흘류도프한테 인사를 하며 그에게서 시선을 떼지 않았다. 그러다가 마지못해 땀에 젖은 손을 내밀어 악수를 하고는 바구니에서 식량을 꺼내 천천히 늘어놓기 시작했다.

그 두 정치범은 민중 출신이었다. 첫 번째는 농민인 나바토프였고, 두 번째는 공장 노동자인 마르켈 콘드라치예프였다. 마르켈이 혁명 운동에 뛰어든 것은 이미 중년인 서른다섯에 이르러서였다. 나바토프는 열여덟 살 때부터였다. 마을의 초등학교를 졸업하고 비범한 재능으로 김나지움에 들어간 나바토프는 그곳에서 공부하는 내내 과외 수업으로 생계를 유지했으며 졸업할 때는 금메달까지 받았지만 대학에는 진학하지 않았다. 자신의 출신 계급인 민중 속으로 들어가서 방치된 형제들을 계몽하겠다고 이미 7학년 때 결심을 굳혔기 때문이다. 그는 그 결심을 실행에 옮겼다. 우선 큰 마을의 서기가 되었다. 그러나 농민들에게 책을 읽어 주고 그들 사이에 소비 생산 조합을 세웠다는 이유로 곧 체포됐다. 처음에는 여덟 달 동안 감옥에 갇혔다가 풀려났고, 그 이후 비밀 감시를 받았다. 그는 석방되자마자 곧 다른 현의 다른 마을에 가서 교사로 자리를 잡은 후 똑같은 활동을 했다. 그는 다시 체포됐고, 이번에는 일 년 이 개월 동안 감옥살이를 했다. 감옥에서 그의 신념은 한층 확고해졌다.

두 번째 형기가 끝나고 나서 그는 페름현으로 유형을 떠났다. 그는 그곳에서 탈주했다. 다시 체포되어 일곱 달 동안 감옥에 구금되었다가 아르한겔스크현으로 유형을 떠났다. 그곳에서는 새로 즉위한 차르[43]에게 선서하기를 거부했다는 죄목으로 야쿠츠크주 유형을 선고받았다.[44] 그래서 그는 성인기의 절반을 투옥과 유형 생활로 보냈다. 이 모든 편력에도 그는 원한을 담아 두지 않았고, 그 힘은 약해지기는커녕 한층 더 불타올랐다. 그는 무엇을 먹든 소화를 잘 시키는 원기 왕성한 사람으로 언제나 한결같이 활동적이고 쾌활하고 활기찼다. 어떤 것에 대해서도 결코 후회하지 않았고, 그 무엇도 미리 지레짐작하지 않았으며, 현재에 온 힘을 다해 자신의 두뇌와 민첩함과 실무 능력을 발휘했다. 자유의 몸일 때는 스스로에게 부과한 목적을 위해, 즉 노동자 대중, 특히 농민 대중의 계몽과 단결을 위해 일했다. 자유를 속박당할 때는 자신만이 아니라 동료들을 위해 외부 세계와 소통하고 주어진 조건에서 최선의

---

43) 알렉산드르 2세가 암살당한 후 1881년에 즉위한 알렉산드르 3세를 가리킨다.
44) 페름과 아르한겔스크 지방은 유럽 러시아의 북부에 있고, 야쿠츠크 지방은 동시베리아의 북부에 있다. 세 지방 모두 죄수들의 유형과 강제 노역을 위한 장소로 활용됐다.

생활을 마련하고자 그 못지않은 힘과 실무 능력을 발휘했다. 그는 무엇보다 공동체적 인간이었다. 자신을 위해서는 아무것도 원하지 않고 아무리 작은 것에라도 만족하는 듯 보였다. 그러나 동료들의 공동체를 위해서는 많은 것을 요구했고, 육체적으로든 정신적으로든 자지도 먹지도 않은 채 잠시도 쉬지 않고 일할 수 있었다. 그는 농민답게 부지런하고 영리하고 손끝이 야무졌다. 또한 절제가 몸에 붙어 달리 노력하지 않아도 예의를 지킬 수 있었으며 타인의 감정뿐 아니라 타인의 견해에도 늘 주의를 기울였다. 과부인 연로한 어머니는 글을 모르고 미신에 푹 빠진 농민이었다. 어머니가 아직 살아 계셔서 나바토프는 일을 돕기도 하고 몸이 자유로울 때면 찾아가기도 했다. 집에 잠시 머무는 동안에는 어머니의 생활을 샅샅이 살피며 일손을 거들었고, 예전에 동료였던 젊은 농민들과도 계속 교제를 나누었다. 그들과 싸구려 입담배를 종이에 말아 피웠고, 주먹 싸움도 했고, 모두가 어떻게 속고 있으며 그들을 옥죄는 기만에서 벗어나려면 어떻게 해야 하는지도 설명해 주었다. 혁명이 민중에게 무엇을 줄지에 대해 생각하고 말할 때면 언제나 자신의 출신 계층인 민중이 이전과 거의 똑같은 조건 속에 있는 모습을 상상했다. 그저 민중이 토지를 소유하되 지주와 관리가 없어야 했다. 그가 상상하기에 혁명은 민중의 근본적인 생활 형식을 바꾸어서는 안 됐다. 그 점에서 노보드보로프와도, 노보드보로프의 추종자인 마르켈 콘드라치예프와도 의견이 달랐다. 그의 견해에 따르면 혁명이란 건물 전체를 부수는 게 아니라 자신이 열렬히 사랑하는 그 아름답고

견고하고 거대한 옛 건물의 내부를 다른 식으로 배치하는 것
이라야 했다.

종교 면에서도 그는 역시 전형적인 농민이었다. 형이상학
적인 문제나 모든 근원들의 근원이나 사후 세계에 대해서 한
번도 생각한 적 없었다. 아라고[45]에게 그렇듯 신은 그에게 이
제껏 그 필요성을 느껴 본 적 없는 가설이었다. 그는 세상의
기원에 대해 아무런 관심이 없었으며, 모세가 옳은지 다윈이
옳은지에 대해 신경 쓰지 않았다. 동료들이 그처럼 중요하게
여기는 다윈주의도 그에게는 엿새 동안의 천지 창조와 마찬
가지로 사색을 위한 놀잇감에 불과했다.

세상이 어떻게 생겨났는가에 관한 문제는 그의 흥미를 끌
지 못했다. 어떻게 해야 세상 안에서 가장 잘 살 수 있는가 하
는 문제가 언제나 그 앞에 놓여 있었기 때문이다. 미래의 삶에
대해서도 생각해 보지 않았다. 그는 마음 깊은 곳에 선조들로
부터 물려받은, 그리고 모든 농민들이 공통으로 간직한 확고
하고도 평온한 신념을 품고 있었다. 동물과 식물의 세계에서
는 어느 것도 죽지 않고 끊임없이 한 형태에서 다른 형태로 바
뀌듯, 예를 들어 거름이 알곡으로, 알곡이 암탉으로, 올챙이가
개구리로, 애벌레가 나비로, 도토리가 떡갈나무로 바뀌듯 인
간도 소멸하지 않고 그저 변하기만 할 뿐이라는 신념이었다.
그는 그것을 믿었다. 그랬기에 죽음의 눈을 언제나 씩씩하게,

---

45) 프랑수아 도미니크 아라고(François Dominique Arago, 1786~1853).
프랑스의 물리학자이자 천문학자.

심지어 쾌활하게 직시했고, 죽음에 이르는 고통을 굳건하게 견뎠다. 하지만 그것에 대해 말하기를 좋아하지 않았고 어떻게 말해야 할지도 몰랐다. 그는 일하기를 좋아했고, 언제나 실제적인 일을 하느라 분주했으며, 그와 똑같이 실제적인 일을 하도록 동료들의 등을 떠밀었다.

이 죄수 무리에 속한 민중 출신의 또 다른 정치범인 마르켈 콘드라치예프는 기질이 다른 사람이었다. 그는 열다섯 살 때부터 일을 시작했고, 모욕받고 있다는 어렴풋한 자각을 억누르기 위해 담배를 피우고 술을 마시기 시작했다. 그가 이 모욕감을 처음 느낀 것은 공장의 소년들이 공장주 부인이 주최한 크리스마스 파티에 초대받아 갔을 때였다. 그곳에서 그와 동료들은 1코페이카짜리 피리, 사과, 금칠을 한 호두, 말린 무화과 열매 등을 받았고, 공장주의 아이들은 마법사의 선물처럼 보이는 장난감을 받았다. 나중에 확인한 바로는 50루블이 넘는 물건이었다. 그가 스무 살 되던 해 이름 높은 여성 혁명가가 노동자 신분으로 공장에 들어왔다. 콘드라치예프의 특출한 재능을 알아본 그녀는 그에게 책과 소책자를 주기 시작했고, 그와 이야기를 나누면서 그가 처한 상황, 그 원인, 상황을 개선하기 위한 수단을 설명해 주었다. 자신이 처한 억압으로부터 자신과 다른 사람들을 해방할 가능성이 마음속에 선명하게 떠오르자 그 상황의 부당함이 예전보다 더 잔혹하고 끔찍하게 느껴졌다. 그는 해방뿐 아니라 그 잔혹한 불공평을 확립하고 떠받친 자들에 대한 처벌을 열렬히 갈구했다. 그것을 가능하게 하는 것이 지식이라고 들어서 콘드라치예프는 지식을 얻는 데 열정적으로 매달렸다. 사회주의적 이상의 실현이 지식을 통해 어떤 식으로 이루어질지는 뚜렷이 알 수 없었다. 그러나 지식이 그가 처한 상황의 불공평성을 보여 주었듯 그 불공평을 바로잡아 줄 것이라고 믿었다. 게다가 지식이 자신을 다른 사람들보다 높여 준 것 같은 생각도 들었다. 그래서 술과 담배를 끊고 창고지기가 된 후 더 많아진 자유 시간을 모두 공부에 바쳤다.

혁명가는 그를 가르치다가 온갖 지식을 탐욕스럽게 빨아들이는 놀라운 재능에 깜짝 놀랐다. 두 해 동안 그는 대수학과 기하학과 그가 특히 좋아한 역사를 배웠고 온갖 문학 작품과 비평서, 특히 사회주의 관련 저작을 탐독했다.

혁명가가 체포됐고, 콘드라치예프도 소지품에서 금서가 발견되어 함께 붙잡혀 감옥에 갇혔다가 이후 볼로고다현으로 유형을 떠났다. 그곳에서 노보드보르프를 알게 되어 혁명 서적을 한층 더 많이 읽고 그 모든 것을 기억하면서 사회주의적 시각을 한층 굳게 다졌다. 유형 생활을 마친 뒤에 그는 규모가 큰 노동자 파업의 지도자가 됐다. 그 파업으로 결국 공장이 파괴되고 공장장은 살해당했다. 그는 체포되어 권리 박탈과 유형을 선고받았다.

종교에 대해 그는 현존하는 경제 체제에 대해서와 똑같이 부정적인 태도를 취했다. 자신의 성장 환경을 이룬 신앙의 우매함을 깨닫고 나서 처음에는 두려움을 품은 채, 하지만 나중에는 희열을 느끼면서 신앙으로부터 해방되기 위해 애썼으며, 자신과 선조들을 옥죈 기만에 복수라도 하듯 사제와 종교적 교의에 대해서 신랄하고도 심술궂게 지치지도 않고 비웃어 댔다.

그는 금욕적인 생활이 몸에 배어 최소한의 것에도 만족했고, 어린 시절부터 노동을 익힌 사람답게 근육이 발달한 남자여서 어떤 육체노동이든 수월하고 민첩하게 오랫동안 할 수 있었다. 하지만 그가 가장 소중히 여긴 것은 감옥에서든 숙박소에서든 학습을 계속하기 위한 여가였다. 그는 지금 마르크스의 저작 1권을 공부하고 있었으며, 그 책을 귀한 보물이라도 되는 듯 자루에 아주 조심스럽게 보관했다. 노보드보로프 외에는 어느 동료에게나 신중하고 무심하게 대했다. 하지만 노보드보로프에게는 아주 헌신적이었고, 어떤 주제에 대해서든 그의 견해를 반박할 수 없는 진리로 받아들였다.

여자들에 대해서는 온갖 유용한 활동의 장애물로 여기면서 극복하기 힘든 경멸을 품었다. 하지만 마슬로바에게는 연민을 느껴 다정하게 대했다. 마슬로바를 상류 계급이 하층 계급을 착취한 사례로 보았기 때문이다. 이런 이유로 그는 네홀류도프를 좋아하지 않았으며, 그와 거의 이야기도 하지 않았다. 네홀류도프가 인사를 건넬 때면 절대로 그의 손을 잡지 않고 그저 자신이 내민 손을 네홀류도프가 잡을 수 있게 허락할 뿐이었다.

13

장작을 땐 페치카가 따뜻하게 데워졌다. 사람들은 차를 끓여 잔과 손잡이 달린 컵에 따르고 우유를 섞었다. 딱딱한 고리빵과 체 친 밀가루로 갓 구운 빵, 완숙 달걀, 버터, 송아지의 머리와 다리를 꺼내 늘어놓았다. 다들 탁자 대신으로 사용하는 한 침상에 다가와 먹고 마시며 이야기를 나누었다. 란체바는 상자에 앉아 차를 따랐다. 크릴초프를 제외한 나머지 모든 사람들이 그녀 주위에서 북적댔다. 크릴초프는 축축하게 젖은 짧은 털외투를 벗고 마른 모포로 몸을 감싸고는 자기 자리에 누워 네흘류도프와 이야기를 나누었다.

이동하는 동안의 추위와 습기, 이곳에서 맞닥뜨린 불결함과 혼잡함, 모든 것을 말끔하게 정돈하기 위해 들인 수고, 이런 것들이 지나간 후 음식과 뜨거운 차를 받고 나자 다들 더할 나위 없이 밝고 즐거운 기분에 젖었다.

마치 주변 환경을 떠올리게 하려는 것처럼 벽 너머에서 형사범들의 발소리, 고함 소리, 욕설이 들려왔지만 오히려 그 때문에 아늑한 느낌이 더 강해졌다. 바다 한가운데의 작은 섬에 있기라도 한 양 이 사람들은 자신들을 에워싼 모욕과 고통에서 잠시 벗어난 듯한 기분을 느껴 활기를 띠고 흥분에 빠져들었다. 그들은 모든 것에 대해 이야기했지만 자기 처지나 그들을 기다리는 것에 대해서는 입을 열지 않았다. 게다가 젊은 남녀 사이에, 특히 이 모든 사람들처럼 강제적으로 함께 있게 된 경우에 늘 그렇듯 그들 사이에도 함께 끌리거나 엇갈리며 서로를 향해 각양각색으로 뒤얽히는 애정이 생겨났다. 그들은 거의 모두 사랑에 빠져 있었다. 노보드보로프는 늘 생글생글 웃는 예쁜 그라베츠를 사랑했다. 그라베츠는 여자 전문학교의 학생으로 젊고 별로 생각이 없는 여자였으며 혁명의 문제에 대해서도 전혀 관심이 없었다. 그런데 시대의 영향력에 몸을 맡겨 자신의 명예를 더럽힐 만한 어떤 일을 하는 바람에 유형에 처해졌다. 자유의 몸일 때도 그랬듯 재판을 받는 동안에도, 감옥에 있는 동안에도, 유형지를 향하는 동안에도 그녀의 주된 관심사는 여전히 남자들 사이에서 인기를 끄는 것이었다. 유형지로 가는 지금은 노보드보로프가 그녀에게 푹 빠져 있어 위안을 얻었고, 그녀도 그를 좋아하게 됐다. 쉽게 사랑에 빠지는, 언제나 함께 나누는 사랑을 꿈꾸지만 남자들에게 사랑을 불러일으키지 못하는 베라 예프레모브나는 때로는 나바토프에게, 때로는 노보드보로프에게 마음을 빼앗기곤 했다. 크릴초프는 마리야 파블로브나에게 사랑 비슷한 감정을 품었다. 그는 남자가 여자를 사랑할 때의 감정으로 그녀를 사랑했다. 하지만 연애에 대한 그녀의 태도를 알았기에 그녀가 특별히 자상하게 보살펴 준 데 대한 감사와 우정의 형태로 자신의 감정을 교묘하게 숨겼다. 나바토프와 란체바는 매우 복잡한 애정 관계로 얽혀 있었다. 마리야 파블로브나가 완벽하게 순결한 처녀였다면 란체바는 완벽하게 고결한 유부녀였다.

아직 김나지움에 다니던 열여섯 살에 그녀는 페테르부르크 대학의 학생이던 란체프와 사랑에 빠졌고, 열아홉 살에 아직 대학에 재학 중이던 그와 결혼을 했다. 남편은 4학년 때 학내 분규에 휘말려 페테르부르크에서 추방된 후 혁명가가 됐다. 그녀는 청강 중이던 의학 전문학교를 자퇴하고 남편을 따라가 역시 혁명가가 됐다. 만약 남편이 세상 모든 사람들 중 가장 훌륭하고 똑똑한 사람이라고 생각하지 않았다면 그를 사랑하지 않았을 테고, 또 사랑하지 않았다면 결혼하지도 않았을 것이다. 그런데 그녀가 세상에서 가장 훌륭하고 똑똑하다고 확신하는 남자와 사랑에 빠지고 결혼을 하고 나자 그녀는 자연스럽게 세상에서 가장 훌륭하고 똑똑한 남자와 똑같은 시선으로 삶과 그 목적을 보게 됐다. 처음에 그는 인생의 목적이 배움에 있다 생각했고, 그녀도 그와 똑같이 생각했다. 그가 혁명가가 되자 그녀도 혁명가가 됐다. 그녀는 현존하는 질서가 지속될 수 없으며, 모든 인간의 의무는 이 질서와 싸우고 개인이 자유롭게 발전할 수 있는 정치적, 경제적 생활 조건을 확립하기 위해 노력하는 것이라고 아주 훌륭히 증명할 수 있었다. 그리고 자신이 정말 그렇게 생각하고 느낀다고 여겼다. 그러나 사실 남편의 모든 생각을 절대적인 진리로 생각하는 것에 지나지 않았다. 그녀는 오로지 한 가지만을, 즉 남편의 영혼과 완전히 하나가 되는 것만을 추구했다. 그것만이 그녀에게 도덕적 만족감을 주었다.

남편과 아이—그녀의 어머니가 맡아 키우고 있었다—와 헤어지는 것은 견디기 힘든 일이었다. 하지만 그녀는 그 이별을 의연하고 침착하게 견뎠다. 남편을 위해, 그리고 의심할 여지 없이 올바른—남편이 따르고 있으므로—대의를 위해 견디는 것임을 알았기 때문이다. 그녀의 마음은 언제나 남편과 함께였다. 예전처럼 지금도 남편 외에 다른 어느 누구도 사랑하지 않았고 또 사랑할 수도 없었다. 그러나 그녀를 향한 나바토프의 헌신적이고 순수한 사랑이 그녀의 마음을 움직이고 두근거리게 했다. 그는 도덕적이고 착실한 남자인 데다 남편의 친구였기에 그녀를 누이처럼 대하려고 애썼다. 그러나 그녀를 향한 태도에 그 이상의 무언가가 엿보이곤 했으며, 그 이상의 무언가는 두 사람 모두에게 두려움을 안기는 동시에 지금의 고단한 삶을 아름답게 채색해 주었다.

그리하여 이 무리에서 사랑으로부터 완전히 자유로운 사람은 오직 마리야 파블로브나와 콘드라치예프뿐이었다.

14

네흘류도프는 다 함께 차를 마시고 저녁 식사를 하고 난 후에는 늘 그랬듯 카츄샤와 단둘이 이야기를 할 수 있을 거라 기대하면서 크릴초프 옆에 앉아 담소를 나누었다. 말이 나온 김에 그는 마카르가 부탁한 일과 그가 저지른 범죄에 대해 들려주었다. 크릴초프는 빛나는 눈동자로 네흘류도프의 얼굴을 뚫어지게 쳐다보며 유심히 들었다.

"그렇습니다." 그가 갑자기 말했다. "종종 이런 생각에 사로잡힙니다. 여기 우리가 그들과 함께 걷고 있다. '그들과 함께'라니 그들이 누구지? 이런 생각 말입니다. 그들은 우리가 옹호하고자 하는 사람들이죠. 하지만 우리는 그들에 대해 모를 뿐 아니라 알고 싶어 하지도 않습니다. 더 나쁜 것은 그들이 우리를 증오하고 적으로 생각한다는 것이죠. 정말이지 끔찍한 일입니다."

"끔찍할 것 없어요." 대화에 귀를 기울이던 노보드보로프가 말했다. "대중은 언제나 권력만을 숭배합니다." 그가 특유의 거친 목소리로 말했다. "정부가 권력을 쥐었을 때 그들은 정부를 숭배하고 우리를 증오하죠. 내일 우리가 권력을 잡으면 우리를 숭배할 테고요……."

그때 벽 너머에서 폭발하듯 쏟아지는 욕지거리, 몇몇 사람들이 벽에 부딪치며 웅성대는 소리, 쇠사슬 소리, 비명과 고함 소리가 들렸다. 누군가가 구타를 당했고, 누군가가 "살려줘!" 하고 소리를 질렀다.

"봐요, 저들은 짐승이라고요! 우리와 저들 사이에 도대체 뭐가 통할 수 있겠습니까?" 노보드보로프가 태연하게 말했다.

"저들을 짐승이라고 하다니. 방금 네흘류도프는 이런 행동에 대해 이야기하고 있었어." 크릴초프가 흥분하며 말하고는 마카르가 고향 사람을 구하기 위해 목숨을 무릅쓴 일을 들려주었다. "그건 짐승의 짓거리가 아니라 영웅적인 행위야."

"감상주의야!" 노보드보로프가 비아냥거리듯 말했다. "우리로서는 저 사람들의 감정이나 행위의 동기를 이해하기가 어려워. 당신은 그걸 관대함으로 보지만 어쩌면 그 징역수에 대한 질투일지도 몰라."

"왜 당신은 다른 사람들에게서 좋은 점은 전혀 보려고 하지 않아?" 마리야 파블로브나가 갑자기 열을 올리며 말했다. (그녀는 모든 사람에게 반말을 썼다.)

"없는 걸 무슨 수로 봐."

"어떻게 없을 수가 있어? 한 사람이 끔찍하게 죽을지도 모를 위험을 감수하고 있는데."

"난 이렇게 생각해." 노보드보로프가 말했다. "우리가 자신의 과업을 해내고자 한다면 그 첫 번째 조건은(콘드라치예프가 램프 옆에서 읽던 책을 내려놓고 자기 스승의 말을 주의 깊게 듣기 시작했다.) 환상을 품지 말고 사물을 있는 그대로 보는 거야. 민중을 위해 모든 것을 하되 그들에게서 아무것도 기대해서는 안 돼. 대중은 우리 활동의 객체일 뿐 지금처럼 타성에 젖어 있는 동안에는 우리 동반자가 될 수 없어." 그가 마치 강의를 하듯 말하기 시작했다. "따라서 발전 과정이 일어나기 전에 그들에게서 도움을 기대하는 것은 완전히 허상이야. 우리는 지금 그 발전 과정을 위해 대중을 양성하고 있잖아."

"무슨 발전 과정?" 얼굴이 새빨개진 크릴초프가 말했다. "우리는 스스로 전횡과 전제주의에 맞선다고 말하지. 그런데 이거야말로 가장 끔찍한 전제주의 아닌가?"

"전제주의 따위는 없어." 노보드보로프가 태연하게 대답했다. "난 단지 민중이 가야 할 길을 알고 그 길을 가리킬 수 있다고 말하는 것뿐이야."

"하지만 어째서 당신이 가리키는 길이 올바르다고 확신하지? 이런 것이야말로 종교 재판이나 프랑스 대혁명 때 처형을 불러온 전제주의 아냐? 그들 역시 이론적으로는 유일하게 올바른 길을 알았던 거잖아."

"그들이 착각했다는 게 내가 착각하고 있다는 증거가 되지는 않아. 게다가 공론가들의 헛소리와 실증적인 경제학에 기초한 사실 사이에는 차이가 있지."

노브드보로프의 목소리가 감방을 가득 채웠다. 그 한 사람만 말하고 나머지는 모두 침묵했다.

"날마다 논쟁이네." 노브드보로프가 잠시 입을 다물었을 때 마리야 파블로브나가 말했다.

"그럼 당신은 이 문제에 대해 어떻게 생각합니까?" 네흘류도프가 마리야 파블로브나에게 물었다.

"아나톨리가 옳다고 생각해요. 우리 생각을 민중에게 강요해서는 안 되죠."

"그럼 당신은요, 카츄샤?" 네흘류도프가 미소를 지으면서 물었다. 대답을 기다리는 동안 혹시 그녀가 엉뚱한 말을 하지 않을까 내심 걱정이 됐다.

"전요, 민중이 학대받는다고 생각해요." 그녀가 온통 붉게 물든 얼굴로 말했다. "민중은 심한 학대를 받고 있어요."

"맞습니다, 미하일로브나, 당신 말이 맞아요." 나바토프가 큰 소리로 외쳤다. "민중은 심한 학대를 받고 있어요. 그들이 학대받지 않게 해야 합니다. 우리의 모든 과업은 오로지 그것을 위한 것입니다."

"혁명 과제에 대한 이상야릇한 개념이로군." 노브드보로프는 이렇게 말하고 성난 표정으로 말없이 담배를 피우기 시작했다.

"저 사람하고는 말을 못 하겠어요." 크릴초프가 소곤거리며 말하고는 입을 다물었다.

"말하지 않는 편이 훨씬 낫죠." 네흘류도프가 말했다.

15

노보드보로프가 모든 혁명가에게 큰 존경을 받는다 해도, 또 그가 아주 박식한 데다 매우 똑똑한 사람으로 여겨진다 해도 네흘류도프는 도덕적 자질이 평균 수준보다 낮은 그를 일반인보다 훨씬 못한 혁명가들 범주에 포함시켰다. 그 사람의 지력, 즉 그의 분자는 컸다. 그런데 자신에 대한 견해, 즉 그의 분모가 비할 데 없이 엄청나게 컸으며 이미 오래전부터 그 지력을 웃돌았다.

그는 정신생활 면에서 시몬손과 정반대 성향을 띤 사람이었다. 시몬손은 주로 남성적 성향을 지닌 부류에 속했다. 그런 성향을 가진 사람들의 행동은 사유 활동에서 비롯되고 그것을 통해 결정된다. 그런데 노보드보로프는 주로 여성적 성향을 지닌 인간 부류에 속했다. 그런 사람들의 사유 활동은 어느 정도는 감정이 세운 목표의 달성에, 어느 정도는 감정이 불러일으킨 행위의 정당화에 맞춰져 있다.

노보드보로프는 자신의 모든 혁명 활동을 매우 확실한 논거를 들어 유려하게 설명해 냈다. 하지만 네흘류도프에게는 그 활동이 그저 사람들보다 우위에 서려는 욕망과 허영에 바탕을 둔 것으로 보였다. 처음에 그는 타인들의 생각을 흡수하고 그것을 정확하게 전달하는 재능 덕분에 학창 시절 그런 재능을 높이 평가하는 환경(김나지움, 대학, 대학원)에서 교사들과 학생들로부터 우월함을 인정받을 수 있었으며 그것에 만족감을 느꼈다. 그러나 학위를 받고 학업을 마치면서 그런 우월감을 더 이상 느낄 수 없게 되자, 노보드보로프를 좋아하지 않는 크릴초프가 네흘류도프에게 이야기했듯이 새로운 환경에서 우월한 지위를 얻기 위해 갑자기 시각을 완전히 바꿔 온건한 자유주의자에서 급진적인 인민의지당원이 됐다. 그의 성품에는 의혹과 동요를 불러일으키는 도덕적 자질과 미적 자질이 아예 없었기 때문에 그는 혁명 활동의 세계에서 자신의 자부심을 충족시켜 줄 만한 지위, 즉 당 지도자라는 지위를 아주 빠른 속도로 차지했다. 일단 방향을 선택하고 나자 더 이상 의심하지도 동요하지도 않았으며, 그 결과 자신은 절대 실수하지 않는다고 확신하기에 이르렀다. 모든 것이 대단히 단순하고 선명하고 명백해 보였다. 그리고 그 협소하고 편협한 시각에 비추어 보면 사실 모든 것이 아주 단순하고 선명해졌다. 그가 말한 것처럼 그저 논리적이기만 하면 됐다. 엄청난 자신감은 그에게 혐오감을 느끼거나 굴복하는 사람들만 낳았다. 그의 활동은 그 끝없는 자기 과신을 심오함과 현명함으로 받아들이는 매우 젊은 사람들 사이에서 이루어졌다. 그래서 대다수가 그에게 복종했고, 그는 혁명가 집단에서 큰 성공을 거두었다. 그의 일은 봉기를 준비하는 것이었다. 봉기가 일어나면 그가 권력을 찬탈하고 국민의회를 소집해야 했다. 또한 국민의회에서 그가 작성한 강령이 제시되어야 했다. 그리고 그는 그 강령이 모든 문제를 해결한 만큼 반드시 실행에 옮겨질 거라고 굳게 믿었다.

동료들은 대담함과 과감함 때문에 그를 존경했지만 사랑하진 않았다. 그는 아무도 사랑하지 않았고, 뛰어난 사람들을 전부 경쟁자로 대했다. 할 수만 있다면 기꺼이 늙은 원숭이가 젊은 원숭이에게 하듯 그들을 대했을 것이다. 그가 재능을 발휘하는 것을 다른 사람들이 방해 못 하게 할 수만 있다면 그들에게서 모든 지력과 재능을 앗았을지도 모른다. 그는 자기를 숭배하는 사람들만 아꼈다. 유형지로 이동 중인 요즘 그가 그런 식으로 대하는 이들은 그의 프로파간다에 영향을 받은 노동자 콘드라치예프, 그에게 푹 빠진 베라 예프레모브나와 예쁘장한 그라베츠였다. 그는 원칙적으로 여성 운동을 옹호했지만 마음속 깊은 곳에서는 모든 여자들을 어리석고 하찮은 존재로 생각했다. 예외가 있다면 지금 그라베츠에게 그러듯 그가 종종 감상적으로 빠져드는 여자들뿐이었다. 그럴 때면 그 여자들을 오직 자기만 그 장점을 알아볼 수 있는 비범한 여성으로 생각했다.

남녀 관계는 모든 문제가 다 그렇듯 그에게 아주 단순하고 선명해 보였으며, 자유연애를 인정하면 완전히 해결될 것 같았다.

그에게는 이름뿐인 아내와 실질적인 아내가 있었는데, 실질적인 아내와는 둘 사이에 진정한 사랑이 없다고 확신해서 헤어졌다. 그리고 지금은 그라베츠와 새롭게 자유 결혼을 할 생각을 품고 있었다.

그는 네흘류도프를 경멸했다. 그의 표현을 빌리자면 네흘류도프가 마슬로바 앞에서 '잘난 척을 하기' 때문이었다. 특히 네흘류도프가 주제넘게도 기존 체제의 결점이나 그것을 개선할 방법에 대해 노보드보로프가 생각하는 그대로 받아들이기는커녕 무슨 이유에서인지 자기식으로, 공작식으로, 즉 멍청이식으로 생각했기 때문이다. 네흘류도프는 자신에 대한 노보드보로프의 이런 태도를 알았다. 그리고 여정 내내 온화한 감정을 유지해 온 자신이 이 남자에게 똑같은 태도로 앙갚음하고 있으며 강한 반감을 억누르지 못하는 것을 깨닫고는 괴로워했다.

16

옆방에서 감독관들의 목소리가 들렸다. 주위가 조용해졌다. 뒤이어 특무 상사가 호송병 두 명을 거느리고 들어왔다. 점호였다. 특무 상사는 한 사람 한 사람을 손가락으로 가리키며 모든 사람들을 셌다. 네흘류도프의 순번이 오자 그가 부드럽고 친밀하게 말했다.

"공작님, 점호 후에는 계실 수 없습니다. 나가셔야 합니다."

네흘류도프는 무슨 뜻인지 알고 그에게로 다가가 미리 준비해 둔 3루블을 찔러 주었다.

"참, 공작님께는 어쩔 도리가 없다니까요! 좀 더 계셔도 좋습니다."

특무 상사가 막 나가려는데 다른 부사관이 들어왔다. 뒤이어 턱수염이 듬성듬성 나고 눈 밑에 멍이 든 키 크고 야윈 남자 죄수가 들어왔다.

"여자아이 때문에 왔습니다." 죄수가 말했다.

"아빠가 왔어요!" 갑자기 어린아이의 또랑또랑한 목소리가 들리더니 란체바의 품에서 작은 금발 머리가 쑥 튀어나왔다. 란체바는 마리야 파블로브나와 카츄샤와 함께 자기 치마로 여자아이를 위해 새 옷을 만들고 있었다.

"아빠야, 우리 딸, 아빠야." 부좁킨이 다정하게 말했다.

"아이는 여기에서 잘 지내고 있어요." 마리야 파블로브나가 부좁킨의 멍든 얼굴을 안쓰럽게 쳐다보며 말했다. "아이를 우리에게 맡기세요."

"마님들이 나한테 새 로포치[46]를 만들어 주고 있어." 여자아이가 아버지에게 란체바의 바느질감을 가리키며 말했다. "멋지고 예에쁘지." 아이가 재잘거렸다.

"우리와 함께 잘래?" 란체바가 아이를 어루만지며 말했다.

"네. 아빠도요."

란체바의 얼굴이 미소로 환해졌다.

"아빠는 안 돼." 그녀가 말했다. "그냥 아이를 두고 가세요." 그녀가 아이의 아버지를 돌아보았다.

"두고 가도 될 겁니다." 특무 상사가 문가에 멈춰 서서 말하고는 부사관과 함께 나갔다.

호송병들이 나가자마자 나바토프가 부좁킨에게 다가와 어깨를 툭툭 치며 말했다.

"이봐요, 형씨, 당신네 카르마노프가 바꿔치기를 하려고 한

---

46) 시베리아풍의 옷.(톨스토이 주)

다는 게 사실인가요?"

부줍킨의 온화하고 다정한 얼굴에 갑자기 슬픔이 떠올랐다. 그의 눈동자가 어떤 얇은 막으로 덮였다.

"우리는 아무 말도 못 들었는데요. 설마 그럴까요." 그가 말했다. 여전히 얇은 막에 덮인 눈으로 덧붙여 말했다. "그럼 악슛카, 마님들과 편히 있으렴, 그게 좋을 것 같구나." 그러고는 서둘러 나갔다.

"다 알고 있어. 바꿔치기에 대한 이야기가 사실이군." 나바토프가 말했다. "어떻게 하실 건가요?"

"마을에 가서 책임자에게 말하겠습니다. 내가 그 두 사람의 얼굴을 알아요." 네흘류도프가 말했다.

논쟁이 다시 시작될까 두려운지 다들 입을 다물고 있었다.

침상 한구석에 아무 말 없이 계속 팔베개를 하고 누워 있던 시몬손이 결연한 모습으로 몸을 일으키고는 앉아 있는 사람들 주위를 조심스럽게 빙 돌아 네흘류도프에게 다가왔다.

"지금 이야기를 들어 주실 수 있을까요?"

"물론입니다." 네흘류도프는 이렇게 말하고 그를 따라나서기 위해 일어섰다. 몸을 일으키는 네흘류도프를 쳐다보다 그와 눈이 마주친 카츄샤가 붉어진 얼굴로 무슨 영문인지 모르겠다는 듯 고개를 저었다.

"당신에게 말하고 싶은 건 이겁니다." 네흘류도프와 함께 복도로 나간 뒤 시몬손이 말문을 열었다. 복도에 나오자 형사범들의 낮은 웅얼거림과 폭발하는 듯한 목소리가 한층 크게 들렸다. 네흘류도프는 얼굴을 찌푸렸지만 시몬손은 그 소리에 놀라지 않는 듯했다. "당신과 카체리나 미하일로브나의 관계를 알기에⋯⋯." 그가 선한 눈동자로 네흘류도프의 얼굴을 진지하게 똑바로 쳐다보며 말을 이었다. "이렇게 하는 게 내 의무라고 생각해서⋯⋯." 그는 계속 말하려 했지만 문 가까이에서 두 목소리가 무언가에 대해 다투며 한꺼번에 소리쳤기 때문에 말을 멈춰야 했다.

"내가 말하잖아, 멍청아, 내 것이 아니라니까!" 한 목소리가 외쳤다.

"네놈의 목을 매달아 주마, 악마 같은 놈!" 다른 목소리가 거칠게 외쳤다.

그때 마리야 파블로브나가 복도로 나왔다.

"여기에서 어떻게 이야기를 나눌 수 있겠어요?" 그녀가 말했다. "이리 와요. 여기엔 베로치카밖에 없어요." 그러더니 아마도 독방이었을 것 같은 아주 작은 옆방으로 앞장서서 들어갔다. 그 방은 지금 정치범 여자들이 자유롭게 사용하고 있었다. 침상에는 베라 예프레모브나가 머리까지 모포를 뒤집어쓴 채 누워 있었다.

"편두통이 있대요. 베라는 잠이 들어서 못 들어요. 난 나갈게요!" 마리야 파블로브나가 말했다.

"그러지 말고 여기 남아 줘." 시몬손이 말했다. "난 아무에게도 숨길 비밀이 없어. 하물며 당신에게 뭘 숨기겠어."

"그래, 좋아." 마리야 파블로브나는 이렇게 말한 후 아이처럼 몸 전체를 좌우로 움직여 침상 깊숙이 자리를 잡고 앉아 양같은 아름다운 눈동자로 어딘가 먼 곳을 응시하며 들을 준비를 했다.

"그러니까 내 용건은 이런 겁니다." 시몬손이 말했다. "당신과 카체리나 미하일로브나의 관계를 알기에 당신에게 나와 그녀의 관계를 알리는 것이 내 의무라고 생각합니다."

"그러니까 무슨 말을 하고 싶은 겁니까?" 시몬손이 말할 때의 솔직하고 진실한 모습을 자기도 모르게 홀린 듯이 바라보며 네흘류도프가 물었다.

"카체리나 미하일로브나와 결혼하고 싶다는……."

"정말?" 마리야 파블로브나가 시몬손을 뚫어지게 쳐다보며 말했다.

"……그래서 그녀에게 이 문제에 대해 부탁해 보기로 결심했습니다. 내 아내가 되어 달라고 말이죠." 시몬손이 계속해서 말했다.

"내가 뭘 할 수 있습니까? 그건 그녀에게 달린 문제인데요." 네흘류도프가 말했다.

"그렇죠. 하지만 그녀는 당신 없이 이 문제를 결정하지 않을 겁니다."

"왜요?"

"당신과의 관계가 완전히 해결되지 않는 한 그녀는 어떤 선택도 하지 않을 테니까요."

"나에 관한 한 그 문제는 완전히 해결됐습니다. 난 내 의무라고 생각하는 것을 수행하고 싶습니다. 아울러 그녀의 처지를 좀 더 편하게 해 주고 싶고요. 하지만 어떤 경우에도 그녀를 구속하고 싶지 않습니다."

"그렇군요, 하지만 그녀는 당신의 희생을 원하지 않아요."

"전혀 희생이 아닙니다."

"그리고 난 압니다. 그녀의 결정을 돌이킬 수 없다는 걸요."

"그렇다면 도대체 나와 무슨 이야기를 하겠다는 겁니까?" 네흘류도프가 말했다.

"그녀에게 필요한 건 당신도 그녀의 결정을 인정해 주는 겁니다."

"나 자신이 의무라고 생각하는 것을 해서는 안 된다는데 어떻게 인정하겠습니까? 내가 말할 수 있는 것은 한 가지뿐입니다. 난 자유롭지 않고 그녀는 자유롭다는 점이죠."

시몬손은 생각에 잠겨 잠시 침묵했다.

"좋아요. 그녀에게도 그렇게 말하겠습니다. 내가 그녀에게 빠져 있다고는 생각하지 말아요." 그는 계속해서 말했다. "난 그녀가 많은 고통을 겪은 아름답고 보기 드문 인간이기에 사랑하는 겁니다. 난 그녀에게 아무것도 바라지 않습니다. 그저 그녀를 돕고 그녀의 처지를……."

네흘류도프는 시몬손의 목소리가 떨리는 것을 듣고 깜짝 놀랐다.

"……그녀의 처지를 편하게 해 주고 싶은 간절한 바람 때문입니다." 시몬손이 계속해서 말했다. "그녀가 당신의 도움을 받고 싶어 하지 않으면 내 도움을 받게 해요. 그녀가 동의하면 난 그녀가 감금될 장소로 날 보내 달라고 청할 겁니다. 사 년은 영원이 아니니까요. 난 그녀 가까이에 살면서 어쩌면 그녀의 처지를 편하게 해 줄 수 있을 겁니다……." 그는 다시 흥분으로 말을 멈췄다.

"내가 무슨 말을 하겠습니까?" 네흘류도프가 말했다. "기쁘군요. 그녀가 당신 같은 보호자를 찾아서……."

"내가 꼭 알아야 하는 게 바로 그겁니다." 시몬손이 계속 말했다. "그녀를 사랑하고 그녀의 행복을 바라는 당신이 그녀가 나와 결혼하는 게 잘된 일이라고 생각해 줄지 알고 싶습니다."

"아, 그럼요." 네흘류도프가 단호하게 말했다.

"모든 건 그녀에게 달렸습니다. 난 그저 그 고통스러워하는 영혼이 안식을 얻었으면 하고 바랄 뿐입니다." 시몬손이 어린아이같이 부드러운 표정으로 네흘류도프를 쳐다보며 말했다. 그처럼 음울해 보이는 남자에게서 결코 기대할 수 없었던 표정이었다.

시몬손은 일어나 네흘류도프의 손을 잡고는 얼굴을 갖다 대고 쑥스러운 듯 미소를 지으며 그에게 입을 맞췄다.

"그럼 그녀에게 말하겠습니다." 그는 이렇게 말하고 밖으로 나갔다.

17

"어떤가요?" 마리야 파블로브나가 말했다. "사랑에 빠졌어요. 완전히 빠졌던데요. 이런 일이 일어날 거라고는 생각도 못했어요. 블라지미르 시몬손이 그런 순진하기 짝이 없는 경솔한 사랑에 빠지다니. 놀랍군요. 그리고 솔직히 말해 마음이 아프네요." 그녀가 한숨을 쉬며 말을 맺었다.

"하지만 그녀는요, 카챠는요? 그녀가 이 문제를 어떻게 볼 거라고 생각합니까?" 네흘류도프가 물었다.

"카챠요?" 마리야 파블로브나가 말을 멈췄다. 질문에 가능한 한 정확하게 대답하고 싶은 듯했다. "그녀 말이에요? 당신도 알죠, 그런 과거가 있긴 해도 본성은 대단히 도덕적이고…… 감정도 아주 섬세하죠……. 그녀는 당신을 사랑해요, 진심으로 사랑하죠. 그래서 당신이 자기 일에 휘말리지 않도록 소극적이나마 당신에게 좋은 일을 해 줄 수 있어 행복해해요. 그녀에게는 당신과 결혼하는 게 과거의 어느 것보다도 나쁜 끔찍한 타락이에요. 그러니 절대 그 결혼에 동의하지 않을 거예요. 그렇다 하더라도 당신이 있으면 그녀가 불안해해요."

"그럼 어떻게 합니까, 내가 사라져야 합니까?" 네홀류도프가 말했다.

마리야 파블로브나는 특유의 어린아이 같은 사랑스러운 미소를 지었다.

"네, 어느 정도는."

"어느 정도 사라져야 한다니 도대체 어떻게 하라는 말인가요?"

"농담이에요. 하지만 그녀에 대해 당신에게 말해 두고 싶어요. 아마 그녀는 그의 열광적인 사랑이 어리석다는 것을 알 거예요. 그는 그녀에게 아무 말도 하지 않았지만요. 그녀는 그 사랑에 기뻐하기도 하고 두려워하기도 해요. 당신도 알다시피 난 이런 문제에 대해 전문가가 아니잖아요. 그렇지만 내가 보기에 그의 입장에서는 지극히 평범한 남자의 감정인 것 같아요. 다른 감정인 양 가장하고 있긴 하지만요. 그의 말로는 그 사랑이 자기 안에 에너지를 북돋워 준다는군요. 그리고 그건 정신적인 사랑이래요. 하지만 난 알아요. 설사 특별한 사랑이라 해도 그 밑바닥에는 역시 불결한 감정이 분명 있다는 걸요…… 노보드보로프와 류보치카처럼 말이에요."

마리야 파블로브나는 자신이 좋아하는 테마에 대해 이야기하느라 주제에서 벗어났다.

"그래서 난 도대체 어떻게 해야 합니까?" 네홀류도프가 물었다.

"당신이 그녀에게 말해야 한다고 생각해요. 모든 것이 분명한 게 언제나 더 좋은 법이죠. 그녀와 이야기를 나눠 봐요. 내가 불러 줄게요. 좋죠?" 마리야 파블로브나가 말했다.

"부탁합니다." 네흘류도프가 말했다. 그러자 마리야 파블로브나가 방에서 나갔다.

작은 방에 혼자 남아 이따금 신음 소리에 끊어지는 베라 예프레모브나의 조용한 숨소리와 두 개의 문 너머에서 끊임없이 울리는 형사범들의 와자지껄한 소리를 듣는 동안 네흘류도프는 이상한 감정에 사로잡혔다.

시몬손이 한 말이 그를 스스로 떠안은 의무로부터 자유롭게 해 주었다. 나약해진 순간에는 괴롭고 기이하게 느껴지던 의무감이었다. 하지만 지금은 어쩐지 불쾌할 뿐 아니라 고통스러운 기분마저 들었다. 그 감정에는 시몬손의 제안이 자기 행동의 특별함을 망가뜨리고 자기 눈에나 다른 이들의 눈에나 자신이 견디는 희생의 가치를 떨어뜨렸다는 느낌도 묻어 있었다. 그녀와 아무 관계도 없는 그처럼 훌륭한 사람이 그녀와 운명을 결합하기를 원하는 이상 그의 희생은 더 이상 별 의미가 없게 됐다. 어쩌면 질투라는 단순한 감정도 담겼을지 모른다. 그는 자신을 향한 그녀의 사랑에 너무 익숙해진 나머지 그녀가 다른 남자를 사랑할 수도 있다는 사실을 받아들일 수 없었다. 게다가 그가 세워 둔 계획, 즉 그녀가 형기를 마칠 때까지 그 옆에서 지내겠다는 계획이 어그러지게 됐다. 그녀가 시몬손과 결혼하면 그의 존재는 필요 없어지고, 그는 새로운 생활 계획을 세워야 할 것이다. 그가 미처 자기 감정을 정리하기 전에 한층 더 요란해진 형사범들의 와자지껄한 소리가 열린 문으로 훅 날아들더니(형사범들에게 오늘 무언가 특별한 일이 있었다.) 카츄샤가 방으로 들어왔다. 그녀가 빠른 걸음으로 그를 향해 다가왔다.

"마리야 파블로브나가 보냈어요." 그녀가 그의 옆에 가까이 서며 말했다.

"그래요. 당신과 잠시 이야기를 해야 해요. 자, 앉아요. 블라지미르 이바노비치와 이야기를 나눴어요."

그녀는 무릎에 두 손을 포개고 앉았다. 평온해 보였다. 그러나 네흘류도프가 시몬손의 이름을 꺼내자마자 그녀의 얼굴이 새빨갛게 물들었다.

"그 사람이 당신에게 무슨 말을 했나요?" 그녀가 물었다.

"당신과 결혼하고 싶다더군요."

그녀의 얼굴이 갑자기 고통의 표정을 띠며 일그러졌다. 그녀는 아무 말도 하지 않고 그저 눈을 내리깔았다.

"그가 나에게 동의, 혹은 조언을 구하는군요. 난 모든 게 당신에게 달렸고 당신이 결정해야 한다고 말했습니다."

"아, 그게 무슨 말씀이에요? 왜요?" 그녀가 이렇게 말하고는 언제나 네흘류도프에게 유난히 강한 영향력을 미치는 그 묘한 사시로 그의 눈을 쳐다보았다.

몇 초 동안 그들은 말없이 서로의 눈을 바라보았다. 그리고 그 눈길은 두 사람 모두에게 많은 말을 남겼다.

"당신이 결정해야 해요." 네흘류도프가 거듭 말했다.

"내가 뭘 결정해야 하는데요?" 그녀가 말했다. "모든 건 오래전에 정해졌어요."

"아뇨, 블라지미르 이바노비치의 제안을 받아들일지 말지 당신이 결정해야 해요." 네흘류도프가 말했다.

"제가 무슨 아내가 될 수 있겠어요? 징역수인데. 왜 제가 블라지미르 이바노비치까지 파멸시켜야 하나요?" 그녀가 얼굴을 찡그리며 말했다.

"그래요, 하지만 특별 사면을 받으면요?" 네흘류도프가 말했다.

"아, 절 내버려 두세요. 더 이상 드릴 말씀이 없어요." 그녀는 말을 마치고 자리에서 일어나 방을 나갔다.

18

네흘류도프가 카츄샤를 뒤따라 남자 방으로 돌아오니 다들 흥분 상태에 빠져 있었다. 모든 곳을 드나들고 모든 사람과 교제하고 모든 것을 관찰하는 나바토프가 모든 이들을 충격에 빠뜨릴 소식을 가져왔다. 강제 노역을 선고받은 혁명가 페틀린이 작성한 쪽지를 벽에서 발견했다는 소식이었다. 다들 페틀린이 이미 오래전에 카라[47]에 도착했을 거라고 생각했는데 난데없이 그가 최근에 이 길을 따라 형사범들과 함께 지나갔다는 사실이 밝혀졌다.

쪽지에는 이렇게 적혀 있었다.

---

47) 동시베리아에 있는 강이다. 19세기 후반 정치범들이 이곳의 금광에서 노역했다.

8월 17일. 나 혼자 형사범들과 함께 출발했다. 네베로프가 함께 있었지만 카잔의 정신 병원에서 목을 맸다. 난 건강하고 활기차며 모든 걸 낙관하고 있다.

다들 페틀린의 상황과 네베로프의 자살 원인을 논의하고 있었다. 크릴초프만이 빛나는 눈으로 정면을 뚫어지게 응시하면서 골똘한 표정으로 침묵했다.

"남편이 나한테 말했어요. 네베로프가 페트로파블롭스크[48]에서도 환영을 보았다고요." 란체바가 말했다.

"맞아, 시인이나 몽상가 같은 그런 인간들은 독방을 견디지 못하지." 노보드보로프가 말했다. "난 독방에 갇혔을 때 상상력이 작동하지 못하게 하고 나름의 체계적인 방식으로 시간을 배분했어. 그 덕분에 언제나 잘 견딜 수 있었지."

"못 견딜 게 뭐 있어? 난 감옥에 갇히면 그냥 좋던데." 나바토프가 음울한 분위기를 몰아내고 싶은 듯 활기찬 목소리로 말했다. "모든 게 두렵지. 자신이 체포될까 봐, 다른 사람들을 말려들게 할까 봐, 과업을 망칠까 봐 말이야. 그러다 감옥에 갇히면 모든 책임에서 벗어나고 쉴 수도 있어. 편안히 앉아 담배도 피우고 말이야."

"그 사람하고 잘 아는 사이야?" 마리야 파블로브나가 표정이 돌변한 크릴초프의 초췌한 얼굴을 불안하게 쳐다보면서 물었다.

---

48) 표트르 대제가 스웨덴 군대로부터 러시아를 지키기 위해서 페테르부르크의 네바강 하구에 있는 섬에 세운 요새의 명칭이다. 정치범을 위한 감옥으로도 사용되었다. 본문의 요새나 요새 감옥 역시 이 장소를 가리킨다.

"네베로프가 몽상가라고?" 크릴초프가 오랫동안 고함치거나 노래를 부른 것처럼 숨을 헐떡이며 불쑥 내뱉었다. "네베로프는 우리 수위의 말을 빌리자면 대지가 좀처럼 낳지 않는 인간이었어…… 그래…… 그는 모든 게 환히 들여다보이는 수정 같은 사람이었지. 그래…… 그는 거짓말을 하지 않는 인간이야. 심지어 가식을 떨지도 못했지. 피부가 얇다기보다 살가죽이 벗겨져 모든 신경이 밖으로 드러난 것 같은 사람이었어. 그래…… 본성이 복잡하고 풍부할 뿐 그런 건 아니었다고…… 하지만 이런 말을 하는 게 무슨 소용이야!" 그는 잠시 침묵했다. "우리는 무엇이 더 나은지 논쟁하고 있어." 그가 성난 표정으로 얼굴을 찌푸리며 말했다. "먼저 민중을 교육하고 나서 생활 형태를 바꾸어야 할지, 먼저 생활 형태를 바꾸어야 할지 말이야. 그다음에는 어떻게 싸울지, 평화적인 프로파간다로 할지, 테러로 할지를 두고 논쟁하지. 그래, 우리는 논쟁해. 하지만 그들은 논쟁하지 않아. 그들은 자기 일을 잘 알지. 수십 명이 죽든 수백 명이 죽든, 게다가 어떤 사람이 죽든 전혀 신경 쓰지 않아! 오히려 그들이 원하는 건 다름 아니라 가장 우수한 인간들이 죽는 것이지. 그래, 게르첸[49]은 제카브리스트들이 세간에서 축출되자 우리 사회의 전반적인 수준이 떨어졌다고 말했어. 떨어지지 않았다면 이상하지! 그 후 게르첸과 그 동료들이 축출됐어. 이제 네베로프의 세대가……."

---

49) 알렉산드르 이바노비치 게르첸(Aleksandr Ivanovich Gertsen, 1812~1870). 러시아의 사상가이자 혁명가. 러시아식 사회주의 이론의 형성에 기여했다

"그들이 모두를 말살할 수는 없어." 나바토프가 특유의 활기찬 목소리로 말했다. "번식을 하기에 충분할 만큼은 여전히 남아 있을 거야."

"아니, 남지 않을걸. 우리가 그들에게 동정을 보이는 한 말이야." 크릴초프가 목소리를 높이면서 남이 끼어들 틈을 주지 않고 말했다. "담배 좀 줘."

"알잖아, 당신에게 해로워, 아나톨리." 마리야 파블로브나가 말했다. "제발 피우지 마."

"아, 내버려 둬." 그가 화를 내며 말하고는 담배에 불을 붙였다. 그러나 곧 기침을 하고 토할 듯이 구역질을 했다. 그는 침을 퉤 뱉고 계속해서 말했다. "우리가 하고 있는 건 잘못됐어. 그래, 잘못됐다고. 논쟁하지 말고 다들 단결해야 해……. 그래서 그들을 전멸시켜야 한단 말이야. 그래."

"하지만 그들도 인간입니다." 네흘류도프가 말했다.

"아뇨, 그들은 인간이 아닙니다. 지금 그들이 하는 행동을 할 수 있는 자라면……. 아뇨, 폭탄을 고안해 냈다고 하더군요. 기구도요. 그래요, 기구를 타고 올라가 빈대처럼 폭탄을 뿌리는 겁니다. 그들이 전멸할 때까지……. 그래요, 왜냐하면……." 그는 입을 열려고 했지만 온통 붉어진 얼굴로 갑자기 더욱 심하게 기침을 하더니 피를 쏟았다.

나바토프가 눈을 가지러 달려갔다. 마리야 파블로브나가 쥐오줌풀 물약[50]을 가져다 내밀었지만 그는 눈을 감은 채 그

---

50) 신경안정제로 사용되던 약이다.

녀의 앙상하고 하얀 손을 뿌리치고는 고통스럽고 가쁘게 숨을 몰아쉬었다. 눈과 차가운 물로 그가 다소 진정되고 사람들이 그를 아침까지 푹 자도록 침상에 눕히자 네흘류도프는 모든 사람들과 작별 인사를 나누고는 이미 한참 전부터 그를 데려가기 위해 기다리고 있던 부사관과 함께 출구로 향했다.

형사범들은 이제 잠잠해졌고 대부분 잠이 들었다. 방에 있던 사람들은 침상 위에, 침상 아래에, 복도에 누웠지만 모두가 자리를 차지할 수 있었던 것은 아니다. 그들 중 일부는 자루를 베고 젖은 할라트를 덮은 채 복도 바닥에 누워 있었다.

방문 너머와 복도에서 코 고는 소리, 신음 소리, 잠꼬대 소리가 들렸다. 어디에나 할라트를 뒤집어쓴 형상들이 빽빽하게 무리 지어 있는 것이 보였다. 독신자 형사범 방에서만 몇 사람이 잠을 자지 않고 구석의 타다 남은 양초 토막 주위에 둘러앉았다가 병사를 보자 촛불을 껐다. 복도의 램프 밑에도 노인이 한 명 있었다. 벌거벗고 앉아 루바시카의 이를 잡고 있었다. 이곳의 냄새나고 후덥지근한 공기에 비하면 정치범 방의 더러운 공기는 깨끗하게 느껴질 정도였다. 그을음을 내는 램프가 마치 안개 사이로 보이듯 희미하게 빛났다. 자는 사람을 발로 밟거나 치지 않고 복도를 지나가기 위해서는 눈앞의 빈 곳을 살펴 그 자리에 한 발을 내려놓고 다음 걸음을 내딛을 만한 자리를 찾아야 했다. 복도에서도 자리를 찾지 못했는지 세 남자가 현관방의 악취가 심하게 풍기고 이음새에서 오물이 새어 나오는 용변통 가까이 자리를 잡고 있었다. 한 명은 네흘류도프가 행군 중에 종종 본 적 있는 백치 노인이었다. 또

한 사람은 열 살가량의 사내아이였다. 아이는 두 죄수 사이에 누워 손으로 뺨을 받친 채 한 죄수의 다리를 베고 잠들어 있었다.

대문 밖으로 나온 네흘류도프는 걸음을 멈추고 얼어붙을 듯이 차가운 공기를 오랫동안 가슴 가득 힘껏 들이마셨다.

19

밤하늘에 별이 가득 빛나고 있었다. 네흘류도프는 군데군데 드러난 얼어붙은 길을 따라 여인숙으로 돌아와 어둑한 창문을 두들겼다. 그러자 어깨가 떡 벌어진 고용인이 맨발로 나와 문을 열어 주고 그를 현관방에 들였다. 현관방 오른쪽으로 굴뚝 없는 뒤채에서 잠든 삯마차 마부들의 코 고는 소리가 들려왔다. 앞쪽의 문밖 안마당에서는 많은 말들이 귀리를 씹는 소리가 들렸다. 왼쪽에는 깨끗한 방으로 통하는 문이 있었다. 깨끗한 방에서 쑥 향기와 땀내가 풍겼고, 가리개 너머에서 마치 콧물을 훌쩍이듯 누군가의 튼튼한 폐가 내는 규칙적인 코골이 소리가 들렸다. 이콘 앞에는 붉은 유리 램프가 타오르고 있었다. 네흘류도프는 옷을 벗고 방수포를 씌운 소파에 모포를 깔고 자신의 휴대용 가죽 베개를 베고 누워 오늘 하루 동안보고 들은 모든 것을 머릿속에서 곱씹었다. 오늘 본 것 중 용변통에서 흘러나오는 똥물 위에 누워 한 죄수의 다리를 베고 잠든 사내아이가 가장 끔찍하게 느껴졌다.

오늘 저녁 시몬손과 카츄샤와 나눈 대화는 예상 밖의 중요한 사건이었지만 그는 이 일에 생각을 모을 수 없었다. 이 문제에 대한 자기 입장이 지나치게 복잡하고 막연해서 그는 그 생각을 몰아내려고 했다. 그러나 답답한 공기 속에서 숨을 헐떡이고 악취를 풍기는 나무통에서 새어 나오는 오물 위를 뒹굴던 그 불행한 사람들, 특히 징역수의 다리를 베고 자던 순수한 얼굴의 그 사내아이가 그만큼 더 생생하게 떠올랐고, 그 광경이 머릿속에서 떠나지 않았다.

어딘가 먼 곳에서 어떤 인간들이 다른 인간들을 괴롭히며 온갖 종류의 타락과 비인간적인 모욕과 고통에 몰아넣고 있다는 사실을 아는 것과 어떤 인간들이 다른 인간들 때문에 타락하고 고통받는 모습을 석 달 동안 끊임없이 목격하는 것은 완전히 다른 문제다. 네흘류도프도 이를 실감했다. 그는 지난 석 달 동안 스스로에게 몇 번이고 물었다. '다른 사람들이 보지 않는 것을 보는 내가 미치광이인가, 내가 보고 있는 상황을 만들어 낸 자들이 미치광이인가?' 하지만 네흘류도프에게 놀라움과 공포를 불러일으킨 일을 수행하는 사람들(게다가 그 수가 너무 많았다.)이 그것은 매우 필요할 뿐 아니라 매우 중요하고 유익한 일이라고 너무도 흔들림 없이 확신해서 이들을 모두 미치광이라고 인정하기가 어려웠다. 그렇다고 자신을 미치광이라고 인정할 수도 없었다. 자신의 사고가 선명하다는 것을 알았기 때문이다.

지난 석 달 동안 본 것은 네흘류도프의 마음속에 다음과 같은 인상을 남겼다. 자유인으로 살아가던 모든 이들 중에서 이루 말할 수 없이 신경질적이고 성마르고 쉽게 흥분하고 우수하고 강인한, 그러나 다른 이들보다는 덜 교활하고 덜 신중한 사람들이 법원과 행정 기관을 통해 선별됐다. 자유인으로 남은 이들보다 결코 죄가 더 많다거나 사회에 더 위험하지도 않은 이 사람들이 처음에는 감옥과 숙박소와 징역장에 갇혀, 그곳에서 몇 달이고 몇 년이고 자연과 가족과 유용한 노동, 즉 자연적이고 도덕적인 인간 생활을 위해 필요한 모든 조건들로부터 벗어나 완벽한 무위와 물질적인 보장 속에서 지냈다. 이것이 첫 번째다. 두 번째, 이 사람들은 이런 시설에서 쇠사슬, 삭발, 치욕적인 옷 등 온갖 불필요한 굴욕을 당했다. 즉 세간의 평판에 대한 염려, 수치에 대한 자각, 인간의 존엄에 대한 의식 등 연약한 인간들을 착실한 생활로 이끄는 원동력을 빼앗겼다. 세 번째, 이 사람들은 일사병, 익사, 화재 같은 특별한 경우는 말할 것도 없고 감금 시설에 늘 출현하기 마련인 전염병, 극도의 피로, 구타 등으로 끊임없이 생명을 위협받았다. 그래서 가장 선량하고 도덕적인 사람조차 자기 보호 본능에서 잔인하기 이를 데 없는 끔찍한 행동을 스스로 행하고 다른 사람들이 행하는 것을 용납하는 상황에 늘 놓였다. 네 번째, 이 사람들은 생활을 통해(특히 이런 시설을 통해) 극도로 타락한 난봉꾼, 살인자, 악당과 별수 없이 엮였고, 그 타락한 인간들은 효모가 반죽에 영향을 미치듯 이제까지 사용된 방법으로는 아직 완전히 타락하지 않은 모든 사람들에게 영향을 미쳤다. 그리고 마지막으로 다섯 번째, 이런 영향을 받는 모든 사람들의 마음속에 더할 나위 없이 설득력 있는 방법을 통해서, 가령 어린아이와 여자와 노인에 대한 학대, 구타, 매질, 채찍질, 탈주범을 산 채로든 죽은 채로든 끌고 오는 사람들에 대한 포상, 남편과 아내를 강제로 떼어 놓고 타인의 아내와 타인의 남편을 한데 모아 같이 생활하게 하는 관행, 총살과 교수형 등 그들에 대한 온갖 비인간적인 행위를 통해서 다음과 같은 생각이 주입되었다. 온갖 종류의 폭력, 잔인함, 만행은 금지되지 않을뿐더러 정부에 유리할 경우 허용되기도 하며, 부자유와 궁핍과 불행 속에 있는 사람들에게는 훨씬 더 쉽사리 허락된다는 생각이었다.

이 모든 것은 다른 어떤 조건에서도 획득할 수 없는 궁극으로 농축된 타락과 악덕을 생산하여 그것을 모든 국민들 사이에 최대한 광범위하게 퍼뜨리기 위해서 일부러 고안한 제도 같았다. '마치 가장 확실한 최상의 방법으로 가능한 한 많은 인간을 타락시키려면 어떻게 해야 하는가라는 과제가 제시된 것 같잖아.' 네흘류도프는 감옥과 숙박소에서 행해지는 일들을 숙고하면서 생각했다. 해마다 수십만 명이 타락의 궁극에 이르렀고, 완전히 타락하면 감옥에서 습득한 타락을 모든 국민들에게 퍼뜨리도록 자유로이 풀려났다.

튜멘, 예카체린부르크, 톰스크 등의 감옥과 숙박소에서 네흘류도프는 사회가 스스로에게 부과한 듯 보이는 이 목적이 얼마나 성공적으로 달성되는지 보았다. 러시아 공동체와 농민과 그리스도교의 도덕적 요구를 따르던 소박하고 평범한 사람들이 그 개념을 저버리고 감옥에서 성행하는 새로운 개념을 습득했다. 그것은 무엇보다 이익이 되기만 한다면 인격에 대한 모욕과 폭력, 심지어 그에 대한 온갖 파괴까지 허용될 수 있다는 생각에 기반한다. 감옥에서 생활한 인간들은 자신들에게 벌어진 일로 판단해 볼 때 교회와 윤리 교사가 설파하던, 인간에 대한 존중과 연민을 말하는 모든 도덕 법칙이 실제 생활에서는 폐기됐으며, 따라서 그것을 지킬 필요가 없음을 온 존재로 깨달았다. 네흘류도프는 자신이 아는 모든 죄수들에게서 그런 모습을 보았다. 페도로프도, 마카르도, 심지어 간이 숙박소를 전전하며 두 달을 함께 보내는 동안 부도덕한 생각으로 네흘류도프에게 충격을 주던 타라스도 마찬가지였다. 도중에 네흘류도프는 타이가로 도망치는 부랑자들이 종종 동료들에게 같이 달아나자고 부추긴 후 나중에 그들을 죽여 그 인육을 먹으며 버틴다는 사실을 알게 됐다. 그는 이 일로 고발당해 죄를 실토하는 살아 있는 인간도 보았다. 그리고 무엇보다 끔찍한 것은 인육을 먹는 사건이 드물지 않으며 끊임없이 되풀이된다는 점이었다.

하지만 이런 시설에서 벌어지고 있듯이 악덕을 특별히 장려하는 분위기에서는 러시아인을 이런 부랑자처럼 되도록 몰아넣을 수 있다. 이 부랑자들은 니체의 최신 학설보다 앞서서 모든 것이 가능하고 무엇도 금지되지 않는다는 생각을 했으며, 그 가르침을 처음에는 죄수들 사이에, 그다음에는 모든 국민들 사이에 퍼뜨리고 있다.

현재 행해지는 모든 것을 정당화하는 유일한 근거는 여러

책에 적혔듯이 예방, 위협, 교정, 법에 의거한 보복이다. 하지만 실제로는 그런 것을 아예 찾아볼 수 없었다. 예방 대신 범죄의 유포가 있었다. 위협 대신 범죄자들에 대한 격려가 있었다. 많은 범죄자가 부랑자들처럼 자발적으로 감옥을 향했다. 교정 대신 모든 악덕의 체계적인 감염이 있었다. 보복에 대한 갈망은 정부의 형벌로 인해 약화되기는커녕 그런 갈망이 없었던 민중 속에서 점점 크게 자랐다.

'그렇다면 무엇 때문에 그들은 이런 것을 하는 걸까?' 네흘류도프는 스스로에게 물었지만 대답을 찾을 수 없었다.

그리고 무엇보다 그를 놀라게 한 것은 모든 일이 우연히 오해 때문에 어쩌다 한 번 행해진 게 아니라 수백 년 동안 줄기차게 행해졌다는 점이다. 차이가 있다면 예전엔 코를 베거나 귀를 자른 뒤 낙인을 찍어 쇠막대에 묶었는데 이제는 수갑을 채워 증기선이나 증기 기관차로 실어 나른다는 점뿐이었다.

그의 분노를 불러일으킨 이 모든 일들이 구금과 유형을 위한 시설의 설비가 불완전해서 일어났으며 신식 감옥을 지으면 다 바로잡을 수 있다는 관리들의 주장에 네흘류도프는 만족할 수 없었다. 왜냐하면 그를 격분하게 만든 일들이 구금 장소의 설비가 더 우수하냐 아니냐에 상관없이 일어나고 있음을 느꼈기 때문이다. 그는 전기 벨을 갖춘 개량 감옥과 타르드가 추천한 전기식 사형에 대해 읽은 적이 있다. 하지만 개량된 폭력은 한층 더 그의 분노를 자극했다.

무엇보다 네흘류도프를 격앙하게 만든 점은 이런 것이었다. 민중으로부터 거두어들인 돈에서 많은 봉급을 받는 사람들이 법원과 내각의 여러 주무부에 자리를 차지하고서 자신들과 똑같은 관리들이 똑같은 동기를 품고 써낸 책들을 찾아보며 그들이 만든 법률을 위반한 사람들의 행위를 이런저런 조항으로 몰아간 후 이런 조항들에 의거해 사람들을 어딘가 더 이상 보이지 않을 만한 곳으로 보내 버렸다. 그곳에서 그 사람들은 잔혹하고 난폭한 소장과 간수와 호송병들의 완전한 권력 아래 놓였고, 수백만 명이 정신적으로 육체적으로 파멸하고 있었다.

감옥과 숙박소를 좀 더 가까이에서 알게 된 네흘류도프는 음주, 도박, 잔혹 행위 등 죄수들 사이에 퍼지는 모든 악덕과 죄수들이 저지르는 모든 무시무시한 범죄, 심지어 식인조차 우연이라든지 타락이나 범죄형이나 추악한 심성 — 아둔한 학자들이 정부에 편승해 설명하는 바에 따르면 — 의 현상이 아니라 인간이 다른 인간을 처벌할 수 있다는 납득하기 어려운 망상의 필연적 결과임을 알게 됐다. 네흘류도프는 식인이 타이가가 아니라 주무부와 위원회에서 시작돼 타이가에서 종결된 데 지나지 않는다는 것을 깨달았다. 예를 들어 그의 매형에게, 아니 사무관부터 대신에 이르기까지 모든 법조계 사람들과 관리들에게 그들이 말하는 민중의 정의나 행복 따위는 전혀 문제가 되지 않았다. 모두에게 필요한 것은 오직 이 타락과 고통을 일으킨 모든 것을 행하는 대가로 받는 돈뿐이었다.

'그렇다면 과연 이 모든 것이 그저 망상 때문에 일어났을까? 단지 지금 하고 있는 모든 것에서 손을 놓는 대가로 이 모든 관리들에게 봉급을 보장하고 상여금까지 주도록 할 순 없을까?' 네흘류도프는 생각했다. 그리고 그런 상념에 잠겨 있는 동안 어느새 수탉들이 두 번째로 울었다. 그는 몸을 뒤척일 때마다 분수처럼 튀어오르는 벼룩에 아랑곳 않고 깊은 잠에 빠졌다.

20

네흘류도프가 잠에서 깼을 때 삯마차 마부들은 이미 한참 전에 떠나고 없었다. 차를 다 마신 여주인이 땀에 젖은 살진 목을 손수건으로 닦으면서 찾아와 숙박소 병사가 쪽지를 가져왔다고 알렸다. 마리야 파블로브나가 보낸 쪽지였다. 그녀는 크릴초프의 발작이 그들의 생각보다 더 심각하다고 썼다. "우리는 그를 이곳에 두고 그와 함께 머물자는 생각도 잠시 했지만 허락을 받지 못했어요. 그래서 그를 데려가려 해요. 하지만 두려울 뿐이에요. 혹시 다음 도시에서 그를 두고 갈 수 있게 되면 우리 중 누군가가 남을 수 있도록 힘써 주세요. 그러기 위해 내가 그와 결혼해야 한다면 물론 기꺼이 하겠어요."

네흘류도프는 말을 준비해 오라며 젊은이를 역참에 보내고 서둘러 짐을 챙겼다. 미처 두 잔째 차를 다 마시기 전에 말 세 마리가 끄는 첼레가가 방울 소리를 울리면서 포장도로처

럼 딱딱하게 언 진흙길을 따라 바퀴를 덜컹거리며 현관 입구
로 다가왔다. 목이 피둥피둥한 여주인과 셈을 마친 후 네흘류
도프는 부랴부랴 밖으로 나가 첼레가 안의 나뭇가지를 엮어
만든 의자에 자리를 잡고는 죄수를 따라잡고 싶은 마음에 최
대한 빨리 가도록 지시했다. 목장 입구와 멀지 않은 곳에서 실
제로 그는 자루와 병자들을 실은 첼레가들을 따라잡았다. 바
퀴들에 눌려 이제 막 부드러워지기 시작한 얼어붙은 진흙길
을 따라 첼레가들이 덜컹거리며 나아가고 있었다.(장교는 없었
다. 앞서간 것이다.) 술을 마신 게 분명한 병사들은 유쾌하게 지
껄이며 행렬의 뒤쪽과 길 양옆에서 걸었다. 첼레가가 많았다.
앞쪽 첼레가들에는 쇠약한 형사범들이 여섯 명씩 비좁게 앉
았고, 뒤쪽의 세 대에는 정치범들이 세 명씩 앉았다. 뒤에 가
는 한 첼레가에는 노보드보로프와 그라베츠와 콘드라치예프
가, 다른 첼레가에는 란체바와 나바토프, 그리고 마리야 파블
로브나가 양보한 자리에 탄 류머티즘을 앓는 쇠약한 여자가
앉아 있었다. 또 다른 첼레가에는 크릴초프가 건초 위에 베개
를 베고 누워 있었다. 그 옆의 마부 자리에 마리야 파블로브나
가 앉아 있었다. 네흘류도프는 크릴초프 가까이에 마차를 멈
춰 세우고 그에게 걸어갔다. 술 취한 호송병이 한 손을 내저었
지만 네흘류도프는 눈길도 주지 않고 첼레가로 다가가 횡목
을 잡고서 나란히 걸었다. 모피 외투와 양가죽 모자로 몸을 감
싸고 손수건으로 입을 가린 크릴초프는 더 야위고 창백해 보
였다. 아름다운 눈동자가 유난히 크게 빛나는 듯했다. 그는 울
퉁불퉁한 길 때문에 힘없이 이리저리 흔들리면서도 네흘류도

프에게서 눈을 떼지 않았지만 건강을 묻는 말에 그저 눈을 감고 화가 난 표정으로 고개를 저었다. 그의 모든 에너지는 덜컹거리는 첼레가를 견디는 데 소진되고 있는 것 같았다. 마리야 파블로브나가 맞은편에 앉아 있었다. 그녀는 네흘류도프에게 의미심장한 눈짓을 하며 크릴초프의 상태에 대한 모든 불안을 표현하고는 곧 명랑한 목소리로 말을 꺼냈다.

"장교가 부끄러운 모양이에요." 그녀는 요란한 바퀴 소리에 말이 묻히지 않도록 네흘류도프에게 큰 소리로 외쳤다. "부줍킨의 수갑을 풀어 주었어요. 그가 딸아이를 데려가고 있죠. 카챠와 시몬손, 그리고 저 대신에 베로치카가 그들과 함께 가고 있어요."

크릴초프가 마리야 파블로브나를 가리키며 알아듣기 힘들게 무슨 말을 하고는 기침을 참으려는지 찌푸린 얼굴로 고개를 흔들었다. 네흘류도프는 그 말을 듣기 위해 고개를 가까이 댔다. 그러자 크릴초프가 손수건 밖으로 입을 내밀고 소곤거렸다.

"이제 훨씬 낫군요. 감기에 걸리지만 않으면 좋겠어요."

네흘류도프는 맞는 말이라며 고개를 끄덕이고 마리야 파블로브나와 눈짓을 주고받았다.

"그런데 삼체문제[51]는 어떻게 됐습니까?" 크릴초프가 또 속삭이더니 괴로운 듯 힘겹게 미소를 지었다. "복잡한 문제죠?"

---

51) 세 물체 사이의 상호 작용과 움직임을 다루는 고전 역학 문제다. 지구 주위를 돌면서 태양의 작용으로 교란되는 달의 운동이나 태양 주위를 돌면서 다른 행성의 작용으로 교란되는 행성의 운동을 예로 들 수 있다.

네흘류도프는 말뜻을 이해하지 못했다. 그런데 마리야 파블로브나가 그것은 세 개의 물체, 즉 태양과 달과 지구의 관계를 정의하는 유명한 수학 문제인데 크릴초프가 농담 삼아 네흘류도프와 카츄샤와 시몬손의 관계를 그 문제에 빗댄 것이라고 설명했다. 크릴초프는 마리야 파블로브나가 자신의 농담을 정확하게 설명했다는 표시로 고개를 끄덕였다.

"그 문제를 해결할 사람은 내가 아닙니다." 네흘류도프가 말했다.

"쪽지를 받았죠? 그렇게 해 주실 건가요?" 마리야 파블로브나가 물었다.

"반드시 하겠습니다." 네흘류도프가 말했다. 그는 크릴초프의 얼굴에 떠오른 불만스러운 빛을 눈치채고 자기 첼레가로 가서 푹 꺼진 의자 위에 올라탔다. 그리고 울퉁불퉁한 길 위에서 덜컹덜컹 그의 몸을 뒤흔드는 첼레가 가장자리를 붙잡은 채 1베르스타가량 길게 늘어선 죄수 무리 ─ 회색 할라트와 짧은 털외투 차림에 족쇄를 달고 두 명씩 수갑으로 연결된 ─ 를 앞지르기 시작했다. 네흘류도프는 길 반대편에서 카츄샤의 파란색 머릿수건과 베라 예프레모브나의 검은 외투, 시몬손의 재킷과 털모자와 하얗고 긴 털양말에 샌들처럼 묶은 가죽끈을 알아보았다. 그는 여자들과 나란히 걸어가며 무언가 열렬하게 말하고 있었다.

네흘류도프를 알아본 여자들이 고개 숙여 인사했고, 시몬손은 엄숙하게 모자를 살짝 들었다. 네흘류도프는 아무 할 말이 없어 마차를 세우지 않고 그들을 앞질러 갔다. 다시 평탄한 길로 나오자 마부는 한층 더 빨리 마차를 몰았다. 하지만 길 양편에 뻗은 짐마차 대열을 피하기 위해 계속해서 길을 벗어나야 했다.

온통 깊은 바큇자국이 난 길은 어둑한 침엽수림 사이로 뻗어 있었다. 양쪽에 아직 잎이 떨어지지 않은 자작나무들과 낙엽송들이 모랫빛 같은 밝은 노란색으로 침엽수림을 알록달록 물들였다. 이전 역참과 다음 역참의 중간 지점에서 숲이 끝나고 양옆으로 들판이 펼쳐지더니 수도원의 금빛 십자가와 돔 지붕이 나타났다. 날씨는 맑게 개고, 구름은 흩어지고, 해가 숲 위로 높이 떠올랐다. 젖은 잎사귀도 물웅덩이도 돔 지붕도 교회 십자가도 햇살을 받아 눈부시게 빛났다. 오른편으로 푸르스름한 회색을 띤 먼 곳에 산들의 희뿌연 윤곽이 보였다. 마차가 교외의 큰 마을에 들어섰다. 거리는 러시아인들이며 이상한 모자와 할라트 차림의 외국인들로 가득 붐볐다. 술에 취한 사람들과 취하지 않은 사람들이 가판과 여인숙과 술집과 짐마차 주위에서 바글거리며 떠들어 댔다. 도시가 가까워진 것이 느껴졌다.

마부가 오른쪽 곁마에 채찍질을 하고 고삐를 당기면서 고삐가 오른쪽에 오도록 마부석에서 비스듬히 고쳐 앉더니 우쭐대듯 대로를 달려 속도를 억제하지 않고 연락선이 운행하는 강으로 질주했다. 건너편에서 출발한 연락선은 물살이 빠른 강 한가운데까지 왔다. 이쪽에는 스무 대가량의 짐마차가 기다리고 있었다. 네흘류도프는 오래 기다리지 않았다. 물결을 거슬러 상류로 한참 올라간 배가 급류를 타고 곧 나루에 도착했다.

 짧은 털외투에 허벅지까지 닿는 긴 부츠를 신은 키가 크고 어깨가 떡 벌어진 근육질의 과묵한 사공들이 민첩하고 능숙하게 밧줄을 던져 말뚝에 단단히 묶었다. 그리고 빗장을 풀어 연락선에 실린 짐마차들을 강기슭으로 내보낸 후 대기 중이던 짐마차들을 태우며 물 때문에 주춤거리는 말들과 짐마차들을 연락선에 촘촘히 정렬시키기 시작했다. 물살이 빠른 넓은 강물이 뱃전을 철썩철썩 때리며 밧줄을 팽팽하게 잡아당겼다. 배가 꽉 차고, 말들을 분리한 네흘류도프의 첼레가가 사방에서 짐마차에 밀리며 배의 가장자리에 자리를 잡았을 때였다. 사공들이 빗장을 지르더니 승선하지 못한 사람들의 간청에 아랑곳없이 밧줄을 풀고 출발했다. 배 위는 조용했고, 판자를 울리는 사공들의 발소리와 말들의 말발굽 소리만 들렸다.

21

네흘류도프는 물살이 빠른 넓은 강을 바라보며 배의 가장자리에 서 있었다. 두 가지 영상이 서로 번갈아 가며 머릿속에 떠올랐다. 분노 속에서 죽어 가는 크릴초프의 머리가 짐마차의 덜컹거림 때문에 흔들리던 모습, 그리고 카츄샤가 시몬손과 함께 길 가장자리를 따라 활기차게 걷던 모습이었다. 한 가지 인상, 즉 죽어 가면서도 죽음을 맞이할 준비가 되지 않은 크릴초프의 모습은 쓰라리면서도 서글펐다. 한편 또 다른 인상, 즉 시몬손 같은 남자의 사랑을 얻은 데다 이제 확고하고 올바른 선의 길에 들어선 카츄샤의 활발한 모습에는 당연히 기쁜 마음이 들어야 하는데 네흘류도프는 역시 가슴이 쓰라렸고, 그 괴로움을 떨쳐 낼 수 없었다.

도시에서 오호트니츠키 교회의 커다란 종이 낮고 둔탁하게 울리는 소리와 그 금속성 여음이 물을 건너 들려왔다. 네흘류도프 옆에 선 마부와 다른 모든 짐마차꾼들이 잇달아 모자를 벗고 성호를 그었다. 난간에 가장 가까이 선 키가 작고 머리털이 덥수룩한 노인 — 네흘류도프는 처음에 그를 눈여겨보지 않았다 — 은 성호를 긋지 않고 고개를 들어 네흘류도프를 뚫어지게 쳐다보았다. 그 노인은 누덕누덕 기운 코트와 나사로 지은 바지를 입었고 여기저기 기운 허벅지 길이의 닳아 해진 부츠를 신었다. 등에 작은 배낭을 메고 머리에는 높다란 낡은 털모자를 썼다.

"노인장은 왜 기도를 안 하쇼?" 네흘류도프의 마부가 모자를 벗었다가 고쳐 쓰며 말했다. "세례를 받지 않았소?"[52]

"누구한테 기도를 하겠어?" 머리털이 덥수룩한 노인이 공격적이고 단호한 어조로 한 음절 한 음절 또박또박 빠르게 말했다.

"누구한테? 당연히 하느님이지." 마부가 비아냥거리며 말했다.

"어디 있는지 나한테 좀 가르쳐 줄 테냐? 그 하느님이라는 작자 말이다."

노인의 표정이 어딘지 모르게 너무도 진지하고 결연해 보여서 마부는 벅찬 상대를 만났다고 느껴 다소 당황했다. 하지만 귀를 기울이는 군중 앞에서 말문이 막혀 창피를 당하지 않

---

52) 이 장면에서 네흘류도프를 제외하고 배에 탄 모든 이들이 노인에게 허물없는 관계나 아랫사람을 대할 때 쓰는 호칭인 '티(tyi)'를 사용하고 있다. 노인 역시 모든 이들에게, 심지어 네흘류도프에게까지 똑같은 호칭을 사용한다.

기 위해 그런 내색을 하지 않고 재빨리 대꾸했다.

"어디 있냐고? 물론 하늘에 계시지."

"네놈이 그곳에 가 본 적이 있냐?"

"내가 가 봤든 안 가 봤든 하느님께 기도해야 한다는 건 누구나 아는 사실이잖아."

"하느님을 본 사람은 어디에도 누구도 없어. 하느님 아버지 안에 있는 독생자가 스스로를 나타낸 거지." 노인이 엄하게 얼굴을 찌푸린 채 똑같이 빠른 말투로 말했다.

"노인장은 이교도인가 보네. 구멍 숭배자야. 구멍에다 빌겠군." 마부가 채찍 손잡이를 허리띠에 찔러 넣고 곁말의 엉덩이 띠를 바로잡아 주면서 말했다.

누군가가 웃음을 터뜨렸다.

"할아범은 무슨 종교를 믿소?" 배 가장자리의 짐마차 옆에 서 있던 중년 남자가 물었다.

"종교 따위 안 믿어. 그래서 난 자신 외에 아무도, 아무도 믿지 않지." 똑같이 빠르고 단호하게 노인이 대답했다.

"하지만 어떻게 자신을 믿습니까?" 네흘류도프가 대화에 끼어들며 말했다. "실수를 할 수도 있는데요."

"천만에." 노인이 고개를 흔들며 단호하게 대답했다.

"그러면 어째서 온갖 종교가 있을까요?" 네흘류도프가 물었다.

"자기를 안 믿고 남을 믿으니까 온갖 종교가 있지. 나도 예전엔 남을 믿고 타이가에 들어간 것처럼 방황하기도 했수다. 너무 헤매서 빠져나올 거라고는 기대도 하지 않았지. 구교도,

신교도,[53] 토요안식교도,[54] 흘리스트교도[55], 사제파 교도, 무사제파 교도[56], 오스트리아파 교도,[57] 몰로칸교도,[58] 스콥치 교도, 어느 종교든 자기네만 찬양한다오. 그래서 다들 눈을 못 뜬 짐승 새끼처럼 이렇게 사방으로 기어 다니지. 종교는 많지만 영혼은 하나요. 당신 안에도, 내 안에도, 그리고 저 사람 안에도 있어. 그러니까 저마다 자기 영혼을 믿으라는 거야. 그럼 모두가 결합될 수 있어. 저마다 자신을 믿으면 모두 하나가 될 수 있다고."

노인은 큰 소리로 말하면서 가능한 한 많은 사람이 자기 말을 들었으면 하는지 계속 주위를 두리번거렸다.

"그럼 당신은 오래전부터 그런 신조를 따랐습니까?" 네흘류도프가 물었다.

"나 말이오? 오래됐지. 벌써 이십삼 년째 박해를 당하고 있으니까."

"어떻게요?"

"그리스도가 박해받은 것처럼 나도 박해받고 있다오. 붙잡

---

53) 구교와 신교라는 구분이 일반적으로 가톨릭과 프로테스탄트를 구분하는 것과 달리 러시아에서는 1654년 예배에 새로운 형식을 도입한 니콘 대주교의 종교 개혁에 찬성한 파를 신교, 그에 따르지 않은 파를 구교라고 일컫는다. 러시아 정교회는 신교를 공인하고, 구교를 이단으로 규정했다.
54) 일요일이 아닌 토요일을 안식일로 지키는 종파.
55) 자기 몸을 매질하거나 채찍질하며 고행을 닦은 종파.
56) 구교 중에는 예배를 비롯해 세례나 결혼 등 의식을 사제가 집전해야 한다는 사제파와 사제의 권위를 인정하지 않는 무사제파가 있었다.
57) 오스트리아에 거주하는 대주교를 중심으로 받드는 종파.
58) 우유와 달걀은 먹되 고기는 먹지 않는 종파.

혀 법정에도 서고, 사제며 성경학자며 바리새인 앞에 끌려가기도 했지. 정신 병원에도 갇혔고. 하지만 저들은 나한테 아무것도 할 수 없어. 난 자유로우니까. 저들이 '이름이 뭔가?' 하고 묻더이다. 내가 어떤 이름을 쓰고 있을 거라 생각한 거지. 하지만 난 어떤 이름도 사용하지 않는다오. 모든 것과 인연을 끊었어. 나에겐 이름도, 거처도, 조국도 없어. 아무것도 없다고. 난 그냥 나일뿐이라오. 이름이 뭐냐고? 인간이지. '그럼 몇 살인가?' 난 말했수다. 난 나이를 세지 않는다. 난 언제나 있었고 언제나 있을 것이기 때문에 셀 수도 없다. '부모는 누군가?' 난 또 말하지. 나한텐 부모가 없다. 오직 하느님과 대지만 있을 뿐이다. 하느님이 아버지고, 대지가 어머니다. '차르를 인정하는가?' 왜 인정하지 않겠나? 그는 그 자신의 차르고, 난 나 자신의 차르인데. '휴, 너 같은 놈과 무슨 이야기를 하겠냐?' 난 이렇게 말하지. 나도 당신에게 나와 이야기해 달라고 부탁한 적 없어. 그런 식으로 저들은 날 괴롭힌다오."

"지금 어디에 가는 길입니까?" 네흘류도프가 물었다.

"하느님이 이끄는 곳으로. 일거리가 있으면 일을 하고, 없으면 구걸을 한다오." 배가 강가에 접근하는 것을 알아채자 노인은 말을 맺고 그의 말을 듣고 있던 모든 이들을 의기양양하게 둘러보았다.

연락선이 강가에 닿았다. 네흘류도프는 지갑을 꺼내 노인에게 돈을 내밀었다. 노인은 거절했다.

"그건 받지 않겠수. 빵만 받으리다." 그가 말했다.

"이런, 미안합니다."

"미안해할 것 없소. 날 모욕하지 않았으니까. 내가 모욕을 당할 사람도 아니지만." 말을 끝낸 노인은 내려놓았던 배낭을 한쪽 어깨에 둘러멨다. 그러는 동안 첼레가들이 배에서 굴러 나가고 말들이 첼레가에 연결됐다.

"나리는 저런 사람과도 이야기를 하고 싶어 하시네요." 네흘류도프가 힘센 사공들에게 팁을 주고 첼레가에 오르자 마부가 말했다.

22

강둑에 올라서자 마부가 뒤를 돌아보았다.

"어느 호텔로 모실까요?"

"어디가 좋을까?"

"시비르스카야가 가장 낫죠. 하지만 듀코프도 좋아요."

"자네가 가고 싶은 곳으로 가지."

마부는 다시 비스듬히 앉아 속도를 높였다. 도시는 다른 여느 도시와 비슷했다. 메조닌[59]과 녹색 지붕이 있는 똑같은 집들, 똑같은 교회, 주요 거리의 가판들과 상점들, 심지어 똑같은 순경들. 다만 집들이 거의 다 목조 건물이었고, 거리는 포장되지 않았다. 가장 변화한 거리 중 하나에서 마부가 호텔 입

---

59) mezonin. 기능보다는 장식을 위해 주택 전면의 중간 부분에 만든 상부 구조물로 발코니를 설치하거나 사각형, 육각형, 팔각형, 원통 등 다양한 형태의 외벽을 대서 만든다. 19세기 러시아에 메조닌을 설치한 주택이 유행했다.

구 앞에 첼레가를 댔다. 하지만 빈방이 없어서 다른 호텔로 가야 했다. 그 호텔에는 빈방이 있었다. 네흘류도프는 두 달 만에 처음으로 다시 어느 정도 청결함과 쾌적함을 갖춘 익숙한 조건에 있게 됐다. 배정받은 방이 호화롭다고 할 순 없었지만 네흘류도프는 역마차와 여인숙과 숙박소를 전전하고 난 후라 마음이 아주 편해지는 것을 느꼈다. 무엇보다 숙박소에 묵기 시작한 뒤로 깨끗이 없앨 수 없었던 이를 떨어내야 했다. 짐을 풀자 그는 곧 첼레가를 타고서 증기 목욕탕에 갔다가 풀 먹인 루바시카와 다소 구겨진 바지와 프록코트와 외투로 도시인다운 차림새를 하고는 지방관을 찾아갔다. 호텔 수위가 삯마차를 불러 주었다. 살진 키르기스산 말이 끄는 삐걱거리는 2인승 무개마차는 네흘류도프를 태우고 보초 여러 명과 순경 한 명이 서 있는 크고 아름다운 건물로 갔다. 건물 앞쪽과 뒤쪽에 정원이 있었다. 헐벗은 가지들이 넓게 뻗은 사시나무와 자작나무들 사이에 무성하고 짙푸른 전나무와 소나무들이 서 있었다.

지방관은 건강이 좋지 않아 방문객을 받지 않았다. 그래도 네흘류도프는 하인에게 명함을 주며 지방관에게 전해 달라고 부탁했다. 하인이 다행스러운 답변을 가지고 돌아왔다.

"모셔 오라고 하십니다."

대기실, 제복을 입은 하인, 전령병, 계단, 반질반질하게 광을 낸 세공 마루, 이 모든 것이 페테르부르크에서 보던 모습과 비슷해 보였다. 다만 좀 더 지저분하고 좀 더 웅장했다. 하인이 네흘류도프를 서재로 안내했다.

지방관은 코가 감자처럼 생기고, 이마와 벗어진 머리에 혹이 튀어나오고, 눈 밑이 불룩하게 늘어져 마치 부어오른 것처럼 보이는 다혈질의 남자였다. 타타르풍의 실크 할라트를 걸치고 앉아 손에 담배를 든 채 은제 홀더에 끼운 컵의 차를 마시고 있었다.

"안녕하십니까! 할라트를 입고 맞이해서 미안합니다. 그래도 아예 맞지 않는 것보다는 낫죠." 그가 주름 잡힌 투실투실한 목을 할라트로 가리며 말했다. "난 몸이 좋지 않아 밖에 나가질 않아요. 무슨 일로 이처럼 먼 우리 왕국까지 왔습니까?"

"죄수 무리를 따라왔습니다. 그 무리에 나와 가까운 사람이 있어서요." 네흘류도프가 말했다. "그래서 이 사람에 대해, 아울러 다른 한 가지 상황에 대해 각하께 부탁을 드리려고 왔습니다."

지방관은 담배를 한 모금 빨아들이고 차를 홀짝인 후 공작석 재떨이에 담배를 비벼 껐다. 그리고 눈두덩이 부은 가늘고 반짝이는 눈을 네흘류도프에게서 떼지 않으며 진지하게 귀를 기울였다. 그저 담배를 피우고 싶은지 묻기 위해 딱 한 번 네흘류도프의 말을 가로막았을 뿐이다.

지방관은 자유주의와 인도주의와 자신의 직업을 조화시킬 수 있다고 생각하는 지적인 군인 유형에 속했다. 하지만 날 때부터 똑똑하고 선량한 사람인 그는 곧 그런 조화가 불가능하다는 것을 깨달았다. 자신이 끊임없이 직면하는 내적 모순을 보지 않기 위해서 군인들 사이에 만연한 과음하는 습관에 점점 더 탐닉하고 열중한 나머지 삼십오 년 동안 군 복무를 하고 난 후에는 의사들이 알코올 중독이라고 부르는 상태가 되고 말았다. 그는 완전히 술에 절어 있었다. 어떤 종류든 액체를 마시기만 해도 취기를 느꼈다. 그에게 술은 살아가는 데 없어서는 안 될 요건이 됐다. 그래서 매일 저녁 무렵이면 만취해 있었다. 하지만 그런 상태에 아주 잘 적응해서 비틀거리지도, 특별히 어리석은 말을 하지도 않았다. 설사 그런 말을 한다 해도 그는 너무나 중요한 직책을 맡고 있었기 때문에 어떤 멍청한 소리를 지껄이든 사람들은 다 현명한 말로 받아들였다. 오로지 아침에만, 즉 네흘류도프가 찾아간 그 시간에만 그는 이성적인 인간처럼 보였고, 상대의 말을 이해했으며, "취해도 분별을 잃지 않는 사람은 두 가지 미덕을 지닌 셈이다."라는 평소 즐겨 쓰는 속담을 다소 성공적으로 실현해 냈다.

정부의 상층부는 그가 술고래이긴 해도 다른 사람들보다 더 교양을 갖춘 데다 — 술독에 빠진 이후로 그의 교양은 제자리걸음을 하고 있지만 — 대담하고 민첩하고 당당하고 노련하며 술에 취했을 때조차 절도 있게 처신한다는 것을 알았다. 그래서 그를 지금처럼 책임이 막중한 요직에 임명하고 계속 그 자리를 유지하게 한 것이다.

네흘류도프는 자신이 관심을 둔 사람은 여자라고, 그녀는 아무 죄도 없이 유죄를 선고받았으며 그녀를 위한 청원서가 폐하에게 제출됐다고 이야기했다.

"그렇군요. 그래서요?" 지방관이 말했다.

"페테르부르크에서 약속을 받았습니다. 그 여자의 재판 소식을 늦어도 이달 안에 이곳으로 보내 주겠다고요……."

네흘류도프를 뚫어지게 쳐다보던 지방관은 뭉툭한 손을 탁자로 뻗어 벨을 누르고는 담배 연기를 내뿜고 유난히 크게 기침을 하면서 계속 네흘류도프의 말을 묵묵히 들었다.

　"그래서 가능하다면 제출된 청원서에 대한 답변을 받을 때까지 그 여자를 이곳에 남게 해 주셨으면 합니다."

　하인, 그러니까 군복 차림의 졸병이 들어왔다.

　"안나 바실리예브나가 일어났는지 물어봐." 지방관이 졸병에게 말했다. "차도 더 가져오고." 지방관은 네흘류도프를 돌아보았다. "또 다른 청은 뭡니까?"

　"다른 청은……." 네흘류도프는 계속해서 말했다. "그 죄수 무리에 속한 정치범에 관한 것입니다."

　"그래요!" 지방관은 의미심장하게 고개를 끄덕이며 말했다.

　"그는 중병에 걸려 죽어 가고 있습니다. 어쩌면 그를 이곳 병원에 두고 갈지도 모릅니다. 그래서 여자 정치범들 중 한 명이 옆에 남고 싶어 합니다."

　"그녀는 그와 아무 관계도 아니죠?"

　"그렇습니다. 하지만 그렇게 해서 옆에 남을 수만 있다면 기꺼이 그와 결혼하려고 합니다."

　지방관은 빛나는 눈동자로 유심히 바라보더니 상대방을 당혹스럽게 만들고 싶은 듯 묵묵히 귀를 기울이면서 계속 담배를 피웠다.

　네흘류도프가 말을 마치자 그는 탁자 위에서 책을 집어 들고 손가락에 재빨리 침을 바르며 페이지를 넘기더니 결혼에 관한 조항을 찾아 그것을 읽었다.

"그녀는 무슨 형을 선고받았습니까?" 그가 책에서 눈을 떼며 물었다.

"징역형입니다."

"음, 그렇다면 결혼한다고 해도 형을 선고받은 사람의 처지가 더 나아질 순 없습니다."

"네, 하지만……."

"잠깐. 자유인인 남자와 결혼한다 해도 여전히 자신의 형기를 마쳐야 합니다. 이 경우 누구의 형이 더 무거운가 하는 문제가 생기는군요. 남자 쪽입니까, 여자 쪽입니까?"

"두 사람 모두 징역 노동을 선고받았습니다."

"음, 그럼 더 이야기할 것도 없군요." 지방관이 웃으면서 말했다. "여자가 남자와 똑같은 형을 받았다는 말이죠. 병을 앓고 있으니 남자는 두고 가도 됩니다." 그가 계속 말했다. "물론 그의 운명을 좀 더 편하게 해 주기 위해 가능한 한 모든 조치가 행해질 겁니다. 하지만 그녀는 그와 결혼한다 해도 이곳에 남을 수 없습니다……."

"사모님께서는 커피를 들고 계십니다." 하인이 보고했다.

지방관은 고개를 끄덕이고 계속 말을 이었다.

"하지만 좀 더 생각해 보지요. 그들의 이름이 뭡니까? 여기써 주십시오."

네흘류도프는 그들의 이름을 썼다.

"그것도 허가할 수 없습니다." 병자를 만나게 허락해 달라는 네흘류도프의 요청에 장군이 답했다. "물론 당신을 의심하는 건 아닙니다." 그가 말했다. "하지만 당신은 그 사람을 비롯해 다른 사람들에게도 관심을 갖고 있습니다. 또 당신에겐 돈이 있지요. 여기 우리 지방에서는 무엇이든 돈이면 해결됩니다. 나에게 뇌물을 근절하라고 말하는 사람들도 있습니다. 하지만 모두가 뇌물을 받는데 어떻게 근절합니까? 관등이 낮을수록 그런 풍조는 더욱 심합니다. 그렇다고 5000베르스타 멀리에서 어떻게 관리들을 감시하겠습니까? 그곳에서는 어느 관리나 다 작은 차르인데요. 내가 여기에서 그런 것처럼 말이죠." 그가 웃음을 터뜨렸다. "당신은 아마 정치범들을 보러 간 적이 있을 겁니다. 돈을 주고 허가를 받았겠죠?" 그가 빙그레 웃으며 말했다. "그렇지 않습니까?"

"네, 그렇습니다."

"당신이 그럴 수밖에 없다는 것을 이해합니다. 당신은 정치범을 만나고 싶어 합니다. 그를 불쌍히 여기고요. 소장과 호송병은 뇌물을 받습니다. 그들에게는 40코페이카의 봉급[60]과 가족이 있습니다. 그러니 뇌물을 받지 않을 수 없습니다. 그들이나 당신의 입장이었다면 나도 그들이나 당신과 똑같이 행동했을 겁니다. 하지만 내 입장에서는 나 자신이 법의 준엄하기 이를 데 없는 문자로부터 벗어나는 것을 용납할 수 없습니다. 난 인간이라 연민에 빠질 수 있으니까요. 난 행정을 수행하는 사람으로 일정한 조건 아래 국가로부터 위임을 받았습니다.

---

60) 러시아어 원문에는 "봉급 40코페이카"라고만 적혀 있는데, 「일러두기」에서 언급한 소련의 라두가 출판사의 영역본은 19세기 후반에 러시아 감옥의 근무자들이 어떤 식으로 봉급을 받았는지에 대한 이해를 돕기 위해 "일당 40코페이카(a salary of forty kopecks a day)"라고 구체적으로 명시했다.

난 이 신뢰에 부응해야 합니다. 자, 이것으로 이 문제는 결론이 났군요. 그럼 이제 당신이 있던 수도에서 무슨 일이 일어나고 있는지 들려주시겠습니까?"

그러고 나서 지방관은 새로운 소식을 알아내는 동시에 자신의 가치와 인간애를 전부 보여 주고 싶은 듯 이것저것 묻고 이야기하기 시작했다.

23

"음, 그런데 어디에 묵으십니까? 듀크 호텔인가요? 글쎄요,
거기는 아주 지독한 곳인데요. 우리 집에 와서 함께 식사를 하
시죠." 지방관이 네흘류도프를 놓아주며 말했다. "5시입니다.
영어를 하십니까?"

"네, 할 수 있습니다."

"음, 잘됐군요. 그게 말이죠, 영국인 한 명이 막 도착했습니
다. 여행자예요. 시베리아의 유형지와 감옥을 연구하고 있어
요. 그런데 그가 우리 집에 식사를 하러 올 겁니다. 당신도 오
세요. 우리는 5시에 식사를 합니다. 아내는 시간 엄수를 중요
하게 생각합니다. 그 여자와 그 병자에 대한 답변을 그때 드리
겠습니다. 어쩌면 병자 옆에 누군가를 남겨 둘 수 있겠죠."

지방관에게 작별 인사를 하고 흥분이 뒤섞인 활기를 느끼
면서 네흘류도프는 우체국으로 향했다.

우체국은 천장이 둥글고 낮은 곳이었다. 몇몇 직원들이 창구 너머에 앉아 북적거리는 사람들을 응대하고 있었다. 한 직원은 고개를 옆으로 기울인 채 민첩하게 봉투들을 끌어당기며 쉼 없이 소인을 찍어 댔다. 네흘류도프는 오래 기다릴 필요가 없었다. 이름을 대자마자 직원이 그의 앞으로 온 꽤 많은 우편물을 바로 건넸다. 그중에는 우편환금, 편지 몇 통과 책몇 권,《조국의 기록》[61]의 최신호도 있었다. 편지들을 받아 든 네흘류도프는 긴 나무 의자로 물러났다. 책을 손에 들고 무언가를 기다리며 앉아 있는 병사 옆에 나란히 앉아 수령한 편지들을 살펴보았다. 그중에 등기 우편이 하나 있었다. 선명한 빨간색 봉랍에 소인이 뚜렷하게 찍힌 매우 아름다운 봉투였다. 그는 봉투를 뜯었다가 그것이 어떤 공문서가 동봉된 셀레닌의 편지임을 깨닫고는 피가 얼굴로 쏠리고 심장이 조이는 듯한 기분을 느꼈다. 카츄샤 사건에 대한 판결문이었다. 어떤 판결이 내려졌을까? 설마 기각인가? 네흘류도프는 알아보기 힘들 만큼 빽빽하고 구불구불한 작은 글씨를 황급히 훑다가 기쁨의 한숨을 쉬었다. 판결의 내용은 반가운 것이었다.

셀레닌은 다음과 같이 썼다.

사랑하는 친구! 우리의 마지막 대화가 내 마음속에 강한 인

---

61)《Отечественные записки》. 19세기에 상트페테르부르크에서 출간되던 잡지로 러시아에 큰 영향력을 미쳤다. 정부의 탄압으로 이따금 논조가 바뀌긴 했지만 혁명적 비평가 벨린스키, 인민주의자 미하일롭스키, 풍자 소설가 살티코프 등이 주필이나 필자 등으로 참여한 진보 잡지였다.

상을 남겼어. 마슬로바에 관해서는 자네 말이 옳았어. 사건을 주의 깊게 검토해 보니 마슬로바에 대해 충격적일 정도로 부당한 일이 벌어졌더군. 이것을 바로잡을 수 있는 곳은 자네가 전에 청원서를 제출한 청원 위원회뿐이었어. 난 그곳에서 사건의 해결을 도울 수 있었지. 여기 예카체리나 이바노브나 백작 부인이 나에게 알려 준 주소로 감형 증명서 사본을 보낼게. 원본은 마슬로바가 재판 때 구금되어 있던 곳으로 발송됐어. 아마 곧 시베리아 중앙 관리국으로 전송될 거야. 이 기쁜 소식을 자네에게 서둘러 전하고 싶었어. 우정의 악수를 청하며.

자네의 셀레닌.

공문서의 내용은 다음과 같았다.

황제 직속 청원 사무국. ××과, ××××년 ×월 ×일, 황제 직속 청원 사무국 국장의 지시에 따라 본 증명서를 통해 소시민 예카체리나 마슬로바에게 선고한다. 황제 폐하께서는 상신된 보고서를 보시고 마슬로바의 청원에 관용을 베푸시어 징역형을 시베리아 인근 지역에서 정주하는 것으로 바꾸도록 윤허하셨다.

반갑고 중요한 소식이었다. 네흘류도프가 카츄샤를 위해, 그리고 그 자신을 위해 바랄 수 있는 모든 것이 실현됐다. 사실 그녀의 달라진 처지는 그녀와의 관계에 새로운 복잡함을 불러왔다. 그녀가 징역수로 있는 한 네흘류도프가 제안한 결혼은 실제 결혼이 아니라 그저 그녀의 처지를 편하게 해 준다는 점에서만 의의를 지녔다. 이제 그들이 함께 사는 데 방해가 될 만한 것은 전혀 없었다. 하지만 네흘류도프는 아직 이를 위한 마음의 준비가 되어 있지 않았다. 게다가 그녀와 시몬손의 관계는? 어제 그녀가 한 말은 무슨 뜻일까? 그리고 그녀가 시몬손과 결합하는 데 동의한다면 잘된 일일까, 잘못된 일일까? 그는 도저히 이 상념들을 정리할 수 없어 더 이상 생각하지 않기로 했다. '이 모든 게 나중에는 분명해지겠지.' 그는 생각했다. '지금 필요한 건 가능한 한 빨리 그녀를 만나서 기쁜 소식을 전하고 그녀를 자유롭게 해 주는 거야.' 그는 손에 든 사본으로 충분히 그럴 수 있을 거라고 생각했다. 그래서 우체국에서 나오자 마부에게 감옥으로 가도록 지시했다.

그날 아침 지방관은 감옥을 방문하는 것을 허락하지 않았다. 하지만 네흘류도프는 상층부 책임자들에게서 도저히 얻을 수 없었던 것을 아랫사람들에게서 아주 쉽게 얻는 경우가 종종 있음을 경험을 통해 알았다. 그래서 카츄샤에게 기쁜 소식을 전하고, 어쩌면 그녀를 자유롭게 해 주고, 아울러 크릴초프의 안부를 확인하고, 그와 마리야에게 지방관의 말을 전하기 위해 지금 당장 감옥에 들어가 보기로 마음먹었다.

감옥 소장은 입꼬리를 향하는 구레나룻과 콧수염을 지닌 키가 아주 크고 뚱뚱하고 위풍당당한 남자였다. 그는 매우 엄한 태도로 네흘류도프를 맞이하고는 상부의 허가 없이 외부인에게 면회를 허락할 수 없다고 딱 잘라 말했다. 두 수도에서도 면회를 허락받았다는 네흘류도프의 말에 소장은 이렇게 대답했다.

"그럴지도 모르지요. 하지만 난 허가하지 않습니다." 그때 그의 어조는 이렇게 말하고 있었다. '수도의 신사인 당신들이 우리를 놀래고 당황하게 하려나 본데, 동부 시베리아에 사는 우리도 법을 확실히 알아. 당신들한테 가르쳐 줄 수도 있어.'

황제 폐하의 직속 사무국에서 발행한 공문의 사본도 소장에게 영향을 미치지 못했다. 그는 감옥의 벽 안으로 들여보내 달라는 네흘류도프의 요청을 단호히 거절했다. 그 사본을 제출하면 마슬로바가 석방될지도 모른다는 네흘류도프의 순진한 예상에 소장은 그저 경멸하듯 조소를 흘리며 어떤 죄수를 석방하기 위해서는 직속상관의 명령이 있어야 한다고 선언했다. 마슬로바에게 감형 소식을 전해 주겠으며 상부에서 명령이 내려오면 한시도 지체하지 않고 즉시 풀어 주겠다는 것이 그가 약속한 전부였다.

소장은 크릴초프의 건강에 대해서도 전혀 정보를 주지 않았다. 그런 죄수가 있는지조차 알려 줄 수 없다고 말했다. 그래서 아무런 소득도 얻지 못한 채 네흘류도프는 마차를 타고 호텔로 향했다.

소장이 엄격한 태도를 보인 것은 무엇보다 정원의 두 배를 수용해 미어터질 듯한 감옥에 이 무렵 집단 티푸스가 발생했기 때문이다. 네흘류도프를 태우고 가던 마부가 도중에 말했다. "감옥에서 아주 많은 사람들이 사라지고 있답니다. 어떤 역병이 그들을 덮친 거죠. 하루에 스무 명씩 매장한대요."

24

감옥에서 낭패를 보긴 했지만 네흘류도프는 여전히 흥분이 뒤섞인 활기찬 기분에 젖어 마슬로바의 감형에 대한 공문서가 도착했는지 알아보기 위해 현지사의 집무실로 향했다. 공문서는 없었다. 그래서 호텔에 돌아오자마자 지체하지 않고 곧장 이 일에 대해서 셀레닌과 변호사 앞으로 다급하게 편지를 썼다. 편지를 다 쓰고 나서 흘깃 시계를 보았다. 어느새 지방관의 집으로 식사를 하러 갈 시간이었다.

카츄샤가 자신의 감형 소식을 어떻게 받아들일지에 대한 생각이 도중에 또 뇌리를 스쳤다. 그녀의 주거지는 어디로 정해질까? 난 어떤 식으로 그녀와 살게 될까? 시몬손은 어떻게 하지? 그녀와 시몬손은 무슨 관계일까? 그녀에게 일어난 변화에 생각이 미쳤다. 그 순간 그녀의 과거도 떠올랐다.

'잊어야 해. 지워야 해.' 그는 이렇게 생각하고 다시 머릿속에서 그녀에 대한 생각을 황급히 지웠다. '때가 되면 알겠지.' 그는 속으로 중얼거리고는 지방관에게 할 말을 생각하기 시작했다.

네흘류도프에게 익숙하고 부유층과 고관들의 생활에서 흔히 볼 수 있는 호화로움을 한껏 더한 지방관의 만찬은 오랫동안 사치는커녕 가장 원초적인 편의 시설마저 없이 지낸 그에게 유난히 기분 좋게 다가왔다.

여주인은 니콜라이 1세의 궁정에서 궁인으로 있던 페테르부르크식의 고풍스러운 상류층 귀부인이었다. 프랑스어를 자연스럽게 하는 데 반해 러시아어는 부자연스러웠다. 그녀는 매우 꼿꼿한 자세를 유지했으며 손짓을 할 때도 허리에서 팔꿈치를 떼지 않았다. 남편에게는 조용히, 다소 우울하게 정중한 태도를 취했지만 손님들에게는 비록 사람에 따라 미묘하게 다른 식으로 대하긴 해도 대단히 살갑게 굴었다. 그녀는 눈에 띄지 않는 매우 세련된 아첨을 하며 네흘류도프를 자기 사람인 양 맞이했다. 그 때문에 네흘류도프는 자신의 모든 가치를 새삼스럽게 의식하며 기분 좋은 만족감을 느꼈다. 그녀는 그를 시베리아로 이끈, 특이하긴 하지만 성실한 그 행동을 자신도 이미 알며 그를 특별한 사람으로 생각한다는 분위기를 풍겼다. 그 세련된 아첨이며 지방관 저택의 우아하고 호화로운 환경 때문에 네흘류도프는 아름다운 실내 장식, 맛있는 음식, 자신에게 익숙한 부류인 품위 있는 사람들과의 편안하고 기분 좋은 교제에 완전히 빠져들었다. 마치 최근에 겪은 모든 상황은 그저 꿈이었고, 이제 그 꿈에서 깨어나 진짜 현실로 돌아온 것 같았다.

　만찬 자리에는 집안사람들, 즉 지방관의 딸과 사위와 부관 외에도 영국인, 금광을 소유한 상인, 시베리아의 먼 도시에서 온 현지사가 참석했다. 그 모든 사람들이 네흘류도프에게는 기분 좋게 느껴졌다.

　건강하고 혈색이 좋은 영국인은 프랑스어가 매우 서툴렀지만 영어로는 웅변적으로 인상 깊게 말을 대단히 잘했다. 그는 견문이 매우 넓었으며 아메리카, 인도, 일본, 시베리아에 대한 이야기를 흥미진진하게 들려주었다.

　금광을 소유한 젊은 상인 — 농부의 아들이었다 — 은 런던에서 맞춘 다이아몬드 커프스단추가 달린 연미복을 입고 있었다. 상당한 규모의 장서를 갖추었고, 자선 사업에도 많은 돈을 기부했으며, 유럽식 자유주의 신념을 고수했다. 건강한 농민이라는 나무에 유럽 문화를 접붙여 산출한 완전히 새롭고 건실한 유형의 인간이어서 네흘류도프에게 호감과 흥미를 불러일으켰다.

　먼 도시에서 온 현지사는 네흘류도프가 페테르부르크에 있을 때 사람들의 입에 아주 많이 오르내리던, 정부 부서의 국장을 역임한 사람이었다. 성긴 곱슬머리, 부드러운 하늘색 눈동자, 세심하게 손질한 반지 낀 하얀 손, 기분 좋은 미소를 지닌 투실투실한 남자였다. 특히 하반신이 대단히 뚱뚱했다. 이 집의 주인은 뇌물이 횡행하는 가운데 혼자만 뇌물을 받지 않았다는 이유로 현지사를 높이 평가했다. 음악을 몹시 사랑하고 스스로도 매우 뛰어난 피아니스트인 여주인은 현지사가 훌륭한 음악가인 데다 그녀와 함께 연탄곡을 치기도 한다는 이유로 그를 높이 평가했다. 네흘류도프는 몹시 부드러운 기분에 젖어 오늘은 이 남자에게조차 불쾌감을 느끼지 않았다.

턱이 파르스름한 쾌활하고 활기찬 부관은 모든 일에 기꺼이 나서서 도움을 주려고 했다. 네흘류도프는 그의 선량함에 호감을 느꼈다.

네흘류도프가 가장 기분 좋게 느낀 이들은 지방관의 사랑스러운 젊은 딸과 남편이었다. 평범한 외모에 순수한 마음을 지닌 그 딸은 두 자녀를 보살피는 데 열중했다. 사랑에 빠져 오랫동안 부모와 싸운 끝에 결혼한 그녀의 남편은 모스크바 대학을 졸업한 자유주의 성향의 겸손하고 지적인 관료로서 통계학에 몰두했고, 특히 이민족에 관심이 많았다. 그는 이민족에게 애정을 느끼며 그들을 연구했고 멸족으로부터 구하기 위해 애썼다.

모두가 네흘류도프에게 다정하고 친절했을 뿐 아니라 새롭고 흥미로운 인물로서 그의 방문을 반겼다. 군복에 하얀 십자훈장을 목에 걸고 만찬 자리에 나온 지방관은 오랜 지인처럼 네흘류도프에게 인사를 건네고 곧 손님들을 자쿠스카와 보드카가 마련된 탁자로 이끌었다. 지방관이 자기와 만난 후 무엇을 했느냐고 묻자 네흘류도프는 우체국에 갔다가 오전에 이야기했던 인물의 감형 소식을 확인했다고 말했다. 그리고 감옥을 방문하도록 허가해 달라고 다시 청했다.

식사 자리에서 업무 이야기가 나온 게 못마땅한지 지방관은 얼굴을 찌푸리고 아무 말도 하지 않았다.

"보드카 드시겠습니까?" 지방관은 가까이 다가온 영국인에게 프랑스어로 말했다. 영국인은 보드카를 마시고는 오늘 교회와 공장을 방문했는데 호송 죄수를 위한 큰 규모의 임시 감옥도 보고 싶다고 말했다.

"마침 잘됐군요." 지방관이 네흘류도프를 돌아보며 말했다. "함께 가도 좋습니다. 이분들에게 통행증을 드리게." 그가 부관에게 말했다.

"언제 가는 게 좋겠습니까?" 네흘류도프가 영국인에게 물었다.

"오늘 저녁에 감옥을 방문하는 편이 더 좋을 거라고 생각합니다." 영국인이 말했다. "다들 감방에 있고 미리 준비도 하지 않았을 테니 모든 게 있는 그대로겠죠."

"아, 저분은 감옥의 매력을 온전히 보고 싶은가 보죠? 보라고 해요. 나도 글을 쓴 적이 있지만 아무도 내 말에 귀를 기울이지 않습니다. 그러니 외국 출판물을 통해 읽어 보라죠." 지방관은 이렇게 말하고 만찬을 위한 식탁으로 다가갔다. 여주인이 식탁 옆에서 손님들에게 좌석을 지정해 주고 있었다.

네흘류도프는 여주인과 영국인 사이에 앉았다. 맞은편에는 지방관의 딸과 전직 국장이 앉았다.

식사하는 동안 영국인이 들려준 인도며, 지방관이 강하게 비판한 통킹 원정[62]이며, 시베리아 전체에서 횡행하는 사기와

---

62) 1882년부터 1886년에 걸쳐 프랑스는 인도차이나 반도의 통킹 지방에 원정군을 파견해 이 지역을 프랑스령으로 삼았다.

뇌물 등에 대해서 대화가 간간이 이어졌다. 네흘류도프는 이 모든 대화에 별 흥미를 느끼지 못했다.

하지만 식사를 끝내고 응접실에서 커피를 마시는 동안 글래드스턴[63]에 대해 영국인과 여주인 사이에 매우 흥미로운 대화가 시작됐다. 네흘류도프로서는 자신이 그 대화에서 상대방도 주목할 만큼 현명한 말을 많이 한 것 같았다. 그리고 훌륭한 식사를 하고 좋은 술을 마신 후 푹신한 안락의자에 앉아 다정하고 품위 있는 사람들 틈에서 커피를 마시노라니 점점 더 기분이 좋아졌다. 영국인의 요청으로 여주인이 전직 국장과 함께 피아노 앞에 앉아 둘이 열심히 연습한 베토벤의 5번 교향곡을 연주하기 시작하자 네흘류도프는 오랜만에 자신에 대해 충분히 만족감을 느끼는 정신 상태를 경험했다. 마치 자신이 얼마나 좋은 인간인지 지금 막 깨달은 것 같았다.

그랜드 피아노는 훌륭했고, 교향곡 연주도 좋았다. 적어도 이 교향곡을 잘 알고 좋아하는 네흘류도프에게는 그렇게 느껴졌다. 아름다운 안단테를 들으면서 그는 자신과 자신의 모든 선행에 대한 감동으로 콧날이 시큰거리는 것을 느꼈다.

오랜만에 맛본 즐거움에 대해 여주인에게 감사 인사를 한 후 네흘류도프는 작별 인사를 하고 집을 나서려 했다. 그때 딸이 굳게 결심한 표정으로 다가와 얼굴을 붉히며 말을 건넸다.

"우리 아이들에 대해 물으셨죠? 혹시 보고 싶으세요?"

---

63) 윌리엄 이워트 글래드스턴(William Ewart Gladstone, 1809~1898). 영국의 정치가. 처음에는 보수당원이었지만 나중에 자유당에 합류해 네 차례 영국 수상을 역임했고, 재임 기간에 자유주의적인 많은 개혁을 이뤄 냈다.

"얘는 누구나 자기 아이들을 보고 싶어 한다고 생각해요."
어머니가 딸의 사랑스러운 순진함에 미소를 지으며 말했다.
"공작은 전혀 관심이 없단다."

"천만에요, 정말, 정말 보고 싶습니다." 네흘류도프가 그 넘
쳐흐르는 행복한 모성애에 감동하며 말했다. "보여 주십시오."

"자기 젖먹이들을 보여 주겠다고 공작을 데려가다니." 지방
관이 사위와 금광업자와 부관과 함께 앉아 있던 카드놀이 탁
자에서 큰 소리로 외치며 껄껄 웃었다. "가요, 가서 의무를 다
하시구려."

그사이 젊은 여인은 이제 곧 자기 아이들이 남에게 평가를
받는다는 생각에 흥분했는지 네흘류도프 앞에서 빠르게 발을
놀리며 집 안 깊숙이 자리한 방으로 향했다. 천장이 높고 하
얀 벽지를 바른 세 번째 방에는 짙은 색 갓을 씌운 작은 램프
가 켜져 있고 두 개의 침대가 나란히 놓여 있었다. 두 침대 사
이에는 시베리아 사람답게 광대뼈가 튀어나온 선량한 얼굴의
보모가 하얀 케이프를 걸치고 앉아 있었다. 보모가 일어나 고
개를 숙였다. 어머니는 두 살배기 여자아이가 조그마한 입을
벌리고 베개 위에 긴 곱슬머리를 흐트러뜨린 채 새근새근 자
고 있는 첫 번째 침대로 몸을 숙였다.

"얘가 카챠예요." 어머니는 하늘색 줄무늬를 넣어서 뜬 이
불을 매만지며 말했다. 이불 밖으로 자그맣고 하얀 발뒤꿈치
가 빠져나와 있었다. "예쁘죠? 이제 겨우 두 살이랍니다."

"정말 귀엽네요!"

"그리고 얘는 바슈크고요. 할아버지가 그렇게 불러요. 완전

416

히 다른 유형이죠. 전형적인 시베리아 사람이에요. 그렇지 않아요?"

"잘생긴 사내아이군요." 네흘류도프가 엎드려 자는 통통한 아기를 살펴보며 말했다.

"그렇죠?" 어머니가 의미심장한 미소를 지으면서 말했다.

네흘류도프는 쇠사슬, 삭발한 머리, 구타, 타락, 죽어 가는 크릴초프, 카츄샤와 그녀의 모든 과거를 떠올렸다. 그러자 질투심이 일었다. 이 순간 우아하고 순수해 보이는 그 행복을 그 역시 갖고 싶었다.

몇 번이고 아이들을 칭찬해 그 칭찬을 탐욕스럽게 빨아들이고 있는 어머니를 조금이나마 만족시킨 후 그는 그녀를 따라 응접실로 돌아왔다. 영국인이 약속대로 함께 감옥에 가기 위해 벌써부터 그를 기다리고 있었다. 지방관 부부와 딸 부부에게 작별 인사를 건넨 네흘류도프는 영국인과 함께 지방관 집의 현관 계단으로 나섰다.

날씨가 변했다. 함박눈이 펄펄 날리며 어느새 길, 지붕, 정원의 나무, 마차 승강장, 마차 덮개, 말의 등을 덮었다. 영국인한테 자기 승용 마차가 있어서 네흘류도프는 그 마부에게 감옥으로 가도록 지시하고는 홀로 자신의 2인승 무개마차에 올라 불쾌한 의무를 수행해야 한다는 무거운 기분을 안고서 눈위를 간신히 굴러가는 푹신한 마차에 몸을 맡긴 채 영국인을 뒤따라갔다.

25

이 순간 깨끗하고 하얀 눈이 마차 승강장이며 지붕이며 벽이며 모든 것을 뒤덮었는데도 정문 아래 등불 하나와 보초병 한 명이 보이는 스산한 감옥 건물은 전면 전체의 불 켜진 창문들 때문에 아침보다 한층 더 스산한 인상을 풍겼다.

위풍당당한 소장이 정문으로 나와 등불 옆에서 네흘류도프와 영국인이 받은 통행증을 읽으며 이해할 수 없다는 듯 탄탄한 어깨를 으쓱했다. 하지만 명령에 따라 방문객들에게 자기를 따라오라고 말했다. 그는 먼저 그들을 데리고 안마당으로 가 오른쪽 문을 지나서 층계를 따라 사무실로 안내했다. 그들에게 앉으라고 권한 후 무엇을 도와줄지 물었다. 당장 마슬로바를 보고 싶다는 네흘류도프의 바람을 확인하자 간수를 보내 그녀를 데려오게 했다. 그리고 영국인이 네흘류도프를 통해 곧바로 던지기 시작한 질문에 답할 준비를 했다.

"감옥의 정원은 몇 명입니까?" 영국인이 물었다. "몇 명이 수감되어 있습니까? 남자는 몇 명, 여자와 아이는 몇 명입니까? 징역수는 몇 명, 유형수는 몇 명, 자발적으로 따라가는 사람은 몇 명입니까? 병자는 몇 명입니까?"

네흘류도프는 스스로에게도 뜻밖일 만큼 눈앞에 닥친 면회에 당황하여 말뜻을 깊이 생각해 보지도 않고 영국인과 소장의 말을 통역했다. 영국인을 위해 통역하던 중 그는 가까이 다가오는 발소리를 들었다. 사무실 문이 열리더니 대부분 그랬듯 간수가 먼저 들어오고, 그 뒤를 따라 머릿수건을 매고 죄수용 상의를 입은 카츄샤가 들어섰다. 그녀를 본 그는 마음이 무거워지는 것을 느꼈다.

'살고 싶어. 가족과 아이를 갖고 싶어. 인간다운 삶을 살고 싶어.' 그녀가 눈을 들지 않고 재빠른 걸음으로 사무실에 들어오는 순간 그의 머릿속에 이런 생각들이 스치고 지나갔다.

그는 일어나 그녀를 맞으러 몇 걸음 나아갔다. 그에게는 그녀의 얼굴이 딱딱하고 기분 나쁜 것처럼 보였다. 그 얼굴은 다시 그녀가 그를 비난하던 때와 똑같은 표정을 띠었다. 그녀의 얼굴이 붉어졌다 창백해졌다 했고, 손가락이 윗옷 끝자락을 발작적으로 빙글빙글 돌렸다. 그녀의 눈이 그를 향했다가 아래를 향하곤 했다.

"감형을 받게 된 것을 압니까?" 네흘류도프가 말했다.

"네, 간수가 말해 주었어요."

"공문이 도착하는 대로 당신은 감옥에서 나가 원하는 곳에 정착할 수 있어요. 둘이서 함께 깊이 생각해……."

그녀가 황급히 말을 가로막았다.

"제가 뭘 생각해야 하는데요? 블라지미르 이바노비치가 가는 곳으로 저도 함께 갈 거예요."

몹시 흥분했지만 그녀는 네흘류도프를 올려다보며 빠르고 분명하게 그 말을 했다. 무슨 말을 할지 미리 준비한 듯했다.

"정말입니까!" 네흘류도프가 말했다.

"어쩌겠어요, 드미트리 이바노비치, 그분이 저와 함께 살고 싶어 하는데요." 그녀는 두려운 듯 입을 다물더니 표현을 고쳤다. "제가 옆에 있어 주기를 바라는데요. 제가 뭘 더 바라겠어요? 전 그걸 행복으로 여겨야 해요. 달리 뭘 할 수 있겠어요?"

'둘 중 하나겠지. 카츄샤가 시몬손을 사랑하게 돼서 내가 그녀를 위해 치르려던 희생을 전혀 바라지 않거나, 날 변함없이 사랑해서 나의 행복을 위해 나를 거부하고 시몬손과 운명을 합쳐 자신의 배를 완전히 불살라 버리려는 거야.' 네흘류도프는 이런 생각을 하다가 부끄러워졌다. 그는 얼굴이 붉어지는 것을 느꼈다.

"만약 당신이 그를 사랑한다면……." 그가 말했다.

"사랑하든 사랑하지 않든 뭐가 중요해요? 그런 건 이미 다 버렸어요. 그리고 블라지미르 이바노비치는 정말 특별한 분이잖아요."

"물론 그렇죠." 네흘류도프가 입을 열었다. "그는 훌륭한 사람입니다. 내가 생각하기에도……."

그녀는 다시 그의 말을 막았다. 그가 쓸데없는 말을 할까 봐, 혹은 자신이 모든 걸 다 말하지 못할까 봐 두려운 듯했다.

"아뇨, 드미트리 이바노비치, 제가 당신이 원하는 대로 하지 않는다 해도 용서해 주세요." 그녀가 속을 꿰뚫어 볼 수 없는 신비로운 사시 눈으로 그의 눈을 쳐다보며 말했다. "네, 결국 이렇게 되어 버렸네요. 당신도 살아야죠."

그가 방금 스스로한테 했던 말을 그녀가 그에게 건넸다. 하지만 이제 그는 더 이상 그것을 생각하지 않고 완전히 다른 생각과 감정에 빠져 있었다. 그는 부끄러웠을 뿐 아니라 그녀와 더불어 잃게 될 모든 것에 아쉬움을 느꼈다.

"이렇게 되리라고는 생각도 못 했습니다." 그가 말했다.

"왜 당신이 이곳에 살면서 괴로움을 겪어야 하나요? 당신은 이미 충분히 고생했어요." 그녀는 이렇게 말하고 묘한 미소를 지었다.

"고생하지 않았어요. 난 좋았습니다. 할 수만 있다면 계속 당신을 돕고 싶은데요."

"우리에겐⋯⋯." 그녀는 '우리'라고 말하고 네흘류도프를 쳐다보았다. "우리에겐 아무것도 필요 없어요. 당신은 절 위해 이미 너무나 많은 것을 해 주셨어요. 당신이 없었다면⋯⋯." 그녀는 무언가 말하려 했지만 목소리가 떨렸다.

"당신이 나 같은 사람에게 고마워할 이유는 전혀 없어요." 네흘류도프가 말했다.

"이것저것 따져 봤자 무슨 소용이 있겠어요? 우리의 계산서는 하느님께서 결산해 주실 거예요." 그녀가 말했다. 그 검은 눈이 그렁하게 차오른 눈물로 반짝였다.

"당신은 정말 좋은 여자예요!" 그가 말했다.

"저 같은 사람이 좋은 여자라고요?" 그녀가 눈물을 비치며 말했다. 슬픈 미소로 얼굴이 환하게 빛났다.

"준비됐습니까?"(영어) 그사이 영국인이 말했다.

"다 됐습니다."(영어) 네흘류도프는 영국인에게 대답하고 그녀에게 크릴초프에 대해서 물었다.

그녀는 흥분을 가라앉히고 아는 대로 침착하게 말했다. 크릴초프는 도중에 매우 쇠약해져서 곧바로 병원에 보내졌다. 마리야 파블로브나는 몹시 걱정하며 그를 돌볼 수 있도록 병원에 보내 달라고 요청했지만 허락을 받지 못했다.

"그럼 가도 될까요?" 그녀는 영국인이 기다리는 것을 눈치 채고 말했다.

"작별 인사는 하지 않겠습니다. 당신과 다시 만날 테니까요." 네흘류도프가 말했다.

"용서하세요." 그녀는 들릴락 말락 나직이 말했다. 두 사람의 시선이 마주쳤다. 그녀가 '안녕히 가세요.'가 아니라 '용서하세요.'라고 말할 때 그 묘한 사시의 눈빛과 슬픈 미소를 보면서 네흘류도프는 그녀가 결심을 굳힌 이유에 대한 두 가지 가정 중 두 번째가 맞았음을 깨달았다. 그녀는 그를 사랑했고, 자기와 얽히면 그의 인생이 망가지니 시몬손과 함께 떠나 그를 자유롭게 해 줘야겠다고 생각한 것이다. 그리고 지금 자신이 바라던 대로 하게 되어 기쁘면서도 동시에 그와 헤어지게 되어 괴로운 것이다.

그녀는 그의 손을 잡았다가 재빨리 돌아서서 방을 나갔다.

네흘류도프가 영국인과 함께 가려고 돌아보니 영국인이 노트에 무언가를 적고 있었다. 네흘류도프는 그를 방해하지 않고 벽 옆에 놓인 긴 나무 의자에 앉았다. 문득 끔찍한 피로가 몰려왔다. 그가 피곤했던 것은 불면의 밤 때문도, 여독 때문도, 흥분 때문도 아니었다. 그는 삶 전체에 극심한 피로감을 느꼈다. 의자 등받이에 기댄 그는 눈을 감자마자 순식간에 죽음 같은 무거운 잠에 빠져들었다.

"어떻습니까, 지금 감방을 보러 가시겠습니까?" 소장이 물었다.

네흘류도프는 눈을 번쩍 뜨고 자신이 이곳에 있다는 사실에 깜짝 놀랐다. 필기를 끝낸 영국인이 감방을 둘러보고 싶어했다. 지친 네흘류도프는 무심하게 그를 뒤따랐다.

26

현관과 욕지기가 나도록 악취가 풍기는 복도 —— 그들은
바닥에 오줌을 누고 있는 죄수 두 명을 발견하고 깜짝 놀랐
다 —— 를 지나 소장과 영국인과 네흘류도프는 간수의 안내를
받으며 징역수들이 있는 첫 번째 방으로 들어갔다. 죄수들은
다들 감방 가운데 놓인 침상에 이미 누워 있었다. 전부 일흔
명이었다. 그들은 머리와 머리를 맞대고 딱 붙어 있었다. 방문
객이 들어서자 다들 쇠사슬을 절그렁거리며 벌떡 일어나 반
쪽을 갓 삭발한 머리통을 번득이며 침상 옆에 섰다. 두 명은
계속 누워 있었다. 한 사람은 열이 나는지 얼굴이 붉게 달아오
른 청년이었고, 또 한 사람은 끊임없이 신음을 내뱉는 노인이
었다.

영국인은 청년이 오랫동안 앓았는지 물었다. 소장이 말하
길 청년은 아침부터 앓기 시작했고, 노인은 배를 앓은 지 한참

됐지만 진료소가 오래전부터 꽉 차 보낼 곳이 없다고 했다. 영국인은 못마땅하다는 듯 고개를 젓더니 이 사람들에게 몇 마디 건네고 싶다면서 네흘류도프에게 자기가 하는 말을 통역해 달라고 부탁했다. 영국인에게는 시베리아의 유형지와 수감 시설에 대한 글을 쓰겠다는 목적 이외에 또 다른 목적, 즉 믿음과 속죄를 통한 구원을 전파하겠다는 목적이 있었던 것이다.

"그리스도께서 저들을 불쌍히 여기고 사랑하셨다고 말해 주십시오." 그가 말했다. "그리고 저들을 위해 돌아가셨다는 말도 해 주시고요. 이를 믿으면 저들은 구원을 얻을 것입니다." 그가 말하는 동안 모든 죄수들이 침상 앞에 차렷 자세를 하고 말없이 서 있었다. "이 책에 그 모든 것이 기록되어 있다고 저들에게 말해 주십시오." 그는 이렇게 말을 맺었다. "글을 읽을 줄 아는 사람이 있습니까?"

확인해 보니 글을 아는 사람은 스무 명이 넘었다. 영국인은 손가방에서 『신약 성경』을 몇 권 꺼냈다. 거친 삼베 소맷부리에서 손톱이 단단하고 검은 근육질의 손들이 서로를 밀치며 그를 향해 뻗어 나왔다. 그는 이 감방에 복음서 두 권을 나누어 주고 다음 방으로 갔다.

다음 방에서도 똑같은 일이 벌어졌다. 똑같이 숨이 막힐 듯한 악취가 풍겼다. 똑같이 앞쪽의 두 창문 사이에 이콘이 걸리고, 문 왼쪽에 용변통이 놓여 있었다. 똑같이 모두 다닥다닥 붙어 비좁게 누워 있다가 똑같이 벌떡 일어나 똑바로 섰고, 똑같이 세 명은 일어나지 않았다. 두 명은 일어났다가 앉았고,

한 명은 계속 누운 채 들어오는 사람들을 쳐다보지도 않았다. 영국인은 변함없이 똑같은 말을 했고, 똑같이 복음서 두 권을 건넸다.

세 번째 감방에서 고함 소리와 어수선한 소리가 들렸다. 소장이 문을 두들기며 "조용!" 하고 고함을 쳤다. 문이 열렸고, 또다시 아픈 사람들 몇 명과 서로 드잡이를 하던 두 사람을 제외한 모두가 침상 옆에 똑바로 섰다. 싸우던 이들은 적의에 차일그러진 얼굴로 한 명은 상대의 머리칼을, 다른 한 명은 상대의 턱수염을 붙잡고 있었다. 간수가 다가갔을 때에야 그들은 서로를 놓아주었다. 코를 맞은 한 명은 흐르는 콧물과 침과 피를 카프탄의 소맷부리로 닦았다. 또 한 사람은 턱수염에서 뽑혀 나간 털들을 주웠다.

"방장!" 소장이 엄하게 소리쳤다.

잘생기고 다부진 남자가 앞으로 나왔다.

"도저히 진정시킬 수 없었습니다, 소장님." 방장은 즐거운 듯 눈웃음을 지으며 말했다.

"내가 진정시키지." 소장이 인상을 쓰면서 말했다.

"저들은 **왜 싸운 겁니까?**"(영어) 영국인이 물었다.

네흘류도프가 방장에게 무엇 때문에 싸움이 벌어졌는지 물었다.

"각반 때문입니다. 한 사람이 남의 각반을 훔쳤습니다." 방장이 계속 실실 웃으며 말했다. "한 녀석이 밀치자 다른 녀석이 되갚아 주었죠."

네흘류도프가 영국인에게 그 말을 전했다.

"저들에게 몇 마디 건네고 싶습니다." 영국인이 소장을 돌아보며 말했다.

네흘류도프가 통역했다. 소장이 "좋습니다."라고 말했다. 그러자 영국인은 가죽으로 장정한 복음서를 꺼냈다.

"이 말을 통역해 주십시오." 그가 네흘류도프에게 말했다. "당신들은 서로 다투고 주먹질을 했습니다. 하지만 우리를 위해 돌아가신 그리스도께서는 우리의 다툼을 해결할 다른 수단을 주셨습니다. 저들에게 물어봐 주십시오. 그리스도의 법에 따르자면 우리를 모욕한 사람을 어떻게 대해야 하는지 아느냐고요."

네흘류도프가 영국인의 말과 질문을 통역했다.

"당국에 호소해야죠. 그럼 당국이 판정해 주지 않을까요?" 한 죄수가 위풍당당한 소장을 곁눈질하며 미심쩍게 말했다.

"때려눕혀야지. 그래야 그놈이 다시는 모욕하지 않을 것 아냐." 다른 죄수가 말했다.

몇몇이 그 말에 동조하며 조롱하는 소리가 들렸다. 네흘류도프는 영국인에게 그들의 대답을 통역했다.

"저들에게 말해 주십시오. 그리스도의 법에 따르면 정반대로 해야 한다고요. 누가 내 한쪽 뺨을 때리면 다른 뺨을 내줘야 한다고 말이죠." 영국인이 자기 뺨을 내미는 듯한 동작을 하며 말했다.

네흘류도프가 통역했다.

"자기가 직접 해 보라지." 누군가의 목소리가 말했다.

"그놈이 다른 뺨도 때리면 어떻게 할 건데? 그때는 또 어느 쪽을 내미나?" 누워 있던 병자들 중 한 사람이 말했다.

"그럼 그놈이 네 녀석을 흠씬 두들겨 패겠지."

"본인이 직접 해 보쇼!" 누군가가 뒤에서 말하며 재미있다는 듯 키득키득 웃었다. 사람들이 참지 못하고 터뜨린 웃음소리가 감방을 가득 채웠다. 맞은 사람조차 피와 콧물이 범벅이 된 얼굴로 웃음을 터뜨렸다. 병자들도 웃어 댔다.

영국인은 당황하지 않았다. 그리고 불가능해 보이는 일도 신자들에게는 쉬울 수 있다는 말을 죄수들에게 통역해 달라고 부탁했다.

"저들에게 술을 마시는지 물어봐 주십시오."

"당연하죠." 한 목소리가 들리고, 그와 동시에 콧방귀 뀌는 소리와 웃음소리가 들렸다.

이 감방에는 병자가 네 명 있었다. 왜 병자들을 한방에 모아 놓지 않느냐는 영국인의 질문에 소장은 병자들이 원하지 않는다고 대답했다. 그 병자들은 전염병 환자도 아닐뿐더러 의사의 조수가 그들을 진찰하며 필요한 조치를 취한다고 했다.

"그 사람은 두 주일 동안 코빼기도 안 보였어요." 한 목소리가 말했다.

소장은 대꾸하지 않고 다음 감방으로 안내했다. 또다시 문이 열렸고, 또다시 모두 일어나 입을 다물었고, 또다시 영국인이 복음서를 전달했다. 다섯 번째 감방에서도, 여섯 번째 감방에서도, 복도 양편의 어느 감방에서도 똑같은 일이 벌어졌다.

징역수의 감방에서 호송 죄수의 감방으로, 호송 죄수의 감방에서 마을 공동체로부터 추방된 죄수들의 감방과 자발적으로 죄수들을 따라나선 사람들의 감방으로 차례차례 걸음을 옮겼다. 어디를 가나 똑같았다. 어디를 가나 똑같이 추위에 시달리고 굶주리고 하릴없이 빈둥거리고 전염병에 걸리고 수모를 당한 수인들이 야생 동물들처럼 모습을 드러냈다.

영국인은 정해진 부수만큼 성경을 배포하자 더 이상 나눠 주지 않고 심지어 설교도 하지 않았다. 괴로운 광경, 무엇보다 숨 막히는 공기에 기운이 짓눌린 듯했다. 각 감방에 어떤 죄수들이 있는지 소장이 알려 줄 때마다 그는 그저 "알겠습니다." (영어)라고만 말하며 감방들을 돌아다녔다. 네흘류도프는 거절할 힘도, 그 자리를 떠날 힘도 없어 계속 똑같은 피로와 절망을 느끼면서 꿈속인 양 걸음을 옮겼다.

27

유형수 감방들 중 한 곳에서 네흘류도프는 놀랍게도 오전
에 연락선에서 만난 노인을 발견했다. 머리가 덥수룩하고 얼
굴이 주름투성이인 그 노인은 한쪽 어깨 부분이 찢어진 더러
운 회색 루바시카와 똑같은 바지만 걸치고 맨발로 침상 옆 바
닥에 앉아 감방에 들어오는 사람들을 의심에 찬 엄한 눈길로
쳐다보았다. 더러운 루바시카의 구멍으로 들여다보이는 수척
한 몸뚱이가 애처로울 만큼 쇠약해 보였지만 그 얼굴은 연락
선에서보다 훨씬 더 골똘하고 진지하고 생기 있었다. 다른 감
방에서처럼 소장이 들어가자 모든 죄수들이 벌떡 일어나 똑
바로 섰다. 하지만 노인은 계속 앉아 있었다. 그의 눈이 번득
이고 눈썹이 험악하게 찌푸려졌다.

"일어나!" 소장이 소리쳤다.

노인은 꿈쩍도 않고 그저 멸시하듯 비죽거리며 웃었다.

"당신 하인들이나 당신 앞에 서지. 난 당신 하인이 아니거든. 당신에게도 낙인이 찍혔군……." 노인이 소장의 이마를 가리키며 말했다.

"뭐어라고?" 소장이 그에게 다가서며 위협적으로 말했다.

"이 사람을 압니다." 네흘류도프가 소장에게 황급히 말했다. "무엇 때문에 잡힌 겁니까?"

"신분증명서가 없다며 경찰이 보냈습니다. 우리도 보내지 말라고 요청하는데 그쪽에서 계속 보내는군요." 소장이 성난 표정으로 노인을 곁눈질하면서 말했다.

"당신도 적그리스도[64]의 군대인가 보군?" 노인이 네흘류도프에게 말했다.

"아닙니다. 난 방문객입니다." 네흘류도프가 말했다.

"그럼 적그리스도가 인간을 어떻게 괴롭히는지 보러 온 건가? 자, 봐. 군대를 이룰 만큼 많은 사람들을 붙잡아서 우리에 가둬 두잖아. 인간이라면 얼굴에 흘린 땀방울을 대가로 빵을 먹어야 하는 법인데, 적그리스도는 사람들을 짐승같이 만들려고 돼지처럼 가둬 놓고는 일도 시키지 않고 먹이기만 해."

"저 사람이 무슨 말을 하는 겁니까?" 영국인이 물었다.

---

64) 『신약 성경』에는 마지막 때에 강력한 자가 나타나 기적을 행하며 하느님의 영광을 가로채고 하느님에게 대적할 것이라는 예언이 곳곳에 있다. 적그리스도에 대한 관념은 중세 유럽에서 가장 주목을 받았고, 교황과 황제들이 자신의 적을 적그리스도로 규정하는 일도 빈번했다. 현대 신학자들은 그리스도의 주권에 저항하거나 교회와 국가 권력을 신격화하는 것을 적그리스도로 해석하기도 한다.

네흘류도프는 사람들을 감금하는 데 대해 노인이 소장을 비난하고 있다고 말했다.

"물어봐 주십시오, 그럼 법을 어긴 자들을 어떻게 하면 좋겠냐고 말입니다." 영국인이 말했다.

네흘류도프가 질문을 통역했다.

노인은 가지런한 이를 드러내면서 기묘하게 웃음을 터뜨렸다.

"법이라니!" 그가 경멸하듯 말을 되풀이했다. "그놈이 먼저 모든 사람들을 약탈하고 사람들에게서 모든 땅과 모든 재산을 빼앗아 자기 수중에 넣고는 거역하는 사람들을 전부 죽였어. 그러고 나서 약탈하지 말고 살인하지 말라는 법을 만들었지. 그런 법은 진즉에 만들었어야지."

네흘류도프가 통역했다. 영국인이 미소를 지었다.

"음, 그렇다고 해도 지금의 강도와 살인자는 어떻게 다루면 좋을지 저 사람에게 물어봐 주십시오."

네흘류도프가 다시 질문을 통역했다. 노인은 엄하게 얼굴을 찌푸렸다.

"저놈에게 이마에 찍힌 적그리스도의 낙인부터 없애라고 말해. 그러면 강도도 살인자도 볼 일이 없을 거라고 말이야. 그렇게 말해."

"**미쳤군요.**"(영어) 네흘류도프가 노인의 말을 통역하자 영국인은 이렇게 말하며 어깨를 으쓱하고는 감방에서 나갔다.

"자기 일이나 하고 다른 사람들은 내버려 둬. 누구나 자신을 위해 사는 거야. 누구를 벌하고 누구를 용서할지는 하느님이나 아시지 우리는 몰라." 노인이 말했다. "자신이 스스로의 책임자가 되면 그때는 책임자들이 필요 없어. 가, 가라고!"

네흘류도프가 복도로 나왔을 때 영국인은 소장과 함께 텅 빈 감방의 열린 문 옆에 서서 그 감방의 용도에 대해 묻고 있었다. 소장이 영안실이라고 설명했다.

네흘류도프가 통역하자 영국인은 "오!" 하며 안으로 들어가고 싶어 했다.

영안실은 평범한 작은 감방이었다. 벽에 걸린 작은 램프가 한구석에 쌓인 자루들과 장작들을 희미하게 비추었다. 오른편의 침상 위에 시신이 네 구 있었다. 거친 삼베 루바시카에 통 좁은 바지를 입은 첫 번째 시신은 턱수염이 작고 뾰족하며 머리 절반을 깎인 키 큰 남자였다. 시신은 이미 꽤 굳어 있었다. 가슴 위에 포개었을 푸르스름한 두 팔이 떨어져 있었다. 맨살이 드러난 두 다리도 서로 떨어지고 발바닥은 제각기 삐죽 튀어나와 있었다. 그 옆에 하얀 치마와 상의를 입고 머릿수건을 쓰지 않은 맨발의 노파가 누워 있었다. 짧게 땋아 내린 성긴 머리카락, 주름투성이의 작고 누르스름한 얼굴, 작고 뾰족한 코가 보였다. 그 노파 너머에는 보라색 옷가지를 걸친 남자 시신이 있었다. 그 색이 네흘류도프에게 무언가를 떠올리게 했다.

그는 좀 더 가까이 다가가 그 시신을 쳐다보았다.

조그맣고 뾰족하고 위로 삐죽 솟은 턱수염, 반듯하고 아름다운 코, 튀어나온 하얀 이마, 성긴 곱슬머리. 익숙한 윤곽을 알아본 그는 자기 눈을 믿을 수 없었다. 어제 그는 흥분과 적의와 고통이 뒤섞인 그 얼굴을 보았다. 이제 그 얼굴은 미동도 없이 평온하고 무섭도록 아름다웠다.

그랬다. 크릴초프였다. 혹은 적어도 그의 물질적 존재가 남긴 흔적이었다.

'그는 무엇 때문에 고통스러워했을까? 무엇을 위해 살았을까? 지금 그는 그것을 깨달았을까?' 네흘류도프는 생각했다. 그에 대한 대답도 없고, 죽음 외에는 아무것도 없을 듯했다. 그는 기분이 나빠졌다.

네흘류도프는 영국인한테 작별 인사도 하지 않고 간수에게 바깥으로 안내해 달라고 부탁했다. 오늘 밤 겪은 모든 것을 곰곰이 생각해 보기 위해 혼자만의 시간을 가져야겠다는 생각이 들어 그는 호텔로 떠났다.

28

네흘류도프는 잠자리에 들지 않고 호텔 방 안을 한참 동안 서성였다. 그와 카츄샤의 관계는 끝나 버렸다. 그는 그녀에게 필요하지 않았다. 그래서 슬프기도 하고 부끄럽기도 했다. 하지만 지금 그를 괴롭히는 것은 그 문제가 아니었다. 또 한 가지의 문제가 아직 끝나지 않았을 뿐 아니라 어느 때보다 더욱 그를 괴롭히며 그에게 활동을 요구했다.

그동안, 특히 오늘 그 끔찍한 감옥에서 보고 알게 된 소름 끼치는 모든 악, 사랑스러운 크릴초프마저 죽여 버린 그 모든 악이 승리를 거머쥐고 군림하고 있다. 악을 이기기는커녕 이길 방법을 깨달을 가능성조차 보이지 않았다.

그의 머릿속에 냉담한 장군들과 검사들과 소장들로 인해 역겨운 공기 속에 갇혀 치욕을 당하고 있는 그 수십만의 사람들이 떠올랐다. 미치광이 취급을 받는 기묘하고 자유로운 노인이 당국의 잘못을 폭로하던 모습이, 분노 속에서 생을 마감하고 시신들 틈에 있던 크릴초프의 밀랍처럼 창백한 아름다운 얼굴이 떠올랐다. 그러자 네흘류도프 자신이 미치광이인가, 스스로를 이성적이라 생각하면서 그 모든 것을 행하는 자들이 미치광이인가 하는 예전의 의문이 새로운 힘을 띠고 다시 그의 앞에 떠올라 답변을 요구했다.

걸으면서 생각하기도 지쳐 그는 램프 앞 소파에 앉아 영국인이 기념으로 준 복음서를 기계적으로 펼쳤다. 그가 호주머니를 비우다가 탁자 위에 던져둔 것이었다. '여기에 모든 것에 대한 해답이 있다잖아.' 그는 잠시 생각하다 복음서를 펼쳐 눈에 띄는 부분을 읽기 시작했다. 『마태복음서』18장이었다.

1. 그때에 제자들이 예수께 다가와서 "하늘나라에서는 누가 가장 큰 사람입니까?" 하고 물었다.

2. 예수께서 어린이 하나를 곁으로 불러서 그들 가운데 세우시고

3. 말씀하셨다. 내가 진정으로 너희에게 말한다. 너희가 돌이켜서 어린이들과 같이 되지 않으면 절대로 하늘나라에 들어가지 못할 것이다.

4. 그러므로 누구든지 이 어린이와 같이 자기를 낮추는 사람이 하늘나라에서는 가장 큰 사람이다.

'응, 그렇지, 맞는 말이야.' 그는 자신을 낮췄을 때만 마음의 평화와 삶의 기쁨을 느꼈다는 사실을 떠올리며 생각했다.

5. 또 누구든지 내 이름으로 이런 어린이 하나를 영접하면 나를 영

접하는 것이다.

6. 나를 믿는 이 작은 사람들 가운데서 하나라도 죄짓게 하는 사람은 차라리 자기 목에 연자 맷돌을 달고 바다 깊숙이 잠기는 편이 낫다.

'이건 뭘 말하는 걸까? 누가 영접하고, 어디로 영접한다는 걸까? 내 이름으로라니 이건 또 무슨 뜻이지?' 그는 그 말들이 자신에게 아무것도 말해 주지 않는다고 느끼며 스스로에게 물었다. '게다가 왜 목에 연자 맷돌을 달라는 거야? 바다 깊숙한 곳은 또 뭐지? 아냐, 어쩐지 이게 아닌 것 같아. 부정확하고 불분명해.' 지금까지 살면서 몇 번이고 복음서를 읽으려 할 때마다 그런 불분명한 부분이 늘 그를 밀쳐 냈던 것을 떠올리며 그는 생각에 잠겼다. 유혹, 반드시 유혹이 세상에 닥친다는 것, 사람들이 지옥불에 던져져 벌을 받게 된다는 것, 어린아이들의 천사들이 하늘에 계신 아버지의 얼굴을 본다는 것에 대해 말하는 7절, 8절, 9절, 10절을 더 읽었다.[65] '애석할 정도로 조리가 안 맞는 말이야.' 그는 생각했다. '하지만 이 속에 뭔가 좋

---

65) 네흘류도프가 읽은 7절부터 10절까지의 구절은 다음과 같다. "사람을 죄짓게 하는 일 때문에 세상에 화가 있다. 범죄의 유혹이 없을 수는 없으나 유혹하는 사람에게는 화가 있다. 네 손이나 발이 너를 죄짓게 하거든 그것을 찍어서 던져 버려라. 네가 두 손과 두 발을 가지고 영원한 불 속에 들어가는 것보다는 차라리 손이나 발이 불구가 되어서 생명에 들어가는 편이 낫다. 또 네 눈이 너를 죄짓게 하거든 빼어서 던져 버려라. 네가 두 눈을 가지고 불타는 지옥에 들어가는 것보다는 차라리 한 눈으로 생명에 들어가는 편이 낫다. 너희는 이 작은 사람들 가운데서 하나라도 업신여기지 않도록 조심하여라. 내가 너희에게 말한다. 하늘에서 그들의 천사들이 하늘에 계신 내 아버지의 얼굴을 늘 보고 있다."

은 게 있는 것도 같아.'

11. 사람의 아들은 잃어버린 사람을 찾아 구원하러 왔기 때문이
다.[66]

12. 너희는 어떻게 생각하느냐? 어떤 사람에게 양 백 마리가 있는
데 그 가운데 한 마리가 길을 잃었으면 그는 아흔아홉 마리를 산에다
남겨 두고 길을 잃은 그 양을 찾아 나서지 않겠느냐?

13. 내가 너희에게 말한다. 그가 그 양을 찾게 되면 길을 잃지 않은
아흔아홉 마리 양보다 오히려 그 한 마리 양을 두고 더 기뻐할 것이다.

14. 이와 같이 이 작은 사람들 가운데서 하나라도 망하는 것은 하늘
에 계신 너희 아버지의 뜻이 아니다.

'그래, 사람들이 파멸하는 것은 하느님의 뜻이 아니야. 그런
데 이곳에서는 수십만 명이 파멸하고 있지. 그들을 구할 수단
도 없고.'

그는 계속 읽었다.

21. 그때에 베드로가 다가와서 예수께 말하였다. 주님, 한 신도가
내게 죄를 지을 경우에 내가 몇 번이나 용서해 주어야 합니까? 일곱 번

---

[66] 『마태복음서』 18장 11절은 표준새번역판 성경과 공동번역판 성경에 실
리지 않았다. 고대의 다른 사본에는 11절도 있다. 본문의 구절은 누락된 11
절에 대한 공동번역판의 주석에서 인용했다. 다만 '잃어버린 사람'에 해당하
는 러시아어 단어 pogibnushchee는 멸망한 자, 썩어 없어진 자, 죽은 자, 타락
한 자 등 다양한 뜻을 담고 있다.

까지 해야 합니까?

22. 예수께서 대답하셨다. 일곱 번까지가 아니라 일곱 번을 일흔 번까지라도 해야 한다.

23. 그러므로 하늘나라는 자기 종들과 셈을 가리려고 하는 어떤 왕에 비길 수 있다.

24. 왕이 셈을 가리기 시작하니 만 달란트 빚진 종 하나가 왕 앞에 끌려왔다.

25. 그런데 그가 빚을 갚을 길이 없으므로 주인은 그 몸과 아내와 자녀들과 그 밖에 그가 가진 모든 것을 팔아서 갚으라고 명령하였다.

26. 그랬더니 그 종이 엎드려서 무릎을 꿇어 애원하기를 "참아 주십시오. 다 갚겠습니다." 하였다.

27. 주인은 그 종을 가엾게 여겨 그를 놓아주고 빚을 삭쳐 주었다.

28. 그러나 그 종은 나가서 자기에게 100데나리온 빚진 동료 하나를 만나 붙들어서 멱살을 잡고 "내게 빚진 것을 갚아라." 하고 말하였다.

29. 그 동료는 엎드려 간청하기를 "참아 주게. 내가 갚겠네." 하였다.

30. 그러나 그는 들어주려 하지 않고, 가서 그 동료를 감옥에 가두고, 빚진 돈을 갚을 때까지 갇혀 있게 하였다.

31. 다른 종들이 이 광경을 보고 매우 딱하게 여겨서, 가서 주인에게 그 일을 다 일렀다.

32. 그러자 주인은 그 종을 불러다 놓고 말하였다. "이 악한 종아, 네가 간청하기에 내가 네게 그 빚을 다 삭쳐 주었다.

33. 내가 너를 불쌍히 여긴 것처럼 너도 네 동료를 불쌍히 여겼어야 할 것이 아니냐?"

"정말 이것뿐인가?" 이 구절들을 읽던 네흘류도프가 갑자기 소리 내어 부르짖었다. 그러자 그의 온 존재 안에서 내적 목소리가 그에게 말했다. "그렇다. 그것뿐이다."

그리하여 영적 생활을 영위하는 사람들에게 종종 일어나는 일이 네흘류도프에게도 일어났다. 처음에는 역설처럼, 심지어 농담처럼 기이하게 느껴지던 생각이 실제 삶 속에서 점점 더 빈번하게 확증을 확보해 나가더니 갑자기 의심할 여지 없는 지극히 단순한 진리가 되어 그의 눈앞에 나타났다. 고통받는 사람들을 끔찍한 악으로부터 구원할 확실하고 유일한 수단이 고작 사람들이 하느님 앞에서 자신이 언제나 죄인이며 따라서 타인을 벌할 수도 바로잡을 수도 없음을 인정하는 것이라는 생각이 이 순간 분명한 사실로 다가왔다. 그가 감옥에서 목격한 모든 끔찍한 악과 그 악을 자행하는 사람들의 평온한 자신만만함은 그저 사람들이 불가능한 것, 즉 스스로 악하면서 악을 바로잡으려 했기 때문이라는 점이 이제 선명하게 느껴졌다. 비도덕적인 사람들이 다른 비도덕적인 사람들을 바로잡으려 들고, 기계적인 방법으로 그것을 달성할 생각을 하고 있었다. 하지만 그 모든 것의 결과는 그저 그 실속 없는 처벌과 교정을 직업으로 삼은 궁핍하고 이해타산적인 사람들이 스스로도 완전히 타락할 뿐 아니라 자기들이 괴롭히는 사람들까지 계속 타락시킨다는 점이다. 그가 목격한 모든 참상이 어디에서 비롯됐는지, 그것을 근절하려면 어떻게 해야 하는지가 이제 분명히 보였다. 그가 그동안 발견할 수 없었던 해답이 그리스도가 베드로에게 한 대답에 있었다. 죄가 없는 사람은 없고, 따라서 처벌하거나 바로잡을 사람도 없으니 언제나 모든 사람을 끝없이 용서해야 한다는 것이었다.

'하지만 그게 그처럼 간단할 리 없는데.' 네흘류도프는 속으로 중얼거렸다. 그러나 정반대의 것에 익숙한 자신에게 처음엔 아무리 이상하게 보이더라도 그것이 이론으로나 실제로나 의심할 여지 없는 해결책임을 확실히 깨달았다. 악인을 어떻게 할 것인가, 과연 그들을 처벌하지 않고 내버려 둬도 괜찮은가 하고 늘 품게 되던 반론도 더 이상 마음을 어지럽히지 않았다. 처벌이 범죄를 감소시키고 범죄자들을 교정한다는 사실이 입증된다면 그 반론에도 의미가 있을 것이다. 하지만 정반대 사실이 입증되고 일부 사람들에게 타인들을 바로잡을 권한이 없다는 점이 명백해진 이상, 취할 수 있는 유일한 이성적인 행동은 무익할뿐더러 해롭고 심지어 비도덕적이고 잔혹하기까지 한 것을 더 이상 행하지 않는 것이다. '당신들은 수세기 동안 범죄자로 인정된 사람들을 처벌했다. 과연 범죄자들이 근절되었는가? 근절되지 않았다. 오히려 형벌을 통해 타락한 범죄자들과 사람들을 재판하고 처벌하는 판사와 검사와 예심 판사와 간수 등 또 다른 유형의 범죄자들로 인해 그 수가 증가했을 뿐이다.' 이제 네흘류도프는 깨달았다. 사회와 질서가 전반적으로 유지되는 것은 다른 사람들을 재판하고 처벌하는 이런 합법적인 범인들이 있어서가 아니라 그런 타락에도 불구하고 사람들이 서로 동정하고 사랑하기 때문이었다.

이런 생각에 대한 확증을 역시 복음서에서 발견하기를 기대하면서 네흘류도프는 처음부터 읽기 시작했다. 늘 감동을 주던 산상 수훈[67]을 읽던 그는 오늘에야 처음으로 그 설교에서 대부분 과장되고 실현 불가능한 요구를 제시하는 추상적이고 아름다운 사상이 아닌 단순하고 분명하며 실제적으로 실현 가능한 계명을 보았다. 그 계명들을 실천한다면(그것은 충분히 가능했다.) 인간 사회의 완전히 새로운 구조가 확립될 것이다. 그리고 그 구조 속에서 네흘류도프를 그처럼 격분시킨 모든 폭력이 저절로 근절될 뿐 아니라 인류에게 허락된 최고의 행복, 즉 지상의 하느님 왕국이 성취될 것이다.

그 계명은 다섯 가지였다.

첫 번째 계명(『마태복음서』 5장 21~26절)은 인간은 살인하지 말아야 할 뿐 아니라 형제에게 성을 내서도 안 되며 어느 누구든 하찮은 '바보'로 취급해서도 안 된다는 것이었다. 만약 누군가와 다투더라도 하느님께 제물을 가져오기 전에, 즉 기도하기 전에 먼저 화해를 해야 한다.

두 번째 계명(『마태복음서』 5장 27~32절)은 인간은 간음해서는 안 되고, 여자의 아름다움에서 쾌락을 얻는 것을 피해야 하며, 일단 한 여자와 하나가 되면 절대 배신해서는 안 된다는 것이었다.

세 번째 계명(『마태복음서』 5장, 33~37절)은 인간은 맹세로 무언가를 약속해서는 안 된다는 것이었다.

네 번째 계명(『마태복음서』 5장 38~42절)은 인간은 눈에는 눈

---

67) 『마태복음서』 5~7장에 나온다. 예수가 산에서 제자들과 많은 청중에게 행한 설교를 일컫는다. 이 설교는 여덟 가지 행복, 원수까지도 사랑하라는 가르침, 「주기도문」 등 예수의 핵심적인 가르침을 담고 있다. 이 설교를 가리켜 그리스도교의 대헌장이라고도 한다.

으로 갚아서는 안 될뿐더러 한쪽 뺨을 맞으면 다른 쪽 뺨도 돌려 대야 하고, 모욕을 용서하며 그것을 온화하게 견뎌야 하고, 남이 자기에게 바라는 것이 있다면 어느 누구의 요구도 거절해서는 안 된다는 것이었다.

다섯 번째 계명(『마태복음서』 5장 43~48절)은 인간은 원수를 미워하거나 싸워서도 안 될뿐더러 오히려 그들을 사랑하고 돕고 섬겨야 한다는 것이었다.

네흘류도프는 타오르는 램프의 불빛을 뚫어지게 응시하며 숨을 죽였다. 우리 인생의 모든 추악함을 곱씹어 본 그는 만약 사람들이 이런 규범으로 교육을 받는다면 우리 삶이 어떻게 될지 또렷하게 그려 보았다. 그러자 오랫동안 느끼지 못한 희열이 마음을 사로잡았다. 마치 오랜 고뇌와 고통 끝에 갑자기 평화와 자유를 발견한 것 같았다.

그는 밤새 자지 않았다. 복음서를 읽는 많고 많은 사람들이 그랬듯 그는 수없이 읽으면서도 깨닫지 못하던 말들의 의미를 온전히 이해하게 됐다. 해면이 물을 빨아들이듯 이 책에서 자신에게 열린 필수적이고 중요하고 기쁜 것을 내면에 빨아들였다. 그러자 읽고 있는 모든 것이 친숙하게 느껴졌다. 이미 오래전부터 알았지만 충분히 의식하지도 믿지도 못하던 것을 그 모든 것이 확증하고 자각하게 해 주는 것 같았다. 이제 그는 그것을 자각했고 믿었다.

이 계명들을 실천하면 사람들이 그들에게 허락된 최고의 행복을 얻게 된다는 것을 자각하고 믿었을 뿐 아니라 이제 누구든 이 계명들을 실천하는 것 외에 더 이상 할 일이 없다는 점, 그 속에 인간 생활의 유일한 이성적 의미가 있다는 점, 이를 피하려는 모든 시도는 즉각적인 형벌로 이어질 실수라는 점을 자각하고 믿었다. 이것이 가르침 전체에서 나온 결론이며, 포도원에 대한 비유에서 특히 분명하고 강렬하게 표현됐다. 어떤 집주인이 포도원에 농부들을 보내 일하게 했는데 농부들은 그 포도원을 자기들 소유로 생각했다. 포도원의 모든 것이 자신들을 위해 만들어졌다고, 자신들은 그저 주인을 잊은 채 주인과 그에 대한 의무를 떠올리게 하는 사람들을 죽이며 그 포도원에서 삶을 즐기면 된다고 생각했다.

'우리도 똑같이 하고 있어.' 네흘류도프는 생각했다. '우리 자신이 자기 삶의 주인이고 삶은 우리의 쾌락을 위해 주어진 것이라는 어리석은 확신 속에서 살아가고 있지. 그거야말로 명백히 어리석은 짓 아닐까? 우리가 이곳에 보내졌다면 당연히 누군가의 의지로 무언가를 위해서일 테지. 하지만 우리는 결론을 내렸어. 우리가 사는 것은 오로지 자신의 기쁨을 위해서라고 말이야. 주인의 의지를 실행에 옮기지 않은 일꾼들처럼 우리도 분명 험한 꼴을 당할 거야. 주인의 의지는 이 계명들에 표현되어 있어. 사람들은 그저 이 계명들을 실천하기만 하면 돼. 그러면 지상에 하느님의 왕국이 세워질 테고, 사람들은 그들에게 허락된 최고의 행복을 얻을 거야.

너희는 먼저 하나님의 나라와 그의 의를 구하여라. 그리하면 이 모든 것을 너희에게 더하여 주실 것이다.[68] 그런데 우리는 그 모든 것

68) 『마태복음서』 6장 33절.

을 구하고 있고, 분명 그것을 발견하지 못할 거야.

이거야말로 내 일생의 사업이야. 하나가 겨우 끝나니 다른 것이 시작되는군.'

이날 밤 이후 네흘류도프에게는 완전히 새로운 삶이 시작됐다. 그가 새로운 생활 조건 속으로 들어섰기 때문이라기보다 이때부터 일어난 모든 것이 그에게 이전과 완전히 다른 의미를 띠었기 때문이다. 인생의 이 새로운 시기가 어떻게 끝날지는 미래가 보여 줄 것이다.

1899년 12월 16일

흔들리는 인간

그대들은 자신의 타고난 본성을 생각하라.
그대들은 짐승처럼 살기 위해서가 아니라
덕과 지혜를 구하기 위해 태어났도다.
— 단테의『신곡』지옥편, 26곡[1]

1. 들어가며

『전쟁과 평화』(1863~1869, 톨스토이의 나이 35~41세)와
『안나 카레니나』(1873~1877, 45~49세)라는 기념비적인 장
편 소설을 쓴 톨스토이는 1879년(51세)에『참회록』을 발표한

---

1) 서경식·노마 필드·카토 슈이치, 이목 옮김,『교양, 모든 것의 시작』(노마
드북스, 2007), 202쪽. 위 인용문은 프리모 레비(Primo Levi, 1919~1987.
이탈리아 유대인으로 레지스탕스 활동을 하다가 아우슈비츠 수용소에 수감
됐고 해방 후 시와 소설 등을 썼다.)가 강제 수용소에서 아무 시라도 들려 달
라는 프랑스인 죄수 피콜로를 위해『신곡』을 기억 속에 되살려 프랑스어로
번역한 부분 중 일부다. 이탈리아어 판본을 우리말로 번역한 박상진(『신곡』,
민음사, 2007)은 이 대목을 다음과 같이 옮겼다. "그대들의 혈통을 생각하
라! 그대들은/ 짐승처럼 살기 위해서가 아니라/ 덕과 지혜를 따르기 위해 태
어났다."

후 더 이상 소설을 쓰지 않겠다고 선언하고는 사회의 부조리를 비판하거나 그리스도교의 본질과 예술의 이상을 탐구하는 에세이에 집중했다. 이에 대해서는 평가가 엇갈린다. 톨스토이의 문학적 재능을 사랑한 독자들 중에는 톨스토이의 생애를 『참회록』 이전과 이후, 즉 예술가로서의 삶과 설교자로서의 삶으로 나누며 후자를 안타까워하는 이들도 많은 듯하다. 나보코프는 이런 경향에 대해 "어쩌면 우리는 톨스토이의 발 아래 높다란 연단을 치워 버리고, 잉크와 종이 더미만 잔뜩 쌓아 둔 어느 외딴 섬, 돌집에 그를 가두고 싶은 것인지도 모른다. 도덕적, 교육적인 어떤 것도 그의 주의를 끌지 못하게 하여, 그가 안나의 하얀 목에 드리워진 검은 머리카락에만 집중하도록 말이다."[2]라고 지적한다. 그 대표적인 인물은 투르게네프다. 그는 1883년에 죽음을 앞두고 톨스토이에게 편지를 보내 예술을 포기하지 말라고 간청한다.

······이제 나는 죽음을 기다리는 마지막 순간에 이르렀습니다. ······이런 상황에서 꼭 해야 할 말이 있습니다. 나는 당신과 동시대인으로 살았다는 사실을 상당히 기쁘게 생각합니다. 그런 마음으로 당신에게 간곡히 마지막 청을 하고자 합니다. 이제 문학 창작의 영역으로 돌아오십시오! 당신의 천품은 바로 문학입니다. ······사랑하는 벗이여! 러시아의 가장 위대한 작가여!

---

2) 블라디미르 나보코프, 이혜승 옮김, 『나보코프의 러시아 문학 강의』(을유문화사, 2012), 269쪽.

내 요청에 귀를 기울여 주십시오.[3]

　투르게네프의 말에 마음이 돌아선 걸까? 아니면 소설의 무용성까지 주장한 톨스토이 자신이 창작에 대한 욕구를 도저히 억누를 수 없었던 걸까? 1884년에 창작을 재개한 톨스토이는 사회와 종교에 대한 수많은 저작을 집필하면서도 「이반 일리이치의 죽음」(1886), 「크로이체르 소나타」(1889), 「악마」(1889), 희곡 「계몽의 열매」(1890), 「주인과 하인」(1895), 『부활』(1899), 「신부 세르기이」(1898), 희곡 「산송장」(1900), 「무도회가 끝난 후」(1903), 「하지 무라트」(1904), 「코르네이 바실리예프」(1905), 「교회 안의 노인」(1907) 등 많은 문학 작품을 남겼다.

　사실 그가 창작을 하지 않은 기간은 오 년에 지나지 않으며, 이는 예술가 톨스토이와 설교자 톨스토이를 나눈 구분이 과장으로 느껴질 만큼 짧은 기간이다. 아니, 「유년 시절」로 데뷔한 24세 이후 82세에 세상을 떠나기까지 어떤 작가들보다 왕성하게 작품을 쏟아 낸 다작의 작가다. 그럼에도 설교자 톨스토이라는 강렬한 이미지 탓에 『참회록』 이후에도 그가 예술가로서 고뇌하며 부단하게 작품을 집필했다는 사실이 잊히거나 후기작들이 문학의 껍데기를 쓴 설교로 폄하되곤 한다.

　하지만 나보코프와 보르헤스가 단편의 걸작으로 극찬한 「이반 일리이치의 죽음」과 체호프가 "심장이 두근거릴 정도"

---

3) 앤드류 노먼 윌슨, 이상룡 옮김, 『톨스토이』(책세상, 2010), 495쪽.

의 걸작으로 꼽은 『부활』은 『참회록』 이후의 산물이다.

나보코프는 톨스토이를 예술가 톨스토이와 설교자 톨스토이로 분리할 수 없다고 말하며 그 같은 이분법적 잣대를 비판한다.

> 톨스토이는 인격을 가진 한 사람이다. 한편에는 검은 흙, 흰 살결, 희다 못해 파랗게 빛나는 설경, 푸른 정원, 자줏빛 뇌운의 아름다움을 탐닉하는 인간이 있고, 다른 한편에는 허구는 죄악이며 예술은 부도덕하다고 역설하는 인간이 있어 그 둘 사이의 충돌이 특히 말년의 그를 고통스럽게 하지만, 그 충돌은 결국 한 인간의 내부에서 벌어진 갈등일 뿐이었다. 예술 작품을 통해서건 설교를 통해서건, 톨스토이는 수많은 장애물에도 불구하고 진실에 도달하기를 갈망했다. ……그의 예술이 아무리 섬세하고, 그의 가르침이 아무리 지루하더라도, 그가 장황한 말로 진실을 더듬어 찾았든 어느 날 마법처럼 진실이 그의 앞에 나타났든, 진실은 언제나 하나였다. 그 진실은 톨스토이 자신이었고, 그 자신이 바로 예술이었다.[4]

나아가 나보코프는 푸시킨, 도스토옙스키, 체호프 등 러시아 작가들 대부분이 궁극의 진리와 그 본질에 대해 관심을 보였다고, 톨스토이도 그중 한 명일 뿐이라고 말한다. 나보코프

---

4) 블라디미르 나보코프, 이혜승 옮김, 『나보코프의 러시아 문학 강의』(을유문화사, 2012), 270쪽.

의 말은『부활』을 포함한 톨스토이의 후기작들을 러시아 문학 사의 연속성 속에서, 톨스토이라는 인물의 전체성 속에서 조명하지 않으면 제대로 대면할 수 없다는 뜻이 아닐까.

톨스토이는 일생 동안 장편 소설을 세 작품 남겼다. 톨스토이가 삼십 대 후반을 바친『전쟁과 평화』, 사십 대 후반을 바친『안나 카레니나』, 육십 대를 꼬박 바친『부활』이다. 세 작품을 비교해 보면 인물 묘사, 서술 기법, 시각 등에서 톨스토이의 서명이라 해도 좋을 만큼 고유한 특징이 면면히 이어진다. 그럼에도 각각의 작품은 구성이나 시공간을 다루는 방식 등에서 확연한 차이를 보인다. 그중 어느 작품을 더 선호할지는 독자들의 선택에 달린 문제다. 다만 작가가 소재로 삼은 현실이 변화하고 작가가 어떻게 살고 어떻게 쓸지에 대해 자학에 가까울 만큼 치열히 고뇌하는데도 작풍이 한결같다면 오히려 부자연스럽지 않을까?

예술가 톨스토이와 설교자 톨스토이를 나누어 어느 한쪽만 받아들이고 인정할 게 아니라 더 나은 인간과 더 뛰어난 창작자가 되기 위해 팔십여 년 동안 불안한 어둠 속을 자기 확신과 자기 부정 사이에서, "감각적 기질과 지나치게 예민한 양심"[5] 사이에서 끝없이 진동한 예술가 톨스토이의 연속적 변화로 시선을 넓혀야 말년의 대표작인『부활』을 비로소 마주할 수 있지 않을까?

---

5) 앞의 책, 266쪽.

2. 『부활』의 집필 과정

1887년 즈음(59세) 톨스토이는 법률가이자 작가인 코니 (Aleksandr Fyodorovich Koni, 1844~1927)로부터 흥미로운 형사 사건을 들었다. 열여섯 살 고아 소녀가 자신을 양육한 귀부인의 조카와 정을 통하고 임신한다. 귀부인 집에서 쫓겨나 창녀로 전락한 소녀는 절도와 살인 혐의로 재판을 받기에 이른다. 그녀를 유혹한 남자가 우연히 그 재판의 배심원이 되어 그녀와 재회한다. 그는 그녀의 비참한 모습에 자기 죄를 크게 뉘우치며 결혼으로 속죄하려고 하지만 그녀는 감옥에서 장티푸스로 죽고 만다.

톨스토이는 코니에게 이 일화를 소설로 쓰라고 적극 권했다. 하지만 좀처럼 코니가 글을 쓸 기미가 없자 1889년에 그의 허락을 받고 그 소재로 소설을 집필하기 시작한다. 그리하여 이 이야기는 1899년에 '부활'이라는 제목으로 출간된다.

그 십 년 동안 그는 「크로이체르 소나타」, 「악마」, 「계몽의 열매」, 「주인과 하인」, 「신부 세르기이」 등 문학 작품을 비롯해 사회와 종교와 예술에 관한 에세이들을 집필하며 빈민 구제에 힘쓰느라 『부활』에 온전히 시간을 바치지 못하고 1889~1890년, 1895~1896년에 걸쳐 집중적으로 원고에 매달렸다. 끝맺지 못하고 밀쳐 둔 원고를 결국 완결하게 된 것은 1898~1899년에 두호보르 교도들을 캐나다에 이주시키기 위해서 막대한 비용을 마련해야 했기 때문이다.

두호보르교는 18세기부터 러시아에 존재한 그리스도교 종파다. 개인 안에 성령이 있다고 믿으며 정교회의 교리와 의식을 거부했고, 문자화된 기록을 거부해 신약 성경도 믿지 않았다. 그들은 오로지 종파 지도자가 말로 전하는 가르침만 받아들였다. 이 때문에 체계가 느슨해 다양한 파벌이 존재했지만 대체로 교회와 국가를 부정하고 병역과 납세의 의무를 거부하며 채식주의를 따르는 것이 교의의 핵심이라 할 수 있다.

이 종교에 우호적이던 알렉산드르 1세는 19세기 초에 식민지를 개척할 겸 이들을 크림으로 이주시켜 자치권을 부여했지만, 그 뒤에 즉위한 니콜라이 1세는 이들을 그루지야(지금의 조지아)로 강제 이주시키고 징집하는 등 억압적인 정책을 펼쳤다. 이들은 1895년 군 복무를 거부하며 자신들이 소지한 무기를 모아 태워 버렸다. 러시아 정부는 이것을 중죄로 보고 수많은 교도를 투옥했다.

이 소식을 접한 톨스토이는 국제 여론에 호소하는 등 두호보르 교도들에 대한 정부의 탄압을 중지시키기 위해 갖은 애를 썼다. 국제적 비난이 쏟아지자 러시아 정부는 병역을 거부하는 이들의 사상이 국내에 확산되는 것을 막는 한편 식민지를 개척하기 위해 전부 캐나다에 이주시키기로 결정한다. 이주비 마련을 위해 국내외적으로 모금 활동이 벌어지기도 했지만 돈이 많이 부족했다. 그래서 톨스토이가 1881년 이후의 저술에 대해 저작료를 받지 않기로 한 원칙을 깨고 집필 중이던 『부활』을 1898~1899년에 필사적으로 마무리해 주간지인 《니바(Нива)》와 선금 1만 2000루블에 출판 계약을 맺어 그 돈을 전부 이주비에 보탰다. 톨스토이는 당시 이름 높은 화가

이던 레오니드 파스테르나크(『닥터 지바고』로 잘 알려진 러시아 작가 보리스 파스테르나크의 아버지다.)에게 직접 삽화를 의뢰했고, 이 책에도 실린 그 삽화들로 인해 화가의 명성은 더욱 높아졌다. 『부활』을 일본어로 번역(이와나미 출판사, 2014)한 후지누마 다카시는 톨스토이가 선금으로 받은 금액이 현재의 일본 통화로 2억 엔(우리나라 통화로는 약 20억 원)에 해당하는 거액이라고 설명한다. 톨스토이가 두호보르 교도들을 위해 이토록 엄청난 시간과 체력과 금전을 희생한 이유에 대해 혹자는 그 종파의 성향이 톨스토이의 말년 사상과 공통점이 많아 동질감을 느꼈을 거라고도 추측한다. 하지만 당시 수감 중인 두호보르 교도가 체르트코프(톨스토이의 사회적 활동을 지지하고 조력한 동지)에게 보낸 글을 보면 당시 톨스토이가 어떤 심정으로 이 일에 매달렸을지 헤아릴 수 있다.

첫날부터 피비린내 나는 매질이 가해졌다. 그들은 날카로운 가시가 달린 굵은 가지로, 가시가 살점에 박힐 때까지 매질을 당했고, 그런 다음에는 춥고 어두운 골방에 던져졌다. 며칠 뒤 그들은 군 복무를 하겠느냐고 다시 질문을 받았다. 만약 거절하면 그와 같은 매질이 다시 가해졌다. 그런 행위가 끝도 없이 반복되었다. 게다가 그들은 항상 굶주림에 시달렸다. 그들은 종교적 이유로 육식을 하지 않았고, 아주 적은 양의 빵만으로 연명해야 했기 때문이다. 그들 중 많은 사람이 육체적으로 탈진해 병에 걸렸다. 하지만 의사들은 그들의 병원 이송을 승인하지 않았다. 그들이 육식을 하겠다는 동의를 하지 않았기 때문이었다.

군목이 정교도식으로 예배를 집전하고자 했다. 그래서 그들은 주먹과 몽둥이세례를 받으며 교회로 끌려 들어갔다.[6]

아마도 톨스토이는 살생을 거부한다는 이유로 인신을 이처럼 조직적으로 구금하고 학대하는 국가를 용납할 수 없었고, 그런 희생자들이 엄연히 존재하는 나라에서 그 사실을 모르는 양 침묵할 수 없었을 것이다.

3. 톨스토이의 말년성

이렇듯 『부활』을 창작하게 된 계기는 '코니의 일화'고 그 완결을 도운 사건은 두호보르 교도에 대한 박해였다. 필자는 이 시작과 끝 '사이'에 진정한 집필 동기가 숨어 있다고 생각한다. 『부활』에는 필자가 톨스토이의 '말년의 양식', 혹은 '말년성'이라고 부르고자 하는 독특한 특성이 있다.

'말년의 양식'은 철학자 아도르노가 베토벤의 말년 작품들을 비평할 때 사용한 용어다. 아도르노에 따르면 베토벤의 말년 작품들은 종합이 불가능하다는 사실을 의도적으로 드러내며 음악을 의미심장한 무엇에서 모호한, 심지어 자신에게도 모호한 것으로 변형한다.

사이드는 이런 아도르노의 개념에서 출발해 '예술가들이

---

6) 앤드류 노먼 윌슨, 이상룡 옮김, 『톨스토이』(책세상, 2010), 604쪽.

경력의 말년에 얻게 되는 독특한 특징이 인식과 형식에 존재하는가.'라는 물음을 품고 말년성을 두 가지로 분류한다. 즉 무르익은 성숙함과 조화와 화해를 드러낸 셰익스피어 유형과 비타협과 풀리지 않는 모순으로 불안한 긴장과 분노를 간직한 입센 유형으로 나누고는 후자를 보다 관심 있게 탐구한다. 사이드는 "말년성은 종국에 접어드는 것, 의식이 깨어 있고 기억으로 넘치는 것, 그러면서 현재를 대단히 예민하게(심지어 초자연적으로) 인식하는 것"[7]이며 "일반적으로 용인되는 것에서 벗어나는 자발적 망명"이라고,[8] "깨달음과 즐거움 간의 모순을 해결하지 않고 둘 모두를 그대로 드러내는 힘"[9]이 그 특징이라고 언급한다.

톨스토이는 이런 말년성을 전형적으로 보여 준 작가 중 한 명일 것이다. 톨스토이는 일찍이 젊은 시절부터 말년성을 드러냈다. 그가 두 살 때 어머니가 여동생을 출산한 후 건강을 회복하지 못해 죽고, 아홉 살 때 아버지가 노상에서 살해된다. 서른두 살 때는 큰형 니콜라이가 폐결핵으로 숨진다. 스물세 살부터 스물여덟 살까지 포병 장교로 복무하는 동안에는 크림 전쟁에서 치열한 전투를 겪기도 했다. 그에게 죽음은 언젠가 찾아올 미래의 사건이 아니라 언제라도 그나 주위 사람을 덮치기 위해 현재 안에 매복하고 있는 위협적인 복병이었다.

---

7) 에드워드 W. 사이드, 장호연 옮김, 『말년의 양식에 관하여: 결을 거슬러 올라가는 문학과 예술』(도서출판 마티, 2008), 38쪽.

8) 앞의 책, 40쪽.

9) 앞의 책, 211쪽.

그래서인지 문학사에서 톨스토이만큼 집요하게 죽음을 그린 작가도 드물다. 죽음의 시점에서 생을 보았기에 육체와 자연에 대한 묘사가 압도적이다. 러시아 비평가 메레시콥스키는 톨스토이의 작품에 육체에 대한 숭배가 엿보인다고 언급하며 이것이 죽음에 대한 공포 때문이라고 추측했다. 톨스토이 안에서는 결코 하나로 조화될 수 없는 죽음과 생이 격렬히 충돌하며 저마다 맹위를 떨친다. 죽음은 생을 질투하고 위협하며, 생은 스스로에게 도취되어 무지와 두려움 속에서 죽음을 곁눈질한다. 이 때문인지 톨스토이가 그리는 세계에서는 생의 찬란함 사이로 몰이해와 혼돈과 충동과 의혹이 뒤섞인 어두운 심연이 거대한 입을 벌리고 있다.

『전쟁과 평화』, 『안나 카레니나』, 『부활』 모두 미래를 응시하며 굳은 결의를 밝히는 남자 주인공의 내적 독백으로 끝나는 것은 우연이 아니다. 아버지조차 흡족해하실 일을 하고 말겠다는 열다섯 살 소년 니콜렌카, 삶의 매 순간에 선의 명백한 의미를 불어넣을 힘이 자신에게 있다는 레빈, 하느님의 나라와 그의 의를 구하는 것이 일생의 사업이 되었다는 네흘류도프, 그들의 독백은 마침내 진리에 도달했다는 안도감에서 나온 게 아니라 거짓된 조화와 확신의 세계를 떠나 이해할 수 없는 모순들로 가득하고 해결과 화해의 가능성이 보이지 않는 거대한 미래로 망명을 떠나기 전의 기도와도 같다.(제정 러시아에는 여행을 떠나기 전 온 가족이 모여 앉아 침묵 속에서 기도를 하는 관습이 있었다.)

형식에서도 톨스토이는 꾸준히 말년성을 드러냈다. 사이드는 물었다. 죽음을 의식할 때 인간은 현명해지고 성숙하는가? 톨스토이는 죽음이 닥치기 전에 빨리 진실을 포착하고 싶다는 조급증과 평생 깨닫지 못할 수 있다는 두려움 속에서 외형적인 조화와 통일성에 안주하지 않고 본질과 진리에 다가서기 위한 모든 가능성을 찾아 형식의 파괴와 모순의 충돌에 온 힘을 쏟은 것처럼 보인다.

톨스토이는 자신의 작품들이 어떤 장르적 규범에도 속하지 않는다는 말을 공공연히 했고, 의식적으로 장르의 관습을 뛰어넘어 새로운 표현 방식을 추구하고자 했다. 『전쟁과 평화』에서 스토리와 병렬적으로 전개되는 역사 철학적 서술, 『안나 카레니나』에서 주인공인 안나가 죽은 후에도 다른 등장인물들의 삶이 여전히 지속되는 것을 보여 주기 위해 할애한 별도의 장이 대표적이다.

그런데 『부활』을 쓸 무렵과 그것을 탈고하기까지 그의 말년성은 보다 깊고 짙은 새로운 단계에 들어서는 것 같다.

『부활』을 구상하기 육 년 전(1883)에 투르게네프가, 팔 년 전(1881)에 도스토옙스키가 세상을 떠났다. 투르게네프와는 평생 절교와 화해를 되풀이하며 앙숙처럼 지냈지만 소설을 쓸 생각을 하기 전부터 톨스토이는 투르게네프의 『사냥꾼의 스케치』에 깊은 감명과 영향을 받았다.

도스토옙스키는 유형지에서 톨스토이가 필명으로 쓴 「유년 시절」을 읽고 크게 감동해 작가에 대해 수소문하고 다녔으며, 『작가의 일기』에서는 『안나 카레니나』를 완벽한 예술 작품이라고 극찬했다. 톨스토이는 도스토옙스키의 『죽음의 집의 기록』을 러시아 문학사에서 가장 뛰어난 작품으로 꼽았고, 『죄와 벌』을 대단히 꼼꼼하게 탐독했다. 스트라호프라는 공통의 지인이 있었던 데다 도스토옙스키의 『죄와 벌』과 톨스토이의 『전쟁과 평화』가 동일한 문학잡지에 같은 시기에 연재돼 마음만 먹으면 언제든 서로 만날 수 있었지만 두 사람은 끝내 만나지 않았다. 그러나 서로의 작품을 좋아했고 상대의 작가적 역량을 존경한 것처럼 보인다. 도스토옙스키의 임종 소식을 들었을 때 톨스토이는 깊이 슬퍼했다고 한다. 동시대에 자신과 더불어 러시아 문학의 트로이카를 이룬 다른 두 거장이 그렇게 사라졌다.

또 『부활』을 쓰는 도중에 역시 러시아 문학의 주요 작가인 곤차로프와 레스코프가 1891년과 1895년에 차례로 숨을 거둔다. 게다가 그가 아끼던 젊은 작가 체호프가 폐결핵 증상의 악화로 눈에 띄게 쇠약해져 병상에 드러눕기까지 했다. 그는 『부활』이 출간되고 오 년 뒤에 세상을 떠났다.

그 자신에게도 죽음은 이제 한층 더 가까워졌다. 늘 죽음을 의식했지만 몸에서 확연히 나타나는 노화의 징후가 그의 귀에 매일같이 '소멸'을 속삭인다. 그는 1894년의 일기에서 탄식한다.

노년이 다가온다. 이 말은 머리카락이 빠지고 이가 상하고 주름이 생기고 입에서 냄새가 난다는 뜻이다. 심지어 모든 게 끝나기도 전에 전부 끔찍해지고 불쾌해진다. 처바른 화장품, 분, 땀, 추함이 드러난다. 내가 섬기던 것은 대체 어디에 남아 있는

가? 아름다움은 대체 어디에 남아 있는가? 아름다움은 모든 것의 정수이다. 그것 없이는 아무것도 할 수 없다. 삶도 없다.[10]

　19세기가 저물고 러시아 문학의 한 세기를 대표한 러시아 작가들이, 나아가 나 자신이 사라졌거나 사라지려 한다. 한평생 죽음을 관찰하고 그 의미를 파고들었지만 죽음에 대해, 죽음 이후에 대해 아무것도 모르겠다. 죽음의 문제가 정리되지 않으니 어떻게 살아야 할지 갈피를 잡을 수 없다. 게다가 죽음에 대한 스스로의 두려움이 사치로 느껴질 만큼 바깥세상에서는 수많은 민중이 기근으로 아사하고 법과 제도의 터무니없는 만행에 살해된다. 백작이라는 귀족 신분과 막대한 재산을 소유한 내가 이 모든 참상에 침묵한다면 얼마나 추악하고 비겁한 짓이 되겠는가. 그러면서 예술과 철학 속에서 아름답고 고귀한 것을 추구하고 성경 속에서 올바른 삶을 모색한다면 얼마나 역겨운 위선이겠는가. 어린 시절의 추억이나 주절거리고 유부녀와 장교의 불륜을 미화하는 글이 이 세상에 무슨 선한 영향을 미치겠는가. 아름다움이 절대 선인가. 과연 좋은 글이라는 게 뭔가. 저 앞에서 죽음이 날 향해 달려오고 있는데 얼마 남지 않은 시간 동안 난 무엇을 해야 하는가. 무엇을 더 깨달아야 하고, 무엇을 더 행해야 하는가.

　육십 대라는 십여 년의 시간 동안 그는 아마 이런 고민으로 청년기보다 더 불안하고 더 혼란한 시간을 버텼을 테고, 작가

---

10) 토마스 만, 신동화 옮김, 『괴테와 톨스토이』(도서출판 b, 2019), 157쪽.

로서 어쩌면 마지막 장편이 될 소설에 지금껏 해 보지 못한 시도들을 거침없이 펼치면서 스스로 좋은 소설이라고 확신할 만한 작품을 창작하려 했을 것이다.

4. 말년성이 응축된 『부활』

『부활』에는 다른 두 장편에서 볼 수 없는 독특한 특징들이 눈에 두드러진다.

첫 번째, 『부활』은 19세기 러시아 문학에 대한 오마주다.

톨스토이는 소설을 쓰는 동안 많은 책을 읽었다. 자료 조사를 위해, 혹은 자신이 흥미롭게 여기는 작가의 작법이나 사상가의 이론을 자기 소설에 녹여 내기 위해서였다. 호메로스, 푸시킨, 고골, 투르게네프, 스턴, 디킨스, 스탕달, 루소, 쇼펜하우어, 성경 등은 톨스토이의 용광로 속에서 완전히 녹고 뒤섞여 톨스토이가 주조한 새로운 틀에서 응고되었다. 그런데 『부활』에서 그는 다른 작가들 작품의 구성이나 구절을 엮어 넣고 의도적으로 노출시킨다.

우선 구성이 고골의 『죽은 혼』을 연상시킨다. 사망 신고를 하지 않은 죽은 농노들의 명의를 사들여 은행 담보물을 삼기 위해 지주 귀족들을 찾아다니는 치치코프의 여정에서 깊은 무기력과 무지에 빠진 러시아가 풍자적으로 드러나듯 '사랑'(카츄샤가 유곽에서 사용한 류보피라는 가명의 뜻)을 구하기 위한 네흘류도프의 종횡무진을 통해서도 러시아의 실상과 문제가 한 꺼풀씩 드러난다. 치치코프가 부당한 재물을 손에 넣기 위해 여행하는 탐욕스럽고 교활한 악당이라면 네흘류도프는 속죄와 거듭남을 위해 여행하는 회개한 악인이다. 말하자면『부활』은 거꾸로 뒤집힌『죽은 혼』인 셈이다.

톨스토이는 열네 살에서 스무 살 사이에 고골의「외투」,「비이」,『죽은 혼』등을 탐독했고 그로부터 많은 영향을 받았음을 고백한 바 있다.

한편 결말 부분에서는 푸시킨의『예브게니 오네긴』을 떠올리지 않을 수 없다. 순수한 타치야나의 사랑 고백을 차갑게 거부한 오네긴은 몇 년 후 친구인 공작이자 장군의 부인이 된 타치야나의 기품 있는 아름다움에 반해 애정을 구한다. 그녀는 여전히 그를 사랑하지만 남편에 대한 의무를 저버리지 않겠다며 그 고백을 뿌리친다.『부활』에서는 열여덟 살 카츄샤의 사랑을 짓밟고 정욕만 채운 네흘류도프가 십 년 뒤 재회한 그녀에게 속죄를 위해 청혼하지만 이타적인 정치범들과의 교제 속에 선한 본성을 회복한 카츄샤는 그에 대한 사랑을 숨긴 채 인품이 훌륭한 정치범 시몬손의 청혼을 받아들일 거라며 그 구애를 거절한다.

톨스토이가 사냥하러 갔다가 들른 농노의 집에서 무심코 집어 들었다가 밤새 읽은 책이『예브게니 오네긴』이었고,「벨킨 이야기」와『대위의 딸』등을 읽다가 불현듯 쓰기 시작한 소설이『안나 카레니나』라는 일화는 유명하다. 그는 푸시킨을 '나의 대부'라고 부르며 그의 작법을 열렬히 탐구했다. 안나 카레니나에게도 처음에는 타치야나라는 이름을 붙이려 했다고 전해진다.

『부활』에서는 앞서 언급한 도스토옙스키의 두 작품도 느낄 수 있다. 톨스토이가 러시아 문학사의 최고작으로 꼽은 『죽음의 집의 기록』은 귀족인 고랸치코프의 유형 생활을 기록한 수기다. 시베리아 죄수들의 군상을 사진첩처럼 모아 놓은 이 작품은 생생한 인물 묘사를 통해 러시아 민중의 현실을 담담하게 그려냈다. 톨스토이는 『부활』에서 감옥과 죄수들의 생활을 묘사할 때 이 작품을 많이 참조하고 염두에 둔 것으로 추측된다. 또한 『죽음의 집의 기록』은 고랸치코프가 형기를 마치고 족쇄에서 해방된 후 "하느님의 은총과 함께!"라는 동료 죄수들의 작별 인사를 들으며 출소하는 장면으로 끝난다. 고랸치코프는 말한다.

그렇다. 하느님의 은총과 함께! 자유, 새로운 생활, 죽음으로부터의 부활…… 이 얼마나 영광스러운 순간인가![11]

게다가 『부활』의 마지막 장면은 명백히 도스토옙스키의 『죄와 벌』에 바치는 헌정문이다. 『죄와 벌』에서 두 노파를 살해한 라스콜니코프는 시베리아에서 징역살이를 하게 되고 소냐가 그를 따라간다. 불현듯 소냐에 대한 사랑을 자각한 라스콜니코프는 야외 작업장에 살그머니 다가와 곁에 앉은 소냐

---

11) 표도르 도스또예프스키, 이덕형 옮김, 『죽음의 집의 기록』(열린책들, 2000), 457쪽

의 무릎을 끌어안고 눈물을 흘린다.

새로운 삶을 향한 완전한 부활의 아침놀이 빛나고 있었다. 사랑이 그들을 부활시켰고, 한 사람의 마음이 다른 사람을 위해 무한한 생명의 원천이 되어 주었다.[12]

톨스토이도 『부활』에서 사랑을 통해 새로운 인간과 새로운 삶을 향해 부활하는 남녀를 제시한다. 여기에서 카츄샤는 소냐같이 창녀로 설정됐고 라스콜니코프처럼 살인죄로 시베리아 유형을 떠난다. 이 소설에서 소냐처럼 죄수를 따라 모든 것을 버리고 시베리아로 동행하는 것은 그녀를 창녀 신세로 전락하게 만든 죄를 속죄하려는 귀족 남성 네흘류도프다.

한편 부활의 기쁨을 느끼고 감옥으로 돌아온 라스콜니코프는 베개 밑에서 소냐가 준 성경을 기계적으로 집어 들었다가 그녀의 신념이 곧 자신의 신념이 되기를 갈망한다.

『죄와 벌』은 다음과 같은 화자의 말로 마무리된다.

하지만 여기서 이미 새로운 이야기가, 한 인간이 점차 새로워지는 이야기이자 점차 다시 태어나는 이야기, 점차 하나의 세계에서 다른 세계로 옮겨 가 여태껏 전혀 몰랐던 새로운 현실을 알아 가는 이야기가 시작된다. 이것은 새로운 얘기의 주제가 될

---

12) 표도르 도스토예프스키, 김연경 옮김, 『죄와 벌 2』(민음사, 2012), 496쪽.

수 있겠지만, ── 우리의 지금 얘기는 끝났다.[13]

네흘류도프는 영국인 선교사의 통역을 맡아 감옥을 방문하고 돌아와 그가 준 성경을 무심코 집어 든다. 네흘류도프는 산상 설교의 가르침을 곱씹으며 모든 폭력이 근절되기 위해, 다시 말해 사회가 부활하기 위해 근본적으로 필요한 것은 재판과 형벌이 아닌 사랑과 연민이라고 결론 내린다. 소설의 마지막 문단은 화자의 말로 끝난다.

이날 밤 이후 네흘류도프에게는 완전히 새로운 삶이 시작됐다. 그가 새로운 생활 조건 속으로 들어섰기 때문이라기보다 이때부터 그에게 일어난 모든 것이 그에게 이전과 완전히 다른 의미를 띠었기 때문이다. 인생의 이 새로운 시기가 어떻게 끝날지는 미래가 보여 줄 것이다.(2권, 446쪽)

톨스토이는 도스토옙스키가 수십 년 전 제시한 부활과 사랑의 테마에 대해 자신의 변주를 펼친 듯하다. 그리고 그의 화자는 '부활'이란 방황하는 인간이 구할 수 있는 최고의 결말이 아니라 앞으로 걸어가야 할 새로운 미래와 새로운 이야기의 시작임을 알리며 마치 『죄와 벌』의 화자와 더불어 웅장한 이중창을 하는 듯하다.

『부활』이 품은 작품들 중 가장 흥미로운 것은 톨스토이 자

---

13) 앞의 책, 498~499쪽.

신의 『안나 카레니나』일 것이다. 자살로 브론스키에게 복수하려는 안나는 철도에 바짝 붙어 객차의 중간 지점과 자신의 몸이 나란해질 때를 기다려 뛰어들려고 한다. 첫 번째 시도에서 안나는 팔을 잡아당기듯이 방해하는 빨간 손가방 때문에 실패하고, 두 번째 시도에서는 빨간 손가방을 내던지면서 바람대로 달리는 기차의 바퀴와 바퀴 사이에 뛰어든다. 바로 그 순간 그녀는 몸서리를 치며 스스로에게 묻는다. "내가 어디에 있는 거지? 내가 뭘 하고 있는 거야? 무엇 때문에?"

『부활』에서 이 설정은 뜻밖의 방식으로 변형되어 재현된다.

'기차가 지나갈 때 객차 밑으로 몸을 던지자. 그럼 모든 게 끝나겠지.' ……그녀는 그렇게 하기로 결심했다. 하지만 바로 그때 흥분이 지난 직후의 평온한 순간이면 늘 그렇듯 그가, 아기가, 그녀의 배 속에 있는 그의 아이가 갑자기 몸을 바르르 떨고 부딪고 경쾌하게 기지개를 켜더니 다시 가늘고 부드럽고 뾰족한 무언가로 밀기 시작했다. 그러자 갑자기 일 분 전만 해도 도저히 살 수 없을 것 같다고 생각할 만큼 그녀를 괴롭히던 모든 것이, 그를 향한 모든 분노와 목숨을 버려서라도 그에게 복수하고팠던 열망이, 그 모든 것이 갑자기 멀리 사라졌다. 그녀는 마음을 가라앉히고 옷매무새를 가다듬고 숄로 머리를 감싼 후 서둘러 집으로 향했다.(1권, 283쪽)

임신한 카츄샤는 군대에서 돌아오는 네흘류도프가 아마도 그녀를 피하기 위해 고모 집에 들르지 않고 페테르부르크로 곧장 간다는 소식을 듣고는 그가 탄 기차의 운행 시간에 맞춰 한밤중에 기차역으로 간다. 동료들과 유쾌하게 즐기는 네흘류도프를 기차 창문 너머로 간신히 볼 뿐 그를 만나려던 노력이 수포로 돌아가자 그녀는 절망한 나머지 기차에 몸을 던지려 한다. 안나를 붙잡았던 빨간 손가방 대신 이번에는 배 속의 아기가 그녀를 붙잡는다. 그 순간 카츄샤는 복수하려던 마음을 접고 생으로 복귀한다. 그녀는 안나가 가지 않은 길을 선택했다. 그러나 삶을 선택한 그녀 앞에 죽음이나 다름없는 모욕적이고 비참한 생이 펼쳐진다. 그럼에도 생은 또다시 그녀에게 부활의 빛을 비추고, 그녀 안에서 사랑이 눈뜬다.

톨스토이는 자신이 푸시킨부터 체호프까지 백 년 동안 이어진 풍요롭고 찬란한 19세기 러시아 문학의 마지막 생존자가 될 것임을 직감했을 것이다. 그리고 『부활』은 그의 마지막 장편이 될 터였다. 그는 자신을 작가로서 성숙시킨 작가와 작품들(아마도 자신의 작품 중에서는 내심 『안나 카레니나』를 가장 아꼈던 듯하다.)의 표식을 마지막 소설 곳곳에 세우고 경의를 표한 게 아닐까.

두 번째, 이 작품의 화자는 예전 작품들과 달리 서술 속도를 아코디언 연주하듯 자유롭게 늘렸다 줄였다 한다. 그 이전까지 톨스토이가 보인 놀라운 재능 중 하나는 작품 속 시간을 삶의 시간으로 착각하게 만드는 서사였다.

톨스토이는 한 가지 중요한 발견을 했지만 신기하게도 그의 발견은 비평가들에게 한 번도 주목받은 적이 없다. 그는 (틀림

없이 자신도 인식하지 못하는 사이에) 삶을 그리는 가장 흡족하면서도 우리의 시간관념에 딱 들어맞는 방법을 발견했다. ……평범한 독자들을 사로잡는 그의 진정한 힘은 우리의 시간관념과 정확히 들어맞는 시간을 작품에 부여하는 그의 재능이다. ……선량한 독자들은 그의 작품을 읽으며 느끼는 평범한 리얼리티에 대해 흔히 작가의 날카로운 시선과 연관시키곤 하지만, 이런 리얼리티 역시 톨스토이만이 갖는 시간적 균형 감각에서 온다. 톨스토이의 산문은 우리의 맥박과 같은 속도를 갖는다.[14]

그런데 『부활』의 화자는 이전의 두 장편처럼 사건을 시간 순서대로 차례차례 펼치지 않고 느닷없이 카츄샤의 현재에서 과거로, 네흘류도프의 현재에서 과거로, 다시 두 인물의 현재로 급격하게 오가며 등장인물들의 사연을 무심하게 짤막히 소개하다가 외양과 행동과 감정의 흐름을 실시간처럼 세밀하게 재현하기도 한다. 이런 서술은 속죄하는 인간을 그리는 데 아주 효과적일 것이다. 자기 죄를 깨닫지 못하고 살다가 문득 타락하기 이전의 모습과 타락의 계기를 돌아보면서 자신의 현재를 부정하고 개심과 거듭남을 위해 애쓰는 인간을 그리기 위해서는 이처럼 과거와 현재를 끝없이 뒤섞지 않고서는 그려 내기 어려울지도 모른다.

그 점을 감안하더라도 이 작품의 화자가 전작의 화자들처

---

14) 블라디미르 나보코프, 이혜승 옮김, 『나보코프의 러시아 문학 강의』(을유문화사, 2012), 271~272쪽.

럼 사건의 전체상을 차례로 독자들에게 열어 보이거나 여러 인물의 삶과 시각을 공평하게 비추지 않고 고의로 왜곡하거나 감추는 모습은 톨스토이의 작풍에 익숙한 독자들에게 대단히 낯설어 보일 수 있다. 꿍꿍이를 알 수 없는 이 의뭉스러운 화자는 정보를 부분적으로 흘리면서 독자가 등장인물에 대해 왜곡된 정보를 갖도록 유도하고, 등장인물의 기억을 그 내면에 가둬 둠으로써 사건의 전체상을 숨기기도 한다. 가령 재판 전에 카튜샤와 네흘류도프의 과거를 짧게 요약한 부분은 마치 자극적이고 무신경한 가십 기사처럼 카튜샤를 파렴치하게 그린다. 주인댁 조카의 유혹에 넘어가 임신한 후 갑자기 지주 마님들에게 불손한 태도를 보이고 집을 뛰쳐나갔다든지, 지주 집의 안락한 생활에 길들여져 노동하는 남자들의 청혼을 꺼렸다든지, 힘든 일이 싫고 화려한 옷차림과 맛있는 음식에 끌려 유곽에 들어갔다든지 하는 식으로 말이다. 카튜샤가 대모들 집에서 얼마나 고달프게 하녀 노릇을 했는지, 네흘류도프 때문에 인간과 신에 대한 믿음을 잃고 얼마나 절망적인 심정으로 자살을 기도했는지, 유곽 생활을 얼마나 지긋지긋해하며 탈출을 꿈꾸었는지는 나중에야 카튜샤의 회상을 통해 서서히 드러난다.

한편 나타샤와 피에르, 또는 나타샤와 안드레이, 안나와 브론스키, 안나와 카레닌, 레빈과 키티 등 전작들의 등장인물들은 서로에게 자신의 이야기를 열정적으로 들려주고 다른 가치관이나 오해로 끝없이 다투면서 상대를 속속들이 꿰뚫어 보고 낱낱이 알게 된다. 하지만 카튜샤와 네흘류도프는 서로의 기억을 상대와 공유하지 않으며 속마음을 제대로 내보이지 않고 겉도는 대화만 나눈다. 그들은 소설이 끝날 때까지도 사건의 전체상에 닿지 못한 채 저마다 진실 한 조각을 붙들 뿐이다. 심지어 3부에서는 화자가 카츄샤의 회상이나 내적 독백조차 차단해서 그 진심을 알 길이 없다. 결국 네흘류도프의 청혼을 거절하고 시몬손과 결혼하겠다는 그녀의 속내는 끝내 밝혀지지 않는다. 네흘류도프는 카츄샤가 그를 진심으로 사랑해 그의 희생을 바라지 않아서라고 생각하지만, 어쩌면 카츄샤는 사랑 없이 속죄에 대한 강박에서 비롯된 네흘류도프의 청혼에서 십 년 전 그가 죄책감 때문에 억지로 쥐여 준 100루블짜리 지폐를 떠올렸을지 모른다. 혹은 네흘류도프를 괴로운 삶으로 끌어들이고 싶지 않아서가 아니라 지적이고 선한 시몬손의 애정에 자존감과 사랑의 설렘을 회복해서 진심으로 그와의 결합을 꿈꾼 것인지도 모른다.

심지어 과거에 대한 네흘류도프의 비탄과 새로운 삶에 대한 각오를 서술하는 동안에도 화자는 자신의 선한 행위에 스스로 감격하는 우스꽝스러운 모습이라든지 모든 것을 버리고 카츄샤와 결혼해 시베리아로 가겠다고 말하면서도 귀족들의 청결하고 안락한 생활, 품위 있는 사람들과의 교제, 풍요롭고 단란한 가정을 계속 흘깃거리며 아름다운 여인들에게 눈길을 주는 불안한 모습을 비꼰다. 그 때문에 산상 수훈대로, 신의 의지대로 사는 것이 자기 일생의 새로운 사업이 되었다는 네흘류도프의 결심은 어쩐지 위태로워 보인다. 어쩌면 그는 귀족 여성과 가정을 꾸리고 농민들에게 넘겼던 땅을 다시 회수

할지도 모른다. 이처럼『부활』에서는 화자든 카츄샤든 네흘류도프든 그 누구에게도 완전한 신뢰를 허락하기 힘들다.

실제 삶 같은 묘사와 중립적인 시점으로 '전체상'에 접근하려 한 전작들과 달리『부활』의 화자는 계속 과거의 사건을 소환해 현상의 윤곽을 흐릿하게 만들고, 끝없이 흔들리는 네흘류도프 같은 인물을 통해 미래를 짙은 안개 속에 묻어 두고, 속을 드러내지 않는 인간들을 통해 관계망을 불안과 의혹으로 팽팽하게 긴장시킨다. 나아가 종교와 사법과 형법 기관에서 종사하며 자신의 정당성을 한 치도 의심하지 않는 인물들을 통해 작품의 시공간에 마지막 순간까지 절망과 체념과 분노를 계속 불어넣는다. 어쩌면 이런 파편성과 불안정이야말로 톨스토이가 말년에 골몰했던 '달의 저편'일지도 모른다.

5. '부활'의 의미

부활절은 본래 십자가에 못 박혀 죽은 그리스도가 되살아난 사건을 기억하는 그리스도교의 중요한 절기다. 죽음을 이기고 부활하는 그리스도의 이미지는 겨우내 얼어붙어 있다가 소생하는 자연의 이미지와 겹친다. 그 절기를 봄에 기념하는 게 우연은 아닐 것이다.

『부활』의 첫 장은 봄의 도래와 함께 시작한다. 화자는 해마다 변함없이 찾아오는 봄과 그 생명력을 찬미한다. 하지만 모든 존재의 행복을 위해 신이 내린 평화의 아름다움 속에서 창녀 카츄샤는 고객을 살인한 죄로 시베리아 징역을 선고받으며, 그보다 십 년 전의 봄에는 사랑하는 남자와 맺은 성관계 때문에 에덴동산에서 쫓겨난 이브처럼 거친 세상으로 던져진다. 자연의 소생과 번식은 그토록 아름답고 풍요로운데 왜 카츄샤가 상인이나 네흘류도프와 나눈 성행위는 그녀를 자연의 일부로 만들기는커녕 비참한 신세로 몰아넣는 걸까? 톨스토이는 자연의 생명력은 찬양하면서 인간의 생명력과 번식 행위에 대해서는 혐오한 걸까? 톨스토이는 인간의 육욕을 자연적인 본성으로 인정하지 않는 걸까? 하지만 네흘류도프가 부활절 밤에 카츄샤의 방을 찾아가는 장면은 마치 자연과 인간이 완전히 일체된 듯한 느낌을 주지 않는가.

그는 서서 그녀를 보다가 무심결에 자기 심장 소리와 강에서 실려 오는 기묘한 소리에 귀를 기울였다. 저기 안개 낀 강에서 어떤 노동이 지칠 줄 모르고 천천히 이루어지고 있었다. 무언가가 쉭쉭거리고 쩍쩍 갈라지고 허물어지는 소리를 내는가 하면 얇은 얼음 조각들이 유리처럼 짤랑거렸다.(1권, 140쪽)

안개 낀 훈훈한 밤공기 속에서 강을 뒤덮은 얼음이 깨져 유빙이 부딪치고 물이 소란스럽게 흐르는 소리는 자연이 길고 깊은 잠에서 기지개를 켜며 깨어나는 소리 같고 생명의 분주한 활동을 예고하는 것 같다. 네흘류도프의 심장이 그 소리와 함께 보조를 맞추듯 고동친다. 그리고 부활절 밤에 사랑하는 네흘류도프의 욕망에 화답한 카츄샤는 새 생명을 잉태한다.

이들의 성교와 임신은 톨스토이가 예찬한 자연의 생명력과 다른가? 카츄샤가 바들바들 떨며 그의 방을 나서자 네흘류도프는 상념에 잠긴다.

안개가 깔리기 시작했고, 앞이 안 보일 만큼 자욱한 안개 사이로 이지러진 달이 떠올라 검고 무시무시한 무언가를 음울하게 비추었다.

'도대체 이게 뭐지? 나에게 일어난 건 커다란 행복일까, 아니면 커다란 불행일까?' 그는 마음속으로 스스로에게 물었다.(1권, 143쪽)

톨스토이는 커다란 행복일 수도 있었을 사건이 커다란 불행의 씨앗이 된 이유를 인간이 만든 제도와 관습에서 찾는다. 화자는 네흘류도프의 타락이 자신을 믿지 않고 타인을 믿게 된 것, 즉 자기 행위에 대한 결정권을 내려놓고 남들이 하는 대로 따르며 광기의 에고이즘에 몸을 맡겼기 때문이라고 지적한다. 그는 군대 동료들에서 배운 대로 카츄샤의 감정과 육체를 다루었고 그들에게서 들은 대로 돈을 찔러 주었다. 자신의 자연적 본성에 충실한 게 아니라 사회에서 익힌 가학적이고 이기적인 태도를 답습한 것이다. 그런 식으로 십 년을 보낸 후 네흘류도프는 자유롭고 행복하기는커녕 거미줄 같은 거짓과 위선에 뒤엉켜 스스로 만들어 낸 두려움과 수치와 혐오의 감옥에 갇혀 있었다. 그의 부활은 카츄샤를 통해 자기 죄의 결과를 목도하고 그녀에게 속죄하려는 순간 "그 안에 거하던 하느님이 그의 의식 속에서 눈을 뜸"(1권, 226쪽)으로써 이루어지고, 다시 그의 내면에 자유와 활기와 삶의 기쁨과 선의 힘이 차오른다.

『부활』은 네홀류도프와 카츄샤의 타락뿐 아니라 사회의 광범위하고 고질적인 타락으로 시선을 넓힌다. 네홀류도프는 '사랑'을 구하기 위해 국가 기관들을 방문하면서 점차 법과 제도의 이름으로 행해지는 타락을 목격하게 된다. 자신의 권위를 과시하는 데 여념이 없고 잘못된 판결 앞에서 미안해하지 않는 재판장과 판사와 검사보, 사건의 진실이 아닌 절차의 정당성 여부만을 무심히 따지는 원로원 의원들, 죄수들의 올바른 지적을 체제에 대한 도발로 받아들여 끔찍한 독방과 구타로 보복하는 간수들, 고함을 질러도 말이 전달되지 않는 아수라장 같은 면회를 선심 쓰듯 허락하는 감옥의 간부들, 무더운 날에 장시간 도보 이동을 시켜 허약한 죄수들을 죽음으로 내몰고 죄수들을 똥물 위에서 자도록 방치하는 호송병들…….
이들은 특별히 가학적이거나 흉악한 사람들이 아니다. 그저 직무를 충실히 수행하며 그에 따르는 모든 책임을 상관과 국가에 맡겨 버린 평범한 사람들이다. 양심에 귀를 기울이거나 스스로 사유하거나 타인의 입장에서 생각하는 법을 잊은 사람들이다. 이들은 한나 아렌트가 악의 평범성을 언급하며 예를 든 아이히만 부류에 정확히 부합한다.

'그 모든 사람들이 가장 소박한 연민의 감정조차 스며들지 않을 만큼 둔감했던 것은 단지 그들이 직무를 수행하고 있었기 때문이야. 직무를 수행하는 이들이었기 때문에 인간애가 스며

들지 않았던 거지. 포장된 땅에 비가 스며들지 못하는 것처럼 말이야.'(2권, 256쪽)

네흘류도프의 개인적 타락이 그의 안에서 눈뜬 하느님을 통해 정화된다면 사회의 공적인 범죄는 체제를 떠받치는 사람들 한 명 한 명 안에서 하느님이 되살아날 때 중단될 수 있다. 타인의 의지에 따라 직무만 성실히 수행하는 인간이 아니라 타인에 대한 사랑과 연민을 자신의 책임으로 받아들이는 인간이 교회와 국가 기관을 채운다면 나라 전체를 뒤덮은 두꺼운 얼음이 깨지고 다시 물이 흐를 수 있다. 적어도 황제부터 하층민에 이르기까지 1억 명 이상이 그리스도교 신자라고 고백하는 러시아라면 논리상 그렇게 되어야 마땅하고, 이런 종교적 개심이야말로 그 어떤 혁명 이론보다 간단한 해법일지 모른다.[15] 하지만 러시아 대지를 뒤덮은 포장은 너무도 두껍고 견고하다.

그 때문일까, 네흘류도프의 입을 통해 부자연스러울 만치 길게 나열된 『마태복음서』의 산상 수훈에서는 진리를 깨달은 평온함이 아니라 오히려 절망과 분노가 느껴진다. 지상에 "하느님 왕국"을 건설하기 위해서는 고행하고 순교하는 성자가

---

15) "1914년 공식적으로 집계된 바에 의하면 러시아 제국 내에는 1억 1700만 명의 정교회 신자가 살고 있었고, 4만 8000개에 달하는 교구 성당과 2만 5000개의 작은 성당, 5만 1000명의 교구 사제와 130명의 주교가 있었다."(석영중, 『러시아정교 ─ 역사·신학·예술』(고려대학교 출판부, 2005), 162쪽.

아니라 흔들리는 인간으로도 충분할 것이기에.

6. 맺으며

러시아의 작가이자 문학 이론가인 빅토르 시클롭스키는 말한다. "한 사람의 생각과 사회의 생각은 상호 접목되는 법이다. 글을 쓰기 시작하면서 '뮤즈'와 소통하기 시작한 인간은 전 인류의 사고라는 전화국에 연결되어 수화기를 들고 시대의 울림을 듣는 것이다."[16)]

『부활』은 톨스토이의 그 어느 작품보다 시대의 울림으로 가득하다. 그래서일까, 그의 작품들은 국내외에 수차례 격렬한 논쟁을 촉발했지만 『부활』이 사회에 일으킨 파장은 전작들과는 비교할 수 없을 정도다. 러시아 정교회는 톨스토이가 작품에 묘사한 예배 장면에 분노해 그를 공식적으로 파문했다. 당시 러시아에서 『부활』은 이 예배 장면을 비롯해 사법 제도를 풍자하거나 죄수들에 대한 처벌의 야만성을 지적한 부분이 삭제된 채 출간됐고, 혁명 후 소련에서는 신을 언급한 부분이 편집되어 출간됐다. 또한 당대의 외국 출판사들은 카츄샤의 관능성이나 네흘류도프와 카츄샤의 성행위에 대한 암시에 노골적으로 거부감을 드러냈다. 파리의 몇몇 출판사는 이 소

---

16) 빅토르 쉬클롭스키, 이강은 옮김, 『레프 톨스토이 2』(나남출판, 2009), 118쪽.

설의 출판을 거부했고, 런던의 무디스 도서관은 진열을 거부했으며, 미국 출판사는 1부 17장을 통째로 삭제한 채 출간했다. 이 소설의 연재가 끝난 후《니바》는 톨스토이에게 막대한 선인세를 지불하고도 엄청난 이윤을 거두었고, 국내외의 여러 출판사가 앞다투어 출간한 단행본은 순식간에 100만 부나 팔렸다. 당대 독자들이 이런저런 모습으로 훼손된 작품에 그토록 열광했다니 톨스토이에 대해서나 독자들에 대해서나 그저 안타까울 뿐이다.

예술 작품은 시간을 거치면서 새로운 접근을 통해 가치가 재평가되고 그 의미가 계속 성장하기 마련이지만, 『부활』만큼은 확실히 당대보다 무삭제판과 완역본을 읽을 수 있는 미래의 독자에게 더 온전한 모습을 드러낸 셈이다.

그런데 『부활』의 신비로운 점은 모든 시대의 독자들이 그 속에서 자기 시대의 '울림'을 듣게 된다는 점이다. 아마도 톨스토이가 묘사하고 분석한 폭력(여성에 대한 성적 폭력이든, 민중에 대한 수탈이든, 인권에 대한 탄압이든)이 모든 시대에, 모든 나라에 그 힘을 떨치고 있기 때문일 것이다. 시대를 초월한 이런 '동시대성' 때문에 『부활』은 역설적으로 시대와 나라의 특수한 상황에 따라 놀랍도록 다양한 의미로 해석되어 왔다.

우리나라의 경우에는 '갱생'(《청춘》 2호, 1914)이라는 제목 아래 200자 원고지 24매의 짧은 요약문으로 처음 알려지고, 「해당화」(신문관, 1918)라는 통속적인 번안 소설로 개작되어 큰 대중적 인기를 누리다가, 1920년대 초 《매일신보》에 번역 원고를 연재한 춘계생(필명)을 통해 우리말 완역본으로 첫선을 보였다. 이후 식민지 시대, 해방 후, 민주화 운동 시대를 거쳐 종교성, 도덕성, 무정부주의성, 민중성 등 다양한 범주로 조명되면서 『부활』은 열광과 냉대의 급경사를 오르내리며 숱한 의미를 덧입었다. 하지만 필자의 눈에는 그 때문에 오히려 여전히 깊은 어둠에 잠겨 그 윤곽조차 짐작할 수 없는 미지의 작품으로 보인다.

처음이었다. 백 년 뒤의 독자들을 만나고 싶다고 생각한 것은……. 그들에게 물어보고 싶다. 당신들은 『부활』에 대해 어떤 이야기를 나누고 있나요?

2019년 12월
연진희

작가 연보[17]

1724년   표트르 안드레예비치 톨스토이(작가 레프 니콜라예
비치 톨스토이의 4대조 할아버지)가 표트르 대제로부
터 백작 작위를 받음.

1821년   톨스토이의 외할아버지인 니콜라이 일리이치 볼
콘스키 공작이 툴라현의 야스나야 폴랴나 영지에
서 사망함.

1822년   파블로그라드 근위대 장교였던 니콜라이 일리이치
톨스토이 백작(1794~1837)과 마리야 니콜라예브
나 볼콘스카야 공작 영애(1790~1830)가 결혼함.

1825년   12월, 니콜라이 1세 즉위. 제카브리스트 의거가 일
어남.

---

17) 연보에 적힌 날짜는 제정 러시아가 사용한 율리우스력을 따랐다.

1828년	8월 28일, 니콜라이 일리이치 톨스토이 백작의 넷째 아들 레프 니콜라예비치 톨스토이(이후 '톨스토이'로 약칭)가 야스나야 폴랴나에서 태어남.
1830년	3월, 여동생 마리야가 태어남.(1912년에 죽음.) 8월, 출산 후 건강이 악화된 어머니가 사망함.
1833년	형들을 가르친 표도르 이바노비치 레셀이 톨스토이를 가르치기 시작함. 작센 공국 출신의 독일인인 레셀이 「유년 시절(Детство)」에서 가정 교사 카를 이바노비치로 묘사됨.

열 살인 맏형 니콜라이가 동생들에게 "모든 사람들이 행복해지고, 질병도 전쟁도 없어지고, 아무도 다른 이들에게 화내지 않고, 서로 사랑하고, 모두 다 함께 개미 형제단이 되는" 비밀을 알려 줌. 그는 자신이 이 비밀을 녹색 지팡이에 새겨 골짜기 끝자락의 길옆에 감춰 두었다고 말함.

1836년	푸시킨의 시 「바다에(K морю)」(60행)와 「나폴레옹(Наполеон)」(120행)을 아버지 앞에서 암송함.
1837년	1월, 가족 전체가 야스나야 폴랴나 영지에서 모스크바로 이주. 2월, 푸시킨이 결투로 사망. 6월, 아버지가 툴라에 토지 거래를 하러 갔다가 노상에서 원인 불명으로 사망.(독살되었다는 의혹도 있음.) 아버지의 여동생 알렉산드라 일리니치나 폰 오스텐-사켄 백작 부인(1795~1841)이 톨스토이가 남매들의 후견인이 됨. 아이들을 실제적으로 돌본 사람은 톨

스토이가의 먼 친척이자 아버지의 집에서 어릴 때부터 지낸 타치야나 알렉산드로브나 예르골스카야(1792~1874)임.

1838년   5월, 할머니 펠라게야 니콜라예브나 톨스타야가 사망함. 6월, 톨스토이가의 자녀들인 드미트리, 레프, 마리야가 타치야나 알렉산드로브나와 함께 야스나야 폴랴나로 돌아옴.

1839년   8월, 맏형 니콜라이가 모스크바 대학교의 철학과에 입학.

1840년   1월, 톨스토이가 타치야나 알렉산드로브나의 명명일을 축하하기 위해 「사랑하는 고모에게(Милой тетеньке)」라는 시를 씀. 오늘날까지 보존된 그의 작품들 가운데 최초의 작품임.

1841년   7월, 레르몬토프가 결투로 사망. 8월, 오스텐-사켄 백작 부인이 사망. 10월, 아버지의 작은 여동생 펠라게야 일리니치나 유시코바(1798~1875)가 새로운 후견인이 됨. 11월, 톨스토이가 남매들이 유시코바가 사는 카잔현으로 이주. 맏형 니콜라이도 카잔 대학교로 학교를 옮김.

1843년   형 드미트리와 세르게이가 카잔 대학교 철학과에 입학.

1844년   5월, 톨스토이가 카잔 대학교 동양어과에 진학하여 아랍어와 튀르크어를 배움. 사교계에 출입하며 방탕한 생활을 함. 6월, 맏형 니콜라이가 카잔 대학교에서 학업을 마침. 9월, 수차례 보충 수업과 재시험을 거친 후 카잔 대학교 동양어과에 '아랍-튀르크어 문학의 자비 부담 학생'으로 학생 신분을 유지하게 됨. 12월, 맏형 니콜라이가 육군 18포병 여단에 입대.

1845년   8월, 진급 시험에 떨어진 후 법학과로 전과를 신청. 여름에 야스나야 폴랴나에 머무는 동안 철학에 매력을 느끼게 됨.

1846년   역사학 교수 이바노프의 수업을 결석한 것 때문에 대학교의 감금소에 여러 번 갇힘.

1847년   1월, 일기를 통해 매일의 원칙과 생활 계획을 세우고 실행 점수를 표시함. 3월, 임질 치료를 위해 입원. '철학과 실천의 결합'을 인생의 목표로 삼고 일기를 쓰기 시작. 루소와 고골과 괴테의 작품을 읽음. 몽테스키외의 『법의 정신(De l'esprit des lois)』과 예카체리나 대제의 훈령을 비교 연구. 4월, 대학을 그만두고 야스나야 폴랴나로 돌아감. 후견인이 관리하던 양친의 유산을 형제들과 분배하여 야스나야 폴랴나 영지를 비롯해 마을 네 곳을 상속받음. 새로운 방식의 농경을 시도하고 농노들을 계몽하고 그들의 생활 조건을 개선하기 위해 노력했으나 실패함. 일기 쓰기를 중단함.

1848년   10월 이후 1850년 6월까지 약 삼 년 동안 모스크바와 페테르부르크에서 방탕한 생활과 도박에 빠져 빚을 많이 짐. 음악 공부를 함.

1849년   4월, 페테르부르크 대학교에서 법학 학사 자격 검정 시험에 두 과목을 합격했으나 중도에 포기하고 귀향함.

1850년   6월 11일, '방탕한 삼 년'을 반성하기 위해 다시 일기를 쓰기 시작함.

1851년   3월, 단편 「어제의 이야기(История вчерашнего дня)」를 집필(미완성). 4월, 군대에 복무하는 형 니콜라이와 함께 캅카스를 여행하다가 형의 부대에서 병사로 복무. 로렌스 스턴의 작품을 읽음. 스턴의 『프랑스와 이탈리아를 지나는 감상적 여행(Sentimental Journey through France and Italy)』을 번역하기 시작함.(끝맺지 못함.) 「유년 시절」를 집필하기 시작함.

1852년   1월, 사관후보생 시험을 거쳐 4급 포병 하사관이 됨. 스타로글라드콥스카야에 주둔 중인 코사크 부대에서 지냄. 체첸인과의 전투 중에 포로가 될 뻔함. 3월, 고골이 사망함. 5월, 「유년 시절」를 탈고. 9월, 네크라소프가 편집장을 맡은 《소브레멘니크(Современник)》 9월호부터 「유년 시절」를 익명으로 연재함. 12월, 「습격(Набег)」을 탈고.

1853년   체첸인 토벌에 참가했으며, 이후 일기에서 전쟁을 비판함. 3월, 《소브레멘니크》에 「습격」이 실림. 「코사크들(Казаки)」을 쓰기 시작. 9월, 「당구 계수원

의 수기(Записки маркера)」를 탈고. 10월, 튀르크가
국경 인접 지역을 점령한 러시아에 대해 전쟁을 선
포함.

1854년 1월, 소위보로 임명. 3월, 영국과 프랑스가 튀르
크를 지원하며 러시아에 전쟁을 선포함으로써 크
림 전쟁이 시작됨. 4월, 「소년 시절(Отрочество)」
의 원고를 네크라소프에게 보냄. 9월, 군인 잡지
에 싣기 위해 단편 「즈다노프 아저씨와 훈장을 받
은 체르노프(Дяденька Жданов и кавалер Чернов)」
와 「러시아 병사들은 어떻게 죽는가(Как умирают
русские солдаты)」를 씀. 10월, 야스나야 폴랴나의
오래된 저택을 매각함. 11월, 세바스토폴에 도착.

1855년 3월, 「청년 시대(Юность)」를 쓰기 시작함. 니콜라
이 2세가 사망하고 알렉산드르 2세가 즉위. 4월, 포
위된 세바스토폴에서 가장 위험한 지점인 4요새
에 체류. 6월, 《소브레멘니크》에 「12월의 세바스
토폴(Севастополь в декабре месяце)」이 실림. 8월,
《소브레멘니크》에 「1855년 봄 세바스토폴의 밤
(Ночь весною 1855года в Севастополе)」이 실림. 이
후 '5월의 세바스토폴(Севастополь в мае)'로 작품
명이 변경됨. 세바스토폴의 최후의 방어전에 포병
대 지휘관으로 참전. 9월, 《소브레멘니크》에 단편
「벌목(Рубка леса)」을 발표. 11월, 페테르부르크를
방문. 투르게네프, 네크라소프, 곤차로프, 페트, 츄

체프, 체르니솁스키, 살티코프-셰드린, 오스트롭
스키 등 다양한 문인들과 친분을 맺음.

1856년   1월, 《소브레멘니크》에 단편 「1855년 8월의 세바
스토폴(Севастополь в августе 1855года)」을 발
표. 작가인 톨스토이의 이름이 실린 최초의 작품
임. 1월 9~10일, 폐결핵에 걸려 죽음을 목전에 둔
형 드미트리가 오룔을 방문함. 같은 달 22일, 형
드미트리가 임종. 2월, 시인 A. A. 페트와 친분을
맺게 된 일을 일기에 처음 기록함. 단편 「눈보라
(Метель)」를 탈고. 3월, 중위로 진급. 크림 전쟁이
종식되고 평화 협정이 체결됨. 9월, 톨스토이의 작
품들을 수록한 첫 단행본 『전쟁 이야기(Военные
рассказы)』 출간. 11월, 군대를 전역함.

1857년   1월, 《소브레멘니크》에 「청년 시절」을 발표. 모스
크바를 떠나 프랑스, 스위스, 독일을 여행함. 3월,
파리에서 단두대 처형을 목격하고 다음 날 갑자기
파리를 떠남. 5월 23일, "결혼해야 한다. 자신의 안
식처에서 살아야 한다."(일기) 바덴바덴에 체류하
던 중 룰렛으로 큰돈을 잃음. 페테르부르크로 돌아
옴. 단편 「루체른(Люцерн)」을 탈고.

1858년   2월, 「알베르트(Альберт)」를 탈고. 5~9월, 야스나
야 폴랴나의 농민 아낙인 악시니야 바지키나와 내
연 관계를 맺음. 여름, 체조와 농업에 몰두. 12월,
사냥을 나갔다가 곰의 습격을 받음. 「세 죽음(Три

смерти)」과 중편 「가정의 행복(Семейное счасти-e)」을 탈고.

1859년   1월 1일, "올해 결혼해야 한다. 그러지 않으면 평생 못 할 것이다."(일기) 5~10월, 다시 악시니야와 관계를 맺음. 10월, 학교에서 농민의 자녀들에게 공부를 가르침(1862년까지).

1860년   중편 「홀스토메르(Холтомер)」를 집필하기 시작.(1885년에 완성.) 5월, 악시니야와 계속 관계를 맺음. 형 니콜라이와 세르게이와 함께 외국으로 떠남. 7월, 여동생 마리야와 그 자녀들과 함께 페테르부르크를 떠나 독일, 스위스, 프랑스, 영국, 벨기에를 여행하며 외국의 교육 제도를 시찰함(1861년까지). 9월, 형 니콜라이가 폐결핵으로 숨을 거둠. "니콜라이 형의 죽음은 내 삶에서 가장 강렬한 인상으로 남았다."(일기) 11월, 이탈리아 피렌체에서 육촌 형제이자 유배지에서 돌아온 제카브리스트인 세르게이 그리고리예비치 볼콘스키 백작을 방문. '제카브리스트들(Декабристы)'이라는 제목의 장편을 쓰기 시작함.(1861년까지 매달리지만 결국 완성하지 못함.)

1861년   2월, 런던에서 망명 생활을 하던 러시아 사상가 게르첸과 친분을 맺고 가까이 지냄. 알렉산드르 2세가 러시아에 농노 해방령을 선포. 3월, 브뤼셀에서 프루동과 친교를 나눔. 런던에서 찰스 디킨스의 낭독회에 참석. 4월, 러시아로 귀국. 5월, 잡지《야스나야 폴랴나》를 발행하기 위해 인가를 받음. 같은 날, 크라피벤스키군(郡) 4관구의 농지 조정인으로 임명됨. 투르게네프의 스파스코예-루토비노보 영지를 방문하여 머물다가 투르게네프와 다툰 후 십칠 년 동안 교류를 끊음.

1862년   2월, 교육 잡지《야스나야 폴랴나》첫 호 발행. 4월, 질병을 사유로 들며 농지 조정인 직무를 사임. 5월, V. 모조로프와 E. 체르노프라는 학생 둘과 함께 사마라 초원으로 '마유 치료'를 하러 떠남. 7월, 헌병대가 야스나야 폴랴나에서 가택 수사를 함. 8월, 톨스토이가 알렉산드르 2세에게 가택 수사에 대해 항의하는 서한을 보냄. 9월, 시의(侍醫)의 딸인 소피야 안드레예브나 베르스(1844~1919)와 크렘린 궁의 성모 승천 교회에서 결혼하고, 다음 날 야스나야 폴랴나에 도착함. 10월 1일, "학생들과 농민들과 결별했다."(일기) 10월 8일, "우리 관계에는 정신적인 면에서 우리를 서서히 갈라놓는 단순하지 않은 무언가가 있다."(소피야의 일기) 12월 30일, "숱한 생각들, 그래서 쓰고 싶다."(일기)

1863년   1월부터《야스나야 폴랴나》를 휴간함. 장편『전쟁과 평화(Война и мир)』를 집필하기 시작.(1869년 완성.) 2월, 「폴리쿠시카(Поликушка)」를 발표함. 2~5월, 꿀벌과 가금과 양과 송아지와 새끼 돼지를

기르고, 사과나무가 6500그루에 달하는 거대한 과
수원을 조성하고, 이웃 지주와 합작하여 양조장을
만듦. 6월, 첫째 아들 세르게이가 태어남.(1947년에
죽음.)

1864년 8~9월, 톨스토이의 첫 번째 선집이 두 권짜리로
출간됨. 10월, 첫째 딸 타치야나가 태어남.(1950년
에 죽음.)

1865년 2~3월, 모스크바의 미술 학교에서 조각을 공부.
이후『전쟁과 평화』의 삽화를 맡게 될 화가 M. S.
바실로프와 친분을 맺음. 6~8월, 지휘관을 구타한
죄목으로 전시 군법 회의에 넘겨진 중대 서기 바실
리 샤부닌의 문제에 개입함. 톨스토이의 노력이 실
패로 돌아가 샤부닌이 8월 9일 처형됨. 11월 27일,
"시인은 자기 인생에서 최고의 것을 떼어 내어 작
품 속에 넣는다. 그 때문에 그의 작품은 아름답고
삶은 비루하다."(수첩) '1805년'이라는 제목으로
『전쟁과 평화』 1부를 《루스키 베스트니크(Русски-
й вестник)》에 발표.

1866년 1월, 도스토옙스키의『죄와 벌(Преступление и
наказание)』이 《루스키 베스트니크》에 일 년 동안
연재. 톨스토이의 둘째 아들 일리야가 태어남. 4월,
러시아 인민주의 혁명가 드미트리 카라코조프가
알렉산드르 2세를 암살하려다 실패함. 11월, 《루
스키 베스트니크》에 '1805년'의 2부를 발표하면서

제목을 '전쟁과 평화'로 바꿈.

1867년   3월, 야스나야 폴랴나에 화재가 일어남. 6월, 형 세르게이가 사실혼 관계인 집시 여인 마리야 시시키나와 정식으로 결혼함. 9월,『전쟁과 평화』를 위한 자료를 조사하기 위해 보로지노로 여행을 떠남.

1868년   3월,《루스키 아르히프》에 톨스토이가 쓴「『전쟁과 평화』에 덧붙이는 말(Несколько слов по поводу книги《Война и мир》)」발표.

1869년   『전쟁과 평화』의 에필로그를 완결. 5월, 셋째 아들 레프가 태어남.(1945년에 죽음.) 5~8월, 독일 철학자 쇼펜하우어의 저작에 몰두. 9월 2일, '아르마자스의 공포'. 이 순간 중요하게 여겨지는 모든 것을 완전히 소멸시킬 죽음에 대해서 말로 표현하기 어렵고 딱히 이유도 없는 슬픔과 공포와 두려움이 발작처럼 엄습함.

1870년   6월, "난 지금 벌써 엿새째 농부들과 함께 온종일 풀을 베고 있습니다. 말로 표현할 수 없군요. 내가 이 일을 할 때 느끼는 감정은 만족이 아니라 행복입니다."(우루소프에게 보내는 편지) 12월, 페트에게 보내는 편지에서 크세노폰과 호메로스를 그리스어 원서로 읽고 있다고 전함. 표트르 대제 시대에 대한 소설을 씀.(1873년까지 매달리지만 결국 완성하지 못함.)『읽기 교재(Азбука)』를 저술.

1871년   2월, 둘째 딸 마리야가 태어남. 6~8월, 사마라 초원에서 마유 치료를 받음. 9월, 사마라현의 광대한 대지를 헐값에 구입하고 공증을 받음. 러시아 철학자이자 비평가인 스트라호프를 만남.

1872년　3월, 단편 「캅카스의 포로(Кавказкий пленник)」와 「하느님은 진실을 보지만 빨리 말하지는 않을 것이다(Бог правду видит, да не скоро скажет)」를 탈고. 11월, 『읽기 교재』를 출간. 넷째 아들 표트르가 태어남.

1873년　장편 『안나 카레니나(Анна Каренина)』를 집필하기 시작.(1877년에 완성.) 8월, 《모스콥스키에 베도모스치(Московские ведомости)》 207호에 톨스토이가 사마라의 기근에 대해 쓴 편지가 발표됨. 톨스토이의 발언 덕분에 전국에서 기부가 이루어짐. 4월, 다섯째 아들 니콜라이가 태어남. 9월, 화가 크람스코이가 야스나야 폴랴나에서 톨스토이의 초상화를 그림. 넷째 아들 표트르가 크루프에 걸려 죽음. 『전쟁과 평화』 개정판을 포함해 톨스토이 전집이 네 권으로 출간. 11월, 톨스토이의 저작집이 여덟 권으로 출간.

1874년　9월, 《오체체스트벤니에 자피스키(Отечественные записки)》에 톨스토이가 쓴 「민중 교육에 관하여(О народном образовании)」가 발표되어 큰 호응을 받음. 12월, 『새 읽기 교재(Новая Азбука)』를 집필.

1875년　『안나 카레니나』를 《루스키 베스트니크》에 발표하기 시작함. 2월, 다섯째 아들 니콜라이가 뇌수종으로 죽음. 6월, 『새 읽기 교재』를 출간. 10월, 셋째 딸 바르바라가 조산으로 태어나 생후 두 시간 만에 죽음. 소피야의 건강이 위독해짐.

1877년 『안나 카레니나』를 탈고. 《루스키 베스트니크》의 발행인인 캇코프와의 불화 때문에 톨스토이가 『안나 카레니나』의 마지막 장인 8장을 자비로 출간함. 톨스토이가 소설에서 세르비아 전쟁과 핀란드에 대해 드러낸 시각에 캇코프가 반발한 것이 불화의 원인임. 12월, 여섯째 아들 안드레이가 태어남.

1878년 1월, 『안나 카레니나』를 책으로 출간함. 4월, 파리에 있는 투르게네프에게 편지를 보내 화해를 청함. 5월, 투르게네프가 톨스토이와 화해하고 우정을 회복하고 싶다는 답장을 보냄. 6~8월, 가족들과 함께 사마라 영지에 머무름. 8월, 투르게네프가 야스나야 폴랴나를 방문함.

1879년 3월, 바실리 셰골료프를 통해 많은 민담과 전설을 접하게 됨. 훗날 그가 들려준 이야기를 모태로 많은 단편을 씀. 『참회록(Исповедь)』(1882년에 탈고하지만 종교 검열관이 출판을 금지함. 1884년 제네바에서 출판.)과 『교조주의 신학에 대한 연구(Исследование догматического богословия)』를 씀. 17세기 말부터 19세기 초를 배경으로 하는 장편을 구상하고 역사 자료를 연구함. 11~12월, 논문 「교회와 국가(Церковь и государство)」, 「그리스도인이 해도 되는 일과 하지 말아야 할 일(Что можно и чего нельзя делать христанину)」, 「우리는 누구의 것인가, 하느님의 것인가 악마의 것인가?(Чьи мы? Боговы или дьяволовы?)」를 저술. 12월, 일곱째 아들 미하일이 태어남.(1944년에 죽음.)

1880년   3월, 러시아 작가 V. M. 가르신이 야스나야 폴랴나를 방문. 11월, 도스토옙스키가 『카라마조프가의 형제들(Братья Карамазовы)』을 완결함.(두 해 동안 집필.)

1881년   2월, 도스토옙스키의 부고를 듣고 슬퍼함. 3월, 알렉산드르 2세가 폭탄 테러로 암살을 당함. 알렉산드르 3세의 즉위와 함께 러시아 정부가 반동 정책으로 돌아섬. 톨스토이가 알렉산드르 3세에게 알렉산드르 2세를 암살한 테러리스트 혁명가들을 사형하지 말아 달라고 요구하는 서한을 보냄. 알렉산드르 3세는 자신에게 범죄자들을 용서할 권리가 없다고 답변함. 암살자들이 처형됨. 7월, 투르게네프의 스파스코예-루토비노보 영지를 방문. 단편 「사람은 무엇으로 사는가(Чем люди живы)」를 탈고함. 9월, 가족들과 함께 모스크바로 이주. 10월, 여덟 번째 아들 알렉세이가 태어남.

1882년   1월, 모스크바 인구 조사에 참가함. 2월, 논문 「그렇다면 우리는 무엇을 할 것인가(Так что же нам делать)」를 집필하기 시작.(1886년에 탈고.) 7월, 모스크바의 돌고루키-하모브니키골목에 위치한 저택을 구입함.(현재 톨스토이 박물관으로 운영 중.) 10~11월, 성경을 읽기 위해 고대 히브리어를 공부. 12월, 크라피벤스키군의 귀족 회장으로 선출되었으나 거절함.

1883년   1월, 야스나야 폴랴나에 큰불이 남. 3월, 투르게네프가 임종을 앞두고 쓴 편지에서 톨스토이에게 예술을 저버리지 말라고 부탁함. 5월, 재산 문제를 소피야에게 완전히 위임함. 9월, 종교적 신념을 이유로 크라피벤스키군 지방 재판소에서 배심원 직무를 수행하기를 거부함. 10월, 사상과 사회 활동 면에서 톨스토이와 깊은 유대 관계를 맺게 될 블라지미르 체르트코프를 만남.

1884년   1월, 종교론『나의 신앙은 무엇에 있는가(В чём моя вера)』를 탈고하지만 출판이 금지됨. 톨스토이가 이 책을 집필하는 동안 러시아 화가 니콜라이 게가 그의 초상화를 그림. 6월, 넷째 딸 알렉산드라가 태어남. 11월, 체르트코프가 민중에게 염가로 책을 보급하기 위해 모스크바에 '포스레드니크(Посредник)'('중개자'를 뜻함.) 출판사를 설립함.

1885년   1월, 아내 소피야가 톨스토이의 저작 출판과 관련된 모든 업무를 도맡음. 3월 '포스레드니크'에서 처음으로 책들이 출판됨.

1886년	출판사 '포스레드니크'를 위해 민중을 위한 이야기들을 씀.「두 아들과 황금(Два брата и золото)」,「사랑이 있는 곳에 신도 있다(Где любовь, там и бог)」,「두 노인(Два старика)」,「세 노인(Три старца)」,「바보 이반에 관한 이야기(Сказка об Иване-дураке)」,「사람에게 얼마나 많은 땅이 필요한가(Много ли человеку земли нужно)」등. 1월, 여덟 번째 아들인 알렉세이가 크루프로 죽음. 2월, 러시아 작가인 V. G. 코롤렌코와 친분을 맺음. 3월, 중편「이반 일리이치의 죽음(Смерть Ивана Ильича)」을 탈고. 11월, 희곡「계몽의 열매(Плоды просвщения)」를 집필하기 시작함.(1890년에 탈고.)
1887년	술과 담배를 끊기 위해 애씀. 러시아 작가 N. S. 레스코프와 친분을 맺음. 1월, 알렉산드르 3세와 그 가족이 참석한 가운데 희곡「어둠의 힘(Власть тьмы)」을 낭독. 3월,《루스키에 베도모스치(Русские ведомости)》64호에서 '포스레드니크'의 편집자가 작가의 희망에 따라 그 잡지에 발표되는 톨스토이의 모든 저작에 대해 저작권 사용료를 지불하지 않고 자유롭게 출판하기로 했다고 발표함. 8월,「삶에 관하여(О жизни)」를 탈고.
1888년	담배를 완전히 끊음. 열세 번째이자 마지막 자식인 이반이 태어남. 첫 손주 안나(아들 일리야의 딸)가 태어남.

1889년	8월, 중편 「크로이체르 소나타(Крейцерова соната)」를 탈고. 장편 『부활(Воскресение)』을 집필하기 시작.(1899년에 완성.) 검열관이 「크로이체르 소나타」의 출간을 허가하지 않음. 11월, 중편 「악마(Дьявол)」를 기고.
1890년	1월, 러시아와 베를린에서 희곡 「어둠의 힘」을 초연함. 2월, 알렉산드르 3세와 황후가 「크로이체르 소나타」를 읽음. 황제는 이 작품을 마음에 들어 했지만 황후가 못마땅하게 여김. 1891년 4월, 발행이 금지된 「크로이체르 소나타」의 출판 허가를 소피야가 알렉산드르 3세로부터 받아 냄. 7월, 톨스토이가 1881년 이후의 모든 저작에 대한 권리를 포기하되 이전 작품들에 대한 저작권은 아내에게 넘기겠다고 발표하려 하자 소피야가 자살을 시도함. 9월, 툴라현과 랴잔현의 기근을 돕기 위한 운동을 조직. 육식과 술을 끊음.《루스키 베스트니크》와 《노보예 브레먀》에 톨스토이가 1881년 이후의 저작에 대한 권리를 포기한다는 편지를 기고함.
1892년	4월, 랴잔현의 네 개 군에 매일 9000명에게 식사를 제공하는 187개 식당이 문을 엶. 7월, 톨스토이와 가족들 사이에 재산 문제로 다툼이 생긴 후 톨스토이가 모든 부동산 소유권을 아내와 자녀들에게 넘긴다는 내용의 문서에 서명함.
1893년	1월, 희곡 「계몽의 열매」로 러시아 극작가상을 수

상. 프랑스 작가인 모파상의 에세이를 위해 서문을 씀. 러시아 연극 연출가 콘스탄친 스타니슬랍스키를 만남.

1894년   러시아 작가 이반 부닌을 만남. 2월, 1881년 이후 저술한 저작에 대한 권리를 포기한다는 톨스토이의 예전 선언을 거듭 확인해 주는 편지가 외국 신문들에 개재됨. 11월, 니콜라이 2세가 즉위함.

1895년   2월, 단편 「주인과 하인(Хозяин и работник)」을 탈고. 막내아들 이반이 성홍열로 죽음. 6월, 4000명의 두호보르교 신자들이 병역 거부 운동을 벌이자 당국이 톨스토이를 그 지도자로 지목하며 더욱 심하게 탄압함. 8월, 러시아 작가 안톤 체호프를 만나 『부활(Воскресение)』의 초고 일부를 건넴. 「어둠의 힘」이 페테르부르크 말리 극장에서 상연됨. 농노들에 대한 체벌에 항의하는 「수치스럽다(Стыдно)」를 씀.

1896년   중편 「하지-무라트(Хаджи-Мурат)」를 집필하기 시작.(1904년에 탈고했으나 작가의 생전에 발표되지 못함.) 10월, 정부로부터 탄압을 받던 두호보르교 신자들에게 원조 자금을 보냄.

1897년   2월, 페테르부르크에 가서 국외로 추방당하는 체르트코프를 배웅. 3월, 모스크바에서 병상에 누운 체호프를 방문함. 8월, 병역을 거부하는 두호보르교 신자에게 노벨 평화상을 주자는 내용의 편지를 스위스 신문에 기고함.

1898년　　캐나다로 이민 가는 두호보르교 신자들을 재정적
으로 돕기 위해 장편 『부활』과 중편 「신부 세르기
이(Отец Сергий)」를 씀. 논문 「예술이란 무엇인가
(Что такое искусство)」를 탈고.

1899년　　독일 시인 라이너 마리아 릴케를 만남. 『부활』 출간.

1900년　　희곡 「산송장(Живой труп)」을 씀.(사후에 출판됨.)
작가이자 혁명가인 막심 고리키를 만남. 니체를 읽
은 후 그의 도덕적 '야만성'을 비난. 11월, 공자를
연구함.

1901년　　2월, 러시아 정교회로부터 파면을 당함. 9월, 크림
으로 요양을 떠남. 1회 노벨 문학상 후보로 당선이
유력했으나 결국 수상하지 못함. 이 결과에 대해
많은 비판이 일자 스웨덴 학술원은 톨스토이의 아
나키스트적 성향이 노벨상 이념과 맞지 않아 수상
자로 선정하지 않았다고 공식 발표함.

1902년　　1월, 톨스토이의 병이 악화되자 고리키와 체호프
가 방문함. 2월, 톨스토이가 앓던 늑막염과 폐렴 증
상이 한층 심해짐. 3월, 건강이 점차 호전됨. 5월,
톨스토이가 장티푸스를 앓음. 6월, 톨스토이가 야
스나야 폴랴나로 돌아옴. 도중에 하리코프와 쿠르
스크의 기차역에서 대중의 열렬한 환호를 받음. 차
르인 니콜라이 2세에게 전제 정치 폐기, 이주와 교
육과 신앙의 자유, 토지 사유제 폐지를 요구하는

서한을 보냄.

1903년　1월, 비류코프(톨스토이의 첫 번째 전기 작가가 됨.)의
요청으로 『회상(Воспоминание)』을 집필하기 시
작.(1906년에 탈고.) 키시뇨프에서 벌어진 유대인 학살
에 항의. 8월, 단편 「무도회가 끝난 후(После бала)」를
탈고. 9월, 논문 「셰익스피어와 연극에 관하여(О Ш-
експире и о драме)」에서 셰익스피어를 신랄하게
비판함.

1904년　중편 「하지-무라트」를 탈고. 2월, 러일 전쟁이 발
발함.(1905년에 종식됨.) 7월, 체호프가 죽음. 8월,
형 세르게이가 죽음.

1905년　단편 「코르네이 바실리예프(Корней Васильев)」와
「기도(Молитва)」를 씀.

1906년　11월, 딸 마리야(결혼 후 성이 오볼렌스카야로 바뀜.)
가 폐렴으로 죽음. 노벨상 수상자로 추천되었다는
소식을 듣고 거부의 뜻을 전함.

1907년　러시아 화가인 일리야 레핀이 톨스토이의 초상화
를 그림. 단편 「교회 안의 노인(Старик в церкви)」
을 씀.

1908년　1월, 토머스 에디슨이 야스나야 폴랴나에 축음기
를 선물함. 5월, 사형에 반대하는 논문 「난 침묵할
수 없다(Не могу молчать)」를 써서 국내외에 발표.
7월, 톨스토이가 비밀 일기를 씀(7월 18일까지). 평
소에는 V. G. 체르트코프와 알렉산드라 리보브나

(톨스토이의 딸)가 톨스토이의 허락 아래 그의 일기를 정서함.

1909년   자신이 죽은 후 저작 전체에 대한 권리를 딸 알렉산드라에게 맡긴다는 유언을 작성. 7월 18일, 아내 소피야가 저작 전체에 대한 저작권을 넘기지 않으면 자살하겠다고 톨스토이를 협박함. 7월 26일, 소피야가 톨스토이에게 스톡홀름에서 열리는 국제 평화 회의에 참가하면 모르핀을 복용하겠다고 위협하는 바람에 출석하지 않음. 8월, 스톨리핀 수상에게 사형 제도와 사유 제도를 비판하는 편지를 보냄. 비서 구세프가 혁명 선동과 판매 금지본 유포 혐의로 체포되어 추방됨. 9월, 구세프를 추방한 문제로 현지사와 내무 대신에게 항의함. 영국의 지배를 받는 비참한 상태의 인도에 대해 간디로부터 편지를 받음. 11월, 1881년 이후의 저작권을 체르트코프에게 넘긴다는 유언장에 서명함.

1910년   6월 22일, 소피야가 히스테리 증상을 일으킴. 톨스토이가 가출하기까지 그 증상이 단발적으로 계속 이어짐. 6월 25일, 소피야가 아편 복용으로 자살을 시도한 척함. 7월 10일, 소피야가 못에 뛰어들어 자살을 시도. 7월 15일, 톨스토이가 은행 금고에 보관한 십 년 동안의 일기를 내놓으라고 요구하며(남편의 일기를 저작권을 주장할 수 있는 문학 작품으로 간주함.) 소피야가 자살 소동을 벌임. 7월 21일, 톨스토이가 그루몬트 숲에서 유서를 최종으로 정서하고 서명함.(톨스토이의 사후에 모든 저작에 대한 권리를 딸 알렉산드라에게 물려주고, 알렉산드라가 사망할 경우 다른 딸 타치야나에게 그 권리를 이양한다는 내용이었음. 톨스토이 사후에 그 저작권의 효력을 중지시키는 것이 법적으로 불가능했기 때문에 형식상 딸들을 저작권 상속자로 삼아 자신의 지적 유산을 민중에게 무상으로 제공하고자 함.) 7월 28일, 저작에 대한 권리를 포기하겠다는 톨스토이의 유언을 무효화하기 위해 소피야가 아들인 안드레이와 레프와 함께 톨스토이를 정신병 환자로 공표할 계획을 논의함. 9월 2일, 톨스토이가 없는 사이에 소피야가 그의 방들에서 '체르트코프의 혼을 몰아내기' 위해 기도식을 하고 그의 침실에서 체르트코프의 사진들을 전부 치움. 9월 6일, 소피야가 남편이 최근 들어 지력이 떨어졌다고 주장하며 아들들과 함께 톨스토이의 유언을 거부하겠다고, 차르에게 이 문제의 판단을 맡기겠다고 선언함. 9월 23일, '프로스베셰니예' 출판사가 소피야에게 톨스토이의 저작 전체에 대한 사용료로 100만 루블을 제안함. 10월 7일, 체르트코프가 톨스토이를 방문한 후 소피야가 히스테리를 일으킴. 10월 28일, 이른 새벽에 주치의 D. P. 마코비츠키와 함께 야스나야 폴랴나를 떠남. 남편이 집을 나간 것을 안 소피야가 못에 몸을 던져 자살하려 했으나 사람들에게 구조됨. 10월 31일, 톨스토이가 병세를 나타내 아스타포보 기차역에서 내림. 역장이 자신의 숙사를 제공함. 11월 7일 오전 6시 5분, 폐렴으로 임종. 11월 9일, 유언에 따라 야스나야 폴랴나의 오솔길 옆(니콜라이 형과 그가 모든 인간을 행복하게 만드는 비밀이 새겨진 녹색 지팡이가 묻혀 있다고 믿은 장소)에 영면함.

세계문학전집 90

부활 2

1판 1쇄 펴냄   2003년 11월 11일
1판 46쇄 펴냄   2019년 3월 27일
2판 1쇄 펴냄   2019년 12월 27일
2판 8쇄 펴냄   2024년 1월 16일

지은이   레프 톨스토이
옮긴이   연진희
발행인   박근섭, 박상준
펴낸곳   ㈜민음사

출판등록   1966. 5. 19. (제 16-490호)
서울특별시 강남구 도산대로1길 62(신사동) 강남출판문화센터 5층(우편번호 06027)
대표전화 02-515-2000   팩시밀리 02-515-2007
www.minumsa.com

© 연진희, 2019. Printed in Seoul, Korea

ISBN 978-89-374-4367-1 04800
ISBN 978-89-374-6000-5 (세트)

세계문학전집 목록

세계문학전집은 계속 간행됩니다.